ANSPRUCH AUF SARAH

Anspruch auf Sarah (Ace Security Reihe, Buch Fünf)

SUSAN STOKER

Besuchen Sie Susan im Netz!
www.stokeraces.com
facebook.com/authorsusanstoker
twitter.com/Susan_Stoker
bookbub.com/authors/susan-stoker
instagram.com/authorsusanstoker
Email: Susan@StokerAces.com

Die Hochzeit von Emily
Die Rettung von Kassie
Die Rettung von Bryn
Die Rettung von Casey
Die Rettung von Wendy
Die Rettung von Sadie
Die Rettung von Mary
Die Rettung von Macie
Die Rettung von Annie (Feb 2022)

SEALs of Protection:

Schutz für Caroline
Schutz für Alabama
Schutz für Fiona
Die Hochzeit von Caroline
Schutz für Summer
Schutz für Cheyenne
Schutz für Jessyka
Schutz für Julie
Schutz für Melody
Schutz für die Zukunft
Schutz für Kiera
Schutz für Alabamas Kinder
Schutz für Dakota

Die SEALs von Hawaii:

Die Suche nach Elodie (April 2021)
Die Suche nach Lexie
Die Suche nach Kenna
Die Suche nach Monica
Die Suche nach Carly
Die Suche nach Ashlyn
Die Suche nach Jodelle

KAPITEL EINS

»Ich habe wirklich keine Zeit für diesen Mist.«

Sarah zuckte zusammen, starrte jedoch weiter auf die Handtasche auf ihrem Schoß. Sie war nach einer zermürbenden Zwölfstundenschicht völlig erschöpft, aber sie hatte es nicht einmal in Erwägung gezogen, das Treffen abzusagen. Sie *brauchte* das hier.

Sie war pünktlich im Rock Hard Fitnessstudio angekommen, hatte der Dame am Empfang gesagt, wer sie war und dass sie einen Termin mit Cole Johnson hatte. Die junge Frau hatte überrascht aufgeschaut, ihr dann aber gesagt, sie solle sich setzen und dass sie mit ihm sprechen würde.

Sarah hatte auf einem überraschend bequemen Stuhl im Eingangsbereich des Fitnessstudios Platz genommen, als die Empfangsdame an ihr vorbeiging, ein Stück des Flurs nach links marschierte und ein Büro betrat.

Sie hatte die Tür zwar angelehnt, aber nicht vollständig geschlossen, sodass es Sarah leichtfiel, das Gespräch zwischen der Frau und Cole mitzuhören.

»Ist Trina da? Kann sie das für mich übernehmen?«

»Du hast gesagt, dass sie heute früher gehen kann, weißt

du noch? Sie hat Geburtstag und ihr Freund wollte sie ausführen.«

»Verdammt. Stimmt ja. Wo ist mein Terminkalender?«

»Als ich ihn das letzte Mal gesehen habe, lag er an der Ecke deines Schreibtischs. Aber das war, bevor du noch drei Extrakilo Papier darüber gestapelt hast.«

Sarah konnte die Belustigung im Ton der jungen Frau hören, jedoch nicht genügend Energie aufbringen, um zu lächeln. Das Gewicht der Welt schien auf ihren Schultern zu lasten und sie war sich nicht sicher, ob sie ihr übliches sonniges Gemüt bewahren konnte.

Der Mann, mit dem sie einen Termin hatte, sprach weiter mit der Empfangsdame.

»Gott, was für ein Durcheinander. Für wie lange ist ihr Termin angesetzt?«

»Ich glaube für eine Stunde.«

»Verdammt. Ich habe eigentlich gar keine Stunde. Ich habe in dreißig Minuten ein Vorstellungsgespräch.«

Die Empfangsdame musste ihm einen vorwurfsvollen Blick zugeworfen haben, denn Cole sagte abwehrend: »Hey, ich dachte, ich hätte Zeit. Außerdem konnte er wegen seines anderen Teilzeitjobs bis jetzt nicht herkommen.«

»Was soll ich ihr denn sagen?«

»Sag ihr, dass ein Notfall dazwischengekommen ist, und bitte sie, den Termin zu verschieben.«

Sarah hatte genug gehört. Sie wollte wirklich niemandem zur Last fallen. Aber sie hatte auch keine Lust, noch länger hier herumzusitzen und zuzuhören, wie dieser Typ sich Ausreden und Lügen ausdachte, warum er ihren Termin nicht wahrnehmen konnte.

Um es der armen Empfangsdame zu ersparen, sie anlügen zu müssen, stand Sarah leise auf und ging zur Eingangstür des Fitnessstudios. Es war wahrscheinlich sowieso das Beste. Draußen wurde es bereits dunkel und es missfiel ihr sehr, nach Sonnenuntergang noch unterwegs zu sein. Sie fühlte sich nicht sicher.

Nicht dass sie sich zu irgendeiner Tageszeit besonders sicher gefühlt hätte.

Sie stieß gerade die Tür auf, als sie hörte, wie die Empfangsdame ihren Namen rief. Ausnahmsweise machte Sarah sich dieses Mal nicht die Mühe, höflich zu sein.

Sie ging weiter, ohne sich umzudrehen.

Castle Rock in Colorado war eine ziemlich kleine Stadt. Das Stadtzentrum war abwechslungsreich und einladend. An einem Ende gab es einen Park und ein kleines italienisches Restaurant, über das sie schon viel Gutes gehört hatte. Gegenüber vom Rock Hard Fitnessstudio befanden sich ein Café und ein paar Geschäfte, und ein paar Häuser weiter gab es eine Kneipe namens *Rock 'n' Roll*. Ein paar andere unabhängige Geschäfte bildeten den Rest des Stadtzentrums.

Sarah schaute sich um, konnte aber niemanden irgendwo lauern sehen. Sie griff nach ihrem Schlüsselbund und schob ihren Mittel- und Zeigefinger durch die Augenlöcher eines niedlichen Katzenkopfes aus Metall. Die spitzen Ohren ragten heraus und würden jeden ernsthaft verletzen, der versuchte, sie auf dem Weg zu ihrem Wagen zu packen. Eine der Krankenschwestern im Krankenhaus hatte dieses Selbstverteidigungsutensil an ihrem eigenen Schlüsselbund und Sarah hatte es noch am selben Tag bestellt, an dem sie es das erste Mal gesehen hatte.

Sie hasste es, sich so verletzlich und unsicher zu fühlen – früher hatte sie sich nicht immer so gefühlt –, und sie beschleunigte ihr Tempo, als sie auf den Parkplatz am Ende des Häuserblocks zueilte. Obwohl es noch nicht ganz dunkel war, strahlten die Laternen bereits auf den Bürgersteig. Jeder Schritt fiel ihr schwer. Sie war erschöpft, nachdem sie den ganzen Tag lang gearbeitet hatte, und wünschte sich nichts sehnlicher, als in ihr Bett zu klettern und acht Stunden lang durchzuschlafen.

»Sarah! Warten Sie!«

Überrascht darüber, dass jemand ihren Namen rief, drehte sie sich um und entdeckte einen Mann, der auf dem Bürgersteig auf sie zu joggte.

Sie hätte weglaufen sollen, anstatt zuzulassen, dass er sich näherte. Sie kannte ihn nicht. Hatte ihn noch nie zuvor gesehen. Daran hätte sie sich erinnert. Aber sie konnte nur starren, während er näher kam. Er war mindestens fünfzehn Zentimeter größer als sie mit ihren ein Meter siebzig, hatte schwarzes Haar und einen kurz geschnittenen Bart. Die geballte Aufmerksamkeit in seinen grünen Augen ließ sie wie angewurzelt stehen bleiben.

Er trug eine Jogginghose und ein schwarzes T-Shirt mit einer Art weißem Logo auf der Vorderseite. Seine Arme waren tätowiert, aber sie konnte die Motive nicht erkennen, da er sich zu schnell bewegte. Sein Bizeps wölbte sich, als er auf sie zu joggte, und sie hatte keinen Zweifel daran, dass er am ganzen Körper muskulös war.

Sie spannte ihre Finger um den modifizierten Schlagring in ihrer Faust und hielt die Luft an, als er sich näherte. Sie hätte ihn ignorieren sollen. Hätte einfach weitergehen sollen ... aber sie war fasziniert davon, wie sehr er sie sofort an ihren Vater erinnerte. Nicht unbedingt vom Aussehen her, sondern von der Art, wie er sie anstarrte. Als wäre sie in diesem Moment der einzige Mensch auf der Welt. So hatte sie schon sehr lange niemand mehr angesehen.

Als sie ihren Vater das erste Mal getroffen hatte, als sie sechs Jahre alt war, war er vor ihr auf die Knie gegangen und hatte versprochen, dass sie bei ihm sicher sein würde.

Irgendetwas an dem Blick in seinen Augen hatte sie dazu gebracht, ihm das sofort zu glauben.

Und sie konnte das gleiche Versprechen in den Augen des Mannes sehen, der gerade auf sie zukam. Das war verrückt, nicht wahr?

»Sarah, stimmt's? Sarah Butler?«, fragte der Mann, als er vor ihr stehen blieb.

Sarah nickte.

»Ich bin Cole Johnson.« Er streckte ihr die Hand entgegen.

Sarah musterte sie und schluckte. Sie wollte es zwar nicht tun, aber sie konnte auch nicht unhöflich sein. Sie löste ihre Finger aus der Selbstverteidigungswaffe und nahm sie stattdessen in die linke Hand. Dann streckte sie die rechte Hand aus und schüttelte Coles.

Seine Finger waren warm und sie konnte die Schwielen auf seiner Handfläche spüren, als er ihre Hand leicht drückte. »Es tut mir leid«, sagte er in sanftem Ton. »Ich nehme an, Sie haben mein Gespräch mit Carrie mitbekommen.«

Es war keine Frage, aber Sarah nickte trotzdem. Cole hielt immer noch ihre Hand fest, als hätte er Angst, dass sie augenblicklich die Flucht ergreifen würde, wenn er sie losließ.

»Ich habe ihr schon hundertmal gesagt, dass sie darauf achten soll, dass meine Bürotür geschlossen ist, wenn sie zu mir kommt, um mit mir zu sprechen. Aber offensichtlich hat sie das vergessen.«

Sarah zog an ihrer Hand und war sich einen Augenblick lang nicht sicher, ob Cole sie loslassen würde. Schließlich lockerte er seinen Griff so weit, dass sie ihre Hand zurückfordern konnte.

Sie war sich nicht sicher, was er hören wollte, also hielt

sie den Mund. Mike und Jackson hatten ihr oft genug eingebläut, dass sie lieber überhaupt nichts sagen sollte, wenn sie nichts Nettes zu sagen hatte. Sie hatte sich ihre Worte zu Herzen genommen und sagte nur noch selten die Dinge, die sie dachte.

Cole entschuldigte sich erneut: »Ich habe mich wie ein Arsch benommen. Das tut mir leid. Zu meiner Verteidigung muss ich sagen, dass meine Partnerin schon seit einer Woche nicht in der Stadt ist und ich in Büroarbeit untergehe, um die sie sich normalerweise kümmert. Ich wusste auch nicht, dass Sie es sind. Carrie hat mir Ihren Namen nicht genannt, als sie sagte, dass Sie hier sind. Aber das ist natürlich kein guter Grund.«

Sarah presste die Lippen aufeinander und nickte. Er hatte recht, es war kein guter Grund. Sie hatten einen Termin gehabt. Es war ja nicht so, als wäre sie von der Straße hereinspaziert und hätte verlangt, dass er eine Stunde seiner kostbaren Zeit mit ihr verbrachte.

Er zuckte zusammen. »Schauen Sie, Sie haben jedes Recht, sauer zu sein. Ich will es wiedergutmachen. Kommen Sie mit mir ins Fitnessstudio und wir unterhalten uns.«

Sarah atmete tief durch und fand ihre Stimme wieder. »Es ist schon in Ordnung. Sie sind beschäftigt und haben im Moment keine Zeit. Ich komme einfach ein anderes Mal wieder.«

Cole betrachtete sie einen Moment lang, bevor er scharfsinnig sagte: »Ich habe das Gefühl, dass Sie nicht wiederkommen werden, wenn ich Sie jetzt gehen lasse.«

Sarah weigerte sich, sich schuldig zu fühlen. Er hatte recht. Sie hatte nicht vorgehabt, für die Selbstverteidigungsstunden, die sie so dringend brauchte, ins Rock Hard Fitnessstudio zurückzukommen. Aber sie wollte ihn auch nicht anlügen. Also hielt sie erneut den Mund und starrte ihn einfach nur an.

Cole seufzte. »Hören Sie, ich kann nicht lügen, ich habe viel zu tun. Ich habe eine Million Dinge am Laufen und meinen Terminkalender heute doppelt belegt. Aber der Tag, an dem ich zu beschäftigt bin, einer Frau zu helfen, die Selbstverteidigungsstunden braucht, damit sie sich sicher fühlt, wird der Tag sein, an dem ich genauso gut alles hinschmeißen und einen anderen Beruf finden könnte. Außerdem bin ich der Chef hier, aber wirklich nicht gut darin, Aufgaben zu delegieren. Wenn Sie jetzt mit mir zurückkommen und mit mir sprechen, ersparen Sie mir anderen Bürokram, den ich vor mir hergeschoben habe.«

Sie musterte ihn skeptisch.

Er lächelte – und ihre Knie hätten fast unter ihr nachgegeben. Sie hatte ihn sowieso schon für attraktiv gehalten, aber als sich seine Mundwinkel zu einem richtigen Lächeln nach oben zogen, war er schlichtweg hinreißend.

»Bitte?«

»Was ist mit dem Vorstellungsgespräch, das Sie führen müssen?«

Cole zuckte mit den Schultern. »Ich werde es Carrie machen lassen. Sie ist schließlich diejenige, die mit ihm arbeiten wird. Ich habe die Fragen, die ich ihm stellen wollte, alle schon ausgedruckt. Also werde ich sie ihr geben und sie kann das Vorstellungsgespräch selbst führen. Es wird schon gut gehen.«

Sarah zögerte. Sie war wirklich müde und wünschte sich nichts sehnlicher, als nach Hause zu fahren und sich unter der Bettdecke zu verkriechen.

»Bitte? Ich werde mich die ganze Woche lang schrecklich fühlen, wenn Sie es mich nicht wiedergutmachen lassen«, bettelte Cole.

Sie seufzte. »Na schön.«

»Großartig!«, rief Cole. Er trat zurück und zeigte mit der Hand auf den Bürgersteig hinter ihm. »Nach Ihnen.«

Mit dem seltsamen Gefühl, dass diese Entscheidung ihr Leben irgendwie verändern würde, ging Sarah neben dem Mann her, als sie sich zurück ins Fitnessstudio begaben.

Erleichtert atmete Cole leise aus. Als Carrie ihm mitgeteilt hatte, dass er aus dem Schneider war, weil sein Termin gerade zur Tür hinausgestürmt war, war er in Panik geraten. Ihm war bewusst geworden, dass Carrie seine Bürotür nicht geschlossen hatte, als er darüber geschimpft hatte, keine Zeit für ein Treffen mit jemandem zu haben. Die Frau hatte offensichtlich mitgehört, war gekränkt gewesen und dann einfach gegangen.

Frauen abzuweisen, die Selbstverteidigung lernen wollten, war eigentlich überhaupt nicht seine Art. Er scheute keine Mühen, zu helfen, wo er nur konnte. Besonders wenn man bedachte, dass seine beste Freundin jahrelang verfolgt und terrorisiert worden war. Felicity lebte inzwischen in Sicherheit und hatte kürzlich Ryder Sinclair, den Halbbruder der Anderson-Drillinge, geheiratet.

Logan Anderson hatte Cole persönlich gebeten, sich um Sarahs Stunden zu kümmern, und er hatte, ohne zu zögern, zugestimmt. Der Gedanke, dass sie gehen könnte, ohne die Hilfe bekommen zu haben, die sie offensichtlich brauchte, war ihm zutiefst zuwider.

Er hatte Carrie nicht angelogen; er hatte wirklich keine Stunde Zeit für eine neue Kundin, aber er hatte nicht gewusst, dass es *Sarah* gewesen war. Und er würde es sich nie verzeihen, wenn der jungen Frau etwas passierte, weil er sie abgewiesen hatte. Er kam nicht umhin, den Schlagring in ihrer Faust zu bemerken – und zu befürworten. Ja, er hatte zwar die Form einer niedlichen kleinen Katze, aber die Spitzen der Ohren des Metallgegenstandes würden definitiv Schaden anrichten und ihr eine Chance zu fliehen ermöglichen, sollte es dazu kommen.

Er war ihr hinterhergelaufen und glücklicherweise hatte sie nun zugestimmt, zurück ins Fitnessstudio zu kommen.

Sie gingen schweigend nebeneinander her, was ihm die Gelegenheit gab, die Frau neben ihm zu studieren. Sie hatte braunes Haar, das derzeit zu einem wirren Dutt gebunden war, und wunderschöne haselnussbraune Augen. Er würde jede Wette eingehen, dass ihre Farbe sich entsprechend der Lichtverhältnisse veränderte. Sie trug einen zerknitterten Kittel, was darauf hindeutete, dass sie im medizinischen Bereich tätig war. Ihre Schultern hingen herab und sie achtete darauf, weit genug von ihm entfernt zu bleiben, damit sich ihre Arme und Hände nicht versehentlich berührten.

Sie erreichten das Fitnessstudio und Cole hielt Sarah die Tür auf. Er folgte ihr hinein. Mit professionellem Blick begutachtete er ihre gesamte Erscheinung von hinten. Sie war ganz anders als die kohlenhydrathassenden, proteinliebenden Kundinnen, die das Fitnessstudio frequentierten. Sie hatte vielleicht nicht die Muskelkraft, um ein paar der fortgeschrittenen Selbstverteidigungsgriffe auszuführen, aber sie würde einem Angreifer trotzdem einigen Schaden zufügen können.

Er ignorierte Carries schockierten Gesichtsausdruck – er war noch nie zuvor einer Kundin hinterhergelaufen und hatte sie angefleht, ihn helfen zu lassen, nachdem er gerade noch behauptet hatte, keine Zeit für sie zu haben – und signalisierte Sarah, durch den Flur in sein Büro zu gehen.

Als er hinter ihr eintrat, zuckte er angesichts der Unordnung darin leicht zusammen. Felicity beschwerte sich oft über den Zustand seines Büros, aber es hatte ihn nie gestört ... bis jetzt. Bis er diese Frau aus irgendeinem seltsamen und unbekannten Grund beeindrucken wollte.

Er eilte an ihr vorbei zu dem kleinen Doppelsofa an der Wand und sammelte die Papiere ein, die auf den Polstern verstreut lagen. »Bitte machen Sie es sich bequem. Ich muss Carrie die Fragen für das Vorstellungsgespräch bringen.«

Er stand geduldig in der Mitte seines Büros und wartete darauf, dass sie sich setzte. Behutsam ließ sie sich auf die Kante der Couch sinken, als wäre sie bei einer falschen Bewegung sofort bereit, die Flucht zu ergreifen. Mit der linken Hand umklammerte sie noch immer den Schlüsselbund und es missfiel Cole. Nicht dass sie bereit war, sich zu verteidigen, sondern dass sie das Gefühl hatte, gegen *ihn* gewappnet sein zu müssen. Er kannte ihren Hintergrund nicht, nur die paar Dinge, von denen Logan ihm erzählt hatte. Aber er hatte das Gefühl, dass sie sich über etwas wirklich Schlimmes sorgte.

»Wir können den Termin wirklich verschieben, Cole«, sagte sie und begegnete seinem Blick. »Wenn das hier alle durcheinanderbringt, kann ich wirklich auch später wiederkommen.«

»Es ist schon in Ordnung«, sagte er und versuchte, sie zu beruhigen. »Meine Mitarbeiter sind daran gewöhnt, dass es hier verrückt zugeht. Ich komme gleich wieder.«

Er wartete, bis sie nickte, und ließ dann die Papiere, die er von der Couch eingesammelt hatte, auf seinen Schreibtisch fallen. Dann wühlte er ein wenig herum, bis er die Fragen für das Vorstellungsgespräch gefunden hatte, und verließ das Zimmer.

Als er keine fünf Minuten später zurück in den Raum

kam, erkannte er, dass Sarah sich nicht vom Fleck bewegt hatte. Sie hockte auf der Sofakante und hielt auch immer noch den Schlüssel in der Hand. Aber jetzt waren ihre Augen geschlossen und er konnte sehen, wie ihr Oberkörper schwankte, als sie darum kämpfte, ihren Körper aufrecht zu halten.

Cole beobachtete sie einen Moment lang und wurde unerwartet von Gefühlen übermannt, die er schon sehr lange nicht mehr gespürt hatte.

Es war mehr als nur die Sorge um eine Frau, die offensichtlich am Ende ihrer Kräfte war. Sarah hatte etwas an sich – ihre Vorsicht, ihre Verletzlichkeit –, das ihn tief im Inneren berührte. Sie erinnerte ihn sofort an Felicity. Verunsichert, verängstigt, wie sie am seidenen Faden hing ... aber er spürte ein Rückgrat aus Stahl, stärker als *sie* es selbst je von sich vermuten würde.

Doch schon nach wenigen Minuten in Sarahs Gegenwart wusste Cole, dass sie ganz anders war als seine beste Freundin.

Felicity zögerte nie, jedem zu sagen, was sie dachte. Wenn jemand sie verärgerte, würde er es zu hören bekommen. Sie war dabei nicht gemein, aber sie hatte kein Problem damit, ihre Meinung zu sagen. Sie ging auch oft durchs Fitnessstudio und schimpfte mit den Sportlern, wenn sie ihre Geräte nicht trocken wischten, nachdem sie sie vollgeschwitzt hatten. Wenn jemand eine Geschichte erzählte und die Fakten falsch waren, war sie stets die Erste, die darauf hinwies. Sie war aufgeschlossen und unverblümt, jetzt sogar noch mehr, da der Stalker, der sie mehr als ein Jahrzehnt lang verfolgt hatte, keine Bedrohung mehr darstellte.

Sarah schien wesentlich zurückhaltender zu sein. Sie hatte jedes Recht, ihm die Leviten zu lesen, aber sie hatte es nicht getan. Sie hatte ihn höflich davonkommen lassen, obwohl er ein Idiot gewesen war. Ja, er war müde und überarbeitet, aber das gab ihm noch lange nicht das Recht, ein Arschloch zu sein. Und das war er gewesen.

»Sarah?«, fragte er leise, als er einen Stuhl zu ihr hinüberzog und sich vor die Couch setzte.

Bei dem Effekt, den das Wort auf sie hatte, hätte er es genauso gut schreien können. Sie riss die Augen auf und drückte ihren Rücken kerzengerade durch. Er erkannte die Sekunde, in der ihr bewusst wurde, wo sie sich befand und wer mit ihr gesprochen hatte. Ihr Körper sackte erleichtert zusammen, obwohl sie dieses Gefühl schnell wieder verbarg. »Ja?«

»Es tut mir leid, dass es so lange gedauert hat.«

»Nein, mir tut es leid, dass ich einfach eingeschlafen bin. Es war ein langer Tag.«

Cole ertappte sich dabei, dass er mehr wissen wollte. Er wollte wissen, wo sie arbeitete, was sie machte ... ob es irgendetwas gab, das er tun konnte, um ihren Tag besser zu machen. Aber stattdessen fragte er direkt nach dem Grund, warum sie überhaupt erst zu ihm gekommen war. Je schneller sie hier fertig wurden, desto eher konnte sie nach Hause fahren und sich ausschlafen.

»Ich habe nicht viele Informationen über Ihre Situation. Logan Anderson hat Sie zu mir geschickt. Ich weiß nur, dass Sie einen Ex-Mann haben, der Sie belästigt.«

Sie schüttelte den Kopf. »Nein, ich war nie verheiratet.«

»Oh, das tut mir leid. Logan muss es missverstanden haben«, sagte Cole. Es war möglich. Ace Security bekam jeden Tag eine Menge E-Mails und Nachrichten, in denen nach ihren Dienstleistungen gefragt wurde. Als Logan Cole die E-Mail über Sarah geschickt hatte, in der er ihn um Selbstverteidigungsstunden für sie bat, hatte er ihren Fall wahrscheinlich mit einem anderen verwechselt, mit dem er sich gerade beschäftigt hatte. Aber aus irgendeinem Grund musste das, was auch immer mit ihr vor sich ging, einen Nerv in ihm getroffen haben, wenn er um Coles Hilfe bat.

Schlussendlich war es egal, ob sie von ihrem Ex-Ehemann oder Freund oder von einem völlig Fremden belästigt wurde. Sie könnte tot enden, egal, wer ihr das Leben zur Hölle machte.

Sarah schluckte schwer. »Ich muss nur ... ich muss in der Lage sein, mich selbst zu schützen ... nur für alle Fälle.«

Cole wartete darauf, dass sie mehr erzählte, aber als sie einfach nur schweigend auf der Couch saß, wurde ihm klar, dass sie zu Ende gesprochen hatte. Das war alles, was sie ihm erzählen wollte. Wäre es jemand anderes gewesen, wäre er wahrscheinlich erleichtert gewesen und hätte schnell einen Termin für ihre erste Stunde vereinbart.

Aber dieses Mal hakte Cole nach: »Wer belästigt Sie, Sarah?«

Sie starrte ihn einen langen Moment an und Cole tat sein Bestes, so wenig bedrohlich wie möglich zu wirken. Was angesichts seiner Tätowierungen und Muskeln jedoch ein ziemlicher Scherz war.

Schließlich holte sie tief Luft. »Es ist dumm.«

»Wenn jemand etwas getan hat, das Ihnen das Gefühl gibt, Sie müssten deshalb einen Selbstverteidigungskurs belegen, ist es nicht dumm.«

»Sie werden nicht denken, dass es etwas ist, weswegen ich nervös sein sollte.«

»Warum lassen Sie mich das nicht selbst beurteilen?«, erwiderte Cole und war jetzt sogar noch besorgter. Er hatte das Gefühl, dass sie die Bedrohung gegen sich selbst herunterspielte und dass es wahrscheinlich viel schlimmer war, als er es sich vorgestellt hatte.

»Es ist nur so, dass ... ich war bei der Polizei, und der Typ, mit dem ich dort gesprochen habe, hat mir klipp und klar gesagt, dass er nichts tun kann. Und dass ich mir die Gefahr wahrscheinlich nur einbilde, wo es gar keine gibt. Selbst meine Kollegen halten mich für verrückt.«

Cole beugte sich vor. Er wollte nach ihren Händen greifen, um sie zu trösten, aber er begnügte sich damit, sie so gut wie möglich mit Worten zu beruhigen. »Wenn diese kleine Stimme in Ihrem Kopf Ihnen sagt, dass Sie in Gefahr schweben, dann ist das auch so. Es gab schon viele Male in meinem Leben, in denen ich gespürt habe, dass etwas nicht stimmte. Und ich habe immer recht behalten. Aber unabhängig davon, ob Sie sich die Dinge einbilden oder nicht, steht es mir nicht zu, das zu sagen. Wenn Sie lernen möchten, wie Sie sich selbst schützen können, um sich weniger verletzlich zu fühlen, kann ich Ihnen die Fähigkeiten vermitteln, genau das zu tun. Es geht hierbei nicht darum, ob ich Ihnen glaube oder nicht. Aber wie schon gesagt ... Sie können mir vertrauen, Sarah. Wenn Sie mir sagen, dass Sie in Gefahr schweben, dann werde ich Ihnen hundertprozentig glauben.«

»Warum?«

Ihre Frage war unverblümt und auf den Punkt gebracht und sie sah ihm dabei direkt in die Augen.

»Weil meine beste Freundin über ein Jahrzehnt lang von einem Mann verfolgt wurde, den andere für völlig normal hielten. Weil ich bei Ace Security einen Fall nach dem anderen gesehen habe, bei dem Männer geschworen hatten, dass ihre Ex-Frauen oder Ex-Freundinnen völlig verrückt waren, und die Polizei ihnen nicht geglaubt hat ... und am Ende hatten sie recht, als sie von denselben Frauen angegriffen wurden, die die Behörden für ›normal‹ und ›harmlos‹ hielten.

Aber vor allem, weil ich sehen kann, dass Sie am Ende Ihrer Kräfte sind und Hilfe brauchen. Lassen Sie mich Ihnen helfen, Sarah.«

Sie weinte nicht. Sie spielte auch nicht mit den Händen. Sie fing einfach an zu reden.

»Ich habe Owen Montrone vor sechs Monaten kennengelernt. Seine Mutter lag in dem Krankenhaus, in dem ich arbeite, und war sehr krank. Ich war nett zu ihnen beiden, so wie ich zu jedem nett bin. Owen ist ... etwas langsam.«

»Was meinen Sie damit? Geistig behindert?«, fragte Cole.

»Nicht wirklich. Ich meine, ich bin mir nicht sicher. Ich glaube, dass er nur einen wirklich geringen Intelligenzquotienten hat. Seine Mutter hat mir erzählt, dass er seine Schulzeit in Sonderschulen verbracht und sein ganzes Leben lang bei ihr gelebt hat. Wie dem auch sei, er schien im Krankenhaus einsam zu sein. Ein wenig verloren. Ich habe einmal mit ihm in der Cafeteria Mittag gegessen, nachdem seine Mutter mich angefleht hatte, etwas Zeit mit ihm zu verbringen. Ein paar Wochen später hörte ich, dass seine Mutter gestorben war. Nicht lange danach begann ich, Briefe von Owen zu bekommen.

Ich war mir nicht sicher, woher er meine Adresse kannte, bis ich es bei der Arbeit erwähnte. Die Empfangsdame sagte, sie hätte sie ihm einfach gegeben, als er eines Tages anrief. Er hatte behauptet, dass er sich bei mir für die Hilfe bedanken wollte, die ich seiner Mutter hatte zukommen lassen, und sie fand es süß. Sie wurde abgemahnt, aber da war es schon zu spät. Nach den Briefen begannen die Geschenke. Und ich habe ihn manchmal an denselben Orten gesehen, an denen ich einkaufe und essen gehe. Ich habe ihn gebeten, damit aufzuhören, aber das hat er nicht getan.«

»Welche Art von Geschenken?«, fragte Cole.

»Blumen, Süßigkeiten, Plüschtiere, alles Mögliche.«

Cole runzelte die Stirn. »Irgendetwas offenkundig Bedrohliches?«

»Nein.«

Sie sprach das Wort mit einem Hauch von Feindseligkeit aus und Cole verstand, warum die Polizei ihr im Grunde genommen den Kopf getätschelt und sie wieder nach Hause geschickt hatte. »Und die Briefe?«

»Sie sind ausschweifend, aber es steht nichts Sexuelles oder sonst irgendwie Feindseliges darin. Nichts, was die Polizei in irgendeiner Weise als Bedrohung interpretiert hätte. Er berichtet nur über seinen Tag, darüber, wie ich ihn zum Lächeln bringe, und solche Sachen. Die Polizisten meinten, dass es sich so anhört, als wäre er in mich verknallt und wahrscheinlich ganz harmlos.« Ihre Fingerknöchel wurden weiß, als sie die Hände in ihrem Schoß zusammenballte. »Aber sie irren sich«, sagte sie leise. »Fragen Sie mich nicht, woher ich das weiß. Es ist das seltsame Gefühl, das mich überkommt, wenn ich sehe, dass er wieder irgendetwas geschickt hat. Ich weiß einfach, dass sie sich irren.«

»Ich glaube Ihnen«, sagte Cole.

Sie schaute ihm in die Augen und er konnte die Hoffnung, die er darin entdeckte, nicht übersehen.

»Auch wenn er mir nur Geschenke und Briefe geschickt hat?«

»Sie haben ihn gebeten, damit aufzuhören, und er hat es nicht getan. Es hört sich so an, als wäre er besessen«, sagte Cole zu ihr. »Er könnte innerhalb eines Augenblicks von nett zu wütend wechseln, weil Sie seine Zuneigung nicht erwidern.«

Sarah nickte.

»Nein bedeutet nein. Das gilt auch für jemanden, der

nur um eine Verabredung bittet, nicht nur für Sex. Es spielt keine Rolle, ob es ein Mann oder eine Frau ist, die Nein sagt. Sie haben ihm gesagt, dass Sie nicht an ihm interessiert sind. Dass Sie möchten, dass er mit seinen Geschenken aufhört. Und das hat er nicht getan. Ich würde mir mehr Sorgen machen, wenn Sie sich um diesen Kerl keine Gedanken machen würden.«

Ihre Schultern sackten erleichtert zusammen. »Sie werden mir also dabei helfen zu erlernen, was zu tun ist, sollte er jemals entscheiden, dass die Briefe und Geschenke nicht mehr genug sind?«

»Auf jeden Fall. Ich werde alles in meiner Macht Stehende tun, um Ihnen zu helfen. Und dazu gehört auch, Ace Security einzuschalten, wenn es nötig sein sollte.«

»Mir war nicht bewusst gewesen, welche Kosten damit verbunden sind«, sagte Sarah. »Ich denke, das ist der Grund, warum Logan Sie überhaupt erst kontaktiert hat.«

Cole beugte sich näher zu ihr. Ein Gefühl der Befriedigung durchströmte ihn, als sie nicht zurückwich. »Ich kenne Logan und seine Brüder, und glauben Sie mir, wenn ich Ihnen sage, dass Geld keine Rolle spielen wird, sobald sie die Fakten zu Ihrem Fall hören und was die Polizei Ihnen erzählt hat.«

»Vielen Dank«, sagte sie.

Cole nickte, stand dann auf und ging zu seinem Schreibtisch hinüber. Er kramte eine Weile darauf herum, bevor er schließlich seinen Terminkalender fand und ihn triumphierend in die Luft hielt.

»Wissen Sie, es gibt diese neuartigen Dinger, die vor ein paar Jahren herausgekommen sind. Man nennt sie Computer. Man kann darauf sogar Terminkalender speichern, um Doppelbuchungen zu vermeiden.«

Bei ihrer Neckerei blinzelte Cole und strahlte dann. Er

mochte diese Seite an ihr viel lieber als die verängstigte, niedergeschlagene Frau, die er bislang gesehen hatte. »Ach wirklich? Vielleicht können Sie mir irgendwann einmal erklären, wie die funktionieren.«

Immer noch lächelnd schüttelte Sarah nur den Kopf über ihn.

»Meine Geschäftspartnerin sollte nächste Woche zurück sein, dann habe ich viel mehr freie Zeit. Wie wäre es, wenn wir Ihre Stunden nächsten Montag beginnen?«

»Gut. Ich arbeite allerdings bis fünf.«

»Das ist in Ordnung. Vielleicht machen wir es dann um halb sieben, damit Sie noch Zeit haben, etwas zu essen, bevor Sie herkommen?«

Sarah schüttelte den Kopf. »Wenn es in Ordnung ist, würde ich lieber gleich nach der Arbeit herkommen. Bevor es dunkel wird.«

Cole gefiel diese Andeutung nicht, aber er hielt den Mund ... vorerst. »In Ordnung, ich trage Sie für halb sechs ein. Wenn Sie früher kommen, ist das in Ordnung, und wenn die Arbeit länger dauert und Sie etwas später kommen, ist das auch okay. Und Sarah?«

»Ja?«

»Vielen Dank, dass Sie mir eine zweite Chance geben. Ich bin normalerweise nicht so schroff.«

»Das ist schon okay«, sagte sie leise. »Sie sind noch nicht einmal annähernd so gemein wie die meisten Leute, mit denen ich sonst so zu tun habe.«

Und mit dieser sprichwörtlichen Bombe stand Sarah auf. »Wir sehen uns nächste Woche.«

»Bis nächste Woche«, erwiderte Cole. Er folgte ihr aus seinem Büro und beobachtete, wie sie lächelte und Carrie zunickte, bevor sie durch die Vordertür hinausging.

Seine Gedanken drehten sich bereits um all die Dinge,

die er über sie wissen wollte. In welchem Krankenhaus sie arbeitete und was genau sie dort tat. Warum die Leute gemein zu ihr waren ... warum sie das Bedürfnis hatte, immer so nett zu sein.

Als ihm einfiel, dass er sie zu ihrem Wagen hätte begleiten sollen, war es schon zu spät.

Cole schüttelte über seine eigene Dummheit den Kopf und schwor sich, es in Zukunft besser zu machen.

Er nahm sich vor, mit Blake und Alexis zu sprechen, um zu sehen, was sie über diesen Arschkriecher Owen Montrone, über Sarah Butler und ihre Situation herausfinden konnten. Dann atmete er tief durch, bevor er die zehn Millionen anderen Dinge in Angriff nahm, mit denen er sich noch herumschlagen musste, bevor er Feierabend machen konnte.

KAPITEL ZWEI

Als Sarah zu Hause ankam, hatte sie ein ziemlich gutes Gefühl, was den Ausgang ihres Besuchs im Rock Hard Fitnessstudio betraf. Es hatte zwar nicht sonderlich gut angefangen, aber sie mochte Cole Johnson tatsächlich. Er hatte sich sofort entschuldigt und aufrichtig besorgt gewirkt, nachdem sie ihm ihre Situation geschildert hatte. Sie war erleichtert, dass sie vielleicht ein paar Dinge lernen würde, um sich selbst zu schützen ... nur für alle Fälle.

Aber dieses gute Gefühl verschwand blitzschnell, als sie den riesigen Karton auf der Stufe vor ihrem Haus stehen sah.

Sie hatte in letzter Zeit nichts bestellt – also wusste sie sofort, wer das Paket gebracht hatte.

Frustration und Angst machten sich in ihr breit. Da sie sich nicht mit dem auseinandersetzen wollte, was auch immer Owen ihr dieses Mal geschickt hatte, schloss sie die Haustür auf und schob den Karton hinein, ließ ihn jedoch ohne einen zweiten Blick darauf im Eingangsbereich stehen. Sie war hungrig gewesen, aber allein der Anblick des Geschenkes hatte ihr den Appetit verdorben.

Es gefiel ihr überhaupt nicht, dass Owen weiterhin bei ihr zu Hause auftauchte. Sie konnte es nicht ausstehen, dass er überhaupt wusste, wo sie wohnte.

Sie trottete durchs Wohnzimmer und steuerte direkt auf die Treppe zu. Es gab haufenweise Dinge, die sie tun musste, einschließlich Hausarbeit, aber sie konnte die Energie nicht aufbringen, irgendetwas zu erledigen.

Ihr Haus war viel zu groß für sie, aber es war das einzige Zuhause, das sie je gekannt hatte. Und es enthielt alles, was ihr von ihren Vätern geblieben war. Mike und Jackson Butler hatten sie adoptiert, als sie sechs Jahre alt war. Damals hatte sie Angst vor ihrem eigenen Schatten gehabt und bereits in drei anderen Pflegefamilien gelebt.

Sie hatte damals noch nicht gewusst, was es bedeutete, schwul zu sein, oder dass es höchst ungewöhnlich war, dass zwei Männer ein Kind adoptieren durften. Sie wusste nur, dass sie keine Angst mehr hatte, wenn Mike sie in die Arme nahm. Und wenn Jackson sie mit seinen leicht schiefen Zähnen anlächelte, wurde alles irgendwie wieder gut.

Nachdem sie gestorben waren, war ihr Duft langsam aus dem Haus verflogen. Letztes Jahr hatte Sarah endlich die Kraft gefunden, ihre Sachen durchzugehen und zu spenden, was sie konnte. Sie schlief immer noch in demselben Zimmer, in dem sie die meiste Zeit ihres Lebens verbracht hatte, und weigerte sich, ins große Schlafzimmer umzuziehen.

Aber je mehr Zeit verging, desto weniger spürte sie in dem Haus den gewohnten Trost. Es brauchte einen neuen Anstrich, die Teppiche mussten ausgetauscht werden und das Gras war immer zu lang. Sie hatte schließlich einen Punkt erreicht, an dem sie offen zugeben konnte, dass es ihr zu viel wurde. Und nicht nur das. Mit Owen, der immer wieder auftauchte, um ihr »Geschenke« zu hinterlassen, fühlte sie sich auch nicht mehr sicher, allein in dem großen Haus zu leben. Es gab hier zu viele Orte, an denen man sich verstecken könnte, wenn man es wollte.

Wie sehr Sarah sich wünschte, dass ihre Väter heute noch da wären! Sie hätten Owen niemals mit dem davonkommen lassen, was er tat. Sie hätten ihn damit konfrontiert und ihn dazu gebracht, mit den Geschenken und Briefen aufzuhören. Jackson und Mike waren von der Sekunde an, in der sie ihr Haus für sie geöffnet hatten, ihre Fürsprecher und Beschützer gewesen. Sie vermisste sie jeden Tag, aber nie so sehr wie in diesem Moment.

Sarah kämpfte gegen die Tränen an und ging in ihr Zimmer. Nachdem sie sich vergewissert hatte, dass die Vorhänge fest zugezogen waren und niemand sie beobachten konnte, zog sie sich den Schwesternkittel aus und ging durch den Flur ins Gästebad. Sie nahm eine wohltuende, heiße Dusche und blieb noch lange unter dem Wasserstrahl stehen, selbst nachdem sie bereits sauber war.

Sie fühlte sich ein wenig besser und etwas mehr wie die Optimistin, die sie normalerweise war, schlüpfte in ihren Bademantel und legte sich ins Bett. Es war noch früh, aber es war ja nicht so, als hätte sie irgendetwas anderes zu tun. Außerdem musste sie um vier Uhr fünfzehn aufstehen, um pünktlich zu ihrer Schicht um fünf im Krankenhaus zu sein. Sie hatte noch eine Zwölfstundenschicht vor sich und danach ein paar Tage frei.

Während sie im Bett lag, schweiften ihre Gedanken zu Cole Johnson.

Sie war bereit gewesen, ihn abzuweisen und zu sehen, ob sie jemand anderen finden könnte, der ihr Selbstverteidigungsstunden geben würde. Aber dann hatte er sich alle Mühe gegeben, ihr Vertrauen in ihn wiederherzustellen.

Nachdem sie ihn mit seiner Empfangsdame hatte sprechen hören, hatte sie die Vorstellung eines älteren, aufgeblasenen Geschäftsinhabers im Kopf gehabt, der sich für viel wichtiger hielt als jeder andere. Aber ihn dann zu sehen war eine angenehme Überraschung gewesen. Er war jung, wahrscheinlich in ihrem Alter, und sah gut aus. Er sah *sehr* gut aus.

Wahrscheinlich warfen sich ihm die Frauen vor die Füße, nur um seine Aufmerksamkeit zu erregen. Er war den ganzen Tag lang von fitten Frauen umgeben – eine von ihnen würde ihm doch sicher gefallen. Cole Johnson war wahrscheinlich äußerst beschäftigt, sowohl mit seiner Arbeit als auch in Bezug auf sein Sozialleben.

Sie hingegen hatte praktisch *gar kein* Sozialleben. Sie arbeitete unregelmäßige Stunden und wenn sie einmal freihatte, holte Sarah entweder Hausarbeiten nach, die sie vor sich hergeschoben hatte, oder saß auf der Couch und schaute sich die eine oder andere Serie an.

Aber selbst vor ihrer Arbeit als Pflegeassistentin war sie nicht gerade gesellig gewesen. An der Highschool hatte sie sich große Mühe gegeben und versucht, ihre Väter stolz auf sich zu machen. Dann hatte sie dies in der Ausbildung fortgesetzt.

Nach dem Abschluss ihrer zweijährigen Studienausbildung hatte Sarah sofort eine Stelle als Schwesternhelferin gefunden. Sie arbeitete nun seit fast zehn Jahren in diesem Bereich. Der Job gefiel ihr und sie wollte nichts anderes machen. Viele der Krankenschwestern, mit denen sie zusammenarbeitete, hatten sie ermutigt, ein Aufbaustudium zu absolvieren, um ihren Abschluss als vollwertige Krankenschwester zu machen. Aber sie war mit dem Maß an Verantwortung, das sie jetzt hatte, ehrlich gesagt zufrieden. Außerdem konnte sie mehr Zeit mit den Patienten und ihren Familien verbringen und so an ihren Freuden und Sorgen teilhaben.

Sarah versuchte, sich an den letzten Freund zu erinnern, den sie gehabt hatte – und zuckte zusammen, als ihr klar wurde, dass dies schon Jahre her war. Buchstäblich. Josh – nein, John – war ihr letzter gewesen und das war ... vier Jahre her.

Sie schüttelte den Kopf. Es überraschte sie nicht, denn ihre Väter waren etwa zur gleichen Zeit getötet worden, in der sie mit John Schluss gemacht hatte. Sie hatte sich seitdem mit der Polizei, mit Anwälten und ihrer Trauer auseinandersetzen müssen. Aber trotzdem.

Seit dem Tag, an dem Jackson und Mike sie in ihre Familie aufgenommen hatten, hatte sie in Parker, Colorado gelebt. Der Vorort von Denver war fast ihr ganzes Leben lang ihre Heimat gewesen, aber sie arbeitete gern im Krankenhaus in Castle Rock. Es ging nicht so verrückt zu wie in den Krankenhäusern in Denver und sie brauchte nur zwanzig Minuten zur Arbeit. Castle Rock war ihr ans Herz gewachsen. Sie mochte das Kleinstadtgefühl.

Aber da sie nicht in Castle Rock aufgewachsen war, kannte sie den Klatsch und Tratsch der Kleinstadt nicht.

Als sie eines Tages einer der Krankenschwestern bei der Arbeit von Owen erzählt hatte, schlug sie Sarah vor, sich an Ace Security zu wenden. Sie hatte nicht aufgehört, darüber zu sprechen, dass die Brüder, denen das Unternehmen gehörte, Drillinge waren, die aus der Gegend stammten, die nach dem Schulabschluss jedoch weggezogen waren. Die Krankenschwester erzählte Sarah auch bereitwillig, dass die Mutter der Männer ihren Vater ermordet hatte und welche Torturen ihre Freundinnen hatten durchmachen müssen.

Dann hatte sie sich sogar gutmütig darüber beklagt, dass sie ihre eigene Chance auf einen der berühmten Brüder endgültig verspielt hatte, nachdem ein Halbbruder aufgetaucht war und sich sofort in eine Frau verliebt hatte, die verfolgt wurde.

Sarah schlussfolgerte, dass diese Frau, die den letzten der Anderson-Brüder geheiratet hatte, Coles Geschäftspartnerin sein musste.

Wenn sie an Cole dachte, errötete sie auf unerklärliche Weise. Er war nicht die Art von Mann, zu der sie sich normalerweise hingezogen fühlte. Er war viel größer als sie und seine Augen schienen sich direkt in ihre zu bohren, wenn sie miteinander sprachen. Viel zu oft schauten Männer entweder über sie hinweg oder durch sie hindurch, als wäre sie nicht wichtig genug für ihre Zeit oder Aufmerksamkeit. Aber Cole nicht. Er hatte sich ihr völlig gewidmet und sie hatte gewusst, dass er ihr zuhörte. Der Hauch von Intensität, der ihn umgab, war eine Überraschung gewesen. Und seine Tätowierungen ließen ihn knallhart aussehen, obwohl er sie definitiv fürsorglich behandelt hatte.

Auch bevor sie ihn kennengelernt hatte, war sie davon ausgegangen, dass er fit sein musste, da er schließlich ein Fitnessstudio betrieb ... aber sie hatte nicht wirklich verstanden, was *fit* bedeuten würde.

Coles Bizeps war fast zu dick für das T-Shirt, das er getragen hatte. Tatsächlich hatte sie noch nie so große Muskeln an jemandem gesehen. Die vielen Tätowierungen betonten diese Stärke noch. Seine Oberschenkel waren sogar noch muskulöser; sie konnte sehen, dass er die Jogginghose definitiv ausfüllte.

Aber was sie wirklich überraschte, war das Gefühl gewesen, das sie gespürt hatte, wenn sie neben ihm stand. Wahrscheinlich hätte sie sich unwohl fühlen sollen. Er könnte sie ganz leicht wie einen Käfer zerquetschen; sie selbst war nicht gerade in Form. Aber anstatt sich vor seiner offensichtlichen Stärke zu fürchten, hatte sie sich sicher gefühlt.

Niemand würde es wagen, sich mit ihr anzulegen, wenn Cole an ihrer Seite war.

Es war ein unangenehmer Gedanke.

Sarah hatte die meiste Zeit ihres dreißigjährigen Lebens gut auf sich selbst aufgepasst. Noch nie hatte sie auch nur daran gedacht, nur deshalb mit jemandem zusammen zu sein, weil er etwas für sie tun konnte. Aber in der Sekunde, in der sie Cole in die Augen gesehen hatte, hatte es sich so angefühlt, als wäre ihr Inneres irgendwie ... geschmolzen.

Es war wirklich beunruhigend.

Und auch der Grund, warum sie nicht gezögert hatte, mit ihm zurück ins Fitnessstudio zu gehen.

Sie wusste, dass sie bei jedem anderen Mann bestimmt, aber höflich darauf bestanden hätte, dass sie es sich anders überlegt hatte. Dann hätte sie sich aus dem Staub gemacht. Aber Cole hatte etwas an sich, das sie dazu brachte, ihn all ihre Kämpfe für sie austragen lassen zu wollen.

Was dumm war.

Und gefährlich.

Die Einzige, die sie beschützen konnte, war sie selbst.

Sich auf jemand anderen zu verlassen würde nur schlimm enden.

Dann kehrten ihre Gedanken zu Owen zurück, so wie sie es in letzter Zeit viel zu oft getan hatten. Sie fragte sich, was er ihr dieses Mal hinterlassen haben könnte.

Es war groß.

Scheiße. Was wäre, wenn er beschlossen hatte, ihr einen Welpen zu schenken? Er hatte in seinen Briefen angedeutet, dass er sich vorstellen könnte, wie sie beide heirateten und mit einem Haufen Kinder und Hunde glücklich bis ans Ende ihrer Tage lebten.

Das würde er nicht tun.

Oder doch?

Sarah hatte keine Ahnung, ob es Owen bewusst war, dass er sie terrorisierte. Wahrscheinlich nicht.

Sarah wusste, dass sie nicht schlafen könnte, bevor sie nicht wenigstens nachgesehen hatte, dass sich nichts Lebendiges in dem Karton befand, den er hinterlassen hatte. Also zog sie die Decke zurück und griff nach ihrem Handy, nur für alle Fälle. Sie ging die Treppe hinunter und schaltete jedes Licht ein, an dem sie vorbeikam.

Sie wollte auf gar keinen Fall im Dunkeln in ihrem Haus herumschleichen. Sie war ja nicht verrückt.

Auf ihrem Weg in den Flur schnappte sie sich eine Schere. Ihr Blick fiel auf den Karton und sie atmete tief ein.

Mit langsamen Bewegungen schob sie die Schere vorsichtig am Klebeband entlang, das den Karton verschlossen hielt. Sie schlug die Klappen zurück und starrte verwirrt auf den Inhalt.

Sie griff hinein, hob den überraschend schweren Gegenstand heraus und stellte ihn neben der Schachtel auf den Boden. Sie machte sich keine Gedanken um Fingerabdrücke oder Ähnliches. Sie wusste schließlich genau, wer das Geschenk geschickt hatte und wessen Fingerabdrücke sich darauf befinden würden.

Sarah starrte das handgefertigte, hölzerne Puppenhaus einen langen Moment an.

Es war unglaublich detailliert und wahrscheinlich sehr teuer gewesen. Und es handelte sich ganz offensichtlich um eine Sonderanfertigung. Sie setzte sich mitten im Flur auf den Boden und starrte fassungslos darauf.

Die eine Seite des Hauses fehlte, sodass sie ins Innere sehen und mit den Puppen spielen konnte, wenn sie es wollte. Es gab drei Räume: einen großen, offenen Raum im

Erdgeschoß und zwei kleinere Räume in der ersten Etage. Eine weibliche Puppe stand in der Küche vor dem Herd und eine männliche Puppe saß auf der Couch in der Nähe vor einem Fernseher.

Die Wände des Hauses sahen wie Blockbohlen aus und das Dach war mit Stroh gedeckt. Es gab kein Detail, das fehlte, vom winzigen Geschirr in der Spüle bis hin zu den Teppichen auf dem Fußboden und den Bildern an den Wänden. Die Möbel waren aus Holz gefertigt und von jemandem bemalt worden, der offensichtlich sehr geduldig und detailbedacht war. Ein Miniaturbett stand feinsäuberlich in einem Zimmer im Obergeschoss und im zweiten Raum, der offensichtlich ein Arbeitszimmer war, befand sich ein Schreibtisch mit einem Computer.

Sarahs Gedanken überschlugen sich. Es war ein ungewöhnliches Geschenk ... und es beunruhigte sie extrem. Nach außen hin war es nicht bedrohlich und passte zu den Liebesbriefen, die Owen ihr geschickt hatte. Die, in denen er davon gesprochen hatte, dass sie heiraten und glücklich bis ans Ende ihrer Tage leben würden.

Ein kalter Luftzug schien wie aus dem Nichts zu kommen. Gänsehaut machte sich auf Sarahs Armen breit und die Haare in ihrem Nacken stellten sich auf. Sie griff nach ihrem Handy und schoss ein paar Fotos von dem Haus. Die Polizei war zwar nicht gerade an ihrem Fall interessiert, aber vielleicht würden Coles Freunde es sehen wollen, wenn sie beschlossen, ihr zu helfen.

Schnell hob Sarah das Puppenhaus an und stellte es zurück in den Karton. Sie würde es morgen mit ins Krankenhaus nehmen und es der Kinderstation spenden. Sie wollte es ganz sicher nicht haben.

Sarah beschloss, alle Lichter brennen zu lassen, und rannte praktisch die Treppe hinauf und zurück in ihr

Zimmer. Sie schloss und verriegelte ihre Tür, bevor sie wieder ins Bett stieg. Als sie ihr Telefon auf den kleinen Nachttisch legte, drehte sie sich auf die Seite und starrte es einen Moment lang an.

Sie hatte buchstäblich niemanden, den sie anrufen konnte. Sie hatte zwar eine Menge Bekannte bei der Arbeit, aber das waren »Arbeitsfreunde«. Nicht die Art von Leuten, die sie anrufen würde, wenn sie Angst hatte oder einfach nur plaudern wollte. Ihre Väter waren tot. Sie hatte keine Geschwister.

Zum ersten Mal seit Langem fühlte Sarah sich völlig allein. Sie war schon seit einer Weile eine Waise, aber heute Abend fühlte sie sich tatsächlich auch so.

Wenn sie morgen einfach verschwände, würde es überhaupt jemand bemerken ... außer Owen? Sie hatte das Gefühl, dass er der Einzige war, den das interessieren würde.

Sie schloss die Augen und versuchte, die Tränen zurückzuhalten, bis ihr bewusst wurde, dass es keinen Sinn hatte. Leise weinte sie sich schließlich in einen unruhigen Schlaf.

KAPITEL DREI

KAPITEL DREI

»Hey, Cole! Wie ist die Woche gelaufen?«

Cole schaute vom Schreibtisch auf und warf seiner Freundin und Mitinhaberin des Rock Hard Fitnessstudios einen gespielt finsteren Blick zu. »Du darfst nie wieder wegfahren.«

Felicity kicherte. »So schlimm, was?«

Cole seufzte und musterte Felicity. Sie sah gut aus. Natürlich fand er immer, dass sie gut aussah, aber sie so entspannt und glücklich zu sehen unterstrich nur, wie gestresst sie die ganzen fünf Jahre lang gewesen war, die er sie nun schon kannte. Ryder Sinclair zu heiraten hatte ihr definitiv gutgetan ... ebenso wie die Tatsache, sich nicht mehr ständig nach dem verrückten Arschloch umsehen zu müssen, das ihr so lange nachgestellt hatte. »Es war einfach eine verrückte Woche. Wie war Chicago?«

Felicity lächelte traurig. »Schwierig, aber gut. Es war schwer, ans Grab meiner Mutter zu gehen, aber es war auch erlösend. Dieses Mal musste ich mich nicht in den Schatten verstecken.«

»Das ist eine Erleichterung.« Cole stand auf, ging zu

Felicity hinüber und schloss sie in die Arme. Als er sie umarmte, stellte er fest, dass sie etwa genauso groß wie Sarah war.

Der Gedanke überraschte ihn nicht wirklich. Seit Tagen wanderten seine Gedanken immer wieder zurück zu der faszinierenden und stoischen Frau, die er in der Woche zuvor kennengelernt hatte.

Felicity zog sich zurück und schaute Cole an. »Was?«

»Was, was?«, erwiderte er.

»Etwas ist passiert, als ich weg war, nicht wahr?«

»Es ist eine Menge passiert«, sagte Cole.

Felicity kniff die Augen zusammen, trat einen Schritt zurück und stemmte die Hände in die Hüften. »Mach mir nichts vor, Cole. Du siehst ... *seltsam* aus. Was ist passiert?«

»Ach was, na danke«, witzelte Cole.

»Ich scherze nicht«, sagte Felicity mit leiser Stimme. »Du siehst ... superernst aus. Du bist normalerweise nicht ernst. Es sei denn, du versuchst gerade, mich davon zu überzeugen, nicht die Stadt zu verlassen.« Sie lächelte, um ihn wissen zu lassen, dass sie ihn nur neckte, und sagte dann: »Was ist los?«

Cole seufzte. »Ich habe jemanden kennengelernt. Ein Mädchen.«

Felicity riss die Augenbrauen hoch, als sie nach Luft schnappte und eine Hand auf ihr Herz drückte. »Ein echtes, lebendiges Mädchen? Sei still, mein schlagendes Herz!«

»Halt die Klappe«, sagte Cole zu ihr und gab ihr einen leichten Klaps auf den Arm. »Ich bin mir ziemlich sicher, dass sie in Schwierigkeiten steckt.«

Alle Belustigung verschwand von Felicitys Gesicht. »Was ist los? Soll ich Ryder anrufen?«

Cole schüttelte den Kopf. »Nicht nötig. Ich habe bereits ein Treffen mit allen von Ace Security vereinbart.«

»Wirklich?«

»Ja.«

»Sie muss wirklich in der Klemme stecken, wenn du gleich alle zusammengetrommelt hast.«

»Das ist es ja gerade. Ich weiß nichts Genaues über ihre Situation. Ich habe sie nur einmal getroffen, aber sie hat mir genug erzählt, dass mir die Nackenhaare zu Berge stehen.«

»Wer ist sie?«

»Ihr Name ist Sarah Butler.«

»Und?«

»Und nichts. Das ist so ziemlich alles, was ich weiß. Sie fängt heute mit ihren Selbstverteidigungsstunden bei mir an.«

»Du musst doch noch mehr wissen als das«, beschwerte sich Felicity.

»Ich weiß, dass sie sich nicht sicher fühlt. Dass sie einen Verehrer hat, der ihr Unbehagen bereitet. Die Polizei hält ihn nicht für eine Bedrohung, aber sie schon.«

Felicity runzelte die Stirn. »Die Polizei glaubt ihr nicht?«

Cole schüttelte den Kopf. »Um fair zu sein, es gibt nicht viele Beweise, die darauf hindeuten, dass er gefährlich ist.«

»Das ist Blödsinn«, wetterte Felicity.

»Sie können nicht jedes Mal ermitteln, wenn eine Frau einen Liebesbrief erhält und die Zuneigung der Person nicht erwidert.«

Felicity musterte Cole. »Ich verstehe, wie du dazu stehst. Dein Tonfall sagt mir, dass du denkst, sie könnte möglicherweise zu vorsichtig sein. Aber die Tatsache, dass du ein Treffen mit Ryder und allen anderen hast, sagt etwas anderes aus.«

»Sie hat Todesangst«, sagte Cole und sprach laut aus, was er seit dem Treffen mit Sarah dachte. »Oberflächlich betrachtet muss ich der Polizei recht geben.« Er hob seine

Hand, um das Widerwort zu stoppen, von dem er wusste, dass Felicity es gleich äußern würde. »Aber ich habe weder die Briefe noch die Geschenke gesehen, die sie angeblich erhält. Ich weiß allerdings, wie verängstigt sie ist. Und ich bezweifle, dass sie Ace Security um Hilfe gebeten hätte, wenn die Sache nicht ernst wäre.«

»Wenn sie die Jungs schon selbst angerufen hat, wie bist du da hineingeraten und warum willst du dich jetzt ihretwegen mit ihnen treffen?«

»Logan hat sie für Selbstverteidigungsstunden an mich verwiesen.«

»Er hat ihren Fall nicht übernommen?«

»Ich glaube, es war eine Frage des Geldes. Sie fand heraus, wie viel es kosten würde, sie zu beauftragen, und hat einen Rückzieher gemacht. Du weißt ja, wie er ist. Er wollte sie nicht einfach nichts tun lassen. Also hat er sie an mich verwiesen.«

»Und jetzt verweist du sie zurück an sie«, schloss Felicity.

»Das ist kein gewöhnlicher Fall, glaube ich. Ich treffe mich heute Abend mit Sarah und werde versuchen, mehr Informationen über den Typen zu bekommen, der glaubt, in sie verliebt zu sein. Und ich werde versuchen, sie zu überzeugen, mit Logan und den anderen zu sprechen. Wenn schon nichts anderes, können sie sich das Pogesicht wenigstens genauer ansehen und sie wissen lassen, wie gefährlich er ihrer Meinung nach sein könnte.«

»Wenn du diesem Kerl schon einen deiner typischen, beschissenen Spitznamen gibst, dann weiß ich, wie du zu dem Thema stehst«, sagte sie grinsend.

»Irgendetwas an diesem Fall macht mich extrem nervös. Und du hast Sarah nicht gesehen. Sie wollte mich nicht zu spät nach Feierabend treffen, weil es dann dunkel wäre.

Und sie klammerte sich an dieses katzenförmige Schlagringteil, als wäre es alles, was zwischen ihr und dem sicheren Tod stünde. Und ich möchte diesen Kerl *wirklich* gern ein Arschloch nennen und ihm noch zehn andere Schimpfwörter geben, aber ich versuche, weniger zu fluchen, damit Grace' Babys nicht *verdammt* oder *scheiße* als ihre ersten Worte sagen. Deshalb werde ich eben kreativ.«

Felicity sagte eine Weile nichts und nickte dann schließlich. »Du bist ein guter Kerl, Cole.«

»Ähm ... danke?«, sagte er und runzelte die Stirn.

»Ich meine es ernst. Du hast noch nie gezögert einzugreifen, wenn es brenzlig wurde. Sieh dir mal meine Situation an. Wenn überhaupt, denke ich manchmal, dass dein Herz einfach zu groß ist. Du willst immer jedem helfen.«

»Ist das schlecht?«

»Nein«, sagte sie sofort. »Ich mache mir nur Sorgen um dich. Ich hoffe sehr, dass diese Frau dich zu schätzen weiß und dein großzügiges Wesen nicht ausnutzt.«

Cole lächelte Felicity an. Sie hatten sich vor fünf Jahren kennengelernt, als sie beim Joggen im Park buchstäblich ineinandergelaufen waren. Sie hatten sich sofort verstanden. Keiner von beiden hatte je romantische Gefühle für den anderen gehabt, aber sie hatten beschlossen, gemeinsam ein Geschäft zu eröffnen. Es war die beste Entscheidung, die er je getroffen hatte.

»Danke. Aber ich bin mir nicht sicher, ob du den Prediger anrufen solltest, der dich und Ryder und Blake und Alexis verheiratet hat. Ich kenne Sarah doch noch gar nicht.«

»Aber du magst sie«, beharrte Felicity.

Cole öffnete den Mund, um es abzustreiten, aber er wusste, dass er es nicht konnte. »Vielleicht. Sie hat einfach irgendetwas an sich.«

»Sei vorsichtig«, warnte Felicity. »Wenn sie einen Stalker hat, jemand, der denkt, dass sie ihm gehören sollte, könntest du in Gefahr schweben, wenn er den Eindruck bekommt, dass ihr zusammen seid. Ich will wirklich nicht, dass du mitten in ihre Situation hineingerätst. Und glaub mir, ich weiß besser als jeder andere, wie schrecklich es ist, wenn jemand, den man liebt, wegen deinem Scheiß in Gefahr schwebt.«

»Es war nicht dein Scheiß«, sagte Cole zu ihr. »Es war Joseph Waters, der Grace' Baby entführt hat.«

»Weil er versucht hat, an mich heranzukommen«, sagte Felicity leise.

Cole trat auf Felicity zu, nahm ihr Gesicht zwischen seine Hände und zwang sie, ihm in die Augen zu sehen. »Es. War. Nicht. Deine. Schuld.«

Sie zögerte, nickte aber schließlich.

»Und ich werde vorsichtig sein«, fuhr Cole fort, nachdem er seine Hände hatte sinken lassen und einen Schritt zurückgetreten war. »Außerdem ist es vielleicht wirklich nur ein Verehrer, der es zu weit treibt. Und sobald er merkt, dass Sarah seine Zuneigung nicht erwidert, wird er sich zurückziehen.«

»Das hoffe ich für euch beide.«

»Ich auch.«

»Also ... werde ich sie kennenlernen?«, fragte Felicity mit einem Grinsen.

Cole verdrehte die Augen. »Das kommt darauf an.«

»Worauf?«

»Ob du dich benehmen wirst oder nicht.«

Sie lachte. »Ich werde brav sein. Versprochen. Kann ich wenigstens Grace anrufen und ihr die Exklusivmeldung überbringen?«

»Welche Exklusivmeldung?«

»Dass du ein Mädchen kennengelernt hast und wir irgendwann im nächsten Jahr mit der Planung eurer Hochzeit beginnen sollten.«

Cole griff nach Felicity, aber sie sprang lachend zur Seite.

»Nur Spaß«, rief sie, als sie durch seine Bürotür verschwand. »Halb. Wir sehen uns nach meiner Aerobic-Stunde.«

Noch immer lachend ging Cole zu seinem Schreibtisch zurück und setzte sich. Wie gewöhnlich lagen überall Papiere herum. Er schaute sich in seinem Büro um und zuckte innerlich zusammen. Das Regal an der einen Wand war mit Büchern vollgestopft und auf der kleinen Couch an der anderen Seite lag auch noch immer ein Haufen Mist. Er musste unbedingt aufräumen. Es hatte nie ganz oben auf seiner Liste der Dinge gestanden, um die er sich kümmern musste ... aber seit er Sarah letzte Woche dort empfangen hatte, war ihm immer mehr bewusst geworden, was für ein Saustall sein Büro tatsächlich war.

Cole beschloss, dass es keinen besseren Zeitpunkt als die Gegenwart gab, um die Verschönerung seines Büros in Angriff zu nehmen, und stand auf.

Er wollte nicht zugeben, dass er putzte, weil Sarah an diesem Abend zu ihrer ersten Stunde kommen würde. Nein, das war nicht der Grund, warum er sich plötzlich so viel Mühe gab, alles aufzuräumen. Ganz und gar nicht.

Im Eiltempo ging Sarah den Bürgersteig zum Fitnessstudio entlang. Sie war sich nicht ganz sicher, ob sie so schnell ging, weil sie nervös war, sich in der Öffentlichkeit aufzuhalten, oder wegen des Mannes, der im Rock Hard Fitnessstudio auf sie wartete.

Sie hatte die letzte Woche damit verbracht, sich selbst dafür zu schelten, dass sie so oft an Cole dachte. Aber das hatte sie nicht davon abgehalten, im Internet nach ihm zu suchen. Sie konnte zunächst nicht viel über ihn finden, denn es schien Tausende von Männern mit dem Namen Cole Johnson zu geben. Aber als sie seinen Namen zusammen mit dem des Fitnessstudios eingab, konnte sie ein paar allgemeine Informationen ausfindig machen.

Er und Felicity Jones, jetzt Sinclair, hatten das Rock Hard Fitnessstudio vor etwa fünf Jahren eröffnet. Sie waren bekannt dafür, Schwarzlicht-Partys zu veranstalten, zu denen die Leute in Weiß gekleidet kamen und den ganzen Abend lang tanzten und gesellig waren, während ihre Kleidung unter ultraviolettem Licht leuchtete.

Sie fand heraus, dass er einunddreißig war, nur ein Jahr älter als sie selbst. Er hatte einen Bruder, der im Staat Washington lebte, und seine Eltern wohnten in Arizona. Das war alles, was sie hatte herausfinden können. Natürlich führte die Suche nach Informationen über Cole auch dazu, dass sie Dinge über seine Freundin Felicity und ihren Mann Ryder las, und über das Drama, das sich in nicht allzu ferner Vergangenheit abgespielt hatte. Eins führte zum anderen und schließlich hatte sie viel zu viel Zeit damit verbracht, über alle Anderson-Brüder und ihre Frauen zu lesen.

Zu sagen, sie fühlte sich eingeschüchtert, wäre eine Untertreibung gewesen.

Ihre Situation war nicht im Geringsten mit dem vergleichbar, was diese Frauen durchgemacht hatten. Wahrscheinlich hätte sie Cole anrufen, sich entschuldigen und ihm sagen sollen, dass sie es sich anders überlegt hatte und nun doch keine Selbstverteidigungsstunden mehr brauchte.

Aber sie hatte es nicht getan.

Er war völlig unerreichbar für sie. Er besaß sein eigenes Geschäft und hatte eine Menge guter Freunde, und sie war ... nur Sarah. Niemand Besonderes. Ein Waisenkind ohne enge Freunde.

Außerdem dachte er wahrscheinlich sowieso, dass sie überreagierte, genau wie die Polizei und die meisten ihrer Kolleginnen auch.

Früher an diesem Tag hatte Justine, eine von Sarahs Kolleginnen, ihr geraten, sie sollte Owens Verliebtheit ausnutzen und versuchen, teurere Geschenke zu bekommen. Aber selbst wenn sie sich nicht so sehr vor seiner Aufmerksamkeit gegruselt hätte, war sie nicht so. Sie brauchte kein »Zeug« von jemandem, der ihr wichtig war; sie brauchte nur dessen Liebe und Zuneigung.

Kopfschüttelnd holte Sarah tief Luft und öffnete die Tür zum Fitnessstudio, wobei sie fast von einem Mann umgerannt wurde, der im gleichen Moment hinausstürmte.

Er murmelte: »Entschuldigung«, und drängte sich an ihr vorbei, ohne einen Blick zurückzuwerfen.

»Ist schon gut«, sagte Sarah, obwohl sie genau wusste, dass der Mann sie nicht hören konnte, da er bereits einen halben Block entfernt war.

Sie betrat das Fitnessstudio und steuerte auf den Empfang zu. Dann hielt sie inne.

Hinter dem Tresen stand niemand anderes als Felicity Sinclair persönlich. Sarah erkannte sie von den Internet-Recherchen, die sie durchgeführt hatte. Sie hatte kurze blonde Haare und trug ein Trägerhemd, das die vielen Tätowierungen auf ihren Armen zur Schau stellte. Außerdem hatte sie ein breites Grinsen im Gesicht, als Sarah sich ihr näherte.

»Sie müssen Sarah sein«, sagte sie immer noch lächelnd.

»Ähm ... ja, das bin ich. Woher wissen Sie das?«

»Nur eine Vermutung. Cole wartet bereits auf Sie.« Felicity beäugte den Schwesternkittel, den sie trug. »Haben Sie etwas zum Umziehen dabei?«

Sarah geriet in Panik. Sie hatte gedacht, sie könnte ihren Kittel tragen, weil er so locker und bequem war. Hätte sie etwas anderes mitbringen sollen? »Nein. Hätte ich das tun sollen?«, fragte sie. »Ich kann an einem anderen Tag wiederkommen.« Tatsächlich klang das richtig gut. Vielleicht war das hier doch keine so gute Idee.

Als könnte sie Sarahs Gedanken lesen kam Felicity um den Tresen herum und legte eine Hand auf Sarahs Arm. »Was Sie anhaben, ist völlig in Ordnung. Verdammt, Sie sollten vielleicht sogar Stöckelschuhe und ein KS zu einer der Trainingsstunden tragen.«

»KS?«, fragte Sarah.

»Ein kleines Schwarzes. Ich meine, es geht hier schließlich um Selbstverteidigung, nicht wahr. Und man wird ja nicht immer bequeme Kleidung tragen. Sie müssen bereit sein, sich in allem zu verteidigen, egal, was Sie anhaben.«

Sarah wollte ihr sagen, dass sie eigentlich immer solche Kittel trug und dass sie nicht einmal ein kleines Schwarzes besaß, aber sie nickte nur. Felicity führte sie bereits durch den Flur, sodass ihre letzte Gelegenheit zur Flucht verstrich. Die andere Frau plauderte weiter über alles Mögliche, während sie sie dorthin führte, wo Cole vermutlich auf sie wartete.

»Viel Spaß«, sagte Felicity, als sie eine Tür öffnete.

Sarah lächelte sie an und sagte: »Danke.« Sie ging durch

die Tür – und blieb wie angewurzelt stehen. Sie konnte nur starren.

Der Raum war nicht übermäßig groß, obwohl er ganz offensichtlich als Aerobic-Raum oder eine andere Art Gruppen-Trainingsraum genutzt wurde. An der hinteren Wand befand sich ein Spiegel, der den Raum größer erscheinen ließ, als er eigentlich war. Auf dem Holzboden lagen Matten ... aber es war Cole, der sofort ihre Aufmerksamkeit erregte.

Er hatte sie nicht hereinkommen sehen und machte gerade Klimmzüge an einer Stange rechts von ihr. Er war ihr fast vollständig mit dem Rücken zugewandt, sodass sie ihn nach Herzenslust bestaunen konnte.

Seine tätowierten Oberarme wölbten sich, als er sich hochzog und langsam wieder herabsenkte. Er trug eine kurze schwarze Hose, ein weißes Muskelshirt, Sportsocken und Schuhe. Sein Körper schimmerte und glänzte vor Schweiß.

Er war buchstäblich ein wandelnder feuchter Traum – und Sarah schluckte schwer. Sie war sich nicht sicher, ob sie das hier hinbekommen würde. Die Idee zu lernen, sich nur für alle Fälle selbst zu schützen, war eine Sache. Aber die Realität, mit Cole auf Tuchfühlung gehen zu müssen, während er sie trainierte, war etwas ganz anderes.

Sie konnte es zugeben.

Sie fühlte sich offiziell eingeschüchtert.

Sarah drehte sich um, um zu gehen, aber Cole musste die Bewegung im Spiegel gesehen haben. Er ließ die Stange los und drehte sich zu ihr um.

»Sarah«, sagte er mit einem Lächeln, als er sich näherte.

Sie lächelte unbeholfen zurück. Es gab keinen Zweifel daran, dass Cole gut aussah, aber wenn er sie mit diesem Tausend-Watt-Lächeln anstrahlte, war er einfach nur umwerfend.

»Hi«, sagte sie etwas unbeholfen.

»Hi«, erwiderte er. »Es ist schön, Sie zu sehen.«

»Ähm ... Sie ebenfalls.«

»Wie war die Arbeit?«

»Gut. Es war Arbeit.«

Er stand jetzt nahe genug vor ihr, um sie zu berühren. Als er seine Hand ausstreckte, hob Sarah automatisch die ihre, um sie zu schütteln. Seine warmen Finger schlossen sich um ihre und sie fragte sich – schockierenderweise –, was er wohl tun würde, wenn sie sich vorbeugen und mit ihrer Zunge über seinen Hals lecken würde.

Innerlich schimpfte sie wegen dieses bizarren Gedankens mit sich selbst und versuchte, sich auf das zu konzentrieren, was Cole sagte. Und nicht darauf, wie köstlich er in seiner Trainingskleidung aussah oder sich zu fragen, ob er diese Tätowierungen überall hatte.

Gott, so war sie normalerweise nicht. Überhaupt nicht!

Warum Cole einen solchen Einfluss auf sie hatte, wusste sie nicht. Aber sie musste sich zusammenreißen.

Es schien, als hielte Cole ihre Hand länger fest, als es angemessen war, aber vielleicht bildete sie sich das auch nur ein. Er ließ ihre Hand los, bevor sie sich zu sehr darüber wundern konnte, und fragte: »Was genau machen Sie beruflich?«

»Ich bin zertifizierte Pflegehelferin. Ich helfe den Patienten bei so ziemlich allem. Ich bette sie um, messe Blutdruck und Temperatur, nehme ihre Anrufe entgegen, erkläre ihnen medizinische Sachen, die sie nicht verstehen, füttere sie, reinige die Zimmer und die Bettwäsche, assistiere bei medizinischen Eingriffen, verbinde Wunden ... nur um ein paar Dinge zu nennen.«

Cole zeigte auf ihre Kleidung. »Das erklärt den Kittel.«

Sarah zuckte mit den Schultern. »Ja.«

»Gefällt es Ihnen?«

Sie runzelte die Stirn. »Ob es mir gefällt?«

»Ihr Job.«

Sie nickte.

»Sie wollen nicht aufsteigen und Krankenschwester werden? Oder Ärztin?«

Sie schätzte die Tatsache, dass er das Wort *Ärztin* am Ende seiner Frage hinzugefügt hatte. Die meisten Leute dachten bei Ärzten an Männer, dabei war das einfach nur dumm. Es gab viele Ärztinnen. Sie schüttelte den Kopf. »Nein. Ich unterhalte mich gern mit Menschen. Ich verbringe gern Zeit mit ihnen und lerne sie kennen. Besonders diejenigen, die nicht viel Besuch von der Familie bekommen. So viele Menschen sind einsam und ich möchte gern glauben, dass ich auf meine Weise einen Unterschied in ihrem Leben mache.«

»Krankenschwestern und Ärzte verbringen keine Zeit mit ihren Patienten?«

»Doch, das tun sie schon.« Sarah versuchte, sich zu erklären. »Aber es ist nicht dasselbe. Sie konzentrieren sich auf die Symptome und die Behandlung. Ich habe ein bisschen mehr Zeit, die Patienten persönlich kennenzulernen. Oft erzählen sie mir Dinge, die sie vergessen haben, der Schwester oder dem Arzt gegenüber zu erwähnen. Oder ich bin in der Lage herauszufinden, ob sie lügen, was ihre Schmerzen betrifft, oder ob sonst irgendetwas mit ihnen nicht stimmt.«

Sarah bemerkte die Art und Weise, wie Cole sich auf sie konzentrierte, während sie sprach. Er schaute sich nicht ständig um, schenkte ihr auch nicht nur seine halbe Aufmerksamkeit und schien keine Fragen zu stellen, nur um höflich zu sein. Sie konnte erkennen, dass er tatsächlich an dem interessiert war, was sie sagte.

»Aber Sie könnten mehr Geld verdienen, wenn Sie eine examinierte Krankenschwester wären, nicht wahr?«, fragte er.

»Natürlich. Aber es geht mir nicht ums Geld. Ich verdiene genug, um gut davon zu leben, und das reicht mir aus. Ich hatte nie den Ehrgeiz, Millionärin oder so etwas zu werden. Ich will einfach nur ein anständiges Leben führen, vielleicht ab und zu mal essen gehen und einfach glücklich sein. Außerdem habe ich durch die Auszahlung der Lebensversicherung meiner Väter genügend Geld.«

In dem Augenblick, in dem die Worte ihren Mund verlassen hatten, wollte Sarah sie auch schon zurücknehmen.

Sie war nervös und sprach, ohne vorher darüber nachzudenken. Zwei Väter zu haben war nicht gerade die Norm, und die Tatsache, dass sie einem Fremden gegenüber persönliche Dinge wie ihre finanzielle Situation ausplauderte, war nicht sonderlich klug.

Aber anstatt es sofort zu kommentieren, legte Cole seine Hand auf den Riemen ihrer Handtasche, der von ihrer Schulter gerutscht war. »Darf ich?«, fragte er.

Sarah nickte und schaute zu, wie er ihr ihre Handtasche abnahm und sie an einen Haken neben der Tür hängte. Dann zeigte er auf die Matten in der Mitte des Raumes. »Sollen wir uns setzen, während wir uns unterhalten? Ich weiß zwar, dass der Boden nicht gerade der bequemste Ort der Welt ist, aber ...«

»Natürlich«, sagte Sarah sofort. »Der Boden passt schon.« Sie folgte ihm ein paar Schritte, wobei sie sich wirklich bemühte, ihm nicht auf den Hintern zu starren. Dann setzte sie sich im Schneidersitz auf die Matte ihm gegenüber.

Er tat es ihr gleich, setzte sich und beugte sich nach

vorn, wobei er die Ellbogen auf seinen Knien abstützte. Jede kleine Geste seiner nonverbalen Körpersprache deutete darauf hin, dass er sich voll und ganz auf ihr Gespräch konzentrierte. Das gefiel ihr.

»Also ... Ihre Väter?«

Sarah seufzte. »Als ich sechs Jahre alt war, wurde ich von Mike und Jackson adoptiert. Sie haben mir beigebracht, was es bedeutet, eine liebevolle Familie zu haben.« Sie lächelte leicht. »Ich strebe danach, eines Tages eine Beziehung zu führen, wie sie sie hatten.«

»Sie sind verstorben?«, fragte Cole sanft.

»Erinnern Sie sich an den Bombenanschlag vor etwa vier Jahren in einem Nachtklub in Denver?«, fragte Sarah.

Cole nickte. Dann schossen seine Augenbrauen in die Höhe. »Nein! Scheiße.«

»Ja. Sie gingen fast nie aus, aber an diesem Abend hatten sie beschlossen, ihren Jahrestag zu feiern. Sie wollten sich einfach nur amüsieren, als dieser Typ entschied, seine Missbilligung des schwulen Lebensstils zu zeigen und den Klub in die Luft zu jagen. Mike und Jackson waren zwei der zehn Todesopfer.«

»Das tut mir so leid«, sagte Cole sanft und griff nach ihrer Hand.

Sarah kämpfte mit den Tränen. Sie hatte schon lange nicht mehr wegen des Todes ihrer Väter geweint. »Ja. Es war beschissen. Da ihre Familien sie nicht so akzeptierten, wie sie waren, habe ich alles geerbt. Das Haus ist abbezahlt, also habe ich keine Hypothek, und der Rest des Geldes ermöglicht es mir, weiterhin das zu tun, was ich liebe, ohne mir Sorgen machen zu müssen.«

»Es klingt, als hätten sie Sie sehr geliebt. Und ich kann in Ihrer Stimme hören, wie sehr auch Sie sie geliebt haben.«

»Sie haben mir buchstäblich das Leben gerettet. Es war

nicht leicht für sie ... zwei schwule Männer, die ein kleines Mädchen adoptierten ... das war vor über zwanzig Jahren nicht gerade normal, aber sie haben mir nie, nicht ein einziges Mal, das Gefühl gegeben, dass ich eine Last bin. Obwohl ... es gab immer noch Zeiten, in denen ich mich wie ein Außenseiter fühlte, sogar bei ihnen. Ich meine, sie waren definitiv eine eingeschworene Einheit. Wegen ihrer sexuellen Orientierung fühlte es sich manchmal so an, als stünden sie gegen den Rest der Welt. Vielleicht ist das auch ein Ding mit Pflegekindern. Sie haben mich geliebt und ich sie, aber es gab trotzdem Zeiten, in denen ich das Gefühl nicht loswurde, ich würde mich irgendwie in ihr Leben drängen.«

Cole drückte ihre Hand. Er ließ sie nicht wieder los und Sarah hatte es nicht eilig, sie wegzuziehen. Sie hatte keine Ahnung, warum sie solch intime Gedanken mit ihm teilte, aber irgendetwas an der kleinen Verbindung ihrer Hände gab ihr das Gefühl, sicher zu sein und weitersprechen zu können.

»Als sie mich schließlich adoptierten, hatte ich Todesangst vor Frauen. Ich war zuvor in zwei anderen Pflegefamilien gewesen, wo ich tagsüber in Schränke gesperrt wurde, weil ich zu laut war. Die Frauen schubsten mich herum und behandelten mich wie Dreck ... zumindest bis ihre Männer nach Hause kamen. Dann waren sie zuckersüß. Also war ich überglücklich darüber, bei Mike und Jackson zu wohnen. Mir *gefiel* die Tatsache, dass sie nicht mit Frauen verheiratet waren.«

»Das muss beängstigend für Sie gewesen sein«, sagte Cole.

»Das war es auch. Aber von dem Augenblick an, in dem ich meine Väter traf, fühlte ich mich bei ihnen wohl. Ich habe es nie vermisst, eine Mutter zu haben, denn Mike und

Jackson haben alles in ihrer Macht Stehende getan, um mir ein glückliches Leben zu ermöglichen. Mike war derjenige, der Kleider mit mir einkaufte und mich für eine Pediküre in ein Spa mitnahm. Jackson war eher der typische Vater, dem es gefiel, den Jungs, mit denen ich ausging, mit Blicken zu drohen. Sie waren beide so stolz auf mich, als ich meinen Abschluss als Pflegeassistentin machte.« Sie grinste. »Sie waren auch diejenigen, die mir beigebracht haben, immer nett zu sein.«

Sarah wusste, dass sie zu viel redete, aber sie konnte sich nicht dazu bringen aufzuhören. Es war schon lange her, seit sie mit jemandem in den Erinnerungen an ihre Väter schwelgen konnte. Oft schauten die Leute sie nur unbehaglich an, wenn sie die Tatsache erwähnte, dass sie von einem schwulen Paar adoptiert worden war. Aber in Coles Blick konnte sie keine Verurteilung erkennen. Nur Interesse.

»Ja?«, fragte er und ermutigte sie weiterzusprechen.

»Ja. Mike hat immer gesagt, es wäre einfach, gemein zu sein. Auf jemanden herabzuschauen. Sich über jemanden lustig zu machen. Ein Arschloch zu sein. Dass es einen Mangel an Manieren und Mitgefühl bewies. Nett zu sein ist eine Entscheidung. Eine, die manchmal verdammt schwer ist. Und wenn man darüber nachdenkt, verschlimmert Gemeinsein eine Situation oft. Es bringt den anderen auf die Palme und alles kann im Handumdrehen eskalieren. Aber einfach *Es tut mir leid* oder *Mein Fehler* zu sagen, kann alles beruhigen.«

»Das ist wahr«, sagte Cole.

Mit dem Daumen strich er nun über Sarahs Handrücken und sie zwang sich weiterzusprechen. Anstatt sich auf ihn zu stürzen, ihn auf den Rücken zu drängen und zu Tode zu knutschen.

»Ich weiß aus eigener Erfahrung, wie viel ein Lächeln

für jemanden bedeuten kann, der einen schlechten Tag hatte. Oder wenn man sich die Zeit nimmt, jemandem im Geschäft zu helfen, die Einkäufe in den Wagen zu bringen. Oder jemandem einen Kaffee oder seine Mahlzeit in einem Restaurant zu bezahlen. Oder sich einfach zu jemandem zu setzen und ihm zuzuhören. Nett zu sein muss kein Geld kosten und ich denke, dass die Tatsache, dass die Menschen so überrascht von netten Gesten sind, viel über die heutige Gesellschaft aussagt. Darüber, wie verkorkst sie ist. Alle kümmern sich nur um sich selbst und weniger darum, wie andere sich fühlen. Wenn ich also etwas ganz Simples tue, wie einer Mutter anzubieten, ihr Baby zu halten, während sie im Wartezimmer die erforderlichen Formulare ausfüllt, und sie dann zu weinen beginnt, wenn sie sich bei mir bedankt, dann ist das fast traurig. Ergibt das einen Sinn?«

»Völlig. Und das haben Sie von Ihren Vätern gelernt?«

»Ja. Sie waren immer die Ersten, die jemandem anboten, kostenlos zu babysitten, oder einer Familie, die in einem Brand alles verloren hatte, Lebensmittel und Kleidung zu spenden. Oder jemandem einfach nur die Hand zu halten, wenn er einen schlechten Tag hatte. Einige meiner besten Momente bei der Arbeit waren die, wenn ich einfach nur an einem Krankenbett saß und dem Patienten die Hand hielt, während wir gemeinsam fernsahen. Ich denke, diese menschliche Verbindung fehlt in der heutigen Welt. Wir sind alle so sehr damit beschäftigt, Mist in den sozialen Medien zu teilen und allen zu zeigen, wie perfekt unser Leben ist, oder irgendwelche Serien im Fernsehen zu schauen oder zu versuchen, unsere Nachbarn zu über-trumpfen, dass wir vergessen haben, wie es ist, etwas für jemand anderen zu tun, ohne eine Gegenleistung zu erwarten.«

Sarah verstummte und zuckte innerlich zusammen. Sie

hatte immer weitergeredet und klang wahrscheinlich wie der größte Gutmensch aller Zeiten. Aber sie war ehrlich gewesen. Ihr fiel es viel leichter, nett zu sein, als ein Miststück.

Sie begegnete Coles Blick und wartete darauf, dass er etwas sagen würde. Irgendetwas.

Er starrte sie einen langen Moment an ... bis sie tatsächlich anfing, nervös zu werden. Sie zog an ihrer Hand, aber er hielt sie noch fester und schloss seine andere freie Hand um ihre verschränkten Finger.

»Sie verblüffen mich, Sarah.«

Sie schüttelte den Kopf. »Ich bin einfach ich. Niemand Besonderes.«

»Da irren Sie sich. Sie sind so viel mehr. Sie könnten über alles, was Ihnen widerfahren ist, verbittert sein, sind es aber irgendwie nicht. Wissen Sie eigentlich, wie selten das ist?«

Sarah konnte lediglich in seine grünen Augen starren und den Kopf schütteln.

»Das ist es.«

»Eine der Ärztinnen bei der Arbeit hat mir gesagt, dass sie meine ewig positive Einstellung nervig findet.«

»Die kann Ihnen den Buckel runterrutschen.«

Sarah unterdrückte ein Lachen. »Sie haben noch nicht genügend Zeit in meiner Nähe verbracht, um zu wissen, ob ich nervig bin oder nicht.«

»Ich garantiere Ihnen, dass ich Sie niemals für nervig halten werde«, sagte Cole in einem ernsten Ton, der eine Gänsehaut auf Sarahs Armen verursachte. »Ich wette, Sie haben dem Arschloch, das Ihre Väter umgebracht hat, schon verziehen, nicht wahr?«

Sarah ließ den Blick sinken und starrte auf ihre verschränkten Hände hinunter, die auf seinem Knie ruhten.

Sie zuckte mit den Schultern. »Es ist nicht seine Schuld, dass seine Eltern ihn dazu erzogen haben, intolerant gegenüber denen zu sein, die anders sind als er.«

»Sehen Sie mich an«, befahl Cole.

Sie holte tief Luft und schaute ihm in die Augen.

»Verändern Sie sich nie. Sie haben recht. Die Welt braucht mehr Menschen wie Sie. Ich gehöre zu den Arschlöchern, die immer über Leute schimpfen, die zu langsam oder zu schnell fahren. Ich ärgere mich im Supermarkt, wenn jemand mit einem richtigen Scheck anstatt mit einer Kreditkarte bezahlt. Und ich habe noch nie jemandem angeboten, ihm beim Einladen der Lebensmittel in den Wagen zu helfen. Zum einen, weil ich noch nie darüber nachgedacht habe, aber auch, weil es keine gute Idee ist, wenn ein Mann wie ich sich einer Frau auf einem Parkplatz nähert. Aber ich ...«

»Ein Mann wie Sie?«, fragte Sarah und unterbrach ihn.

Er grinste. »Ja. Tätowiert. Bart. Manche Frauen würden schreiend davonlaufen, wenn ich ihnen zu nahe komme.«

Sarah kicherte. »Sie würden vielleicht schreien, aber nicht aus dem Grund, den Sie vielleicht im Kopf haben.« Die Worte waren ihr einfach so herausgerutscht und ihre Wangen wurden sofort heiß.

Cole lächelte und wenn sie gestanden hätten, hätte Sarah gewusst, dass ihr bei diesem Anblick die Knie weich geworden wären. »Aha. Wie dem auch sei, das ist die Art von Mann, die ich bin. Ich sehe hinter jedem Winkel Gefahr lauern. Ich glaube immer, dass die Menschen die schlimmsten Hintergedanken haben. Aber das ist auch gut.«

Er hielt inne und Sarah fragte nach: »Ist es das?«

»Ja. Denn es muss Männer wie mich auf der Welt geben, um Frauen wie Sie zu beschützen.«

Sarah konnte schwören, dass sich ihr Herz bei seinen Worten in ihrer Brust überschlug.

Er fuhr fort: »Ich hätte Ihre Väter wahrscheinlich gemocht, einfach weil sie Sie zu der Frau gemacht haben, die Sie heute sind. Sie haben Sie beschützt, als Sie es am meisten brauchten, und Ihnen die Liebe gegeben, die Sie verdient haben. Sie haben auch nach ihrem Tod für Sie gesorgt und ermöglichen es Ihnen, das zu tun, was Ihnen Spaß macht, ohne dass Sie sich Sorgen um Geld machen müssen.

Ich möchte Sie gern besser kennenlernen, Sarah. Außerhalb Ihres Selbstverteidigungskurses. Ich möchte Ihnen dabei zusehen, wie Sie anderen Menschen den Tag versüßen.«

»Warum?«

»Was meinen Sie mit *warum*?«, fragte er.

»Na den Grund. Ich meine, schauen Sie sich einmal an ... und dann sehen Sie mich an. Ich würde hundert Dollar wetten, dass ich nicht die Art von Frau bin, mit der Sie normalerweise ausgehen. Verabreden Sie sich mit jeder Frau, die Sie trainieren? Es scheint nur ... so schnell zu gehen.«

Er starrte sie einen Moment lang an und runzelte schließlich die Stirn. Sie hatte das Gefühl, sie hätte ihn irgendwie enttäuscht.

»Nein, ich gehe nicht mit jeder Frau aus, die ich trainiere. Nicht einmal annähernd. Es ist schon sehr lange her, dass ich überhaupt mit *irgendwem* ausgegangen bin. Und glauben Sie mir, Sarah, ich sehe Sie an – und mir gefällt, was ich sehe. Sehr sogar. Sie haben diesen Hauch von Unschuld an sich, den ich faszinierend finde. Sie hatten ein hartes Leben, aber das hat Sie aus irgendeinem Grund nicht hart gemacht. Ich respektiere Sie und ich ... ich möchte Sie gern besser kennenlernen.«

Sie biss sich auf die Lippe und holte tief Luft, protestierte aber nicht sofort. Also fuhr er fort: »Ich möchte jemand sein, der zwischen Ihnen und den Arschlöchern dieser Welt steht. Ich habe das Gefühl, dass Ihre bloße Anwesenheit in meiner Nähe mich zu einem besseren Menschen machen wird.«

Sarah schüttelte den Kopf. »Tun Sie das nicht. Loben Sie mich nicht so in den Himmel. Ich bin kein Vorbild, das herumläuft und die ganze Welt mit Glitter besprenkelt.«

Cole lachte. Er warf den Kopf zurück und lachte, als hätte sie das Lustigste gesagt, was er je gehört hatte.

Sarah zog ein wenig beleidigt erneut an ihrer Hand, aber er weigerte sich noch immer, sie loszulassen.

Als er sich wieder unter Kontrolle hatte, sagte er: »Ich weiß, dass Sie nicht perfekt sind. Sie sind zu vertrauensvoll. Sie sehen in jedem nur das Gute, selbst wenn es gar nicht da ist. Und Sie vernachlässigen wahrscheinlich Ihre eigene Gesundheit, nur um anderen Menschen Gutes zu tun.«

»Sie lassen mich wie eine Idiotin klingen«, grummelte Sarah, obwohl sie sich insgeheim irgendwie geschmeichelt fühlte.

»Sie sind keine Idiotin. Sie sind erfrischend. Und ich bin es nicht. Ich selbst habe auch meine Fehler, wie Sie sicher bald herausfinden werden. Aber wie bereits gesagt hoffe ich, dass Sie mir die Chance geben, Sie besser kennenzulernen, und ein paarmal mit mir ausgehen. Dann stellen Sie hoffentlich fest, dass Sie mich auch mögen ... nur ein wenig.«

Sarah runzelte die Stirn. »Ich mag Sie jetzt schon, Cole, aber ich verstehe Sie nicht. Sie wissen doch gar nichts über mich. Ich könnte Sie gerade völlig anlügen und Sie hätten mir meine Lügen einfach abgekauft.«

Er lächelte erneut. »Sie lügen nicht.«

»Woher wissen Sie das?«

»Weil ich ein Experte im Lesen von Körpersprache bin. Ich hatte in meinem Leben schon mit einigen schlechten Menschen zu tun, Engel. Sie sind die, die Sie vorgeben zu sein. Was man sieht, ist das, was man bekommt.«

Sarah leckte sich nervös die Lippen und sein Blick fiel sofort auf diese kleine Geste.

Cole blieb hartnäckig. »Sagen Sie, dass Sie mit mir ausgehen werden, Sarah.«

»Ich dachte, ich wäre hier, um zu lernen, wie ich mich selbst verteidigen kann.«

»Das sind Sie auch. Und dazu werden wir auch noch kommen. Zuzustimmen, mit mir auszugehen, wird keinen Einfluss darauf haben, ob ich Ihnen ein paar Grundtechniken beibringe, die es Ihnen ermöglichen, von jemandem wegzukommen und sich in Sicherheit zu bringen oder nicht.«

»Aber wenn ich Nein sage, könnte es unangenehm zwischen uns werden.«

»Dann sagen Sie Ja«, versuchte Cole sie zu überreden. »Ich schwöre, Sie haben von mir nichts zu befürchten. Ich besorge Ihnen sogar ein paar Referenzen, wenn Sie sich dann sicherer fühlen.«

»Das ist es nicht. Ich glaube, ich fühle mich mit Ihnen sicherer als mit jedem anderen, mit dem ich je Zeit verbracht habe ...« Sie zögerte.

»Aber?«

»Ich befürchte, dass Sie mich für nervig halten werden, wenn Sie mich erst einmal kennenlernen. Zu viel Arbeit oder so. Ich arbeite unregelmäßige Stunden und manchmal verrückte Schichten. Und ich habe im Internet nach Ihnen gesucht. Ich weiß von Ihrer Freundin und was mit ihr passiert ist. Und ich habe über die Andersons gelesen. Ich will wirklich nicht, dass Owen wütend wird, wenn er uns zusammen sieht – denn das wird er –, und dann seine Wut an Ihren Freunden auslässt. Wenn diesen wunderschönen Babys meinetwegen irgendetwas zustößt, würde ich sterben.«

»Atmen Sie, Engel. Atmen Sie tief durch. Ihnen wird nichts geschehen. Glauben Sie etwa, Logan würde zulassen, dass so etwas noch einmal passiert?«

»Sie können Menschen nicht kontrollieren, Cole«, drängte Sarah. »Sie sind unberechenbar.«

»Gut. Dann treffen wir uns mit Logan, Blake, Nathan und Ryder und sorgen dafür, dass sie alles über diesen Owen wissen. Wir lassen sie nachforschen und entscheiden, was ihn dazu bringen wird, sich zurückzunehmen. Und in der Zwischenzeit treffen wir uns bei mir zu Hause. Oder hier. Oder bei Ihnen zu Hause. Wir werden Owen unsere Beziehung nicht unter die Nase reiben. Wir werden diskret sein. Wie hört sich das an?«

Sarah konnte ihn nur mit offenem Mund anstarren. »Wie sind wir denn davon, dass ich nur ein paar Tipps haben wollte, um mich selbst zu schützen, dazu gekommen, dass Ace Security gegen Owen ermittelt und wir beide im Haus des jeweils anderen abhängen?«

Er lächelte sie erneut an, beantwortete ihre Frage jedoch nicht.

Sie holte tief Luft und gab ihm die einzige Antwort, die sie geben konnte. »In Ordnung.«

Er strahlte. »In Ordnung«, sagte er leise. Dann ließ er endlich ihre Hand los und stand auf, bevor er ihr dieselbe

Hand sofort wieder entgegenstreckte. »Zeit für Ihre erste Lektion.«

Automatisch griff sie nach oben und erlaubte ihm, ihr vom Boden aufzuhelfen. Sie war sich nicht sicher, was sie erwartet hatte. Einen Kuss, um die Abmachung zu besiegeln? Eine Umarmung? Eine Diskussion darüber, wann und wo sie sich das erste Mal treffen würden? Aber bis jetzt hatte Cole nichts so getan, wie sie es von ihm erwartet hätte.

»In der ersten Lektion für heute lernen Sie, wie Sie einen Mann dazu bringen, Ihre Hand loszulassen, wenn er sie viel zu lange festgehalten hat und Sie sich dabei unwohl fühlen.«

Sarah wusste, dass er sich auf ihre schwachen Versuche bezog, ihre Hand seinem Griff zu entziehen. Sie errötete. Aber er hatte recht. Das war etwas, was sie wissen sollte. Es würde sich auch im Krankenhaus als nützlich erweisen, nur für den Fall, dass sich einer der Patienten oder eines der Familienmitglieder ihr ein wenig zu sehr näherte, wie es in der Vergangenheit bereits geschehen war.

Während sie sich auf seine Anweisungen konzentrierte, tat sie ihr Bestes, um ihre Nervosität darüber, mit Cole auszugehen, zu überwinden.

KAPITEL VIER

Am Ende ihrer ersten Stunde begleitete Cole Sarah zu ihrem Wagen. Die Chemie zwischen ihnen war während ihres Trainings stark gewesen, aber er hatte sein Bestes getan, um bei der Sache zu bleiben, während er ihr beibrachte, wie man sich am besten aus einigen einfachen Griffen befreite. In den nächsten Stunden würde er ihr beibringen, wie man jemanden verletzte, der versuchte, einen an der Flucht zu hindern.

»Wie fühlen Sie sich mit dem, was Sie heute Abend gelernt haben?«, fragte er, als sie zu ihrer Wagentür kamen.

»Ziemlich gut. Aber es ist schon nervenaufreibend, daran zu denken, die Dinge, die Sie mir beigebracht haben, tatsächlich anwenden zu müssen.«

»Wir werden weiter üben. Je öfter Sie es tun, desto leichter wird es Ihnen fallen. Bald wird es Ihnen in Fleisch und Blut übergehen und Sie werden einfach automatisch reagieren.«

Sie nickte. »Ich weiß es sehr zu schätzen, dass Sie mir helfen.«

»Wann haben Sie das nächste Mal Zeit?«

»Für meine nächste Stunde?«, fragte sie.

»Das auch.«

Sie starrte ihn an. »Im Ernst?«

»Ja. Ich würde Ihnen nach Feierabend gern einmal ein Abendessen kochen. Ich möchte alles über Ihre Schicht und die interessanten Leute hören, die Sie an diesem Tag getroffen haben.«

»Ich darf über die meisten Dinge, die ich tue, nicht sprechen. Datenschutz, Sie wissen schon«, sagte sie zu ihm.

Cole grinste. »Das weiß ich doch, Engel. Ich meinte eher die Leute im Allgemeinen und nicht das, was sie plagt.«

»Oh.«

»Und ich möchte auch einen Termin vereinbaren, zu dem Sie zu Ace Security kommen und sich mit den Andersons zusammensetzen können.« Er verbarg ein Grinsen über die Art, wie sie die Nase in Falten zog, und fuhr fort: »Ich weiß, dass es scheiße ist. Aber je mehr Informationen Logan und die anderen haben, desto mehr können sie über Owen herausfinden. Und wenn er in irgendeiner Weise eine Bedrohung darstellt, werden sie es in Erfahrung bringen und alles tun, um ihn zu stoppen. Das wollen Sie doch auch, oder?«

»Oh ja«, hauchte sie. »Ich kann mich gar nicht mehr erinnern, wie es ist, mir keine Sorgen zu machen, wenn ich die Post hole, oder mich nicht zu fragen, was er heute in seinem Brief geschrieben hat. Oder irgendein ›Geschenk‹ zu finden, das er für mich hinterlassen hat. Aber ich habe sie bereits kontaktiert. Sie haben gesagt, sie wären ausgebucht. Das und mir war auch nicht bewusst, wie teuer es ist, sie zu engagieren.«

»Hm. Das macht nichts, Engel. Ich weiß, dass sie helfen werden, wenn sie Ihre Geschichte hören.«

»Ich will aber nicht, dass sie den Fall von jemand

anderem vernachlässigen, nur weil sie meinen annehmen«, protestierte sie.

Cole schüttelte den Kopf. »Das werden sie nicht. Ich verspreche es.«

Sarah seufzte. »In Ordnung. Wenn Sie denken, dass es notwendig ist. Vielleicht finden sie etwas heraus, dass ich mir zunutze machen kann, damit er sich zurückzieht und mich vergisst.«

Cole wollte sagen, dass er bezweifelte, dass Owen sich zurückziehen würde. Der Mann wusste offensichtlich, dass Sarah der beste Mensch war, den er jemals finden würde, und er wollte sie für sich selbst haben.

Nicht dass Cole anders gewesen wäre. In der Sekunde, in der er sie kennengelernt hatte, hatte Sarah einen Nerv in ihm getroffen. Und jetzt, da er sie ein bisschen besser kannte und ihre intensive Chemie spürte? Ja, er wollte unbedingt sehen, wohin die Dinge zwischen ihnen führen könnten. »Wir müssen außerdem einen Termin für Ihre nächste Stunde vereinbaren.«

»So wie es klingt, werden Sie meinen ganzen Freizeitkalender füllen«, witzelte Sarah.

»Verdammt richtig«, sagte Cole mit ernster Miene.

»Ich habe die nächsten beiden Tage frei, dann habe ich wieder drei Zwölfstundenschichten. Danach habe ich wieder drei Tage frei, bevor meine Schichten wieder von vorne beginnen. Irgendwann werde ich allerdings in die Nachtschicht versetzt werden. Dann ist es schwieriger für mich, Dinge zu tun, weil ich tagsüber nur schlafen will.«

»Wir kriegen das schon hin«, sagte Cole zuversichtlich. Er konnte sich dabei den Gedanken nicht aus dem Kopf schlagen, wie sie ihre Tage in seinem Bett verschlafen würde. Es war verrückt, wie sehr er sich schon nach wenigen Stunden zu Sarah hingezogen fühlte. Aber alles, was er über sie erfuhr, faszinierte ihn nur noch mehr.

»Ich habe gar nicht nachgefragt ... und ich fühle mich schrecklich deswegen, wenn ich jetzt darüber nachdenke. Aber leiten Sie nur das Fitnessstudio oder machen Sie noch irgendwas anderes?«

Cole grinste. »Ja, Engel. Das Fitnessstudio ist definitiv ein Vollzeitjob. Aber ich erzähle Ihnen gern alles, was Sie über mich und mein Leben wissen wollen, wenn Sie zum Abendessen vorbeikommen.« Er spürte, wie ihm die Brust anschwoll, als sie nickte.

»Ich werde gleich morgen früh Logan anrufen und nachfragen, ob er und die anderen Zeit haben, sich mit uns über Ihre Situation zu unterhalten. Das werden wir als Erstes klären, in Ordnung?«

Sarah atmete tief ein und zischend wieder aus. »Ja. Aber ich muss zuerst ein paar Sachen zu Hause erledigen.«

»Was für Sachen?«

Sie zuckte mit den Schultern. »Den Rasen mähen zum Beispiel. Und den meiner Nachbarin auch.«

»Kann sie nicht ihren eigenen Rasen mähen?«

Sarah schüttelte den Kopf. »Nein. Mrs. Grady ist über achtzig, möchte aber nicht aus dem Haus ausziehen, weil ihr Mann letztes Jahr gestorben ist und sie ihn schrecklich vermisst. Ihre Kinder besuchen sie nur selten und sie braucht Hilfe bei der Hausarbeit.«

»Irgendetwas sagt mir, dass Sie viel mehr tun, als nur im Garten zu helfen«, sagte Cole trocken.

Sarah errötete. »Ich mag sie. Und es fällt mir nicht schwer, Zeit mit ihr zu verbringen und sie erzählen zu lassen, während ich einmal pro Woche ihr Haus aufräume.«

Ja, allerdings. Sarah Butler war ein wundervoller Mensch. »Wie wäre es damit? Ich komme morgen vorbei und mähe sowohl Ihren als auch Mrs. Gradys Rasen. Und ich werde sehen, ob wir uns übermorgen mit den Jungs treffen können.«

Sie starrte ihn mit offenem Mund an. »Aber Sie müssen doch arbeiten.«

»Ich habe Zeit für beides, sowohl für das Fitnessstudio als auch für Sie«, erwiderte Cole. »Außerdem schuldet Felicity mir etwas, nachdem sie sich eine ganze Woche lang freigenommen hat. Was sagen Sie?«

»Ich ... ich habe das nicht gesagt, damit Sie mir helfen, Cole«, sagte Sarah verlegen.

»Ich weiß. Und genau deshalb *möchte* ich es machen.«

»In Ordnung. Dann danke ich Ihnen.«

»Nichts zu danken. Wenn Sie mir Ihre Nummer geben, rufe ich Sie an oder schicke Ihnen eine Kurznachricht, sobald ich mich morgen auf den Weg mache.«

Sie stimmte zu und sie tauschten ihre Nummern aus. »Oh, Sie brauchen auch noch meine Adresse, nehme ich an. Ich wohne allerdings in Parker. Sie wollen wahrscheinlich nicht den ganzen Weg dort rausfahren, nur um Rasen zu mähen.«

Cole war überrascht. »Ich wusste nicht, dass Sie so weit draußen wohnen«, sagte er mit einem leichten Stirnrunzeln. Der Gedanke daran, dass sie täglich lange Strecken fuhr, besonders im Winter, wenn Schnee und Eis das Fahren auf den Straßen gefährlich machten, missfiel ihm.

Sie nickte. »Ja, dort befindet sich das Haus meiner Väter.«

Er wollte, dass sie weitersprach. Er war in Konversation noch nie wirklich gut gewesen, aber er fand, dass er ihr den ganzen Tag zuhören könnte.

Es würde warten müssen, entschied er; sie hatten lange genug auf dem Parkplatz gestanden. Mit Owen, der sich irgendwo dort draußen herumtrieb und sie vielleicht oder vielleicht auch nicht beobachtete, war es weder klug noch sicher. »Das ist kein Problem. Ich melde mich. Fahren Sie vorsichtig nach Hause, in Ordnung?«

Ihr Gesichtsausdruck wurde ganz weich.

»Was? Was habe ich gesagt?«

»Das hat Jackson auch immer zu mir gesagt.«

»Schicken Sie mir eine SMS, wenn Sie zu Hause angekommen sind«, erwiderte Cole.

Sie schaute überrascht zu ihm auf. »Wirklich?«

»Ja. Ich möchte wissen, dass Sie gut nach Hause gekommen sind. Mir zuliebe?«

»Also gut. Aber Sie wissen schon, dass ich bereits seit fast fünfzehn Jahren Auto fahre, oder?«

»Das weiß ich, aber es bedeutet ja nicht, dass es keine anderen Verrückten auf der Straße gibt. Leute, die noch nicht so lange fahren, getrunken haben oder einfach nur schlechte Fahrer sind.«

»Das stimmt«, sagte sie. »Cole?«

»Ja, Engel?«

»Danke für alles. Für das Training. Dafür, dass Sie in meinem Namen mit Ace Security sprechen werden. Für das Angebot, meinen Rasen zu mähen. Einfach ... für alles.«

»Absolut nichts zu danken. Bis morgen.«

»Tschüss.«

Cole trat einen Schritt zurück und beobachtete, wie sie in ihren grauen Mitsubishi Galant einstieg und winkte, bevor sie vom Parkplatz fuhr. Ihm fiel auf, dass sie ein Pärchen über den Gehweg winkte und drei andere Wagen vorbeifahren ließ, bevor sie schließlich selbst abbog.

Er lachte leise vor sich hin und drehte sich dann um, um zurück ins Fitnessstudio zu gehen. Sarah war erfrischend. Im Vergleich zu ihr war er ein egoistischer Mistkerl, der tat, was und wann er es wollte. Und obwohl er sich vielleicht schlecht fühlen sollte, sie so schnell anzubaggern, weil er Sarah für sich haben wollte, tat er es nicht. Sie würden perfekt zusammenpassen. Er würde sie vor allen Arschlöchern auf der Welt beschützen und sie könnte weiter ihr Ding machen und Freundlichkeit und Freude verbreiten, wohin auch immer sie ging.

Irgendwie fühlte es sich so an, als wären sie füreinander geschaffen. Sie brauchte jemanden, der dafür sorgte, dass niemand ihre gute Seele ausnutzte, und er brauchte sie, um seine groben Ecken und Kanten auszugleichen.

Cole hatte keine Ahnung, ob eine Beziehung zwischen ihnen Bestand haben könnte, aber er wollte es versuchen. Er wollte einen Teil der Schönheit haben, die er in ihren Augen strahlen sah. Er brauchte sie. Nach den letzten paar Jahren und der Scheiße, die seine Freunde durchgemacht hatten, brauchte er Sarah wie die Luft zum Atmen.

Er hatte keinen Zweifel daran, dass Logan Owen Montrone überprüfen würde. Wenn er irgendwelchen Dreck am Stecken hatte, würde Alexis oder einer der anderen es herausfinden. Dann könnte Blake Owen einen Besuch abstatten und ihn unmissverständlich wissen lassen, dass er Sarah in Ruhe lassen musste.

Cole war kein Leibwächter. Er hatte auch kein Interesse daran, ins Sicherheitsgeschäft einzusteigen, aber wenn es um Sarah ging, hätte er nichts dagegen, sie genau im Auge zu behalten. Sehr genau.

Lächelnd betrat er das Fitnessstudio und machte sich auf den Weg in sein Büro. Zu wissen, dass er Sarah am nächsten Tag wiedersehen würde, ließ alles irgendwie besser erscheinen. Sogar das Chaos in seinem Büro war ihm völlig egal.

Sarah zog den Vorhang leicht zurück und spähte auf Cole hinaus. Er hatte sein Hemd ausgezogen und war gerade dabei, ihren Vorgarten zu mähen. Er war gegen zehn Uhr morgens angekommen, hatte sofort mit Mrs. Gradys Rasen begonnen und gerade mal die Hälfte der Zeit gebraucht, die sie sonst benötigte. Das war nur deshalb ärgerlich, weil sie dadurch weniger Zeit hatte, ihn bei der Arbeit zu bewundern.

Schweiß glitzerte auf seiner Brust und ihre Frage, ob er auch am Rest seines Körpers Tätowierungen hatte, war beantwortet worden, als er sich sein T-Shirt ausgezogen und es an den Griff des Rasenmähers gebunden hatte. Sie konnte das Motiv der Tätowierungen auf seiner Brust und den Schultern nicht erkennen, aber es spielte keine Rolle. Sein Rücken war ein unbeschriebenes Blatt und sie hatte das Gefühl, dass er auch den irgendwann mit Tätowierungen bedecken würde. Er war zu schön, um wahr zu sein.

Aber er *war* wahr. Und er war hier, um ihr einen Gefallen zu tun. Jeder mächtige Zentimeter an ihm.

Da sie wusste, dass sie ihn angaffte, zwang Sarah sich, den Vorhang sinken zu lassen und sich wieder dem zu widmen, was sie zuvor getan hatte, nämlich zu putzen. Es war höchste Zeit und da sie nicht glaubte, dass sie die geistige Kraft hätte, etwas Anstrengenderes zu tun, als Staub zu wischen und Krimskrams wegzuräumen, der sich im letzten Monat angesammelt hatte, tat sie genau das.

Nachdem sie das Wohnzimmer aufgeräumt und bereits zweimal mit einem zusätzlichen Paar Schuhe, einem Paar Socken, einigen anderen Sachen, die sie im Internet bestellt hatte, und auch noch einer Jogginghose nach oben gegangen war, begab sie sich schließlich in die Küche. Sie war zwar keine gute Köchin, dafür aber eine verdammt großartige Bäckerin. Weil sie dachte, dass Cole hungrig sein würde, wenn er mit der Gartenarbeit fertig war, machte sie sich daran, ein Bananenbrot zu backen. Sie schob es in den Ofen und hatte gerade angefangen, Gemüse für ein Omelett zu schneiden, als es leise an der Tür klopfte.

Eilig öffnete Sarah die Tür.

Sie stand einen Moment lang einfach nur da und starrte Cole an.

Eine Schweißperle lief an seiner Schläfe hinunter. Sie leckte sich die Lippen und stellte sich vor, nahe an ihn heranzutreten und ihre Hände über seinen durchtrainierten Bauch und seine Brust gleiten zu lassen. Wie sie ihre Finger in die Haare an seinem Nacken schieben würde, während sie ihren Mund auf seinen drückte. Sie hatte noch nie jemanden mit einem Schnurrbart oder Bart geküsst und stellte sich vor, dass es sich absolut fantastisch auf ihrer Haut anfühlen würde.

In ihre Fantasie versunken schreckte sie auf, als er sich räusperte und sie von oben herab anlächelte. »Ich bin fertig«, sagte er unnötigerweise. »Ich habe Ihren Rasenmäher zurück in die Garage gestellt. Den sollten Sie allerdings warten lassen. Ich war mir nicht sicher, ob er die beiden Gärten schaffen würde.«

Blinzelnd zwang Sarah sich, zuzuhören und den Mann nicht weiter anzugaffen. »Ja, ich weiß. Es steht auf meiner Liste.«

»Auf Ihrer Liste?«

»Ja«, sagte sie und trat zurück, um ihn ins Haus zu lassen. »Die Liste der Dinge, die ich alle tun sollte, für die ich an meinen freien Tagen aber nie die Energie habe.«

»Was steht sonst noch auf der Liste?«, fragte Cole.

Sarah schüttelte den Kopf. »Das verrate ich Ihnen nicht.«

»Was? Warum nicht?«

»Darum. Weil Sie wahrscheinlich beschließen würden, dass es Ihre Pflicht als Mann ist, all meine ganzen Scheißjobs zu erledigen.«

Er lachte leise. »Ich werde es früher oder später sowieso herausfinden.«

Sie rollte mit den Augen.

»Möchten Sie zum Brunch bleiben?«

»Ja.«

Seine Antwort kam sofort und ohne Zögern.

Es war schon lange her, dass Sarah das Kribbeln der Vorfreude darauf, Zeit mit einem Mann zu verbringen, gespürt hatte. Sie hatte sich schon seit Ewigkeiten mit niemandem mehr verabredet und ganz vergessen, wie großartig dieses leichte, sprudelnde Gefühl im Inneren war, wenn jemand, den sie mochte, sie auch zu mögen schien.

Und es gab keinen Zweifel daran, dass Cole Johnson sie ebenfalls mochte. Er spielte keine Spielchen. Als er angekommen war, hatte er sie von Kopf bis Fuß gemustert, bevor er ihr sagte, wie hübsch sie aussah. Sarah hätte ihm widersprochen, aber sie hatte sich an diesem Morgen besondere Mühe mit ihrem Äußeren gegeben.

»Sie haben noch nicht einmal gefragt, was es gibt«, stichelte sie.

»Weil es egal ist. Sie könnten mir eine Schüssel Cornflakes servieren und ich würde immer noch denken, dass es der beste Brunch aller Zeiten war, einfach weil ich Zeit mit Ihnen verbringen durfte.«

Es war ein kitschiger Spruch, aber Sarah errötete dummerweise trotzdem. »Nun, die gute Nachricht ist, dass es keine Cornflakes sind. Ich habe Bananenbrot im Ofen und schneide gerade das Gemüse für ein Omelett?« Es klang eher wie eine Frage als wie eine Aussage.

»Ein Omelett klingt lecker. Zeigen Sie mir das Bad, damit ich mich frisch machen kann, und dann helfe ich Ihnen.«

Sarah deutete in Richtung Flur. »Die zweite Tür auf der linken Seite. Sie brauchen mir aber nicht zu helfen, Sie haben heute schon mehr als genug getan.«

Cole kam direkt auf sie zu und Sarah trat einen Schritt zurück, nur um mit dem Rücken gegen die Wand im Flur zu stoßen. Er berührte sie in keiner Weise, aber als Sarah einen tiefen Atemzug nahm, streiften ihre Brüste seinen nackten Oberkörper. Sie spürte, wie sich ihre Brustwarzen erwartungsvoll zusammenzogen, wagte es jedoch nicht, nach unten zu schauen und herauszufinden, ob er sie durch ihr Oberteil hindurch sehen konnte.

Cole stützte sich mit den Händen auf beiden Seiten ihres Kopfes an der Wand ab und lehnte sich noch näher an sie heran.

Sie konnte den Geruch von Schweiß riechen, aber überraschenderweise stank er nicht. Er roch eher ... männlich. Nicht dass sie wirklich viel darüber wusste, wie Männer rochen, aber sie musste dem Drang erneut widerstehen, sich ihm in die Arme zu werfen.

»Ihren Rasen zu mähen ist gar nichts, Engel.«

»Und den von Mrs. Grady auch«, flüsterte sie.

Er grinste. »Ihren Rasen und den Ihrer Nachbarin zu mähen, ist gar nichts, Engel«, wiederholte er halb. »Ich mag vielleicht ein Arschloch sein, aber ich werde niemals die Art von Mann werden, der mit hochgelegten Füßen auf seinem Arsch sitzt, während eine Frau am Herd für ihn schuftet.«

»Ein Omelett zu braten ist kein Schuften am Herd«,

protestierte sie. Sie wusste nicht, warum sie ihm widersprach. Ihr gefiel, was er sagte.

Das Lächeln blieb auf seinem Gesicht. »Finden Sie etwas, womit ich Ihnen helfen kann. Sonst werde ich alles übernehmen und *Sie* zum Hinsetzen zwingen.«

»In Ordnung.«

»In Ordnung.«

Sarah starrte zu ihm auf, als er seine Hand zu ihrem Gesicht hob. Nur mit dem kleinen Finger strich er die hartnäckige Strähne zur Seite, die ihr immer wieder von der Stirn in die Augen fiel. Dann richtete er sich auf und begab sich ins Badezimmer.

Sarah starrte auf das ausgezogene T-Shirt, das er hinten in den Bund seiner Jeans gesteckt hatte und das beim Gehen wackelte, und brauchte einen Augenblick, bevor sie den Kopf schüttelte und erneut in Richtung Küche ging. Als Mädchen konnte man sich definitiv daran gewöhnen, von Cole verwöhnt zu werden.

Er betitelte sich vielleicht selbst als Arschloch, aber er hatte ihr gegenüber nichts als Freundlichkeit gezeigt. Sie hatte keinen Zweifel daran, dass er ein Arschloch sein *konnte*; zur Hölle, als sie ihn kennengelernt hatte, hatte sie vor seinem Büro gesessen und gehört, wie er sich darüber beschwert und gemeckert hatte, weil er sich mit ihr treffen musste. Aber er war müde und überarbeitet gewesen, also konnte sie es verstehen.

Dreißig Minuten später saß sie an ihrem kleinen Tisch, als Cole die Teller brachte. Er hatte sein T-Shirt wieder angezogen und sie hätte fast geschmollt, als er aus dem Bad kam. Dann hatte er darauf bestanden, den Dienst an der Bratpfanne zu übernehmen, obwohl sie ihm versichert hatte, dass sie seine Hilfe nicht brauchte. Also hatte sie sich damit beschäftigt, das Bananenbrot aus dem Ofen zu holen und es aufzuschneiden. Als sie ihnen beiden etwas zu trinken holte, hatte er seine Hände auf ihre Schultern gelegt und sie umgedreht. Er hatte auf den Tisch gezeigt und befohlen: »Setzen Sie sich.«

Sarah beschloss, es zu genießen, bedient zu werden, solange sie konnte, und setzte sich.

Nachdem sie beide einen Bissen von ihrem köstlichen, perfekt zubereiteten Omelett genommen hatten, fragte sie: »Wie sind Sie Teilhaber eines Fitnessstudios geworden?«

Während sie aßen, erzählte er Sarah seine Geschichte. »Ich bin in Castle Rock aufgewachsen. Tatsächlich bin ich mit den Andersons zur Highschool gegangen. Ich gehörte nicht gerade zu den beliebten Kindern, war aber auch kein Außenseiter. Ich neigte dazu, mein eigenes Ding zu machen, und war nie jemand, der dem Gruppenzwang folgte. Meine Noten waren in Ordnung und da ich nicht wusste, was ich mit meinem Leben anfangen wollte, bin ich nach Denver an die Uni gegangen. Dort bin ich einem Fitnessstudio beigetreten und fing an zu trainieren. Ich habe entdeckt, wie sehr es mir gefiel.«

Sarah war neugierig. »Was hat Sie daran gereizt?«

Anstatt sofort zu reagieren, dachte Cole über seine Antwort nach. Das gefiel ihr an ihm. Dass er sich nicht darum sorgte, die Stille in einem Gespräch zu füllen, sondern wirklich darüber nachdachte, was er sagen wollte.

»Ich fand es toll, dass Leute, die nicht in der besten Form waren, hereinkamen und von den anderen angespornt wurden. Es gab Stammgäste dort, die ich zwar nicht wirklich persönlich kannte, aber ich ›kannte‹ sie trotzdem. Ich fing an, morgens zu trainieren, gleich früh, wenn das Fitnessstudio aufmachte, und sah jeden Tag die gleichen Leute. Wir lächelten einander an, sagten *Hallo* und machten jeder mit unserem Training weiter. Eines Tages tauchte einer der älteren Kunden nicht auf. Und als er am nächsten Tag auch nicht da war, haben sich ein paar von uns Stammgästen zusammengetan und den Angestellten überredet, seine Adresse nachzuschlagen, damit jemand nach ihm sehen konnte. Es verstieß zwar gegen die Regeln, aber schließlich stimmte er zu. Zwei andere Männer und ich fuhren gemeinsam zum Haus des alten Mannes. Wir fanden ihn auf dem Boden liegend. Er war gestürzt, hatte sich die Hüfte gebrochen und konnte nicht aufstehen. Wir riefen einen Krankenwagen und so konnte er ins Krankenhaus gebracht und verarztet werden.«

»Ach du liebe Güte, das ist ja furchtbar«, rief Sarah aus.

»Das war es auch ... aber es war auch der Moment, in dem mir klar wurde, wie sehr die Leute im Fitnessstudio zu meiner Familie geworden waren. Wir kannten zwar nicht mehr als die Vornamen der anderen, hatten aber trotzdem eine eindeutige Bindung. Nachdem ich meinen Abschluss hatte, konnte ich einfach nicht aufhören, daran zu denken. Ich beschloss, dass ich anderen dasselbe ermöglichen wollte. Dann traf ich Felicity und der Rest ist Geschichte.«

»Und ist es so, wie Sie es sich vorgestellt haben?«, fragte sie.

»Auf jeden Fall. Ich liebe das Gefühl, meiner Gemeinde zu helfen. Frauen beizubringen, wie sie sich verteidigen und sich ihrer Umgebung bewusster werden können. Junge Männer zu betreuen und sie zu lehren, dass es nicht cool ist, respektlos gegenüber Mädchen und Frauen zu sein. Zu sehen, wie sich Männer und Frauen gleichermaßen anstrengen, um abzunehmen. Es ist so viel *mehr*, als ich mir je hätte erträumen können.«

»Das ist großartig«, sagte Sarah mit einem Lächeln. Sie hatte bei einem Fitnessstudio noch nie an einen Ort gedacht, an dem sich Menschen miteinander verbanden, aber während sie Cole zuhörte, wie er über seine Arbeit sprach, verstand sie es. Genau wie er es gesagt hatte, waren die Besucher des Fitnessstudios eine Art Familie für ihn. Der Gedanke daran brachte sie dazu, nach seiner eigentlichen Verwandtschaft zu fragen. »Und Sie haben gesagt, Ihre Eltern leben in Arizona, nicht wahr?«

»Ja. Sie hatten die Nase voll von den kalten und unberechenbaren Wintern und sind nach Phoenix gezogen.«

»Sehen Sie sie oft?«

»Nicht so oft, wie ich es gern hätte. Aber ich hasse die Hitze und sie hassen die Kälte, von daher ...« Seine Stimme wurde leiser, aber er lächelte, als er es sagte.

»Und Ihr Bruder?«

»Sam lebt in der Nähe von Seattle. Er ist Wasserbiologe und verbringt die meiste Zeit damit, Seen und Flüsse der Gegend zu erforschen und Proben zu nehmen.«

»Wow. Das klingt interessant.«

»Nicht wirklich. Es sei denn, Sie wollen ihm stundenlang dabei zuhören, wie er über Plankton und Algen spricht.«

Sarah lachte. »Ich wette, das sagt er über Ihren Job auch.«

Cole lächelte. »Natürlich tut er das.«

Sie grinsten sich einen langen Moment an, bevor sie ihre Mahlzeit fortsetzten.

Sarah konnte sich nicht erinnern, wann sie jemals so entspannt in der Nähe eines Mannes gewesen war. Während sie sich mit Cole unterhielt, wurde ihr bewusst, dass ihre Väter ihn sehr gemocht hätten. Mike wäre völlig vernarrt in seine Tätowierungen und das gute Aussehen gewesen, während Jackson anfangs wahrscheinlich eher zurückhaltend gewesen wäre. Schließlich hätte er ihn aber doch gemocht, vor allem, wenn er Coles Bemerkung darüber gehört hätte, dass er nicht auf seinem Hintern sitzen würde, während seine Frau in der Küche schuftete.

»Was haben Sie gerade gedacht?«, fragte Cole, aufmerksam wie immer.

Sarah riss den Blick zu ihm herum. Sie hatte gar nicht bemerkt, dass sie ins Leere gestarrt hatte. »Oh, gar nichts.«

»Tun Sie das nicht«, sagte Cole leise. »Wenn Sie es mir nicht sagen wollen, ist das in Ordnung, aber weisen Sie mich nicht ab.«

Sarah entschuldigte sich sofort. »Das tut mir leid. Ich habe nur gerade an meine Väter gedacht und daran, wie sehr sie Sie gemocht hätten.«

Cole sah überrascht aus, verbarg seine Reaktion jedoch schnell. »Ach ja?«

»Ja.«

»Ich wünschte, ich hätte die Chance gehabt, sie kennenzulernen.«

Im Bruchteil einer Sekunde traf Sarah eine Entscheidung, erhob sich und streckte die Hand aus. »Kommen Sie.«

Ohne nachzufragen, stand Cole auf und nahm ihre Hand. Sarah führte ihn den Flur entlang in das Zimmer, das früher einmal Jacksons Arbeitszimmer gewesen war. Nach und nach hatte sie die meisten Fachbücher über Wirtschaft und Buchhaltung, die in den Regalen gestanden hatten, gespendet. Genau wie eine Reihe dekorativer Gegenstände, aber die Bilder an den Wänden hatte sie nicht angerührt.

Dies war Jacksons Zimmer gewesen. Der Ort, an dem er die meiste Zeit verbracht hatte. Und er hatte sich mit den Dingen umgeben, die er am meisten liebte: seine Familie.

Als sie eintraten, ließ Sarah Coles Hand los und gestikulierte herum. »Ich habe dieses Zimmer immer geliebt. Als ich noch klein war, habe ich hier drin meine Hausaufgaben gemacht, während Jackson an seinem Schreibtisch saß.

Unweigerlich kam Mike dazu und hing hier mit uns herum. Er half mir, wenn ich Hilfe brauchte. Ich ertappte Jackson immer dabei, wie er ihn mit diesem Blick anstarrte, der so warm war, dass es nichts anderes als Liebe sein konnte.«

Cole wanderte durch den Raum und musterte die Porträts und anderen Bilder, die überall verstreut waren. Mike und Jackson, wie sie sich das Jawort gaben und in ihren Smokings unglaublich gut aussahen. Der Tag von Sarahs Adoption. Die drei an verschiedenen Orten zu verschiedenen Anlässen.

»Sie erinnern mich an Jackson«, sagte Sarah zu ihm. »Er war der Beschützer unserer Familie. Am Strand wachte er stets über Mike und mich und sorgte dafür, dass sich niemand mit uns anlegte und dass wir immer in Sicherheit waren. Er lachte nicht oft, aber wenn er es tat, war es, als würde die Sonne aufgehen und alles in ihre Wärme hüllen. Als ihre Leichen in den Trümmern des Nachtklubs gefunden wurden, lag Jackson auf Mike ... als wäre er bei dem Versuch gestorben, ihn vor der Explosion zu schützen.«

Cole drehte sich zu ihr um.

»Ich vermisse ihn. Ich vermisse sie beide.«

Ohne ein Wort kam Cole auf sie zu und zog sie in seine Arme. Sarah musste ihr Kinn heben, damit sie nicht an seiner Brust erstickte, aber als sie ihre Position gefunden hatte, passten sie perfekt. Er sagte nichts, sondern hielt sie einfach nur fest.

Es fühlte sich wundervoll an. Sarah war traurig, aber sie war nicht den Tränen nahe. Sie hatte einen Punkt erreicht, an dem sie an ihre Väter denken konnte, ohne jedes Mal in Tränen auszubrechen. Schließlich löste sie sich, aber Cole ließ sie nur so weit gehen, dass sie zu ihm aufschauen konnte.

»Sie hatten Glück, Sie als ihre Tochter zu haben«, sagte er sanft.

Sie schüttelte sofort den Kopf. »Nein. Ich hatte Glück, sie als meine Väter zu haben.«

Cole stieß ein kleines Lachen aus. »Genau das Gleiche.«

»Wie ich bereits gesagt habe, sie hätten Sie gemocht, Cole. Besonders Jackson.«

»Ich fasse das als Kompliment auf.«

»Das sollten Sie auch.«

»Und ich werde tun, was ich kann, um mich so zu verhalten, wie sie es für Sie gewollt hätten.«

Sarah atmete tief durch. »Das ist alles komisch.«

»Was?«

»Das hier. Sie. Wir.«

»Was ist komisch daran?«, fragte Cole.

»Im Ernst? Wie wäre es mit der Tatsache, dass wir uns gerade erst kennengelernt haben und schon in dem alten Arbeitszimmer meines toten, schwulen Vaters stehen, uns umarmen und total rührselig sind?«

»*Sie* sind rührselig«, entgegnete Cole. »Ich stehe nur hier.«

Sarah lächelte. »Sie wissen schon, was ich meine. Ich bin normalerweise nicht so. Ich bin die Zurückhaltende. Diejenige, die zwei Wochen braucht, um zu entscheiden, ob sie mit jemandem ausgehen will. Die frühestens bei der dritten Verabredung küsst und auch nur dann, wenn der Typ, mit dem ich unterwegs bin, sich benommen hat. Das hier bin ich nicht.« Sie deutete mit einem Kopfnicken auf ihre gegenwärtige Position.

»Sie werden mir das wahrscheinlich nicht glauben, aber ich war auch noch nie der impulsive Typ. Felicity und ich sind unseren Geschäftsplan immer wieder durchgegangen, bevor wir es schlussendlich gewagt haben, das Fitnessstudio zu eröffnen. Ich hatte noch nie in meinem Leben einen One-Night-Stand. Das fand ich noch nie sexy. Ich lerne eine Frau lieber kennen, bevor ich mit ihr intim werde. Aber von dem Augenblick an, in dem ich Sie auf dem Bürgersteig eingeholt habe und Sie mir nicht völlig den Arsch aufgerissen haben, obwohl ich es verdient hätte, haben Sie mich fasziniert. Und je mehr ich über Sie erfahre, desto mehr mag ich Sie.«

»Ich bin nichts Besonderes«, erwiderte Sarah, die ihm zwar unbedingt glauben wollte, aber ebenso vorsichtig war.

»Und genau das ist der Grund, warum Sie etwas Besonderes sind«, konterte Cole. Dann beugte er sich hinunter und küsste sie auf die Stirn, bevor er sich zurückzog und fragte: »Zählt dies als unsere erste Verabredung?«

Sarah runzelte die Stirn. »Was?«

»Ich frage nur, weil ich mich schon auf unsere dritte Verabredung freue, bei der ich einen Kuss bekomme.«

Sie wusste, dass sie rot wurde, schüttelte jedoch verzweifelt den Kopf. »Sie sind echt typisch Mann.«

»Schön, dass Ihnen das aufgefallen ist«, sagte Cole mit einem Grinsen. Dann wurde er ernst. »Vielen Dank, dass Sie mir Ihre Väter gezeigt haben. Ich kannte sie nicht, aber ich habe das Gefühl, sie wären stolz auf die Frau, die Sie heute sind.«

»Danke.«

»Und weil Jackson nicht hier ist, um sich selbst darum zu kümmern, werde ich dafür sorgen, dass dieser Owen Sie ein für alle Mal in Ruhe lässt. Ich bin kein guter Ermittler, aber ich habe Freunde, die es sind. Und ich *kann* einschüchternd wirken. Ich erkläre mich sehr gern dazu bereit, diesem Kackhaufen klarzumachen, dass er sich zurückziehen muss. Dass Sie nicht an ihm interessiert sind.«

»Kackhaufen?«

Cole nickte. »Ich schimpfe gern kreativ.«

Sarah leckte sich die Lippen und presste sie dann zusammen. Ihr fehlten die Worte, um auszudrücken, was sie empfand. Sie hatte sich schon so lange allein gefühlt. Ohne ihre Väter, die sie unterstützten oder mit denen sie über alles reden konnte, war sie mit der Situation mit Owen überfordert gewesen. Unsicher darüber, was sie tun sollte. Als sie versucht hatte, die Polizei um Hilfe zu bitten, war sie abgewiesen worden. Aber die Tatsache, dass Cole nicht nur glaubte, dass es etwas gab, worüber sie sich Sorgen machen musste, sondern dass er ihr auch helfen wollte, mit der Situation fertigzuwerden, war geradezu überwältigend.

»Vielen Dank.«

»Hören Sie auf, sich bei mir zu bedanken«, sagte Cole streng. »Ich werde Ihnen den Kerl vom Hals schaffen, damit ich selbst Ihre ganze Aufmerksamkeit haben kann. Ich bin ein egoistischer Mistkerl und will einfach nicht, dass Sie sich fragen müssen, wann und wo er auftauchen wird. Ich will, dass Sie sich nur auf mich und unsere Beziehung konzentrieren.«

Sie konnte nicht anders, als tief durchzuatmen. »Sehen Sie? Das ist komisch.«

»Ganz und gar nicht. So ist das, wenn Menschen miteinander ausgehen. Das ist unsere erste Verabredung. Wir haben zusammen gegessen, ich habe Ihre Eltern kennengelernt. Wir haben ein wenig mehr übereinander erfahren und in ein paar Minuten, wenn ich losfahre, werde ich Ihnen versprechen, Sie anzurufen. Sie werden erröten und sagen, dass Ihnen das gefallen würde. Dann schreibe ich Ihnen eine SMS, wenn ich wieder im Fitnessstudio bin, nur damit Sie sich keine Sorgen machen.«

»Was ist, wenn ich gar nicht mit Ihnen ausgehen will?«, fragte Sarah und versuchte, eine ernste Miene zu bewahren.

Anstatt zu lachen, beugte sich Cole zu ihr hinunter, bis ihre Nasen sich fast berührten. »Sie wollen es. Sie konnten die Augen kaum von mir lassen, als ich Ihren Rasen gemäht habe. Ich habe gesehen, wie Sie hinter dem Vorhang standen. Und dann haben Sie sich die Mühe gemacht, mir etwas zu essen zu kochen, anstatt sich an der Türschwelle zu bedanken und mich wegzuschicken. Sie haben mir das Zimmer Ihres Vaters gezeigt, den Ort, an dem Sie sich ihm am nächsten fühlen. Sie haben nicht protestiert, als ich sagte, dass ich meine Freunde Ihren Fall prüfen lassen würde. Sie wollen mit mir ausgehen, Engel. *Fast* so sehr, wie ich mit Ihnen ausgehen will.«

Sie sagte nichts, sondern sah ihn einfach nur an.

Er richtete sich auf, hob eine Hand und strich mit dem kleinen Finger über ihren Nasenrücken. »Kommen Sie den Rest des Tages allein zurecht?«

»Ja.«

»Schaffen Sie es, morgen nach Castle Rock zu kommen und sich mit den Jungs von Ace Security zu treffen?«

Sarah nickte.

»Gut. Können Sie auch eine Liste von den Geschenken und Briefen erstellen, die Sie von Owen erhalten haben? Alles, woran Sie sich erinnern. Und das ungefähre Datum wäre gut, wann Sie sie erhalten haben.«

Sie sah ihn stirnrunzelnd an. Bevor sie etwas sagen konnte, fügte er hinzu: »Ich weiß, dass es schwer sein wird, sich an genaue Daten zu erinnern. Aber es ist wichtig, damit Logan und die anderen sich ein vollständiges Bild davon machen können, womit sie es zu tun haben.«

Sie öffnete den Mund, um zu antworten, aber er sprach erneut über sie hinweg. »Sie brauchen sich auch nicht zu schämen, Engel. Jeder weiß, dass Sie nicht um die Aufmerksamkeit dieses Typen gebeten haben. Also machen Sie sich darüber keine Gedanken.«

Sie schwieg einen Moment, als er aufhörte zu sprechen.

»Was?«, fragte er.

»Sind Sie fertig?«

Er grinste. »Ja.«

»Gut. Ich wollte eigentlich sagen, dass das kein Problem sein wird. Ich habe jedes einzelne Ding, das er mir geschickt hat, an dem Tag fotografiert, an dem es angekommen ist. Ich habe sogar alles auf meinem Laptop katalogisiert.«

Cole starrte sie an. »Wirklich?«

»Ja. Ich habe mir gedacht, wenn ich eines Tages verschwinde oder mein Körper verstümmelt oder tot aufgefunden wird, würden sich die Polizeibeamten vielleicht meinen Computer ansehen. Dann würden sie in den Dateien fündig werden. Und wenn es Owen war, der mir etwas angetan hat, können sie alle meine Notizen für ihren Fall verwenden.«

»Sie haben Fotos gemacht?«

»Ja.« Sarah nickte. »Ist das seltsam?«

»Nein! Es ist fantastisch. Heilige Scheiße, Logan wird das total gefallen.«

Sarahs Mundwinkel zuckten nach oben. »Haben Sie seine E-Mail-Adresse? Ich kann ihm die Datei heute noch zuschicken.«

»Senden Sie sie zu mir«, befahl Cole. »Ich werde sie weiterleiten.«

Zum ersten Mal zögerte Sarah.

»Was ist los?«

Sie zog die Nase in Falten. »Es ist nur ... ich bin mir nur nicht sicher, ob ich möchte, dass Sie alle Beweise sehen.«

»Warum nicht?«

»Darum. Es scheint einfach ... komisch zu sein oder so.«

»Ich dachte, wir hätten geklärt, was komisch ist und was nicht.«

»In Ordnung – ich will nicht, dass Sie durchdrehen«, sagte Sarah unverblümt. »Ich möchte, dass Sie mich mögen.«

»Und Sie haben Angst, dass ich Sie nicht mehr mag, wenn ich die Liebesbriefe sehe, die dieser Owen geschickt hat?«

Es klang albern, wenn er es laut aussprach, aber Sarah nickte trotzdem.

Cole nahm ihr Gesicht zwischen seine Hände und neigte ihren Kopf nach oben. »Nichts, was dieser Wichsgriffel sagt, wird etwas an meinen Gefühlen für Sie ändern, Engel. Verstanden?«

Sie nickte.

»Gut. Ich werde jetzt gehen, bevor ich noch etwas sage, das Ihnen Angst macht. Ich schicke Ihnen eine SMS, wenn ich im Studio ankomme. Und Sie schicken mir die Datei mit seinen Geschenken und Briefen, und ich leite sie an Logan weiter. Ich werde versuchen, ein Treffen morgen früh um elf zu vereinbaren. Passt Ihnen das?«

»Können wir es um eins machen? Ich muss morgen früh noch einkaufen gehen und ein paar Sachen für Mrs. Grady besorgen. Und dann habe ich um zehn einen Termin im Aurora bei der Adoptionsbörse – das ist die Agentur, über die Mike und Jackson mich adoptiert haben. Die Pflegeeltern bringen die Kinder regelmäßig zu Gruppentreffen dorthin und ich versuche, jeden zweiten Monat dabei zu sein, um mit den Kindern darüber zu sprechen, wie es war, mit zwei Vätern aufzuwachsen, und dass es Familien in allen Formen und Größen gibt.«

Als Cole nichts sagte, runzelte Sarah die Stirn. »Cole? Ich kann es absagen, wenn das nicht funktioniert.«

»Natürlich funktioniert es, Engel. Es ist nur so, dass mir jedes Mal, wenn Sie den Mund aufmachen, irgendwie noch mehr auffällt, wie unglaublich Sie sind.«

Sie schüttelte den Kopf. »Nein, ich will nur ... sie setzen sich für schwule und lesbische Eltern ein, die adoptieren wollen. Und ich möchte einfach etwas zurückgeben.«

Einen Moment lang herrschte intensives Schweigen, während er sie anstarrte. Dann ließ Cole seine Hände von ihrem Gesicht sinken, drehte sich wortlos und schlang seinen Arm um ihre Schulter. Er führte sie aus dem Zimmer und zur Haustür. Dort angekommen umarmte er sie noch einmal kurz, erinnerte sie daran, die Datei zu schicken, die sie über die Dinge erstellt hatte, die Owen ihr geschickt hatte, und eilte dann zurück zu seinem schwarzen Acura TLX Sportwagen.

Sarah wäre über seinen abrupten Abgang beunruhigt gewesen – wenn sie nicht den Beweis seiner Erregung in seiner Jeans bemerkt hätte. Sie hatte Jackson oft genug dabei beobachtet, wie er einen Raum verließ, bevor er etwas Unangemessenes vor seiner Tochter tat. Sie wusste also, dass dies die Art eines Alphamannes war, dafür zu sorgen, dass er nichts tat oder sagte, was er später bereuen würde.

Sarah lächelte vor sich hin, als sie die Haustür schloss und einen kleinen Freudentanz im Flur ihres Hauses voll-führte. Die Beweise zeigten, dass Cole Johnson sie vielleicht, nur vielleicht, ein klein wenig mochte. *Juhu!*

KAPITEL FÜNF

Um zwölf Uhr dreiundfünfzig fuhr Sarah in eine Parklücke auf dem Parkplatz bei Ace Security in der Innenstadt von Castle Rock. Sie war für ihren ein Uhr Termin, den Cole für sie vereinbart hatte, etwas spät dran. Aber ihr Besuch bei der Adoptionsbörse hatte sich in die Länge gezogen, weil es nach dem Gruppengespräch mehrere Kinder gab, die unter vier Augen über ihre Erfahrungen bei der Adoption durch ein schwules Paar hatten sprechen wollen.

Sie war gern bereit, über das Für und Wider zu sprechen und ihre Erfahrungen zu teilen. Die Kinder in der Adoptionsbörse waren überwiegend älter – fünf Jahre und älter – und sie waren sich durchaus bewusst, dass die Wahrscheinlichkeit, adoptiert zu werden, mit jedem Jahr, das verging, geringer wurde. Sarah wusste, dass es viele schwule und lesbische Paare gab, die gern Kinder hätten. Und sie wollte alles in ihrer Macht Stehende tun, dabei zu helfen, diesen Prozess zu erleichtern.

Sie stieg aus ihrem Galant und drückte auf den Schlüsselanhänger, um den Wagen zu verriegeln. Dann drehte sie sich um, um über den Parkplatz in Richtung Ace Security zu eilen.

»Uff!«

Das Geräusch entwich ihr völlig unwillkürlich, als sie gegen einen harten Körper prallte. Sie riss den Kopf erschrocken hoch und versuchte gleichzeitig, einen Schritt nach hinten zu machen. Ihre Beine verhedderten sich und sie schwankte eine Sekunde lang, bevor sie begann umzufallen.

Cole schlang seinen starken Arm blitzschnell um ihre Taille und fing sie auf, bevor sie mit dem Hintern auf den Boden fiel.

»Cole!«, rief sie und hielt sich mit einer Hand an seinem Arm fest. »Sie haben mich erschreckt.«

»Sie haben nicht aufgepasst«, ermahnte er sie. »Ich dachte, wir hätten in unserer Trainingsstunde darüber gesprochen. Sie müssen sich Ihrer Umgebung stets bewusst sein. Das ist wichtig, Engel. Es könnte Leben oder Tod bedeuten. Wenn ich dieser Schwanzlutscher wäre, hätte er Sie in seinem Griff gehabt, bevor Sie überhaupt wüssten, was passiert ist.«

Sarah errötete. Er hatte recht. Sie war in Gedanken verloren gewesen und hatte sich gefragt, ob sie gut aussah und ob Cole ihr Outfit gefallen würde. Was er von der Datei gehalten hatte, die sie ihm geschickt hatte, und ob die Anderson-Brüder auch denken würden, dass sie überreagierte, genau wie die Polizei es getan hatte.

»Sie haben recht«, sagte sie leise. »Es tut mir leid.«

»Es muss Ihnen nicht leidtun«, sagte Cole zu ihr und seine Stimme wurde sanfter. »Lernen Sie aus Ihrem Fehler.«

Sie nickte. »Was machen Sie denn hier draußen?«, fragte sie und zog die Stirn in Falten.

»Ich habe nach Ihnen Ausschau gehalten. Dann habe

ich Sie am Fitnessstudio vorbeifahren sehen und bin Ihnen entgegengekommen.«

»Oh ... vielen Dank.«

Cole ließ den Blick von ihrem Gesicht an ihrem Körper hinunter und dann wieder nach oben wandern. »Sie sehen gut aus«, bemerkte er.

»Danke«, flüsterte Sarah. Es kam nicht oft vor, dass sie weder ihren Schwesternkittel noch eine Jogginghose trug, aber sie redete sich selbst ein, dass sie sich hübsch angezogen hatte, weil sie zur Adoptionsbörse gegangen war und einen guten Eindruck auf Coles Freunde machen wollte.

Sie trug eine schwarze Bluse mit V-Ausschnitt, die den Ansatz ihres Dekolletés zeigte, aber nicht genug, um unanständig zu sein. Dazu einen knielangen grauen Rock und fünf Zentimeter hohe Absatzschuhe. Sie hatte sich besondere Mühe mit ihrem schulterlangen Haar gegeben und ihr Bestes getan, um es weich und fließend wirken zu lassen, anstatt es einfach zu einem Pferdeschwanz oder Dutt hochzustecken, wie sie es sonst immer tat. Sie hatte sich sogar leicht geschminkt und Schmuck angelegt. Es war albern – normalerweise putzte sie sich nie so heraus, aber in ihrem Hinterkopf wusste sie, dass sie es weder wegen ihrer Präsentation getan hatte, noch weil sie versuchen wollte, die Männer von Ace Security davon zu überzeugen, ihr mit Owen zu helfen.

Sie hatte es nur für Cole getan.

Sie wollte, dass er sie in etwas anderem sah als in ihrem zerknitterten Schwesternkittel, den sie immer zur Arbeit trug. Sie wollte, dass er mehr in ihr sah als nur die Frau, die zu ihm gekommen war, um sich gegen das zu verteidigen, was auch immer Owen war. Er war kein richtiger Stalker, denn sie glaubte nicht, dass er ihr die ganze Zeit über folgte.

Er war eher ein unerwünschter Verehrer, der ihr irgendwie Angst machte.

Aber abgesehen von Owen wollte Sarah, dass Cole sie als kompetente Frau ansah.

Und der Art nach zu urteilen, wie seine Augen sich weiteten, als er sie betrachtete, schien sie damit Erfolg gehabt zu haben.

»Nein, nicht gut«, korrigierte Cole sich sogleich. »Wunderschön.«

»Lassen Sie uns nicht übertreiben«, sagte Sarah ein wenig verlegen. Sie wollte Cole zwar beeindrucken, aber sie wusste, dass sie nicht annähernd *wunderschön* war.

Er antwortete nicht auf ihre Bemerkung, sondern schüttelte nur frustriert den Kopf. »Was ist das?«, fragte er stattdessen und zeigte auf die Plastiktüte, die sie in der Hand hielt, mit der sie sich nicht an ihm festklammerte.

»Oh!« Sarah hatte das Geschenk ganz vergessen, das vor ihrer Eingangstür auf sie gewartet hatte.

Grimmig streckte sie es Cole entgegen. Sie hatte diese Aktion allerdings nicht durchdacht, denn er musste *sie* loslassen, um nach der Tüte zu greifen. Sie beobachtete ihn, als er hineinschaute.

Er runzelte die Stirn und schaute wieder zu ihr auf. »Von Owen?«, fragte er.

Sarah nickte nur.

Ohne ein Wort zu sagen, schlang Cole seinen Arm erneut um ihre Taille und führte sie in Richtung Bürgersteig. »Kommen Sie. Logan und die anderen warten auf uns.«

Hm. Sie hätte erwartet, dass er mehr auf Owens Geschenk reagieren würde, aber sie sagte nichts, weil Cole bereits los eilte und sie Mühe hatte, Schritt zu halten. Sie tat ihr Bestes, selbst als sie für jeden seiner Schritte zwei machen musste. Erst als sie ein wenig stolperte, bemerkte Cole, dass er sie praktisch mit sich schleifte, und wurde etwas langsamer.

»Scheiße, das tut mir leid, Engel. Sagen Sie mir das nächste Mal, dass ich zu schnell gehe.«

»Normalerweise wäre das kein Problem«, sagte sie ehrlich zu ihm. »Ich bin es gewohnt, im Krankenhaus schnell zu gehen, aber es sind diese blöden Absatzschuhe. An *die* bin ich nicht gewöhnt.« Geistig ohrfeigte sie sich selbst, weil sie völlig dumm klingen musste, und dann schenkte sie Cole ein schwaches Lächeln.

»Ach so. Ich dachte mir schon, dass das auch etwas sein wird, worauf ich achten muss.«

Sie runzelte die Stirn und sah ihn an. »Was?«

»Dass sie versuchen werden, mir kein schlechtes Gewissen für Dinge zu machen, die ich tue und die absolut meine Schuld sind. Aber das ist in Ordnung, ich lerne schnell.«

»Cole, nein, das ist nicht ...«

»Kommen Sie, Engel, die Jungs warten schon.«

Noch immer verwirrt über das, was Cole soeben gesagt hatte, schwieg sie einfach, während sie weiter in Richtung des Ace Security Büros gingen ... aber dieses Mal passte Cole sich ihrem Tempo an und sie hatte nicht länger das Gefühl, er würde sie neben sich her schleifen. Sein Arm blieb um ihre Taille geschlungen und Sarah konnte spüren, dass seine Finger an ihrer Hüfte ruhten, als würden sie dorthin gehören. Ihr Körper schien sich perfekt an ihn zu schmiegen und jedes Mal, wenn sich ihre Beine beim Gehen berührten, wollte sie vor Aufregung quietschen.

Sie hatte schon sehr lange nicht mehr für jemanden geschwärmt, aber wenn es um Cole ging, konnte sie mit dem Schwärmen gar nicht mehr aufhören.

Er hielt die Tür zu Ace Security auf. In dem Augenblick, in dem er sie für sie geöffnet hatte, spürte sie seine Finger an ihrem Kreuz, als er ihr hinein folgte.

Sie konnte einfach nicht anders, als sich vorzustellen, wie seine große Hand sie auf dieselbe Weise berühren würde, wenn sie nackt auf ihrem Bett lag. Er würde sich über sie beugen, einen Kuss auf ihren Nacken hauchen und sie mit seinen schwieligen Fingern kitzeln, bevor er seine Hand auf die empfindliche Stelle ihres Rückens legen und seinen Körper über ihren bringen würde ...

»... das hier zu tun?«

Schuldbewusst sah sie Cole in die Augen. »Was?«

Er lachte leise, als wüsste er ganz genau, was sie gerade gedacht hatte. »Ich habe gefragt, ob Sie bereit sind, das hier zu tun?«

Sarah errötete und nickte. Gott, sie musste sich wirklich zusammenreißen.

Cole lächelte noch immer, legte seine Hand flach auf ihren Rücken und übte sanften Druck aus, um sie vorwärtszuschieben. Sie gingen am Schreibtisch im vorderen Teil des Raumes vorbei und durch eine Tür dahinter. Anstelle eines Flures führte die Tür in einen großen, offenen Raum. Darin befanden sich mehrere Schreibtische, hinter denen jeweils ein Mann saß. Alle vier Männer standen auf und starrten sie und Cole an.

Sarah trat unbewusst einen Schritt zurück und stieß mit Cole zusammen.

»Ganz ruhig, Engel«, murmelte er, bevor er seine Haltung änderte und nach ihrer Hand griff. Er zog sie zu dem Mann, der ihnen am nächsten war. »Sarah, das ist Ryder. Ryder, Sarah.«

Sarah löste ihre Finger aus Coles und streckte ihre Hand aus. »Freut mich, Sie kennenzulernen«, sagte sie höflich.

»Ebenfalls«, sagte Ryder mit tiefer, rauer Stimme.

Er war groß, aber nicht übermäßig groß. Er hatte hellbraunes Haar und haselnussbraune Augen, mit denen er sie so intensiv musterte, dass sie am liebsten sofort alles herausgeplatzt hätte, was sie jemals falsch gemacht hatte.

Als könnte er ihre Gedanken lesen, sagte Ryder: »Entspannen Sie sich, Sarah. Wir beißen nicht.«

»Es sei denn, Sie wollen das«, warf einer der Männer von der rechten Seite ein.

Sarah drehte sich um und schaute den Mann an, von dem sie wusste, dass es sich um Blake handelte. Er stand grinsend dort. Jetzt, da sich ihre Angst ein wenig gelegt hatte, erkannte sie die Brüder von ihrer Internetrecherche.

»Halt die Klappe«, brummte Cole neben ihr.

Sarah lächelte und streckte den Arm aus, um dem Mann die Hand zu schütteln. »Ich bin Sarah«, sagte sie höflich.

»Ich weiß. Ich bin Blake.«

»Ich weiß«, gab sie lächelnd zurück.

Blake grinste und nickte.

»Nathan«, sagte der größte der Brüder. Er griff nicht nach ihrer Hand, sondern nickte nur.

»Hallo«, sagte Sarah.

»Und das ist Logan«, sagte Cole und berührte noch einmal ihr Kreuz.

Dieses Mal spürte Sarah seine Finger kaum auf ihr – sie war zu nervös, den Mann kennenzulernen, den sie zuerst wegen Owen kontaktiert hatte.

Er streckte die Hand aus.

Sarah schüttelte sie und holte tief Luft, um sich zu entspannen. Logan war groß, etwas einschüchternd, und nach allem, was sie über ihn gelesen hatte, ziemlich gut in seinem Job.

»Es tut mir leid. Mir war nicht bewusst, wie ernst Ihr Fall

ist, als Sie mich kontaktiert haben. Ich entschuldige mich auch dafür, dass ich die Fakten falsch verstanden habe. Ich dachte, der betreffende Mann sei Ihr Ex. Das war mein Fehler.«

Sarah nickte. »Das ist schon in Ordnung. Ich meine, es gibt Tage, an denen ich mir selbst nicht so sicher bin, ob mein Fall wirklich so ernst ist.«

Logan schüttelte den Kopf. »Tun Sie das nicht. Spielen Sie es nicht runter. Ich habe schon zu viele Leute gesehen, Männer wie Frauen, die das Gleiche dachten wie Sie. Dass die andere Person keine Bedrohung darstellte und ihnen niemals etwas antun würde. Und am Ende waren sie schwer verwundet oder tot. Lassen Sie uns beurteilen, ob Owen Montrone eine Bedrohung darstellt oder nicht, in Ordnung?«

Mit dem Gefühl, dass sie am liebsten weinen wollte, nickte Sarah einfach nur. Es fühlte sich gut an, dass Logan ihr glaubte – ein Mann, den sie gar nicht kannte. Aus irgendeinem Grund hatte sie erwartet, dass Cole eine Ausnahme bleiben würde und ihr nur geglaubt hatte, weil er mit ihr ausgehen wollte. Aber den ernsten Blicken der Gesichter der Brüder nach zu urteilen war es möglich, dass sie vielleicht, nur vielleicht, bezüglich Owen die ganze Zeit über recht gehabt hatte.

»In Ordnung«, stimmte sie zu. Als sie zufällig zu Cole hinübersah, musterte der sie mit einem so intensiven Blick, dass sie errötete.

Entweder ignorierte Logan den Blick oder er sah ihn nicht, denn er sagte: »Was diesen Trottel Owen Montrone angeht, stehen wir hinter Ihnen. Was er macht, ist nicht cool. Dabei spielt es überhaupt keine Rolle, dass er nichts anderes tut, als Ihnen Briefe und Geschenke zu schicken. Wir alle wissen, dass die Dinge von dort aus leicht eskalieren können, besonders wenn er Sie mit Cole zusammen sieht. Ich habe mir gestern Ihre Datei angeschaut und wir würden uns gern mit Ihnen zusammensetzen und den Fall besprechen ... wenn Sie dazu bereit sind.«

Sarah nickte sofort. »Das würde ich gern, aber ich möchte zuerst über die Bezahlung sprechen. Ich weiß, dass Ace Security teuer ist, und ich habe auch ein wenig Geld. Ich möchte kein Wohltätigkeitsfall sein.«

Daraufhin zog Logan die Augenbrauen zusammen und es war offensichtlich, dass er mit ihrer Aussage nicht glücklich war. Aber er erwiderte: »Wir werden uns schon einigen.«

Sarah nahm an, dass sie mehr im Moment nicht bekommen würde. Sie nickte.

Logan drehte sich um und ging auf einen großen Tisch im hinteren Teil des Raumes zu. Cole forderte sie auf, ihm zu folgen, und zog ihren Stuhl heraus, als sie sich setzte. Dann zog er seinen eigenen Stuhl ein wenig näher an ihren heran, bevor auch er Platz nahm. Die anderen Männer setzten sich ebenfalls und Blake fragte: »Also ... was ist in der Tüte?«

Ohne ein Wort zu sagen, öffnete Cole den Beutel und legte das Kochbuch in die Mitte des Tisches. Es war ein Handbuch für gusseiserne Produkte, einschließlich der Pflege und einer Anleitung zum Einbrennen der Pfannen, und wie man mit den kultigen Küchenutensilien alles von Kuchen bis hin zu Gourmetgerichten zubereiten konnte.

»Es enthält auch eine Widmung«, sagte Sarah zu den Männern.

Cole schaute finster, als er den Buchdeckel öffnete, um zu lesen, was darin stand.

· · ·

Für Sarah
Kochen nährt den Körper und die Seele.
In Liebe
Owen

»Interessant«, bemerkte Logan.

Die anderen schwiegen.

»Es lag heute Morgen vor meiner Haustür«, erklärte Sarah. »Es war nicht eingepackt oder so.«

»Als Allererstes müssen Sie eine Art Kamera aufstellen«, sagte Ryder.

Cole nickte. »Das hatte ich auch schon geplant.«

»Aber wir wissen doch, dass es Owen ist«, protestierte Sarah. »Was für einen Unterschied würde eine Kamera machen? Es würde ihn nicht dazu bringen aufzuhören.«

»Das stimmt, aber es wäre eine Sache mehr, die man gegen ihn verwenden könnte«, sagte Blake.

»Erzählen Sie uns alles von Anfang an«, forderte Logan. »Von dem Tag an, an dem Sie Owen kennengelernt haben, bis heute. Lassen Sie nichts aus, selbst wenn Sie es für dumm oder unwichtig halten. Lassen Sie uns entscheiden, was relevant ist und was nicht.«

Plötzlich verstand Sarah, warum die Männer von Ace Security so gefragt waren. Sie hatte die konzentrierte Aufmerksamkeit von vier Augenpaaren auf sich gerichtet.

Sie warf einen Seitenblick zu ihrer Rechten und korrigierte sich gedanklich. Fünf Augenpaare. Cole starrte sie genauso aufmerksam an wie alle anderen. Sie wusste, dass er kein Ermittler wie Logan und seine Brüder war, aber wenn sie nicht gewusst hätte, dass er der Inhaber eines kleinen Fitnessstudios war, hätte sie angenommen, er wäre ebenfalls ein Mitglied von Ace Security.

»In Ordnung ... ich bin Pflegeassistentin und Owens Mutter, Aubrey Montrone, war Patientin auf meiner Station.«

»Weshalb war sie dort?«, fragte Blake.

Sarah hätte ihn gern zurechtgewiesen, weil er sie unterbrochen hatte, bevor sie überhaupt mit ihrer Geschichte beginnen konnte, aber so war sie nicht. Zum Glück war sein Bruder nicht so nett.

»Lass sie reden«, sagte Nathan streng. »Sie wird ihre Geschichte nicht erzählen können, wenn sie unterbrochen wird.«

Blake schaute sie verlegen an. »Es tut mir leid. Fahren Sie fort.«

Sarah kämpfte gegen den Drang an, zu lächeln, und fuhr fort: »Also, Owen war seiner Mutter gegenüber sehr aufmerksam, was ich sehr süß fand. Er war auch schüchtern und schaute mich niemals direkt an, wenn ich im Zimmer war, um seiner Mutter zu helfen. Er ist übergewichtig, Mitte vierzig und nicht sehr attraktiv. Ich fühle mich schlecht, das zu sagen, aber wenn Sie ihn sehen würden, würden Sie es verstehen. Als ich ihn das erste Mal sah, trug er eine Latzhose und sein Bierbauch war ziemlich ausgeprägt. Es sah buchstäblich so aus, als hätte er einen Ball unter seiner Kleidung versteckt. Sein Haar war zu lang und sein Bart sah aus, als wäre er schon eine ganze Weile nicht mehr gepflegt oder getrimmt worden. Er stank zwar nicht, aber er war ganz sicher auch kein Aushängeschild für Frühlingsfrische. Letztendlich war er zwar ein wenig verwildert, aber ich fand ihn trotzdem nett.

Ich habe die beiden in den nächsten Wochen ziemlich oft gesehen. Aubrey hatte Krebs im Endstadium und lag mit Komplikationen davon im Krankenhaus. Sie hatte sich bereits entschieden, keine weitere Behandlungsrunde anzufangen, denn obwohl es ihr ein wenig mehr Zeit gegeben hätte, machten die Medikamente sie wirklich krank. Sie entschied sich für Lebensqualität, anstatt länger und kränker zu leben.

Owen war immer ruhig und sehr höflich. Als er eines Tages das Zimmer verließ, damit ich seine Mutter waschen konnte, fragte sie mich, ob ich es in Betracht ziehen würde, mit ihm auszugehen. Sie sagte, ihr sei bewusst, dass er älter ist als ich, aber er sei ein guter Junge und er fände mich nett. Sie erzählte mir davon, wie sehr er im Haushalt half und wie sie sich immer umeinander gekümmert hatten. Ich sagte ihr, dass ich mich geschmeichelt fühlte, aber nicht sicher sei, ob wir wirklich zueinander passten. Sie bedrängte mich und ich willigte schließlich ein, im Krankenhaus mit ihm zu Mittag zu essen, damit sie mich in Ruhe ließ.«

Sarah atmete tief durch und wünschte sich nicht zum ersten Mal, sie wäre standhaft geblieben und hätte der niedlichen, sterbenden Dame ihren Wunsch ausgeschlagen. Sie spürte Coles Hand auf ihrem Oberschenkel. Er drückte sie kurz und seine Berührung gab ihr den nötigen Anstoß, um weiterzusprechen.

»Als Owen wieder ins Zimmer kam, dachte ich mir, ich bringe es einfach hinter mich. Ich sagte ihm, dass ich gleich Mittagspause hätte, und fragte ihn, ob er mich in die Cafeteria begleiten wollte. Er nickte, wir gingen nach unten ... und das Gespräch war extrem unbehaglich. Er redete gar nicht, also tat ich mein Bestes, um über alles zu plaudern, was mir so einfiel. Er starrte mich die ganze Zeit an und nickte, aber er begann selbst keines der Themen. Irgendwann gegen Ende der dreißig Minuten sprach er für ein oder zwei Minuten über seine Mutter und darüber, wie sehr er sie liebte und wie viel sie ihm bedeutete. Er prahlte ein wenig damit, dass er sich so gut um sie kümmerte.

Dann gingen wir wieder nach oben. Ich setzte meine Schicht fort und er ging zurück ins Zimmer seiner Mutter. Aubrey wurde am nächsten Tag entlassen und ich dachte, die Angelegenheit wäre damit erledigt. Etwa zwei Wochen später erfuhr ich durch den Krankenhausbuschfunk, dass Aubrey verstorben war. Ich fühlte mich schlecht für Owen. Ich meine, zwischen uns haben zwar keine Funken gesprüht, aber er schien nett und sehr schüchtern zu sein und ich wusste, dass er wahrscheinlich am Boden zerstört war, weil er seine Mutter verloren hatte.

Nicht lange danach erhielt ich die ersten Geschenke. Zunächst wusste ich nicht, von wem sie kamen, und fühlte mich geschmeichelt. Zuerst waren es Blumen, die zur Arbeit geschickt wurden. Dann Süßigkeiten. Als er das erste Mal ein Geschenk mit seinem Namen schickte, war ich völlig verwirrt. Ich musste richtig nachdenken, um mich überhaupt daran zu erinnern, wer Owen war. Dann fingen die Briefe an. Zunächst kamen sie nur zur Arbeit, aber irgendwann erhielt ich sie auch zu Hause.

Das machte mir Angst. Aber nicht so sehr wie die Geschenke. Sie kamen immer weiter. Wie Sie wahrscheinlich auf den Bildern gesehen haben, ist es nicht so, als wäre er in irgendein Geschäft gegangen und hätte sie gekauft. Sie sehen aus wie Dinge, die er im Haus zusammengesammelt, eingepackt und verschickt hat. Die Tassen mit dem Zettel, auf dem stand, dass er davon träumte, mit mir auf der Veranda seines Hauses zu sitzen und Tee zu trinken, während die Sonne untergeht. Das Plüschtier, dem ein Auge fehlte. Oder dieses gottverdammte Kissen, das so aussah, als stammte es direkt von seiner Couch. Es waren alles seltsame

Geschenke.« Sarah erschauderte. »Ich habe ihn ein paarmal hier und da gesehen, aber in letzter Zeit nicht mehr so oft.«

»Was hat er gemacht, wenn Sie ihn gesehen haben?«, fragte Blake.

»Das letzte Mal, als ich persönlich mit ihm gesprochen habe, war vor etwa einem Monat. Ich befand mich in einem mexikanischen Restaurant in der Nähe meines Hauses, um mein Abendessen abzuholen, als er auf den Parkplatz fuhr, während ich an der Theke stand. Normalerweise hätte ich ihn nicht zur Rede gestellt, aber ich war frustriert und machte mir Sorgen. Ich schnappte mir mein Essen und stürmte aus dem Restaurant. Er hatte ein breites Lächeln im Gesicht, als er mich sah. Und selbst als ich ihm sagte, dass es mir wirklich leidtut, ich jedoch nicht dasselbe für ihn empfinde wie er offensichtlich für mich, und dass er aufhören solle, mir Geschenke und Briefe zu schicken, lächelte er immer noch. Es war fast so, als hörte er nicht einmal, was ich sagte.

Nach ein paar Augenblicken, in denen er mich einfach weiter gruselig angrinste und kein Wort sagte, drehte ich mich um und ging. Ich fuhr dreißig Minuten lang in der Gegend herum, um sicherzugehen, dass ich nicht verfolgt wurde, bevor ich nach Hause fuhr. Was dumm war, denn er wusste ja sowieso bereits, wo ich wohne, da er mir schon eine ganze Weile Geschenke und Briefe geschickt hatte. Seitdem habe ich ihn nicht mehr gesehen. Und ich hatte gehofft, dass ich Glück und er es endlich verstanden hatte, aber dann fingen die Briefe und Geschenke wieder an. Das war nicht allzu lange nach der Konfrontation. Also wohl doch nicht. Und jetzt ... das hier.« Sie zuckte mit den Schultern und zeigte auf das Kochbuch in der Mitte des Tisches.

»Wissen wir, wo Owen wohnt?«, fragte Ryder in die Gruppe.

Nathan hatte einen Computer vor sich und sich bereits eine Weile darauf konzentriert, während sie erzählte. »Eine Suche in den öffentlichen Registern zeigt, dass seine Adresse die gleiche ist wie die seiner Mutter hier in Castle Rock. Ich habe Alexis eine E-Mail geschickt, um zu sehen, was sie herausfinden kann. Sie hat mir gerade geantwortet und gesagt, dass es so aussieht, als wäre seit dem Tod von Aubrey Montrone vor ein paar Monaten keine Zahlung für das Haus mehr geleistet worden. Die Kreditgesellschaft beginnt die Zwangsvollstreckung.«

»Arbeitet er?«, fragte Logan.

Nathan schüttelte den Kopf. »Wenn er es tut, konnte ich noch nicht herausfinden wo. Aber ich vermute, die Antwort ist nein. Alexis sagt, dass es regelmäßige Zahlungen einer Erwerbsunfähigkeitsrente gibt, die auf ein gemeinsames Konto eingezahlt wurden, das er mit seiner Mutter führt.«

»Eine Behinderung?«, fragte Cole. »Was für eine?«

»Keine Ahnung«, sagte Nathan ruhig.

»Ich bin überrascht, dass Alexis das nicht schon herausgefunden hat«, sagte Blake. »Sie ist erschreckend gut mit diesem Scheiß geworden, seit sie mit diesem pensionierten Navy SEAL Typen gearbeitet hat.«

Während sie sprachen, schaute Sarah von einem Mann zum nächsten. Es kam ihr fast so vor, als würden sie über das Leben einer anderen Person sprechen und nicht über ihr eigenes. Es war ein merkwürdiges Gefühl. Aber sie konnte das Gefühl der Erleichterung nicht leugnen. Sie nahmen die Sache ernst und wiesen sie nicht ab, weil die Geschenke und Briefe alle mit Liebe und nicht aus Hass geschickt worden zu sein schienen.

»Als Sie mit ihm gegessen haben, ist Ihnen da, abgesehen davon, dass er nicht wirklich viel gesagt hat, noch etwas anderes aufgefallen?«, fragte Logan.

Sarah neigte fragend den Kopf. »Was meinen Sie?«

»Denken Sie nicht zu sehr nach«, drängte er sanft. »Schildern Sie uns nur Ihre erste Reaktion auf ihn.«

Sie nickte, schloss die Augen und versuchte, sich an das so lange zurückliegende Mittagessen zu erinnern. »Ich war müde, weil meine Schicht anstrengend gewesen war ... ich hatte eine Menge sehr bedürftiger Patienten ... manchmal ist das so, sie scheinen in Schüben zu kommen. Jedenfalls war ich irgendwie sauer auf Aubrey, weil sie mich überhaupt erst zum Mittagessen mit ihrem Sohn gedrängt hatte. Aber ich wollte nicht gemein sein. Ich schätzte, wir würden sowieso beide essen müssen, also warum nicht? Die erste merkwürdige Sache passierte im Aufzug.« Sie hielt inne und versuchte, die richtigen Worte zu finden, um ihre Gefühle auszudrücken.

Keiner der Männer drängte sie. Sie unterbrachen auch nicht die Stille, während sie nachdachte. Seit sie angefangen hatte zu erzählen, hatte Cole nichts mehr gesagt. Aber seine Hand auf ihrem Oberschenkel ließ sie wissen, dass er immer noch da war und sich sehr um sie sorgte.

Sie öffnete die Augen und sah sich am Tisch um. »Wissen Sie, wenn man in einen Aufzug steigt, gibt es doch bestimmte ungeschriebene Regeln. Die erste Person steht bei den Knöpfen. Die zweite steht der ersten gegenüber, nahe an der Wand. Der Dritte geht in die hintere linke Ecke. Wenn es einen Vierten gibt, geht er oder sie in die andere Ecke. Der Fünfte steht normalerweise an der hinteren Wand. Und wenn noch mehr Leute einsteigen, stellen sie sich in die Mitte oder an die Wände und füllen die Lücken aus. Dann stehen alle mit dem Gesicht zu den Türen oder schauen auf die Zahlen, während der Aufzug hoch- oder runterfährt.«

»Owen hat das nicht getan?«, fragte Ryder.

»Nein, es befanden sich bereits zwei Leute im Aufzug, als er ankam, und ich stellte mich in die hintere linke Ecke. Owen stellte sich in die Mitte des Fahrstuhls mit dem Rücken zur Tür und starrte mich an.« Sarah kam sich albern vor, es überhaupt zu erwähnen.

»Interessant«, murmelte Logan. »Was noch?«

Als niemand ihre spontane, aufzugspsychologische Beobachtung für dumm erklärte, schloss sie erleichtert die Augen. »Wir kamen in der unteren Etage an und gingen zur Cafeteria. Owen ging ein Stück hinter mir und als wir uns anstellten, nahm er sich ein Tablett und folgte mir, während ich zu den verschiedenen Stationen ging. Dann nahm er sich genau die gleichen Dinge wie ich zum Mittagessen. Ich griff nach einer Banane, also legte er auch eine auf sein Tablett. Dann holte ich mir einen kleinen Salat und er tat dasselbe. Ich bestellte ein Fladenbrot mit Schinken und Käse und er tat es ebenfalls. Wie gesagt, dann haben wir gegessen, und ich habe die meiste Zeit geredet.«

»Als er dann sprach, was hat er genau gesagt?«, fragte Blake.

Sarah presste die Lippen zusammen und versuchte, sich an die genauen Worte zu erinnern. Aber schließlich schüttelte sie den Kopf. »Es tut mir leid, ich kann mich einfach an nichts anderes erinnern als an das, was ich Ihnen bereits erzählt habe. Es kann nichts allzu Merkwürdiges oder Ausgefallenes gewesen sein, denn es ist mir überhaupt nicht im Gedächtnis geblieben.«

»Das ist in Ordnung«, sagte Cole und drückte ihr Bein ein wenig.

Sarah, die von sich selbst enttäuscht war, tat ihr Bestes, um den Rest der Fragen zu beantworten, die die Männer ihr stellten. Bevor sie sich versah, waren bereits zwei Stunden vergangen.

»Ich denke, das ist genug für heute«, sagte Logan. »Grace und Felicity wollen sich treffen, also muss ich nach Hause, um nach Nate und Ace zu sehen. Wenn wir noch Fragen haben, können wir uns dann melden?«, fragte er Sarah.

Sie nickte. »Natürlich.«

»Gut. Machen Sie in der Zwischenzeit genauso weiter wie bisher. Lassen Sie sich von Cole alles beibringen, was er weiß. Seien Sie auf der Hut. Schließen Sie Ihre Tür ab und versuchen Sie, wenn möglich Ihren Zeitplan zu ändern. Bestellen Sie eine Kamera oder viele Kameras für Ihr Haus. Machen Sie weiterhin Fotos und dokumentieren Sie alles, was Sie erhalten. Ryder, ich weiß, dass Sarah gesagt hat, die Polizisten waren keine große Hilfe, aber kannst du trotzdem mit ihnen sprechen?«

»Natürlich. Ich werde auch Rex anrufen. Mal sehen, ob er irgendwie helfen kann.«

»Rex ist Ryders ehemaliger *Boss* ... aus Mangel einer besseren Beschreibung für ihn«, erklärte Cole Sarah mit leiser Stimme.

Sie nickte.

»Gut. Blake, Nathan? Habt ihr noch irgendetwas hinzuzufügen?«, fragte Logan.

»Ich nicht«, sagte Nathan.

»Ich lasse Alexis nachsehen, was sie darüber herausfinden kann, warum dieser Typ eine Erwerbsunfähigkeitsrente erhält«, fügte Blake hinzu.

»Großartig. Wir melden uns«, sagte Logan und stand auf.

Sarah erhob sich ebenfalls und ihre Knie fühlten sich ein wenig schwach an. Sie war sich nicht sicher warum. Dabei war sie so erleichtert, dass ihr jemand half. Ace Security hatte Verbindungen zur Polizei und sie würden mit den Beamten sprechen. Sie hatten ihr geglaubt und schienen besorgt über die Briefe und Geschenke zu sein. Sie wusste, dass die Dinge nicht nach einem Treffen geklärt sein würden, aber allein das Wissen, dass sie weiter gegen Owen ermittelten, vermittelte ihr schon ein besseres Gefühl.

»Kommen Sie, Engel«, sagte Cole neben ihr. »Haben Sie heute schon zu Mittag gegessen?«

Sie sah zu ihm auf und sagte leise: »Nein.«

»Das dachte ich mir. Ich kann sehen, wie Ihre Hände zittern. Kommen Sie, wir gehen zu *Scarpetti's* hinüber. Francesca wird sich um uns kümmern.«

»Ich sollte wirklich einfach nach Hause fahren. Ich bin mir sicher, Sie haben heute noch eine Menge zu tun. Sie haben sich hier schon viel zu viel Zeit genommen.«

»Für das Fitnessstudio ist gesorgt.«

»Aber Logan hat gesagt, dass Felicity und Grace etwas unternehmen wollen«, protestierte sie. Sie war sich nicht sicher, warum sie so sehr versuchte, Cole vom Haken zu lassen. In Wahrheit war sie am Verhungern. Und sie wollte das italienische Restaurant schon ausprobieren, seit sie gehört hatte, wie einige Krankenschwestern bei der Arbeit darüber gesprochen hatten. Aber sie hatte das Gefühl, dass sie schon genug von Coles Zeit in Anspruch genommen hatte.

Cole antwortete ihr nicht. Stattdessen zeigte er auf das Kochbuch. »Möchten Sie das behalten?«

»Nein!«, rief Sarah sofort. Sie wollte nichts von den Dingen, die Owen ihr schenkte, behalten.

»Das hätte ich auch nicht gedacht. Hey Blake!«, rief er dem anderen Mann zu.

Blake schaute von seinem Schreibtisch auf. »Ja?«

»Kümmere dich bitte darum, ja?«

Blake blickte zu der Stelle hinüber, auf die Cole zeigte,

und nickte dann kurz mit dem Kinn, bevor er sich wieder seinem Computer widmete.

»Kommen Sie, Engel. Lassen Sie uns etwas essen gehen.«

Seufzend gab Sarah nach. Sie ließ sich von ihm an die Hand nehmen und folgte ihm zur Tür. Im letzten Moment drehte sie sich um und sagte laut: »Auf Wiedersehen. Vielen Dank für Ihre Hilfe.«

Blake und Nathan nickten zwar, schauten jedoch nicht auf.

»Sie konnten es einfach nicht lassen, nicht wahr?«, fragte Cole.

Sarah schaute ihn an. »Es wäre unhöflich gewesen, einfach zu gehen, ohne ein Wort zu sagen.«

Er lächelte und schüttelte den Kopf, antwortete jedoch nicht. Er zog sie aus dem Gebäude und in die Richtung des italienischen Lokals. »Haben Sie hier schon einmal gegessen?«

»Nein. Das wollte ich zwar, aber ich hatte noch keine Gelegenheit dazu.«

»Dann werden Sie staunen.«

Cole näherte sich der Tür, aber Sarah zog an seiner Hand, als sie die Öffnungszeiten am Eingang entdeckte. »Was machen Sie denn?«, fragte sie.

»Ich besorge Ihnen etwas zu essen. Warum?«

»Sie haben geschlossen«, erwiderte sie. »Sie können doch nicht einfach hineingehen.«

»Ist schon gut. Francesca hat nichts dagegen«, sagte Cole und öffnete die unverschlossene Tür.

»Das ist unhöflich«, zischte Sarah, als sie eintraten.

»Francesca!«, rief Cole, als die Tür sich hinter ihnen geschlossen hatte.

Sarah starrte ihn ungläubig an.

Eine ältere, kleine, rundliche Dame spähte aus einer Tür, von der Sarah annahm, dass sie zur Küche führte. Sie lächelte breit, als sie auf sie zusteuerte.

»Cole! Es ist schon viel zu lange her, dass du uns mit deiner Anwesenheit beehrt hast. Welchen Anlass gibt es?«

»Mein Mädchen hat Hunger. Kannst du uns etwas zaubern?«

»Natürlich«, erwiderte Francesca sofort. »Solange ihr mich beide wissen lasst, was ihr über mein Tagesgericht für heute Abend denkt.«

Cole strahlte. »Gott, ich habe diesen Ort vermisst.«

»Es ist nicht meine Schuld, dass du nicht hier warst«, sagte Francesca.

Cole tätschelte sich den Bauch. »Mein Geist ist willig, aber zu viel von deinem Essen ist schlecht für meinen Körper. Es wäre nicht gut, wenn dieser Fitnessstudiobesitzer übergewichtig würde.«

Die Italienerin lachte und schüttelte den Kopf. Dann trat sie einen Schritt auf ihn zu, stellte sich auf die Zehenspitzen und streckte ihm ihre Wange hin. Cole küsste sie und sie drehte den Kopf, damit er die andere Seite küssen konnte. »Stell mir dein Mädchen vor«, befahl sie.

Sarah wollte protestieren, um zu sagen, dass sie nicht Coles »Mädchen« war, aber sie bekam keine Gelegenheit dazu. Außerdem wäre es unhöflich, der älteren Dame zu widersprechen.

»Das ist Sarah. Sie arbeitet im Krankenhaus.«

»Gott segne dich, Kind«, sagte Francesca. »Jeder, der im öffentlichen Bereich tätig ist, hat meine höchste Dankbarkeit und Bewunderung.«

»Vielen Dank«, sagte Sarah. Normalerweise konnte sie erkennen, wenn Leute so etwas nur sagten, weil es von ihnen erwartet wurde. Aber Francesca schien sie und andere wie sie aufrichtig zu schätzen.

»Du kannst keinen besseren finden als unseren Cole hier. Er ist ein guter Junge.«

»Francesca«, beschwerte sich Cole.

»Pst«, sagte sie. »Jede, die mit dir ausgeht, verdient es zu wissen, was sie bekommt.«

Cole rollte mit den Augen und verschränkte die Arme. Er ließ Francesca sagen, was sie meinte, sagen zu müssen.

Sarah war überrascht über die Aufrichtigkeit in Francescas Blick, als sie sie ansah.

»Wie ich schon sagte, Cole ist ein guter Mann. Er kümmert sich um die Gemeinde. Nachdem Mr. Brown einen Herzinfarkt hatte, bot Cole ihm und seiner Frau eine kostenlose Mitgliedschaft in seinem Fitnessstudio auf Lebenszeit an. Und als letztes Jahr der kleine Junge vermisst wurde? Da hat Cole einen Suchtrupp für ihn organisiert und blieb fünfundzwanzig Stunden in den Bergen, um dafür zu sorgen, dass alle etwas zu essen, Wasser und angemessene Kleidung für die Suche hatten. Er war der Erste, der mir zu meiner Vier-Sterne-Bewertung der Denver Post gratulierte und meinte, ich wäre betrogen worden, weil ich keine fünf Sterne bekommen habe.« Francesca kicherte. »Ich habe außerdem beobachtet, wie er ein Essen zum Mitnehmen gekauft und es dann einem Obdachlosen auf der Straße gegeben hat. Wenn man einen Mann daran messen kann, wie er die Menschen um sich herum behandelt, dann ist Cole Johnson einer der besten.«

Sarah war fasziniert von der Röte, die Coles Wangen leuchtend pink färbten. Aber er beugte sich einfach nur hinunter und küsste Francesca noch einmal, bevor er sagte: »Sarah hat seit dem Frühstück nichts mehr gegessen.

Meinst du, du kannst mir helfen, ihren Bauch zu füllen, bevor sie mir ohnmächtig wird?«

Lächelnd nickte Francesca. Sie führte sie zu einem Tisch im hinteren Teil des Restaurants in der Nähe der Küchentüren. »Es ist nicht der beste Platz im Haus, aber meine Kellnerinnen sind noch nicht da. Und da ich euch selbst bedienen werde, ist es bequemer, euch in der Nähe zu haben.«

»Es ist perfekt«, sagte Sarah leise zu ihr.

Cole zog einen Stuhl für sie heraus und setzte sich, nachdem sie sich niedergelassen hatte, auf den Platz direkt neben ihr, anstatt sich ihr an dem quadratischen kleinen Tisch gegenüberzusetzen. Francesca verschwand in der Küche.

»Nur für den Fall, dass Sie nicht mitzählen«, sagte Cole, als sie alleine waren, »dies ist unsere zweite Verabredung.«

KAPITEL SECHS

Cole unterdrückte ein Lächeln, als Sarah verwirrt blinzelte. »Was?«

»Das ist unsere zweite Verabredung. Nach der dritten bekomme ich einen Kuss«, erklärte Cole ihr mit ernstem Gesicht.

Sie schüttelte den Kopf. »Francesca hat bei der Aufzählung Ihrer Qualitäten vergessen zu erwähnen, dass Sie verrückt sind.«

Das genügte. Cole konnte sich ein Lächeln nicht länger verkneifen. Er lachte laut, weil ihm die trockene Art ihres Tadels gefiel. »Ich wollte es Ihnen eigentlich schon früher sagen ... gute Arbeit bei der Selbstverteidigungsstunde am Montag.« Es war ein abrupter Themenwechsel, aber Cole hatte während des ganzen Treffens daran gedacht. Es war zwar offensichtlich, dass sie vorher keinerlei Training gehabt hatte, aber sie hatte die Dinge, die er ihr beibrachte, schnell aufgenommen und sich auch nicht gescheut, den Sack, den er ihr zum Üben hingehalten hatte, so richtig zu vermöbeln.

»Ähm ... danke«, sagte Sarah, die von seinem Themenwechsel etwas verwirrt war.

»Nicht jeder lernt Verteidigungsmanöver so schnell. Manchmal kann es Wochen dauern, bis Menschen in der Lage sind, Bewegungen so effektiv auszuführen wie Sie.«

»Ich wollte Ihnen nicht wehtun, aber Sie haben gesagt, ich solle so hart zutreten, wie ich nur kann.«

»Das habe ich. Und jetzt ... sagen Sie mir, was Sie bedrückt.« In der kurzen Zeit, in der er sie kannte, hatte er schnell etwas über sie gelernt. Um sie dazu zu bringen, ihre höfliche Fassade fallen zu lassen und ihm genau zu sagen, was sie dachte, musste er sie ein wenig aus dem Konzept bringen. Auf diese Weise bestand die Chance, dass sie vergaß zu sagen, was er ihrer Meinung nach hören *wollte*, und dass sie stattdessen ihre wahren Gedanken herausplatzen ließ.

»Ich habe keine Ahnung, wieso Sie mich so gut lesen können«, murmelte sie. Dann sah sie ihm in die Augen und fügte hinzu: »Sie haben mir ein Treffen mit Ace Security verschafft und mein Fall wird untersucht. Was sollte denn los sein?«

»Tun Sie das nicht. Nicht mit mir. Ich weiß, dass es in Ihrer Natur liegt, nett zu sein. Aber ich will die nette Sarah nicht. Ich will die *echte* Sarah. Lesen Sie mir die Leviten, wenn ich ein Arsch bin ... denn Gott weiß, es wird viele Momente geben, in denen ich einer sein werde. Widersprechen Sie mir, wenn wir ein philosophisches Gespräch führen. Sagen Sie mir, auf welcher Seite des Bettes Sie lieber schlafen, und um Himmels willen, wenn wir zusammen fernsehen, schauen Sie nicht einfach, was ich will, nur um es mir recht zu machen. Denn dann werden wir wahrscheinlich nie etwas anderes als Fußball und Eishockey sehen.«

Er hatte absichtlich versucht, sie zu schockieren. Besonders mit der Bemerkung über das Bett, um sie dazu zu bringen, sich ihm zu öffnen.

Sarah schenkte ihm ein schwaches Lächeln. »Jackson hat mir immer vorgebetet, dass ich öfter meine Meinung sagen soll.«

»Es klingt, als wäre er ein sehr kluger Mann gewesen.«

»Das war er.« Sie holte tief Luft und starrte einen langen Moment auf den leeren Teller vor sich. Cole drängte sie nicht und gab ihr Zeit zum Nachdenken. Er wurde belohnt, als sie zu ihm aufschaute und leise sagte: »Ich bin für die Hilfe Ihrer Freunde dankbarer, als ich es mit Worten ausdrücken kann. Sie haben in einem kurzen Treffen mehr dazu beigetragen, mir das Gefühl zu geben, dass ich in all dem nicht alleine bin, als es die Polizei in der ganzen Zeit getan hat, aber ... tief in meinem Inneren habe ich immer noch Angst. Jedes Mal wenn ich nach Hause fahre, frage ich mich, ob dort ein weiteres Geschenk auf mich warten wird. Oder ob heute vielleicht der Tag ist, an dem Geschenke nicht mehr genug sind und er in meinem Haus auf mich wartet, bereit, mich zu packen oder so.«

Sarah wandte den Blick erneut ab und biss sich auf die Lippe. Ohne nachzudenken, hob Cole eine Hand zu ihrem Gesicht und zog ihre Lippe sanft aus ihren Zähnen.

Überrascht schaute sie ihm in die Augen. Aber sie holte tief Luft und fuhr fort: »Und jetzt bin ich verwirrt, nachdem ich von Owens Erwerbsunfähigkeitszahlungen gehört habe. Ich weiß nicht, ob ich erleichtert sein soll, weil er vielleicht keine so große Bedrohung darstellt, wie ich zunächst dachte. Dass er vielleicht eine Art Behinderung hat, die sein Verhalten erklärt ... oder ob ich mir noch *mehr* Sorgen machen muss, weil es etwas sein könnte, das ihn noch gefährlicher macht. Aber schlussendlich ... habe ich Angst, dass ich eines Tages verschwinde und niemand mich jemals finden wird. Das passiert öfter, als man glaubt. Menschen verschwinden einfach und man sieht sie nie wieder.«

Cole konnte es nicht länger aushalten; er schob seinen Stuhl zurück und griff nach Sarah. Sanft zog er sie von ihrem Stuhl hoch und auf seinen Schoß. Ihre Beine baumelten zur Seite und er schlang seine Arme um sie. Eine Hand legte er an ihre Hüfte und die andere schob er in den Haaransatz an ihrem Nacken, während dieser Arm gleichzeitig ihren Rücken abstützte.

»Sie können Ihren Arsch darauf verwetten, dass ich Sie finden werde, sollten Sie verschwinden. Und ich denke, es ist normal, Angst zu haben, und wahrscheinlich zu diesem Zeitpunkt auch angebracht. Nicht dass es mir gefällt, dass Sie verängstigt sind, aber es hält Sie auf Trab, was wichtig ist. Außerdem glaube ich, dass Sie Ihre Gefühle mehr als die meisten Menschen verbergen und dass deshalb niemand von uns genau erkannt hat, wie eingeschüchtert Sie wirklich sind. Was kann ich tun, um Ihnen zu helfen? Damit Sie sich sicherer fühlen?«

Sie antwortete lange Zeit nicht. Cole sah, wie Francesca den Kopf aus der Küche streckte, aber zurückwich, als sie sie sah, um ihnen ihre Privatsphäre zu gönnen.

»Ich weiß es nicht. Das ist ja das Problem«, sagte Sarah. »Ich habe ein paar Nächte in einem Hotel in Denver verbracht und dort habe ich mich ziemlich sicher gefühlt. Aber ich kann ja nicht wer weiß wie lange mein Geld für Hotels verschwenden. Ich wohne in einer ziemlich netten Gegend, aber ich kenne die meisten meiner Nachbarn nicht. Außer Mrs. Grady, und sie wäre keine große Hilfe mit Owen. Er wiegt mindestens fünfzig Kilo mehr als wir. Obwohl ich mein ganzes Leben dort gewohnt habe, sind die Leute, die ich früher kannte, alle weggezogen. Und da ich so seltsame Arbeitszeiten habe, konnte ich die neuen Nachbarn, die um mich herum Häuser gekauft haben, nie wirklich kennenlernen.«

»Haben Sie darüber nachgedacht umzuziehen? Sie arbeiten hier in Castle Rock. Wie wäre es, wenn Sie Ihr Haus verkaufen und sich hier eine Wohnung mieten, bis Sie etwas gefunden haben, das Ihnen gefällt?«, fragte Cole.

Sie war einen Moment lang still. Dann sagte sie mit leiser Stimme: »Glauben Sie nicht, sie wären wütend, wenn ich ihr Haus verkaufe?«

Cole missfiel, wie unsicher die Frau in seinen Armen klang. »Auf gar keinen Fall«, entgegnete er aus vollster Überzeugung. »Ich weiß, dass Sie wahrscheinlich eine Menge toller Erinnerungen an Ihre Väter in diesem Haus haben, aber die werden Sie nicht verlieren. Die werden Sie für immer in Ihrem Herzen und in Ihren Gedanken tragen. Ich kannte Ihre Väter nicht, aber ich wage die Vermutung, dass Jackson wahrscheinlich sauer auf Sie wäre, wenn Sie nur ihretwegen daran festhalten würden.«

Eine Minute verging, bis sie sagte: »Ich *habe* darüber nachgedacht. Ich liebe mein Haus sehr, aber es wäre einfacher, wenn ich nicht jeden Tag nach Castle Rock und zurück fahren müsste. Und ... manchmal fällt es mir auch schwer, dort zu sein. Ich vermisse sie dadurch noch mehr. Und wenn ich aufwache und Owen mir wieder irgendetwas hinterlassen hat, habe ich Todesangst.«

»Es gibt ein Wohngebäude hier in Castle Rock, das einen bewachten Eingang hat. Niemand kommt am Pförtner vorbei, es sei denn, er wohnt dort oder es wird vom Sicherheitsdienst speziell genehmigt«, sagte Cole zu ihr.

»Das habe ich online gesehen. Aber dort gibt es eine ellenlange Warteliste.«

»Wir können mit Logan sprechen und sehen, ob er ein gutes Wort für Sie einlegen kann.«

Daraufhin hob Sarah den Kopf. Die Hoffnung, die er in ihrem Blick sah, hätte Cole in die Knie gezwungen, wenn er gestanden hätte.

»Wirklich?«

»Wirklich.«

Dann wurde ihre Miene lang. »Aber ich würde mich schlecht fühlen, wenn ich jemand anderem eine Wohnung wegschnappen würde.«

Cole strich mit dem Daumen über die weiche Haut an ihrem Haaransatz und versuchte, sie zu beruhigen. »Würden Sie sich dadurch sicherer fühlen?«

Sie nickte.

»Möchten Sie, dass ich Logan frage?«

Sarah zögerte, nickte aber schließlich erneut.

»Ich werde ihn heute Abend anrufen.«

»Vielen Dank.«

»Haben Sie einen Immobilienmakler?«

»Nein.«

»Darf ich Ihnen dabei auch helfen?«

»Ich ... ich weiß zwar, was ich gerade gesagt habe, aber der Gedanke daran, das Haus meiner Väter zu verkaufen, macht mir immer noch Angst.«

»Sie müssen die Entscheidung nicht sofort treffen. Wir werden erst einmal sehen, ob wir Sie in eine Wohnung kriegen können, damit Sie in Sicherheit sind. Dann können Sie sich entscheiden, ob es Ihnen überhaupt gefällt, hier in Castle Rock zu leben. Und *dann* entscheiden Sie, was Sie tun wollen.«

»In Ordnung. Cole?«

»Ja, Engel?«

»Versprechen Sie mir, dass Sie versuchen werden, mich zu finden, sollte ich verschwinden?«

Es brach Cole fast das Herz. Er zog die Hand von ihrer Hüfte und legte sie um ihre Wange. »Ich verspreche es«, sagte er und sah in ihre wunderschönen, haselnussbraunen Augen. »Genau genommen werden wir ab heute Abend ein Check-in-System einführen. Womit auch immer Sie sich wohlfühlen. Sie können mir eine SMS schicken, wenn Sie zu Hause ankommen und wenn Sie wieder gehen. Wenn Sie mir Ihren Dienstplan geben, weiß ich, wann Sie bei der Arbeit sein und wann Sie von dort wieder wegfahren sollten. Auf diese Weise werde ich wissen, dass etwas nicht stimmen könnte, wenn ich nichts von Ihnen höre.«

»Das würden Sie tun?«

»Auf jeden Fall. Sie können sich so oft bei mir melden, wie Sie wollen. Es stört mich nicht und wenn Sie jemals etwas brauchen oder Angst haben, melden Sie sich einfach und ich komme, um nach dem Rechten zu sehen.«

»Aber ich wohne dreißig Kilometer entfernt.«

Cole konnte nicht aufhören, mit dem Daumen über die Kante ihrer Lippen zu streichen. Ihr Mund öffnete sich leicht und er untersagte sich, sich noch mehr Freiheiten herauszunehmen. »Es wäre mir egal, wenn sie eine Stunde weit entfernt wohnen würden. Wenn Sie mich brauchen, werde ich da sein.«

Sie festigte den Griff um seinen Nacken.

»Und Sie sollten wissen, dass ich sowieso vorhatte, Ihnen Nachrichten zu schicken und Sie anzurufen ... nicht nur wegen dieser Arschgeige, die Ihnen auf die Nerven geht. Ich will hören, wie Ihr Tag war. Hören, wie Sie lachen. Und es ist wahrscheinlich viel zu früh, um das überhaupt anzubieten, aber wenn Sie jemals zu viel Angst haben, zurück in

Ihr Haus in Parker zu fahren, können Sie gern zu mir kommen. Es ist nicht viel, nur eine Wohnung nicht weit vom Fitnessstudio entfernt, aber ich habe ein Gästezimmer. Ich weiß, wir lernen uns gerade erst kennen, aber das Angebot ist nicht an Bedingungen geknüpft. Sie können sich gern in meinem Gästezimmer verkriechen und müssen mich nicht einmal sehen, wenn Ihnen nicht danach ist. Ich möchte nur, dass Sie sich sicher fühlen, Sarah. Und ich kann garantieren, dass niemand Ihnen etwas tun kann, wenn Sie bei mir sind, in Ordnung?«

Er sah die Tränen in ihren Augen, war aber nicht überrascht, als sie dagegen ankämpfte und einfach nur nickte.

»Gut. Vertrauen Sie mir, Engel. Logan und seine Brüder nehmen die Sache sehr ernst. Wenn es irgendetwas über Owen herauszufinden gibt, werden sie es ausgraben. Und selbst wenn es nichts gibt, werden sie einen Weg finden, ihn Ihnen vom Hals zu schaffen. Damit Sie Ihr Leben leben können, ohne sich ständig sorgen zu müssen, okay?«

»Okay, vielen Dank. Ich hatte solche Angst. Ich wusste einfach, dass ich wie das Opfer in einer dieser Kriminalsendungen enden würde. Sie wissen schon, wo die Frauen spurlos verschwinden und ihre Körper niemals gefunden werden?«

Ihre Worte ließen Cole erschaudern, aber er beugte sich vor und küsste Sarah sanft auf die Stirn. »Sind Sie bereit zum Essen?«

»Ja.«

Er half ihr, aufzustehen und sich wieder auf ihren eigenen Platz zu setzen. Francesca musste sie beobachtet und darauf gewartet haben, dass sie ihre innige Diskussion zu Ende führten, denn in dem Moment, in dem Sarah wieder auf ihrem Platz saß, tauchte sie mit einem Tablett voller Speisen in der Hand wieder auf.

Sie stellte dampfende Teller mit Nudeln auf den Tisch. »Hier, bitte sehr! Das ist das Tagesgericht heute Abend. Ich erwarte von euch, dass ihr mir sagt, ob es zu scharf oder nicht scharf genug ist. Gebt mir eure ehrliche Meinung, ohne Zurückhaltung, in Ordnung?«

»Es sieht köstlich aus und riecht auch so«, sagte Sarah zu ihr.

Francesca strahlte. »Ah, Sie sind leicht zufriedenzustellen«, sagte sie und wandte sich dann an Cole. »Da deine Frau zu nett ist, um mir zu sagen, wenn etwas nicht stimmt, erwarte ich das von dir, kapiert?«

Cole lächelte. »Das weißt du doch. Aber wann habe ich mich jemals über irgendetwas beschwert, das du gekocht hast?«

»Niemals. Aber es gibt immer ein erstes Mal«, sagte sie mit einem Lächeln. »Guten Appetit.« Dann drehte sie sich um und eilte zurück in die Küche.

Sie aßen mehrere Minuten lang schweigend, bevor Sarah ihn ansah. Ihre Gabel schwebte über ihrer halb verspeisten Mahlzeit und sie hatte rote Soße am Kinn. Sie lächelte und sagte: »Ich kann nicht glauben, wie lecker das ist.«

Cole beugte sich mit seiner Serviette vor und tupfte ihr das Kinn ab. »Nicht wahr? Ich schwöre, Francesca ist ein Genie, wenn es ums Essen geht. Es ist schon eine Weile her, dass ich hier war, und jetzt weiß ich wieder warum.«

»Warum? Ich würde jeden Tag hier essen, wenn mir mein Cholesterinspiegel und mein Gewicht egal wären«, scherzte Sarah.

Er tätschelte sich den Bauch. »Weil ich zu viel esse. Es würde nicht gut aussehen, wenn der Besitzer des Rock Hard Fitnessstudios zweihundert Kilo wiegen würde.«

Sarah lachte und Cole hatte noch nie in seinem Leben

einen schöneren Klang gehört. Sie hatte einen anstrengenden Tag gehabt ... und sogar noch ein paar schlimmere Monate. Aber sie hatte die Fähigkeit nicht verloren, sich an den kleinen Dingen zu erfreuen.

»Das stimmt. Ich bin total satt, kann aber nicht aufhören zu essen.«

»Wenn Sie es nicht schaffen, helfe ich Ihnen gern«, sagte Cole zu ihr und steuerte mit seiner Gabel auf ihren Teller zu.

Sarah tat so, als wollte sie ihn mit ihrer eigenen Gabel stechen. »Behalten Sie Ihr Tafelsilber für sich!«, ermahnte sie ihn. »Ich werde jeden Bissen davon aufessen und dann den Rest des Tages darüber jammern, wie voll ich bin ... aber das wird es wert sein.«

Gott, sie ist so schön, dachte Cole, als er beobachtete, wie sie sich entspannte und mit ihm scherzte. Sobald sie ihre Zurückhaltung abgelegt hatte, strahlte ihr wahres inneres Licht hell. Er wusste, dass er poetisch wurde, konnte es sich jedoch nicht verkneifen.

Sie beendeten ihre Mahlzeit und hatten nichts als Lob für Francesca. Als die Zeit kam, um zu gehen, zog Cole seine Brieftasche heraus, aber Francesca weigerte sich, seine Kreditkarte zu nehmen.

»Dein Geld wird hier nicht gebraucht, Cole. Steck das weg«, schimpfte sie.

»Wirst du mich jemals bezahlen lassen?«, brummte er gutmütig.

»Nein«, sagte sie mit einem Lächeln.

In diesem Moment kam eine Kellnerin mit einer großen Plastiktüte aus der Küche und reichte sie Sarah. Sie nahm sie wortlos, aber mit einem verwirrten Gesichtsausdruck entgegen.

»Für den Fall, dass du später noch Hunger hast«,

erklärte Francesca ihr. »Es ist eine kleine Kostprobe von so ziemlich allem, was auf der Speisekarte steht. Jeder, der meinen Cole hier zum Lächeln bringen kann, als würde er sich um nichts in der Welt sorgen, ist ein guter Mensch und in meinem Restaurant immer willkommen. Du kannst jederzeit wiederkommen. Eine Reservierung ist nicht nötig. Ich behalte jeden Abend ein paar Tische für meine allerliebsten Gäste frei. Du gehörst jetzt auch zu dieser kleinen Gruppe.«

Sarah starrte Francesca einen Moment lang an, bevor sie ihr ausgiebig dankte.

Wie Cole erwartet hatte, winkte die ältere Frau ihren Dank ab. »Nicht doch. Ich wusste in dem Moment, in dem ich Cole sah, dass du etwas Besonderes bist. Nicht viele Leute durchschauen sein hartes Äußeres. Du hast offensichtlich nicht nur darüber hinweggesehen, sondern ihn in seiner Vollkommenheit akzeptiert. Lass das Essen nicht verkommen. Und jetzt geht, ihr beiden. Ich habe bald Kundschaft und bin mir außerdem sicher, dass ihr Besseres zu tun habt, als hier herumzustehen und mit einer alten Frau zu quatschen.«

Damit streckte sich Francesca auf die Zehenspitzen und Cole beugte sich hinunter, damit sie ihn auf die Wange küssen konnte. Sie umarmte eine leicht geschockte Sarah, drehte sich dann um und ging zurück in die Küche.

»Was ist gerade passiert?«, fragte Sarah, als Cole ihren Arm nahm und sie zur Tür hinausführte.

»Sie wurden soeben offiziell in der Stadt Castle Rock willkommen geheißen«, sagte Cole warmherzig. »Die einzigen Leute, die eine Dauereinladung haben, herzukommen und zu essen, wann immer sie wollen, sind Logan und seine Brüder. Und natürlich ihre Frauen.«

»Und Sie«, sagte sie.

»Und ich«, stimmte Cole zu. »Und Sie jetzt auch.«

»Warum?«

»In diesen Räumlichkeiten befand sich früher das Architekturbüro Mason. Als Grace' Eltern ins Gefängnis kamen, wurde das Geschäft aus offensichtlichen Gründen geschlossen. Francesca kaufte den Laden und machte daraus *Scarpetti's*. Sie hat sich den Arsch aufgerissen, um neue Kunden zu gewinnen, aber eine Zeit lang war es schwierig. Logan und seine Brüder aßen praktisch jeden Abend hier, da sie alleinstehend und zu faul waren, für sich selbst zu kochen. Sie arbeiteten auch an vielen Fällen, bevor sie ihre Frauen trafen. Ich glaube, Francesca hatte Mitleid mit den ›armen alleinstehenden Männern‹ und gab ihnen fast jedes Mal einen Rabatt auf die Mahlzeit. Irgendwann begann das Restaurant zu florieren, aber sie hat ihre Unterstützung und wie loyal sie von Anfang an waren nie vergessen.«

»Und Sie?«, fragte Sarah, als sie auf den Parkplatz zusteuerten. »Wie sind Sie in ihre Gunst gekommen?«

»Weil ich süß bin?«, fragte Cole mit einem Lächeln.

Sarah grinste und schlug ihm spielerisch auf die Schulter. »Ich meine es ernst.«

Cole zuckte mit den Schultern. »Ich bin Single. Ich koche nicht gern. Ich wohne in der Nähe. Ich glaube, sie hatte auch Mitleid mit mir, weil ich so oft hier gegessen habe. Außerdem habe ich ihr vielleicht auch eine kostenlose Mitgliedschaft auf Lebenszeit im Fitnessstudio geschenkt. Sie kommt meistens morgens um fünf, wenn wir öffnen, um ihre täglichen drei Kilometer auf dem Laufband zu absolvieren.«

Sarah blieb mitten auf dem Gehweg stehen – und Cole schaute sich sofort suchend um, um zu sehen, ob sie auf eine Bedrohung reagiert hatte. Als er ihre Hand auf seinem Arm spürte, riss er den Blick zu ihr herum.

»Sie sind ein guter Mann, Cole Johnson.«

Er schüttelte den Kopf. »Das bin ich nicht. Zumindest nicht so, wie Sie es denken.«

»Cole, Sie haben Francesca eine kostenlose Mitgliedschaft in Ihrem Fitnessstudio geschenkt.«

»Ja, weil ich wusste, dass ich mir dadurch ihre Gunst verdiene und hausgemachtes italienisches Essen bekommen würde, wann immer ich wollte. Es kostet mich nichts, sie jeden Tag vierzig Minuten lang eins der Laufbänder nutzen zu lassen. Loben Sie mich nicht in den Himmel, Sarah. Ich bin nicht immer der nette Kerl, für den Sie mich halten. Ich meine, ich bin kein Serienmörder oder so, aber ich nehme gern den Parkplatz, der am nächsten bei der Tür ist. Ich bremse Leute auf der Autobahn aus und habe noch nie jemandem angeboten, ihm die Einkäufe zu tragen.«

Sie wandte den Blick nicht von ihm ab, während er seine Fehler aufzählte. »Es kostet Sie vielleicht nichts, aber Sie haben Francesca einen sicheren Ort gegeben, an dem sie jeden Morgen spazieren gehen kann, ohne sich Sorgen machen zu müssen, belästigt oder von einem Wagen angefahren oder gar angegriffen zu werden. Sie sind keine Frau, also haben Sie keine Ahnung, wie wichtig das ist. Und ich wette, sie hat sich mit jedem angefreundet, den sie morgens dort trifft, also haben Sie ihr auch das gegeben ... die Möglichkeit, andere Menschen kennenzulernen.«

Cole schüttelte den Kopf und strich ihr eine Haarsträhne hinters Ohr. »Ich liebe die Art, wie Sie die Welt durch Ihre rosarote Brille sehen.«

Sarah runzelte die Stirn. »Ich bin kein Idiot, Cole. Ich weiß, dass es Schlechtes auf der Welt gibt. Ich sehe es tagtäglich. Menschen sterben im Krankenhaus, ohne den Beistand ihrer Kinder an ihrer Seite zu haben. Ich habe Leute gesehen, die sich um die Habseligkeiten ihrer Lieben stritten, bevor sie auf dem Sterbebett überhaupt kalt geworden waren. Ich habe gesehen, wie sehr ein Ehemann seine Frau verletzen kann und wie sie sofort zu ihm zurückgelaufen ist, sobald sie in der Lage war, aus ihrem Krankenhausbett aufzustehen. Und ich habe Frauen gesehen, die wegen einer eingebildeten Kränkung versucht haben, ihren Lebenspartner umzubringen.

Ich ziehe es vor, nett zu sein anstatt gemein. Es gibt schon viel zu viel Hass auf der Welt. Vielleicht ist es die gleiche Menge, die es schon immer gab, bevor wir das Internet hatten und von all den schlimmen Dinge in der Sekunde wussten, in der sie passierten. Es gab schon immer Schießereien, Entführungen und Morde, aber jetzt werden sie uns in jeder Sekunde eines jeden Tages unter die Nase gerieben. Ich weiß, dass ich persönlich mich viel länger daran erinnere, wenn jemand nett zu mir ist, als wenn er gemein ist. Das ist die Welt, in der ich leben möchte. Eine, in der die Menschen nett zueinander sind, ohne eine Gegenleistung zu erwarten. Sie sind ein guter Mann, Cole. Und nichts, was Sie sagen, wird mich vom Gegenteil überzeugen.«

Nach ihrer kleinen Rede holte sie tief Luft, als hätte sie so schnell wie möglich gesprochen, um dem Fall entgegenzuwirken, dass er beschließen könnte, sie zu unterbrechen.

»Ändern Sie sich nie«, sagte er zu ihr. »Sie haben recht. Und wie ich schon einmal gesagt habe, braucht die Welt mehr Menschen wie Sie. Ich werde mein Möglichstes tun, um Sie weiter in Ihrer schönen Welt leben zu lassen, indem ich mich zwischen Sie und den Anuskneifer stelle, wann immer es möglich ist.«

Sie kicherte über seine Wortwahl, sagte jedoch: »Sie müssen mich nicht abschirmen, Cole. Lassen Sie mich einfach mein Ding machen und machen Sie sich nicht über mich lustig.«

»Niemals«, schwor er. Der Tag, an dem er sie für ihre sanfte, wunderschöne Seele verspotten würde, wäre der Tag, an dem er aufhörte, sie zu verdienen. »Kommen Sie. Ich weiß, dass Sie müde sind. Sie hatten einen langen Tag.«

Er winkelte seinen Ellbogen an und hakte ihren Arm darin ein, sodass sie sich an seine Seite schmiegen konnte, während sie den Rest des Weges zum Parkplatz gingen. Als sie zu ihrem Wagen kamen, legte er die Tüte mit den Speisen auf den Boden vor ihrem Rücksitz. Nachdem sie die Fahrertür geöffnet hatte, schob er sie gegen die Tür und legte seine Hände auf ihre Hüfte.

»Schicken Sie mir eine SMS, wenn Sie zu Hause ankommen«, befahl er.

»Okay.«

»Stellen Sie sicher, dass alle Türen abgeschlossen sind, wenn Sie im Haus sind.«

»Das mache ich immer«, sagte sie zu ihm.

»Und sollten Sie noch einmal hinausgehen, geben Sie mir Bescheid und schreiben Sie mir eine SMS, wenn Sie wieder nach Hause kommen.«

»Das werde ich.«

»Und ich werde ein paar Anrufe wegen der Wohnung hier in der Stadt tätigen.«

»Das weiß ich zu schätzen. Ich bin mir zwar immer noch nicht sicher, ob ich umziehen sollte, aber jedes Mal, wenn ich zum Krankenhaus fahren muss, bin ich paranoid und frage mich, ob Owen mir folgt. Er könnte mich leicht von der Straße drängen und mich wegschnappen, bevor ich wüsste, was überhaupt passiert. Und ohne Mike und Jackson scheint das Haus einfach zu groß zu sein. Leer.«

»Wann können Sie für Ihre nächste Stunde ins Fitnessstudio kommen?«, fragte Cole.

Sarah zuckte mit den Schultern. Sie musste die nächsten drei Tage arbeiten, aber sie hatte keine Ahnung, wie Coles Zeitplan aussah. Sie wollte ganz sicher keine Wiederholung des Tages, an dem sie sich kennengelernt hatten und er überbucht gewesen war.

»Ich kann auch zu Ihnen nach Hause kommen, wenn Ihnen das besser passt.«

Sie starrte zu ihm auf. »Sie können nicht den ganzen Weg nach Parker kommen.«

»Warum nicht?«

»Darum. Es liegt nicht auf Ihrem Weg, Cole.«

»Wenn Sie dort wohnen, mache ich es zu meinem Weg«, versicherte er ihr. »Sarah, ich bin mir nicht sicher, ob Sie verstehen, was hier vor sich geht. Ich bin nicht nur irgendein Typ, mit dem Sie trainieren. Oder vielleicht war ich das, zumindest bis zu unserer ersten Stunde im Fitnessstudio. Dann wurde ich zu mehr.«

»Mehr, hm?« Das gefiel ihr. Sehr sogar.

»Ja. Das war unsere zweite Verabredung«, erinnerte er sie. »Eine *Verabredung*, Engel. Die Sache, die zwei Menschen tun, wenn sie aneinander interessiert sind. Wenn sie sich besser kennenlernen wollen. Und ich will mehr wissen. Ich bin aber auch nicht dumm. Ich erkenne etwas Gutes, wenn ich es sehe ... und Sie könnten möglicherweise das Beste sein, was mir je passiert ist. Ich werde Sie mir nicht durch die Lappen gehen lassen, nur weil Sie zufällig nicht in der Nachbarstadt wohnen.

Die Frage ist – spüren Sie auch nur ein Zehntel von dem, was ich spüre? Können Sie die Chemie zwischen uns fühlen? Ich denke, Sie können es, aber ich könnte es auch alles völlig falsch interpretieren. Vielleicht sind Sie einfach nur dankbar für meine Hilfe mit der Owen-Situation. Wenn das der Fall ist, sagen Sie es jetzt. Ich möchte wirklich nicht, dass Sie sich wegen meiner Aufmerksamkeit unwohl fühlen. Diese Situation haben Sie ja schon mit dem Volltrottel und ich werde definitiv nicht so ein Kerl sein. Sie brauchen nur ein Wort zu sagen und ich werde mich zurückziehen. Ich werde Ihr Selbstverteidigungstrainer sein, die Verbindung zwischen Ihnen und Ace Security und Ihnen helfen, die Wohnung zu bekommen. Und das war es dann.«

»Nein!«, rief Sarah laut.

Cole atmete erleichtert aus, als er ihre vehemente Antwort hörte.

»Ich konnte kaum glauben, dass Sie sich die Mühe gemacht haben, mir nachzulaufen. Ich meine, ich weiß schon, dass Sie es getan haben, weil Sie keine potenzielle Kundin verlieren wollten. Und Sie wollten Logan einen Gefallen tun, aber Sie haben sich so entschuldigt ... und ich muss zugeben, dass ich Sie sofort attraktiv fand, auch wenn sich herausgestellt hätte, dass Sie ein Idiot sind.«

Er lächelte. »Sie geben mir also Bescheid, wenn Sie nach Hause kommen?«

Sie nickte.

»Und Sie erlauben mir, Sie zu einer weiteren Verabredung auszuführen?«

Sie nickte erneut.

Er lächelte sanft. »Und Sie werden mir erlauben, Sie am Ende unserer dritten Verabredung zu küssen?«

Sie errötete, nickte jedoch noch einmal. »Sie können mich jetzt küssen, wenn Sie wollen«, sagte sie schüchtern.

Gott. Coles Schwanz wurde sofort hart. Oh, wie sehr er

es wollte. Er wollte über ihre prallen Lippen lecken und sie an sich ziehen, während er ihren Geschmack kennenlernte. Aber er genoss die Anspannung. Die Vorfreude. Er kannte sie erst seit einer Woche. Er konnte warten. Vielleicht.

Er beugte sich vor und genoss, wie sie langsam die Augen schloss und ihr Kinn anhob, um zu empfangen, was auch immer er ihr geben wollte. Seine Lippen berührten sanft ihre Stirn und dann küsste er ihre geschlossenen Augenlider, bevor er sich von ihr löste.

»Es liegt mir fern, Ihre Kein-Kuss-bis-zur-dritten-Verabredung-Regel zu brechen«, sagte er lächelnd, als sie die Augen aufriss und ihn ungläubig anstarrte.

Sie erwiderte sein Grinsen und umarmte ihn für einen langen Moment fest. »Vielen Dank, dass Sie so ein guter Kerl sind«, flüsterte sie.

»Fahren Sie vorsichtig«, sagte er, zog sich zurück und hielt die Tür für sie auf, als sie auf dem Fahrersitz Platz nahm. Er würde ihr nicht noch einmal sagen, dass er kein guter Kerl war. Es gefiel ihm, dass sie ihn so sah, und er schwor sich, niemals etwas zu tun, was das gute Bild, das sie von ihm hatte, trüben würde. »Vergessen Sie nicht, mir eine SMS zu schreiben, wenn Sie nach Hause kommen.«

»Das werde ich.«

»Bis später.«

»Bis später.«

Cole stand noch ein paar Minuten lang auf dem Parkplatz, nachdem sie losgefahren war. Er wartete, bis er ihren Wagen nicht mehr sehen konnte. Vielleicht verstand sie noch nicht wirklich, wie sehr sich ihr Leben soeben verändert hatte, als sie eingewilligt hatte, weiter mit ihm auszugehen ... aber das würde sie.

Cole hatte das Gefühl, dass Sarah die Frau war, auf die er sein ganzes Leben lang gewartet hatte. Er hatte zugesehen, wie sich seine Freunde verliebten und heirateten, und er war kein einziges Mal neidisch auf sie gewesen. Er hatte immer gewusst, dass auch seine Zeit kommen würde.

Und sie war gekommen. In der Gestalt eines ein Meter siebzig großen Engels.

KAPITEL SIEBEN

Die nächsten anderthalb Wochen vergingen, ohne dass Sarah die Gelegenheit hatte, Cole wiederzusehen. Aber das bedeutete nicht, dass sie nicht kommunizierten. Ihr Telefon war nicht länger nur Teil ihrer Sicherheitsausrüstung, die sie mit sich herumtrug, falls ihr Wagen eine Panne hatte, sondern sie schrieben sich ununterbrochen SMS.

Cole schickte ihr den ganzen Tag lang Nachrichten. Manchmal erkundigte er sich nur danach, wie es ihr ging, und manchmal führten sie in ihren Kurznachrichten ausführliche Gespräche über das eine oder andere Thema.

Als Sarah nach einer zermürbenden Schicht nach Hause fuhr, dachte sie an das Gespräch zurück, das sie in ihrer letzten Pause im Krankenhaus an diesem Tag geführt hatten.

Cole: Haben Sie mit einem der Immobilienmakler gesprochen, die ich Ihnen empfohlen habe?

Sarah: Ja. Ich habe in ein paar Tagen einen Termin. Sie will vorbeikommen, sich das Haus ansehen und mich wissen lassen, was sie denkt.

Cole: Gut.

Sarah: Vielen Dank für die Empfehlung.

Cole: Selbstverständlich. Und ich habe vom Verwalter des Apartmentgebäudes hier in der Stadt gehört. Er hat gesagt, dass in etwa zwei Wochen eine Wohnung frei wird und dass sie Ihnen gehört, wenn Sie sie haben wollen.

Sarah: Wirklich? Wahnsinn!

Cole: Es ist allerdings nur ein Einzimmerapartment.

Sarah: Oh.

Cole: Ja, nicht ideal. Aber ich kann Ihnen helfen, die Sachen, die nicht hineinpassen, für Sie einzulagern. Es wird ja nicht für ewig sein. Wenn Sie erst einmal dort sind, haben Sie bessere Chancen, eine größere Wohnung zu bekommen, wenn eine frei wird.

Sarah: Stimmt. Ich weiß Ihre Hilfe wirklich sehr zu schätzen.

Cole: Sie haben die nächsten drei Tage frei, nicht wahr?

Sarah: Ja.

Cole: Wir haben uns schon eine ganze Weile nicht mehr gesehen ... haben Sie Lust auf eine weitere Unterrichtsstunde?

Sarah: Ja.

Cole: Gut. Denn ich habe bereits verabredet, dass Nathan und Joel morgen Nachmittag kommen und mir helfen.

Sarah: Joel?

Cole: Baileys kleiner Bruder.

Cole: Sind Sie noch da?

Sarah: Ja. Ich bin mir darüber nur nicht sicher.

Cole: Darüber, dass sie helfen wollen? Vertrauen Sie mir, Engel, es wird Spaß machen.

Sarah: Wenn Sie das sagen.

Cole: Das tue ich. Und ich habe mir gedacht, wenn Sie morgen etwas früher kommen könnten, sagen wir so gegen vier, könnten wir die Selbstverteidigungsstunde hinter uns bringen und dann könnte ich mit Ihnen zu dem Wohngebäude fahren, damit Sie sich das Apartment ansehen können. Danach möchte ich Sie zum Abendessen bei mir zu Hause einladen.

Cole: Natürlich nur ... wenn Sie nicht schon andere Pläne haben.

Sarah: Ich hatte nur geplant, vielleicht zu versuchen, mit dem Packen anzufangen.

Cole: Damit kann ich Ihnen übermorgen helfen.

Sarah: Felicity wird Sie bald feuern, wenn Sie nicht anfangen, mehr zu arbeiten :)

Cole: Quatsch. Sie weiß, dass ich weniger da sein werde, wenn Sie freihaben, und mehr, wenn Sie auch arbeiten.

Cole: Sarah? Sind Sie noch da?

Sarah: Sie haben Ihren Dienstplan meinem angepasst?

Cole: Ja. Nach der letzten Woche, in der unsere Zeitpläne nie unter einen Hut zu bringen waren, dachte ich mir, das wäre der einfachste Weg, wenn ich Sie sehen will.

Sarah: Ich weiß nicht, was ich sagen soll.

Cole: Sagen Sie, dass Sie morgen zu Ihrer Stunde kommen und danach mit mir essen.

Sarah: Das würde ich gern.

Cole: Gut.

Sarah: Cole?

Cole: Bin hier.

Sarah: Ich glaube, das ist das Netteste, was jemals jemand für mich getan hat.

Cole: Gewöhnen Sie sich daran, Engel. Ich habe es ernst gemeint, als ich sagte, dass ich sehen will, wohin diese Sache zwischen uns führen kann.

Sarah: Vielen Dank.

Cole: Ich muss jetzt Schluss machen. An der Rezeption

gibt es eine Art Auseinandersetzung. Aber sagen Sie mir, ist alles in Ordnung? Keine weiteren Geschenke oder Briefe?

Sarah: Es geht mir gut. Und ich habe seit dem Kochbuch nichts mehr empfangen.

Cole: Ausgezeichnet. Aber werden Sie nicht leichtsinnig. Sagen Sie mir Bescheid, wenn Sie die Arbeit verlassen und zu Hause ankommen.

Sarah: Mache ich.

Cole: Passen Sie auf sich auf. Wir hören uns später.

Sarah: Sie auch. Bis dann.

Cole: Bis später.

Sarah war schon mit anderen Männern ausgegangen. Mit Männern, die sie für nett hielten und die sie mit Respekt behandelten. Aber keiner hatte ihr jemals ein Gefühl gegeben, wie Cole es tat. Sie wusste, dass manche Leute ihn für anmaßend oder herrisch halten würden ... besonders für jemanden, den sie erst seit so kurzer Zeit kannte.

Aber Sarah sah ihn in einem anderen Licht. Sie hatten während der letzten Woche stundenlang miteinander telefoniert. Cole war jemand, der sich immerzu Sorgen machte. Er sorgte sich um Felicity. Er sorgte sich um den gesellschaftlichen Druck, der auf Bailey und Nathan lastete, da sie nicht vorhatten zu heiraten, obwohl sie beide mehr als glücklich mit ihrer Entscheidung waren. Er machte sich Sorgen um seine Eltern in Arizona und die Tatsache, dass er so weit weg war, wenn sie etwas brauchten. Er sorgte sich um seinen Bruder. Vor allem sorgte er sich um Logans und Grace' Babys ... den kleinen Ace und den kleinen Nate.

Alles, was er bisher für sie getan hatte ... Ihr Empfehlungen für Immobilienmakler zu geben, um ihr bei der Entscheidung zu helfen, ob sie ihr Haus verkaufen wollte. Mit dem Verwalter des Apartmentgebäudes in Castle Rock zu sprechen, dessen Sicherheitsvorkehrungen er für unabdingbar hielt. Ihr Bewertungen der besten Videokameras für den Außenbereich ihres Hauses zu schicken und sie dabei leicht zu drängen, endlich eine Entscheidung zu treffen. Sowie ihr zu erzählen, dass er Informationen über die Adoptionsbörse eingeholt und eine Spende im Namen des Rock Hard Fitnessstudios getätigt hatte. Er hatte all das getan, weil er an sie dachte und sich um sie sorgte.

Bis jetzt hatte sie zwar nicht gesehen, dass er traditionell romantisch war, aber sie würde jemanden, der sich um ihr Wohlbefinden und ihre Sicherheit kümmerte, Rosen und Süßigkeiten jederzeit vorziehen. Von den beiden Letzteren hatte sie genug für ein ganzes Leben bekommen.

In dem Augenblick, in dem Sarah in ihre Einfahrt fuhr, sah sie bereits die mit einer großen roten Schleife zugebundene Schachtel auf ihrer Veranda.

Es war dunkel draußen. Sie hatte länger bleiben und Papierkram erledigen müssen, bevor sie das Krankenhaus hatte verlassen können. Dann hatte es auf der Straße einen Unfall gegeben, wodurch sie weitere fünfzehn Minuten aufgehalten worden war.

Sie ärgerte sich, dass sie ihre Garage noch immer nicht aufgeräumt hatte, und schwor sich, das als Erstes in Angriff zu nehmen, wenn sie mit dem Packen des Hauses begann. Sie stellte den Motor ab, atmete tief durch und griff nach ihrer Handtasche. Sie hielt ihr Handy in der Hand und ihren Daumen bereit, den Notruf zu wählen. Dann stieg sie aus dem Wagen und näherte sich der Haustür.

Sie konnte weder Owen noch sonst jemanden auf ihrer Veranda lauern sehen, aber das bedeutete nicht, dass er nicht aus dem Gebüsch springen oder um die Ecke stürmen könnte, sobald sie ihm den Rücken zukehrte.

Die Schachtel war kleiner als die, in der das Puppenhaus gekommen war, aber Sarah hatte gelernt, dass der Inhalt manchmal umso gruseliger sein konnte, je kleiner die Geschenkverpackung war. Sie wollte sie am liebsten draußen stehen lassen, aber sie wusste, dass sie sie öffnen und dokumentieren musste, was auch immer er ihr dieses Mal geschickt hatte.

Mit einem mulmigen Gefühl entriegelte sie die Tür und schob die Schachtel mit dem Fuß hinein. Nachdem sie die Tür hinter sich geschlossen, den Riegel vorgeschoben und die Sicherheitskette angelegt hatte, entspannte sie sich etwas.

Dann tat sie das, was sie am meisten hasste: Sie legte ihre Handtasche auf dem Küchentresen ab und begann ihren Rundgang durch das Haus. Sie schaltete jedes Licht ein, an dem sie vorbeikam, und schaute in die Schränke und unter die Betten, um sich zu vergewissern, dass sie wirklich allein im Haus war. Es wäre ihr größter Albtraum, mitten in der Nacht aufzuwachen und festzustellen, dass Owen unter ihrem Bett hervorgekrochen war.

Als sie sich hundertprozentig sicher war, dass sie allein war, stand sie in der Mitte ihres Zimmers und schickte Cole eine kurze SMS.

Sarah: Ich bin zu Hause.

Die drei kleinen Punkte am unteren Rand des Bildschirms, die sie wissen ließen, dass Cole antwortete, erschienen sofort.

Cole: Sie haben länger als normal gebraucht, um nach Hause zu kommen?

Sarah: Ein Unfall.

Sie wusste, dass sie nicht so gesprächig war wie sonst, aber die Angst, die Schachtel öffnen zu müssen, lastete auf ihren Schultern.

Cole: Was ist los?

Natürlich würde er etwas merken.

Sarah: Langer Tag. Lange Fahrt. Und ein verdammter Karton vor meiner Haustür.

Zwanzig Sekunden später schreckte Sarah zusammen, als das Telefon in ihrer Hand klingelte. Sie sah, dass es Cole war, der anrief.

»Hallo«, sagte sie, nachdem sie das Gespräch angenommen hatte.

»Geht es Ihnen gut?«

Sarah seufzte. Sie mochte Coles Stimme. Sie war tief und beruhigend und wenn sie ihn sprechen hörte, fühlte sie sich hundertmal besser.

»Ja. Mir graut nur davor herauszufinden, was er mir dieses Mal geschickt hat.«

»Haben Sie das Haus schon geprüft?«

Cole kannte ihr Ritual. Sie hatte ihm erzählt, dass sie, seit sie Geschenke empfing, das Haus durchsuchte, sobald sie nach Hause kam. Sie wollte sich stets vergewissern, dass sie tatsächlich allein darin war.

»Ja. Es ist leer.«

»Gut. Wollen Sie morgen früher kommen?«

Verdammt, er war süß. »Das würde ich gern, aber ich kann nicht. Ich habe mir selbst versprochen, dass ich anfangen werde zu packen. Ich schiebe das schon viel zu lange vor mir her. Ich habe einen Haufen Zeug, den ich zur Wohlfahrt bringen will, und ich möchte wirklich eine Seite der Garage räumen, damit ich dort drin parken kann.«

Sie hörte Cole seufzen. »Ich wünschte, ich könnte zu Ihnen kommen und Ihnen helfen, aber ich treffe mich morgen früh mit Grace und Felicity, um über Marketing zu sprechen. Am frühen Nachmittag habe ich dann ein paar Kurse, die ich unterrichten muss.«

»Das ist schon in Ordnung«, sagte Sarah zu ihm.

»Das ist es nicht«, beharrte Cole.

»Cole, ich bin ein großes Mädchen. Ich habe es vor mir hergeschoben und muss meinen Arsch hochkriegen und es ein für alle Mal erledigen. Außerdem habe ich das Gefühl, dass es mir schwerfallen wird, weil ich weiß, dass ich eine Menge von Mikes und Jacksons Sachen loswerden muss, an denen ich bis jetzt festgehalten habe. Ich wäre keine gute Gesellschaft.«

»Sie müssen in meiner Nähe nicht immer fröhlich sein, Engel. Das gehört dazu, wenn man mit jemandem eine Beziehung führt. Man sieht den Menschen auch, wenn er verärgert ist. Oder wütend. Oder traurig.«

»Ich weiß, aber ... ich will nicht, dass Sie irgendeinen Grund haben, nicht mit mir zusammen sein zu wollen. Cole, wir sind ja noch nicht einmal richtig zusammen.«

»Sarah, das ist eine Sache, um die Sie sich definitiv keine Sorgen machen müssen. Ich schwöre, ich habe das Gefühl, dass ich Sie in den wenigen Wochen bereits viel besser kennengelernt habe als jede andere Frau, mit der ich je zusammen war.«

Sarah setzte sich auf die Bettkante und schloss die Augen. Es ging ihr genauso. Sie hatten am Telefon ein paar ziemlich offene Gespräche geführt, seit sie sich das letzte Mal gesehen hatten. Sie sprachen über viele Dinge, die frischgebackene Paare nicht einmal mit einer Zange anfassen würden. Gleichgeschlechtliche Ehe, Politik, sexuelle Belästigung im Zusammenhang mit Prominenten und Personen des öffentlichen Lebens, die Todesstrafe, sogar über die Legalisierung von Marihuana.

»Mir geht es genauso«, erwiderte sie nach einem Augenblick.

»Sie können gern früher kommen«, sagte Cole. »Joel und Nathan schaffen es erst um vier, aber Sie sind herzlich eingeladen, früher da zu sein. So habe ich Sie eine Weile ganz für mich allein.«

Sarah kicherte daraufhin. »Ganz für sich allein, abgesehen von den Millionen Fragen, die Ihre Mitarbeiter unweigerlich an Sie haben werden.«

»Das ist ja gar nicht der Punkt«, sagte er mit einem Lachen.

Sarah gefiel das. Sie scherzte gern mit ihm. Sie war nie ein Typ fürs Telefonieren gewesen, fand jedoch, dass sie stundenlang mit Cole sprechen konnte und dabei nicht einmal merkte, wie die Zeit verging.

»Fühlen Sie sich besser?«, fragte er leise.

Sarah wurde bewusst, was er getan hatte. Er hatte sie erfolgreich von der Tatsache abgelenkt, dass sie nach unten gehen und ihr neuestes Geschenk öffnen musste. Sie holte tief Luft. »Das tue ich tatsächlich. Vielen Dank.«

»Danken Sie mir niemals dafür«, sagte er schroff. »Es ist mir zuwider, dass ich jetzt nicht bei Ihnen sein kann. Dass ich mich nicht für Sie um diesen verdammten Karton kümmern kann. Dass Sie ihn selbst öffnen müssen. Vielleicht können Sie ihn mitbringen und wir öffnen ihn morgen gemeinsam?«

Sie wusste seine Besorgnis zu schätzen, sagte jedoch: »Ich werde ihn auf gar keinen Fall die ganze Nacht und morgen den größten Teil des Tages ungeöffnet lassen. Ich muss wissen, was sich darin befindet.«

»Ich könnte Logan oder einen der anderen anrufen und sie könnten zu Ihnen kommen und den Karton für Sie auspacken.«

»Nein. Belästigen Sie sie nicht. Und bevor Sie es anbieten, die Polizei wird auch nicht kommen, um zuzusehen, wie ich ein Geschenk aufmache, Cole.«

Er seufzte. »Was ist, wenn es etwas Gefährliches ist?«

»Owen wird mir keine Bombe schicken«, erwiderte Sarah. Dessen war sie sich zu fünfundachtzig Prozent sicher. Die Tatsache, dass sie sich nicht hundertprozentig sicher war, war zwar ein wenig beängstigend, aber sie weigerte sich, überhaupt in diese Richtung zu denken.

»Das können Sie nicht wissen«, sagte Cole.

»Bitte, Sie sind nicht hilfreich«, erwiderte Sarah.

Cole war so lange still, dass sie sich fragte, ob er noch dran war. Aber schließlich sagte er: »In Ordnung. Aber ich bleibe am Telefon, während Sie die Schachtel öffnen.«

Sarah seufzte erleichtert auf. »Das wäre schön.«

»Was auch immer Sie brauchen ... ich werde mir den Arsch aufreißen, um es für Sie zu tun, Engel.«

»Also gut, ich mache sie auf.« Keiner von beiden sagte etwas, als sie zurück durch den Flur zur Treppe ging. Sie ging durch den Wohnbereich zum Korridor am Eingang, wo sie die Schachtel stehen gelassen hatte. Sie bückte sich, hob sie vorsichtig hoch und trug sie in die Küche. Das Paket war etwa so groß wie ein Schuhkarton und sehr leicht. Sie holte sich eine Schere und schnitt das Klebeband auf beiden Seiten durch.

Es stand keine Adresse darauf, was bedeutete, dass Owen das Paket persönlich gebracht hatte, anstatt es mit der Post zu schicken. Sarah hasste die Tatsache, dass er wusste, wo sie wohnte. Aber sie hatte monatelang Zeit gehabt, sich an diesen gruseligen Fakt zu gewöhnen.

»Ich werde Sie auf Lautsprecher stellen«, sagte sie zu Cole und tat es. Sie legte ihr Handy auf den Küchentresen und fuhr fort: »Ich nehme den Deckel ab.«

»Langsam, Engel. Langsam und vorsichtig«, sagte Cole zu ihr.

Sarah hielt den Atem an, als sie den Deckel abzog und ihn neben die Schachtel legte. »Da ist eine halbe Tonne

Küchenrolle drin«, sagte sie und begann, ein Stück nach dem anderen herauszuziehen. Als sie zum Inhalt der Schachtel kam, war die Küchentheke bereits mit Papier übersät.

»Was ist es?«, fragte Cole.

Sarah starrte einen langen Moment auf die Plastiktüte im Inneren des Schuhkartons. »Schmuck«, sagte sie zu Cole.

»Ernsthaft?«

»Ja.« Sarah hob die Plastiktüte hoch und hielt sie so, dass sie den Inhalt inspizieren konnte. »Ohrringe, Armbänder und Halsketten, soweit ich es erkennen kann. Sie sehen alt aus. Vielleicht Antiquitäten? Ich bin mir nicht sicher.«

»Ist das alles?«

»Nein. Da ist auch ein Brief.«

Als sie einen Moment lang nichts sagte, fragte Cole: »Was steht darin?«

»Ich habe Angst, ihn zu öffnen«, gab Sarah zu.

»Ich bin hier. Es könnte wichtig sein«, sagte Cole leise.

Sarah atmete tief durch, um Mut zu fassen, und faltete das Stück Papier langsam auf. Es war zerknittert und viermal übereinander gefaltet. Es erinnerte sie an etwas, das ein Kind tun würde, wenn es im Unterricht einen Zettel schrieb und weiterreichte. Sie las die darauf geschriebenen Worte laut vor:

Sarah,

Mom hat gesagt, ich soll dies einem Mädchen schenken, das ich mag, und sie würde mich für immer lieben.

Also gebe ich sie dir, damit wir zusammen sein können, bis wir tot sind.

Wir sehen uns bald.

Owen

. . .

Sarah erblasste. Diesen gruseligen Brief zu lesen und zu wissen, dass Owen irgendwo dort draußen war, sie beobachtete und wartete, trieb ihren Stresspegel in die Höhe.

Sie musste ein Geräusch ausgestoßen haben, denn Cole fluchte lange und heftig. »Ich bin schon unterwegs.«

Als ihr bewusst wurde, dass er es ernst meinte und wahrscheinlich genau in dieser Sekunde zur Tür hinausstürmte, schüttelte sie den Kopf und riss sich zusammen. Sie schnappte sich das Handy und sprach hinein, während sie die Treppe zu ihrem Zimmer hinaufging.

»Nein! Es geht mir gut.«

»Es geht Ihnen nicht gut«, erwiderte Cole. »Dieser Brief war verdammt gruselig und ich kann es Ihnen nicht verdenken, dass Sie Angst haben.«

»Ich weiß. Aber es geht mir wirklich gut. Wir wussten ja, dass die Schachtel von ihm war, also war es keine Überraschung. Ich habe es einfach nur satt. Ich weiß nicht, worauf er hinauswill. Aber es geht mir gut, Cole, bitte glauben Sie mir. Ich würde mich schrecklich fühlen, wenn Sie den ganzen Weg hierherfahren würden. Ich bin ein großes Mädchen und kann damit umgehen.«

Sie konnte ihn schwer atmen hören und war sich nicht sicher, ob es daran lag, dass er noch immer auf dem Weg zu seinem Wagen war, oder ob er versuchte, seine offensichtliche Frustration und Wut, die er an ihrer Stelle spürte, zu kontrollieren.

Sarah wusste, dass Cole frustriert gewesen war, als er das letzte Mal mit Logan gesprochen hatte. Der andere Mann hatte berichtet, dass Ace Security noch nichts über Owens Hintergrund herausgefunden hatte, was sie zu der Annahme veranlasste, dass er gefährlich oder anderweitig instabil war. Er hatte die Schule abgebrochen, als er sechzehn war, und im Laufe der Jahre in diversen Schnellrestaurants gearbeitet. Derzeit war er ein vierundvierzigjähriger Einsiedler ... aber das war auch schon alles. Er hatte keine Vorstrafen und als Alexis sich in die Jugendakten bei der Polizei gehackt hatte, hatte sie auch dort nichts über ihn finden können.

»Diese Scheiße muss aufhören«, sagte Cole. »Ich rufe Logan an, wenn wir hier aufgelegt haben, um ihm von diesem letzten Geschenk und dem Brief zu erzählen. Ich will wissen, was er ausgegraben hat. Es muss doch noch *irgendetwas* geben, was wir über diesen Kerl herausfinden können. Er muss doch irgendwo sein. Er ist kein Magier; er kann sich nicht einfach an Ihre Türschwelle zaubern und dann wieder verschwinden.«

Bei seiner Bemerkung musste Sarah ein Kichern unterdrücken. Es war ein schlechter Zeitpunkt, aber der Gedanke, dass Owen den spitzen Hut und Umhang eines Zauberers trug, war lustig.

»Gott, ich liebe dieses Geräusch. Auch wenn ich keine Ahnung habe, worüber Sie gerade lachen«, sagte Cole nach einem Moment. »Und ich habe auch keine Ahnung, wie um alles in der Welt Sie jetzt überhaupt irgendetwas lustig finden können.«

»Ich kann entweder lachen oder weinen. Und Mike hat mir immer gesagt, dass man die positive Seite einer Situation finden muss, wenn man sich wegen etwas beschissen fühlt.«

»Es gibt eine positive Seite an diesem Arschloch, das Sie belästigt?«, fragte Cole.

Sarah ließ sich auf die Bettkante sinken und dann nach hinten fallen. Sie starrte an die Zimmerdecke über ihrem Kopf. Das Telefon war noch immer auf Lautsprecher gestellt und sie hielt es sich dicht an den Mund, als sie sagte: »Ja.«

»Was?«

»Sie.«

Cole reagierte nicht, also versuchte Sarah, sich zu erklären.

»Wenn Owen seine willkürliche Geschenkaktion nicht gestartet hätte, hätte ich keine E-Mail an Logan geschrieben. Und wenn ich Logan keine E-Mail geschickt hätte, hätte er mich nicht zur Selbstverteidigung ans Rock Hard Fitness-studio verwiesen. Und dann hätte ich Sie nicht kennen-gelernt.«

»Verdammt, Engel«, sagte Cole leise, »aber ich bin anderer Meinung.«

»Worüber?«, fragte sie verwirrt.

»Ich hätte Sie auch so gefunden, ohne dass Ihnen dieses Arschloch Todesangst bereitet. Irgendwie, auf irgendeine Weise. Daran muss ich einfach glauben. Ich habe noch nie so für eine Frau empfunden. Ich musste noch nie pausenlos an jemanden denken. Habe mich nie gefragt, wie ihr Tag wohl war. Ob sie auch an mich denkt. Wie sie sich fühlt. Ob sie gerade glücklich, traurig, besorgt, hungrig oder sonst irgendetwas ist. Wir hätten uns gefunden, Engel. Ich weiß es.«

Das war eines der schönsten Dinge, die jemals jemand zu ihr gesagt hatte. »Ich habe auch an Sie gedacht.«

»Gut. Haben Sie heute Abend etwas gegessen?«

Sarahs Blick fiel auf die Uhr. Nach einer Zwölfstunden-schicht, dem Unfall, aufgrund dessen sie später als normal nach Hause gekommen war, dem Gespräch mit Cole und der Sache mit ihrem neuesten Geschenk wurde ihr bewusst, wie erschöpft sie war. »Nein. Aber ich habe keinen Hunger«, fügte sie schnell hinzu, da sie wusste, dass er sonst darauf bestehen würde, dass sie aufstand und sich etwas zu essen holte.

»Außerdem habe ich heute den Rest von Francescas Speisen zum Mittagessen verputzt. Ich schwöre, wenn ich immer so essen würde, könnte Owen mich nirgendwohin verschleppen, weil ich zu schwer wäre.«

»Erstens sind Sie mit einem Typen zusammen, dem ein Fitnessstudio gehört. Was bedeutet, dass Sie freien Zugang haben und trainieren können, wann immer Sie wollen. Zweitens kann ich Ihnen ein *großartiges* Work-out garantieren, wenn unsere Beziehung etwas weiter fortgeschritten ist. Wann immer Sie wollen, und Sie müssen dafür noch nicht einmal ins Fitnessstudio gehen, wenn Sie wissen, was ich meine. Und drittens ist es mir scheißegal, wie viel Sie wiegen. Ich will nur, dass Sie glücklich sind. Und wenn das bedeutet, dass Sie für den Rest Ihres Lebens jeden Tag Francescas Gerichte brauchen und eine Million Kilo zunehmen, dann ist das eben so.«

Sarah rollte sich auf die Seite und presste ihre Oberschenkel zusammen. Sie dachte immer noch an *zweitens* und hörte den Rest seiner Worte kaum.

»Schreiben Sie mir morgen eine SMS«, befahl er sanft.

»Aber wenn ich hier losfahre, komme ich direkt ins Fitnessstudio, und dann sehen wir uns dort«, erinnerte Sarah ihn.

»Das ist mir egal. Von Ihnen zu hören war während der letzten anderthalb Wochen der Höhepunkt meiner Tage. Schicken Sie mir eine SMS, wenn Sie aufstehen. Wenn Sie traurig sind, weil Sie die Sachen ihrer Väter durchgesehen haben. Wenn Sie eine Pause machen, um Mittag zu essen. Und wenn Sie losfahren, um hierherzukommen.«

»Ich dachte, Sie wären beschäftigt«, entgegnete Sarah.

»Ich werde nie zu beschäftigt für Sie sein. Schreiben Sie mir einfach, in Ordnung?«

»In Ordnung«, stimmte sie ohne Zögern zu. Sie würde sich nie darüber beschweren, dass Cole von ihr hören wollte. Denn die Alternative war, dass er sich einen Dreck um sie scherte.

»Schlafen Sie gut«, sagte er leise.

»Das werde ich. Ich bin erschöpft.«

»Wir sehen uns dann morgen.«

»Gute Nacht, Cole.«

»Gute Nacht, Engel.«

Sarah legte auf und rollte sich zurück auf den Rücken, sodass sie einmal mehr an die Zimmerdecke starrte. Sie blieb eine Weile so liegen, setzte sich dann auf und ging ins Bad. Sie zog sich um und putze sich die Zähne, bevor sie zurück ins Bett kletterte. Sie beugte sich vor und griff nach ihrem Vibrator aus der Schublade in ihrem Nachttisch. Sie hoffte, dass er noch funktionierte, da sie schon eine Weile nicht mehr in der Stimmung gewesen war, ihn zu benutzen.

Als sie den Knopf drückte, wurde sie mit einem starken Summen belohnt. Lächelnd kroch sie unter die Bettdecke und schloss die Augen. Sie stellte sich Cole vor, wie er Gewichte stemmte und seine Muskeln spielen ließ, während er sie anlächelte.

Sie schob ihre Schlafanzughose bis zu den Knien hinunter und stemmte die Füße flach auf die Matratze. Dann schob sie den summenden Vibrator zwischen ihre Beine und erlaubte sich, über Cole zu fantasieren. Wie er sich unter ihren Händen anfühlen würde. Zwischen ihren Beinen. Ob sein Bart an der Innenseite ihrer Oberschenkel kratzig wäre. Sie wusste ohne jeden Zweifel, dass Cole ein großzügiger Liebhaber sein und dass er alles tun würde, was nötig war, um sie zu befriedigen. Sie konnte es kaum erwarten, ihn selbst in die Finger zu bekommen. Seine Muskeln unter ihren Händen zu spüren. Jeden Zentimeter seiner tätowierten Haut abzulecken.

Ehe sie sich versah, war sie vollkommen feucht und die Vibrationen an ihrer Klitoris hatten ihr Ziel erreicht. Ihre Schenkel zitterten und sie hob den Hintern vom Bett hoch, als sie kam. Der Orgasmus überkam sie hart und schnell … und befriedigte sie auch. Aber als sie das Spielzeug abwischte und zurück in die Schublade legte, hatte sie bereits das Gefühl, dass dies nichts im Vergleich zu den Höhen war, die sie mit Cole zusammen erleben würde.

Vielleicht war es nur Wunschdenken, dass er sie härter und länger kommen lassen würde, als sie es mit ihrem Vibrator schaffte, aber sie bezweifelte es nicht. Cole war aufmerksamer als jeder andere, mit dem sie je zusammen gewesen war. Und sie hatte das Gefühl, dass sich das auch auf das Schlafzimmer übertragen würde.

Wenn Cole Johnson schrecklich im Bett war, wäre das wirklich eine Schande. Er hatte einen Körper, der für die Sünde gemacht war, und sie hoffte inständig, dass er wusste, wie man damit umging.

KAPITEL ACHT

Cole war begeistert, als er seine zweite CrossFit-Stunde des Tages an eine der neueren Angestellten delegieren konnte. Brittany war kontaktfreudig und enthusiastisch und gern bereit, den Kurs für ihn zu übernehmen.

Er hatte den Vormittag damit verbracht, mit Grace und Felicity darüber zu sprechen, welche neuen Aktivitäten sie anbieten könnten, die es in keinem der anderen örtlichen Fitnessstudios gab. Sie wollten außerdem einen weiteren Schwarzlicht-Abend organisieren. Sie hatten schon eine Weile keine Party mehr veranstaltet und die Gemeinde schien sie wirklich zu mögen. Es war eine gute Gelegenheit für die Anwohner, in einer entspannten Atmosphäre miteinander abzuhängen und sich zu amüsieren.

Aber Cole konnte nicht aufhören, an Sarah zu denken. Sie hatte ihm Nachrichten geschrieben, so wie er es gewünscht hatte, und jedes Mal wenn sein Telefon vibrierte, brachte sie ihn zum Lächeln. Er hatte zwar nicht die Zeit, ausführlich mit ihr zu sprechen, bemühte sich aber trotzdem jedes Mal, ihr kurze Antworten zu schicken. So wusste sie, dass er jede SMS erhalten hatte und zu schätzen wusste.

Es gefiel ihm nicht, dass sie so weit weg in Parker lebte. Es war nicht gerade Timbuktu, aber es fühlte sich so an. Er wollte sie hier in Castle Rock haben. Zum Teil, weil es in dem Wohngebäude sicherer wäre. Owen würde ihr keine Geschenke hinterlassen können, weil er keinen Zugang zu ihrer Haustür hätte. Aber darüber hinaus wäre sie Cole näher, wenn sie dort wohnte.

Er hatte versucht zu verstehen, was genau es an Sarah war, das ihn anzog wie das Licht eine Motte. Aber er hatte es schnell aufgegeben, seine Gefühle zu analysieren. Er mochte sie. Schlicht und einfach. Sie war hübsch. Rücksichtsvoll. Und sie hatte eine innere Stärke, von der er glaubte, dass Sarah sich ihr noch nicht einmal selbst bewusst war.

Sie kannte ihren Selbstwert nicht. Aber das war in Ordnung. Er würde ihr schon beibringen, wie besonders sie war.

Gegen halb drei machte Cole sich auf den Weg hinaus zum Parkplatz am Ende des Stadtzentrums. Sarah hatte ihm fast fünfundzwanzig Minuten zuvor eine SMS geschickt und ihn wissen lassen, dass sie unterwegs zu ihm war. Etwa vier Minuten, nachdem er sich an die Backsteinmauer des Gebäudes auf der Seite des Parkplatzes gelehnt hatte, entdeckte er ihren Galant. Er war bereits an ihrer Tür, als sie den Motor abstellte.

Er griff nach unten, half ihr beim Aussteigen und drückte ihr, ohne darüber nachzudenken, ein sanftes Küsschen auf die Lippen. »Hallo, Engel.«

Sie errötete, lächelte ihn jedoch an. »Hallo.«

»Es ist wirklich schön, Sie zu sehen.«

»Sie auch.«

Cole ließ den Blick an ihrem Körper auf und ab wandern. Sie trug eine Jeans und ein schlichtes T-Shirt. Ihr Outfit war perfekt für das, was er für ihre heutige Stunde geplant hatte, und was noch wichtiger war, sie sah so aus, als fühlte sie sich in ihrer eigenen Haut wohl. Das gefiel ihm sehr. Er war in der Vergangenheit mit Frauen ausgegangen, die meinten, immer so aussehen zu müssen, als wären sie direkt vom Laufsteg gestiegen. Er mochte Sarahs angenehmes, entspanntes Äußeres viel lieber. Das sollte nicht heißen, dass er sich nicht auch darauf freute, Sarah zu sehen, wenn sie sich hübsch für ihn machte – das tat er –, aber im Moment war das, was sie trug, perfekt.

Als wüsste sie, dass er über ihr Outfit nachdachte, fragte sie mit einer Geste zu sich selbst: »Ist das okay? Ich trage an meinem freien Tag keinen Kittel, aber ich war mir auch nicht sicher, was ich anziehen sollte.«

»Es ist perfekt. Haben Sie alles, was Sie brauchen?«

Sie nickte und zog sich ihre Handtasche über die Schulter, als sie um ihre Wagentür ging.

Cole schlug sie zu und legte seine Hand an ihr Kreuz, als sie sich auf den Rückweg zum Fitnessstudio machten. Ihm entging nicht, wie sie sich jedes Mal zu ihm beugte, wenn er das tat, und er würde sich niemals über die Gelegenheit beschweren, sie berühren zu dürfen.

»Wie ist der Rest des Morgens gelaufen?«, fragte er. »Haben Sie die Garage so weit räumen können, dass Sie Ihren Wagen darin parken können?«

Sie strahlte. »Allerdings. Und ehrlich gesagt war es nicht so schwierig, wie ich gedacht hatte. Die meisten Kartons dort drinnen waren voll mit Sachen aus meiner Kindheit. Ich schätze, Mike wollte sie nicht wegwerfen – er war immer der sentimentalere meiner Väter. Klamotten, Stofftiere, Spielzeug.«

»Wo ist das alles jetzt?«

»Ich habe einen Zettel mit dem Wort *kostenlos* daran befestigt und alles an den Bordstein gestellt. Wenn ich heute Abend nach Hause komme, wird das meiste garantiert schon weg sein. Was dann noch übrig ist, bringe ich zur Adoptionsbörse. Ich bin mir sicher, dort wird es gebraucht.«

»Das klingt großartig.«

»Ja.« Sie zog ein langes Gesicht. »Aber morgen muss ich mit dem Rest des Hauses beginnen. Ich weiß, dass sich auch noch ein Haufen Zeug auf dem Dachboden befindet, aber das wird warten müssen. Mir war gar nicht bewusst gewesen, wie viel Zeug wir angesammelt hatten. Ich schätze, dass es nicht überraschend ist, wenn man bedenkt, wie lange wir alle dort gewohnt haben.«

»Geht es Ihnen gut damit?«, fragte Cole, als sie sich dem Fitnessstudio näherten.

»Überraschenderweise schon. Ich bin ein wenig traurig, das kann ich nicht leugnen, aber gleichzeitig freue ich mich auch darauf, neu anzufangen, wenn das Sinn macht. Das ganze Zeug zu entrümpeln und loszuwerden. Ich habe so lange allein in diesem großen Haus gewohnt, und ich denke, es wird schön sein, einen kleineren Ort zu haben, der nicht so schwer sauber und ordentlich zu halten ist.«

Plötzlich kam ihm eine Vision von sich selbst und Sarah, wie sie Schulter an Schulter in der Küche seiner Wohnung kochten. Gleich danach sah er sie in seinem Wohnzimmer tanzen und herumalbern. Dann folgte das zügellose Bild von ihnen beiden in seinem Bett, wie sie sich in zerwühlter Bettwäsche liebten.

Und dieser Gedanke brachte seine Erinnerungen an den Abend zuvor zurück, als er dort gelegen, von ihr geträumt und sich einen runtergeholt hatte.

»Cole?«

Ihre Stimme riss ihn aus seinen Tagträumen. »Ja, Engel?«

»Wo waren Sie denn gerade? Sie schienen eine Million Kilometer weit weg zu sein«, bemerkte sie.

Cole lächelte sie an. »Ich habe nur nachgedacht. Und ja, ich kann mir gut vorstellen, dass es befreiend wäre, sich nicht mehr um den Unterhalt Ihres Hauses kümmern zu müssen. Die Erinnerungen, die Sie in diesem Haus gesammelt haben, kann Ihnen niemand nehmen. Ich genieße meine Wohnung. Sie hat drei Zimmer und ist sehr geräumig. Ich muss keinen Rasen mähen und es ist sogar relativ ruhig. Ich habe gute Nachbarn.«

Sie zog ein Gesicht. »Daran hatte ich noch gar nicht gedacht. Ich hoffe, dass die Leute, die über und unter meinem neuen Apartment wohnen, leise sind.«

»Das können wir später gleich erfragen, wenn wir dorthin fahren«, versicherte er ihr.

Er folgte ihr ins Fitnessstudio und lächelte, als sie eine ältere Frau grüßte, die gerade ging. Dann winkte sie einem Kleinkind auf dem Arm seines Vaters, der gerade auf die Kinderbetreuung zusteuerte, zu. Felicity und er hatten diesen Service vor Kurzem eingerichtet, um Eltern die Möglichkeit zu geben, zu trainieren, ohne sich jedes Mal um einen Babysitter bemühen zu müssen.

Cole wartete geduldig, als sie hinüberging und Felicity begrüßte, die an der Rezeption stand. Sarah war erst seit ein paar Minuten dort, aber er konnte spüren, dass die Atmosphäre im Eingangsbereich bereits zehnmal fröhlicher war. Sie verströmte ihre einzigartige Art von Freundlichkeit.

»Entschuldigung«, sagte sie verlegen, als sie wieder zu ihm zurückkam, »aber Felicity hat mir heute Morgen eine SMS geschickt und gesagt, dass sie hier sein wird und sich darauf freut, mich wiederzusehen. Also musste ich sie begrüßen. Ich weiß nicht einmal, woher sie meine Nummer hat.«

»Ich habe sie ihr gegeben«, sagte Cole zu ihr.

»Ach ja?«, fragte Sarah, als sie sein Büro betraten.

Cole wünschte sich nichts sehnlicher, als sie zur Couch zu zerren, um sie zu vernaschen, aber er beherrschte sich. »Ja. Ich hielt es für wichtig, dass die Jungs und ihre Frauen alle Ihre Nummer haben.«

»Wieso das?«, fragte sie.

Cole hielt inne und musterte die Tür, um sich zu vergewissern, dass sie geschlossen war. Er wollte wirklich nicht, dass alle im Wartebereich draußen ihr Gespräch mitbekamen. Er hatte seine Lektion gelernt, nachdem er es sich mit Sarah fast versaut hätte.

»Weil Sie jetzt Teil unseres Clans sind. Ich möchte, dass Sie Grace, Bailey, Alexis und Felicity besser kennenlernen. Ich möchte, dass Sie ganz genau wissen, dass Sie sich darauf verlassen können, dass ihre Männer Ihnen zur Seite stehen, wenn Sie sie brauchen. Genauso wie Sie sich darauf verlassen können, dass ich da bin.«

»Warum?«, flüsterte Sarah.

»Weil ich plane, Sie sehr lange an meiner Seite zu behalten. Weil sie mir wichtig sind, genau wie Sie, Sarah. Weil sie meine Familie sind. Und weil ich gehört habe, was Sie neulich gesagt haben. Wenn Sie verschwinden, werden wir es bemerken und etwas unternehmen.«

Sie lächelte ihn an. »Danke.«

»Nichts zu danken.« Sie unterhielten sich noch ein wenig darüber, wie ihre Woche verlaufen war und was sie erlebt hatten. Sarah erzählte ihm ein paar amüsante Geschichten über einige ihrer Patienten, die sie mit ihm teilen durfte. Und Cole erzählte Geschichten über die Dinge, die einige der Fitnessstudiobesucher so taten, um zu versuchen, die Aufmerksamkeit des anderen Geschlechts zu erregen.

Ehe sie sich versahen, klopfte Felicity an die Tür und ließ sie wissen, dass Nathan und Joel eingetroffen waren.

»Sind Sie bereit?«, fragte Cole.

»Ja. Ist es komisch, dass ich mich darauf freue?«

»Nein«, sagte Cole mit einem Lächeln.

»Aber ich bin auch nervös.«

»Völlig normal«, versicherte er ihr. Er streckte ihr die Hand entgegen und sie griff danach.

»Kommen Sie. Sie können Ihre Handtasche hierlassen. Sie ist sicher hier, ich schließe die Tür ab.«

Sie nickte und sie gingen zur Tür.

Sie betraten denselben Raum, den sie während ihrer ersten Stunde benutzt hatten, und Cole ging sofort auf Nathan zu und schüttelte ihm die Hand.

»Vielen Dank, dass ihr gekommen seid«, sagte er zu ihm.

»Kein Problem. Joel hat sich sehr darauf gefreut.«

Cole wandte sich an den kleinen Jungen. »Hey Joel. Wie geht es dir?«

»Gut. Darf ich dich heute wieder umwerfen?«

Cole lachte. »Meinst du, du schaffst das?«

Joel streckte die Brust raus. »Ja!«

»Meinst du, du kannst meiner Freundin Sarah auch beibringen, wie man das macht?«

Joel richtete den Blick auf Sarah und musterte sie von oben bis unten. »Sie ist ein bisschen klein«, stellte er fest.

»Das bist du doch auch«, sagte Cole sofort.

»Stimmt. Aber ich bin ein Kerl.«

Cole widerstand dem Drang zu lachen. Joel mochte männlich sein, aber er war kleiner als Sarah und sie war eindeutig schwerer als er. Aber er wollte Sarah verständlich machen, dass Größe bei der Selbstverteidigung keine Rolle spielte. Es ging lediglich darum zu lernen, wie man seinen Körper einsetzen konnte, um demjenigen zu entkommen, der versuchte, einen zu verletzen oder festzuhalten.

»Es ist egal, ob man ein Junge oder ein Mädchen ist«, sagte Cole zu Joel. »Genau wie ich es dir schon so oft gesagt habe, kommt es darauf an, wie du deine Körpermasse einsetzt, nicht wie groß oder klein du bist.«

Joel nickte.

»Schön, dich kennenzulernen«, sagte Sarah zu Joel. »Ich bin ein bisschen nervös wegen heute, deshalb wäre ich für jede Hilfe und jeden Tipp dankbar, den du mir geben kannst.«

Bei diesem Satz warf Joel sich erneut in die Brust und nickte ernst. Er ging zu ihr hinüber und tätschelte ihr den Arm. »Ich werde Ihnen helfen. Es ist gar nicht so schlimm. Wenn Nathan oder Cole Sie von hinten packen, denken Sie einfach daran, dass sie es sind und kein echter Bösewicht. Und versuchen Sie nicht, ihnen wirklich mit dem Knie in die Eier zu treten, in Ordnung?«

Cole sah, wie Sarah ein Lächeln hinter einer ihrer Hände versteckte, bevor sie sich fing und nüchtern nickte. »Guter Tipp. Danke.«

Dann nahm Joel Sarah bei der Hand und zog sie hinüber zur Wand und zu den Schlagdummys, mit denen sie später das Zuschlagen üben würden.

Nathan wanderte zu Cole hinüber und steckte die Hände in die Taschen. »Ich habe noch nie gesehen, dass Joel mit jemandem so schnell warm wird.«

Cole wandte den Blick nicht von der Frau und dem kleinen Jungen auf der anderen Seite des Raumes ab. »Sie scheint diese Wirkung auf jeden zu haben, dem sie begegnet.«

»Ich mag sie«, erwiderte Nathan.

Cole riss den Blick von Sarah los und sah seinen Freund an. Nathan fuhr fort: »Sie scheint vernünftig zu sein. Sie verlässt sich nicht nur auf andere, um für ihre Sicherheit zu sorgen. Sie will lernen, was sie tun kann, um sich selbst zu helfen. Und als die Polizei sie abgewiesen hat, hat sie nicht aufgegeben und Ace Security kontaktiert. Hat sie Familie?«

Cole schüttelte den Kopf. »Ihre Väter sind vor ein paar Jahren bei dem Bombenattentat in einem Nachtklub in Denver ums Leben gekommen.«

»Scheiße«, sagte Nathan. »Das ist schrecklich.«

Cole nickte.

»Und sie wohnt nicht hier in der Stadt, oder?«

»Nein. Sie wohnt in Parker. Aber ich glaube, die Sache mit Owen hat sie ein für alle Mal davon überzeugt, das Haus zu verkaufen, in dem sie aufgewachsen ist. Sie will sich stattdessen hier eine Wohnung suchen. Wir haben nachher ein Treffen mit dem Verwalter dieses Wohngebäudes auf der anderen Seite der Stadt. Das mit dem Portier und den ganzen Sicherheitsmaßnahmen.«

»Gut. Irgendetwas an diesem Fall stimmt nicht.«

Cole sah seinen Freund mit zusammengekniffenen Augen an. »Inwiefern?«

»Das ist es ja gerade. Ich weiß es nicht. Er präsentiert sich nicht wie andere Stalking-Fälle, die wir hatten. Owen scheint nicht gefährlich zu sein. Es macht eher den Anschein, als wäre er ein kleines Kind, das verknallt ist. Sogar die Geschenke, die er ihr macht, sind seltsam. Er hat weder versucht, mit ihr zu sprechen, noch ihr wehzutun. Er folgt ihr nicht überall hin. Er hat ihr Eigentum nicht beschädigt. Es ist irgendwie alles einfach ... seltsam.«

Cole holte tief Luft und nickte. »Ich bin froh, dass nicht nur ich das denke. Ich fand es vom ersten Tag an merkwürdig. Aber ich kann den Polizeibeamten nicht vorwerfen, dass sie ihr nicht helfen können. Dieser Owen hat keine Gesetze gebrochen. Er hat sie auch auf keine Weise bedroht. Aber das heißt nicht, dass er nicht gefährlich ist. Dass er nicht irgendetwas plant.«

»Ich weiß. Sobald Alexis mehr über seine Erwerbsunfähigkeitsrente herausfindet, werde ich mir seine Finanzen etwas genauer ansehen. Vielleicht auch die seiner Mutter. Blake ist auf der Suche nach Informationen über seinen Vater, um zu sehen, ob es ihn noch gibt und was mit ihm los ist. Es gibt in diesem Fall einfach eine Menge Fragezeichen. Und das macht mich nervös.«

»Mich auch, Kumpel. Mich auch«, erwiderte Cole.

»Fangen wir heute noch irgendwann an oder was?«, rief Joel vom anderen Ende des Raumes hinüber.

»Mach mal halblang!«, brüllte Nathan zurück. »Du kannst es wohl kaum erwarten, dass ich dir in den Hintern trete!«

Cole lachte, als Joel breit grinste und auf Nathan zustürmte, als wollte er ihn umwerfen. Zum Glück war Nathan bereit. Er fing den kleinen Jungen bei der Taille und hob ihn hoch in die Luft. Sie lachten beide, als er Joel wieder auf die Füße stellte.

Cole machte einen großen Bogen um das Duo und ging zu Sarah hinüber, die lächelnd zusah. »Sind Sie bereit?«, fragte er leise.

Sie nickte. »Ja. Ich bin nervös, wie ich Joel schon gesagt habe, aber auch aufgeregt. Seit ich adoptiert wurde, habe ich Mike und Jackson meine Kämpfe für mich austragen lassen – nicht dass es viele gegeben hätte«, fügte sie schnell hinzu, als sie Coles Stirnrunzeln sah. »Aber zu lernen, was ich tun muss, wenn jemand mich unerwünscht anfasst, gibt mir irgendwie das Gefühl, wirklich die Kontrolle über mein Leben zu übernehmen. Ist das seltsam?«

»Ganz und gar nicht«, beruhigte Cole sie. »Kommen Sie, lassen Sie uns anfangen.«

———

Eine Stunde später wusste Sarah, dass sie an Stellen Schmerzen haben würde, von denen sie noch nicht einmal gewusst hatte, dass es dort Muskeln gab. Aber sie fühlte sich wie überdreht. Cole hatte ihr beigebracht, wie sie sich aus dem Griff eines anderen befreien konnte, wenn sie von hinten gepackt wurde. Und auch, was zu tun war, wenn die Person gleichzeitig ihren Arm packte. Sie hatte alle empfindlichen Schwachstellen kennengelernt, auf die sie mit ihren Ellbogen, Knien und sogar ihren Fingern zielen sollte.

Am wichtigsten war jedoch der Punkt, dass sie einen Zweikampf mit jemandem, der größer und stärker war als sie, niemals gewinnen würde. Ihr Ziel war es, so viel Lärm wie möglich zu machen und ihre Taktiken zu benutzen, um demjenigen zu entkommen, der versuchte, sie zu überwältigen.

Ihre gedankliche Herangehensweise hatte sich geändert. Sie hatte sich immer Sorgen darüber gemacht, was sie tun würde, wenn Owen beschloss, sie von der Straße oder aus ihrem Wagen zu reißen, aber jetzt war sie zuversichtlich und vertraute auf ihren Plan, auf ihre Situation aufmerksam zu machen und wie der Teufel zu rennen, wenn das möglich war.

»Das hat Spaß gemacht«, sagte Joel mit einem riesigen Grinsen, als sie sich auf den Weg zum Eingang des Fitnessstudios machten. »Coles Gesichtsausdruck, als du ihn über deine Schulter geworfen hast, war einfach großartig.«

Sarah lächelte den kleinen Jungen an. Sie wusste, dass

Cole ihr absichtlich erlaubt hatte, ihn an den perfekten Stellen zu greifen, und er war sogar leicht hochgesprungen, als sie sich gebückt hatte, um ihn zu werfen. Im wirklichen Leben hätte sie das nie geschafft, aber das Lachen aus Joels Mund zu hören war das Sahnehäubchen gewesen.

»Das stimmt, nicht wahr?«, erwiderte sie. »Obwohl ich doch sehr hoffe, dass du dieses Zeug nicht an den Kindern in deiner Schule übst.«

Joel schüttelte ernst den Kopf. »Nein. Nathan sagt, dass die Dinge, die ich hier lerne, nur in extremen Situationen angewendet werden dürfen. Dass ich meinen Verstand anstelle meiner Fäuste benutzen soll, wann immer es geht. So haben wir Donovan überlistet. Er war größer und fieser, aber Nathan und ich haben ihn mit unserer Intelligenz ausgeschaltet, stimmt's?«

Nathan schaute auf den Jungen an seiner Seite herab und zerwühlte ihm das Haar. »Ganz genau.«

Sarah hatte die Zeitungsartikel über das Bandenmitglied gelesen und was mit ihm passiert war, als er in Baileys Haus eingebrochen war und versucht hatte, ihren kleinen Bruder zu entführen. Es klang schrecklich, aber Joel hatte offensichtlich keine größeren seelischen Schäden durch das Ereignis erlitten.

»Bist du bereit, deine Schwester abzuholen?«, fragte Nathan Joel.

»Ja. Kann ich ihr die eine Sache zeigen, bei der du mir von hinten um den Hals greifst?«, fragte er und sprang auf und ab, während sie gingen.

»Na klar.«

»Juhu!«, rief Joel und lief voraus, um die Tür zu öffnen.

Sarah lächelte immer noch, als Nathan sich zu ihr umdrehte. »Sie haben das heute gut gemacht. Üben Sie weiter und dann wird es zur zweiten Natur. Aber was Joel gesagt hat, stimmt auch. Manchmal laufen die Dinge nicht so, wie man sie plant, selbst wenn man all die richtigen Dinge weiß. Dann muss man sein Köpfchen benutzen. Weder Cole noch ich oder einer meiner Brüder können Ihnen genau sagen, was Sie in einer bestimmten Situation tun sollen. Es gibt immer Variablen, die wir nicht vorhersagen oder im Voraus analysieren können. Sie müssen es selbst abschätzen. Lügen Sie, betrügen Sie, stehlen Sie … was auch immer nötig ist, um Sie am Leben zu halten. Verstehen Sie?«

Sarah wusste, dass sie die Augen weit aufriss, aber sie hielt Nathans Blick stand und nickte.

»Gut«, sagte er, nickte ihr und Cole zu und machte sich auf den Weg zu Joel und der Eingangstür.

Zischend stieß Sarah den Atemzug aus, den sie angehalten hatte.

»Er hat recht«, sagte Cole leise und führte sie in Richtung seines Büros. »Ich kann Ihnen jede mögliche Abwehrbewegung beibringen und Sie könnten eine Expertin darin sein, aber wenn jemand Sie unvorbereitet erwischt, haben Sie nicht die Chance, sie anzuwenden. Aber egal was passiert, geben Sie *niemals* auf. Sie haben jetzt mich und die anderen; Sie können sich hundertprozentig darauf verlassen, dass wir nach Ihnen suchen werden, verstanden?«

Sie standen nun an seiner Bürotür und er drehte sie mit dem Rücken zur Wand, als er sich vor sie stellte.

Sarah schaute zu ihm auf. »Glauben Sie, dass er etwas tun wird?«, fragte sie leise.

Cole sagte lange Zeit nichts und presste nur die Lippen aufeinander.

Schließlich antwortete er: »Ja, Engel, das glaube ich. Und ich sage das nicht, um Ihnen Angst zu machen. Ich denke, Sie wissen genauso gut wie ich, dass er nicht ganz richtig im Kopf ist. Ich weiß nicht, was er vorhat und wann er es tun wird, aber ja ... ich denke, dass er irgendwann etwas wegen seiner Verliebtheit unternehmen wird.«

Sarah war froh, dass Cole ihre Situation nicht schönredete. Jemanden genau das sagen zu hören, was sie auch dachte, war tatsächlich eine Erleichterung. Die Polizisten hatten ihr lediglich geraten, vorsichtig zu sein, und hatten sie dann mit einem Schulterklopfen auf den Weg geschickt. Ihre Kollegen hatten seine Geschenke als süß und aufmerksam empfunden. Sogar Mrs. Grady hatte kommentiert, dass *sie* schon ewig keine Blumen mehr bekommen hatte.

Cole war der Erste, der ihr direkt sagte, dass er Owens »kleine Verliebtheit« nicht für normal hielt.

»Das glaube ich auch«, flüsterte sie.

»Ich werde alles tun, was in meiner Macht steht, um Sie zu beschützen. Aber ich kann nicht rund um die Uhr bei Ihnen sein, so sehr mich das auch schmerzt«, sagte Cole zu ihr. »Sie sind erwachsen und haben Ihr eigenes Leben. Und Sie können nicht aufhören, es zu leben, weil Sie Angst haben.«

Sarah nickte.

»Allerdings müssen Sie darauf achten, dass Sie keine unnötigen Risiken eingehen, und alles tun, was Sie können, um vorsichtig und klug zu sein. Ich denke, es ist ein guter erster Schritt, in die Wohnung in der Stadt zu ziehen. Sie werden sich viel sicherer fühlen, wenn Sie sich keine Gedanken darüber machen müssen, welches Geschenk dieses Mal an Ihrer Türschwelle auf sie wartet, wenn Sie nach Hause kommen ... genau wie ich.«

Sarah streckte die Hand aus und griff nach Coles Arm. Seine Haut war warm und sie verspürte den Drang, ihren Kopf an seine Brust zu legen, sich an ihn zu schmiegen und ihn anzuflehen, sie mit in seine Wohnung zu nehmen und für den Rest ihres Lebens auf sie aufzupassen. Aber sie tat es nicht.

Sie hatte jedoch den Gedanken, dass niemand es wagen würde, sich mit ihr anzulegen, solange Cole an ihrer Seite war. Wäre er schon ihr Freund gewesen, als sie die Montrones kennengelernt hatte, wäre Owen gar nicht erst so besessen von ihr geworden.

»Was ist los?«, fragte Cole, als sie nichts sagte.

Kopfschüttelnd zwang sie sich, nicht länger darüber nachzudenken, was sie sich in der Vergangenheit gewünscht hätte, sondern sich auf den Mann zu konzentrieren, der jetzt vor ihr stand. »Versprechen Sie mir, dass Sie mich finden werden, wenn er mich entführt?«

Cole runzelte die Stirn und griff nach ihrem Ellbogen. Er stieß die Tür zu seinem Büro auf und zog sie hinein. Dann setzte er sie auf die Couch und kniete sich vor sie hin.

Sarah schluckte schwer und schaute ihm in die Augen, als er sprach.

»Ich verspreche es«, schwor er. »Ich werde jeden, der mir einfällt, darauf ansetzen, Sie zu finden. Alle Jungs von Ace Security werden helfen; Alexis wird ihre Hackerfähigkeiten einsetzen, um herauszufinden, was es zu wissen gibt. Zur Hölle, sie wird sogar diesen pensionierten Navy SEAL kontaktieren und ihn ebenfalls darauf ansetzen. Sogar Ryders altes Team in Colorado Springs wird mitmischen. Wir werden Sie finden. Sie müssen nur durchhalten und stark sein, bis wir da sind, hören Sie?«

Sie nickte, ängstlicher als je zuvor. Sie fühlte sich nicht stark. Nicht wie Grace und die anderen. Wenn Owen ihr wehtun würde ...

Sie unterbrach den Gedanken. »Und ich werde tun, was ich kann, um zu fliehen«, flüsterte sie.

Cole hob die Hände und legte sie um ihre Wangen. Er wartete, bis sie sich auf ihn konzentrierte. »Gut. Aber wenn das nicht klappt, verfallen Sie nicht in Panik. Sie müssen einfach nur wissen, dass ich kommen werde und dass alles gut wird.«

»Okay«, sagte Sarah.

»Okay?«, fragte er mit einer hochgezogenen Augenbraue.

»Okay«, antwortete sie ein wenig bestimmter.

»Das klingt schon viel besser«, sagte Cole. Dann neigte er ihren Kopf leicht nach unten und küsste sie auf die Stirn, bevor er aufstand. »Genug der Gruselgeschichten. Wollen wir uns die Wohnung ansehen?«

»Ja.« Sie griff nach oben und erneut nach Coles Hand. Er nahm ihre Handtasche und reichte sie ihr, bevor sie Hand in Hand das Büro verließen.

Fünfundzwanzig Minuten später stand Sarah in der Mitte der zu vermietenden Einzimmerwohnung und drehte sich im Kreis. Sie war nicht riesig, aber sie würde die Einzige sein, die dort wohnte. Von ihrem Platz aus konnte sie die Küche, den Wohnbereich und die Stelle sehen, an der das Bett stehen würde. Es gab einen kleinen Kleiderschrank und ein Badezimmer mit Waschbecken und Dusche. Eine Badewanne gab es nicht, aber dafür einen Platz für eine Waschmaschine und einen Trockner darüber. Außerdem gab es eine Spülmaschine.

Das Beste an der Wohnung waren jedoch die Sicherheitsmaßnahmen, durch die jemand gehen musste, um in den zweiten Stock zu gelangen, wo sie sich befand. Die Seitentüren waren stets von innen verschlossen. Alle Bewohner mussten durch den Vordereingang gehen, wo es eine Zahlenkombination gab, um ins Gebäude zu gelangen. Wenn jemand keinen Anwohnerausweis hatte, musste er sich beim Sicherheitsschalter melden und angeben, welche Wohnung er besuchen wollte. Überall gab es Kameras – in den Aufzügen, Treppenhäusern und Fluren. Jede Wohnung im Gebäude hatte ein Kettenschloss, einen Riegel und ein Schloss im Türknauf selbst.

Sarah hatte sich noch nie sicherer gefühlt.

Das einzige Problem war, dass es auch noch andere Leute gab, die sich für die Wohnung beworben hatten, in der sie jetzt standen. Sie fühlte sich immer noch schlecht bei dem Gedanken, dass Cole oder seine Freunde einen Gefallen einforderten und sie dadurch jemand anderem den sicheren Ort verweigerte, den das Gebäude und diese Wohnung boten. Sie brauchten ihn vielleicht mehr als sie.

»Was denken Sie? Ist sie zu klein?«, fragte Cole.

Sarah schüttelte den Kopf. »Sind Sie sich sicher?« Cole runzelte die Stirn und ließ den Blick durch den Raum schweifen. »Sie ist kleiner, als ich dachte.«

»Es ist ja nur für mich«, erklärte Sarah ihm. »Ich brauche nicht viel Platz.«

Sein Blick begegnete ihrem und es wirkte, als würde er zögern, etwas zu sagen.

»Was?«, fragte sie.

»Ich möchte gern etwas sagen, aber ich habe das Gefühl, dass es noch zu früh ist.«

Jetzt wurde sie wirklich neugierig. »Das ist schon in Ordnung. Sagen Sie es.«

»Gut ... aber vergessen Sie nicht, dass Sie gefragt haben. Sie werden hier nicht nur alleine sein. Ich habe vor, so viel Zeit mit Ihnen zu verbringen, wie Sie mir erlauben. Genauso wie ich Sie so oft wie möglich bei mir haben will. Ich habe nichts gegen ein normales Doppelbett, das hier ohne Probleme hineinpasst, denn ich kuschle gern, wenn ich schlafe. Aber ein größeres Bett würde nicht passen, nicht ohne den Raum völlig zu überfüllen. Und Sie brauchen einen großen Fernseher und eine bequeme Couch. Wenn Sie Ihre ganzen Möbel hier hineinstellen, könnte es wirklich eng werden. Und ich koche gern. Ich bin zwar nicht besonders gut darin, aber es macht mir Spaß, es zu probieren. Die Küche ist zweckmäßig, aber ich habe die Grundrisse der Drei- und Vierzimmerwohnungen hier gesehen und die Küchen sind viel größer.«

Er wandte den Blick nicht von ihrem ab, während er seine Gedanken mit ihr teilte.

Sarah schlug das Herz bis zum Hals und ihr war plötzlich ganz heiß. Cole war ein *Kuscheltyp? Oh Gott.* Die Vorstellung von ihm, wie er sich von hinten an sie schmiegte, mit einem Arm um ihre Taille und seinem Bein über ihrem, schwirrte ihr durch den Kopf.

Sie wollte das.

Sie wollte *ihn*.

Scheiß auf die Tatsache, dass sie schon seit Jahren mit niemandem mehr zusammen gewesen war.

Einen Moment lang vergaß sie Owen Montrone und seine Faszination für sie. Sie konnte nur daran denken, wie sie zusammen zu Abend essen und dann ins Bett fallen würden, wo sie sich liebten. Sie würden sich aneinanderkuscheln, während sie irgendein Fußballspiel im Fernsehen schauten.

»Was geht in Ihrem Kopf vor?«, fragte Cole. Er hatte sie nicht berührt. Er war nicht näher gekommen, aber der Blick in seinen Augen war intensiv.

»Ich möchte die Wohnung nehmen.« Sie wusste, dass er ihr ihren Umzug nach Castle Rock nicht ausreden wollte, und sie verstand das Platzproblem. »Vielleicht kann ich ja hier sein, wenn Sie arbeiten, oder an den Tagen, wenn ich Nachtschicht habe, und sonst immer zu Ihnen kommen. Ich habe ein normales Doppelbett, das sollte also funktionieren. Und eine Sache, auf die Jackson bestanden hatte, war ein großer Fernseher, damit er seinen Sport sehen konnte. Den habe ich also schon. Sie haben recht, die Küche ist nicht riesig, aber ich denke, dass wir trotzdem beide hineinpassen würden. Ich wollte die riesige Couchgarnitur aus meinem Haus nicht mitnehmen – ich wollte sie verkaufen –, aber ich habe noch eine kleinere, die superbequem ist und hier gut reinpassen würde. Ich will nicht warten, bis eine andere Wohnung frei wird. Owen macht mir Angst und außerdem würde es auch bedeuten, dass ich Sie nicht so oft sehen kann, wenn ich noch warte.« Sie hielt den Atem an und hoffte, dass sie nicht zu viel gesagt hatte.

Cole streckte die Hand aus und schlang sie um ihren Nacken. Sie war sich sicher, dass er sie küssen würde. Aber stattdessen stand er einfach nur da. Mit dem Daumen strich er über ihren Hals, was ihr eine Gänsehaut auf den Armen bescherte. »Ich kann Ihnen garantieren, dass Sie mich viel öfter sehen werden«, sagte er schließlich. »Sind Sie bereit fürs Abendessen?«

Sarah blinzelte. Sein Themenwechsel war abrupt und irgendwie enttäuschend nach allem, was sie gerade gesagt hatten. »Ja.«

Er musste die Verwirrung in ihrem Blick gesehen haben, denn ein Muskel in seinem Kiefer zuckte noch zweimal, bevor er sagte: »Es gibt nichts, was ich lieber täte, als Ihren Hintern auf den Tresen hinter uns zu heben und Ihnen ganz genau zu zeigen, wie viel mir Ihre Worte bedeuten. Aber Sie küssen erst nach der dritten Verabredung und je eher ich Ihnen etwas zu essen koche, desto schneller ist unsere dritte Verabredung vorbei. Und desto eher kann ich endlich Ihren Mund an meinem spüren.«

»Dann sollten wir uns beeilen«, sagte Sarah zu ihm.

»Und Cole? Da dies schon unsere dritte Verabredung ist, können wir uns vielleicht auch endlich duzen?«

»Ich dachte schon, du fragst nie, Engel. Es wäre mir ein Vergnügen.«

Sarah lächelte glücklich. Cole ließ seine Hand sinken und verschränkte seine Finger in ihren. »Ich werde Logan bitten, mit dem Verwalter über die Wohnung zu sprechen.«

»Wenn jemand anderes sie dringender braucht als ich, will ich mich nicht mit unfairen Mitteln dazwischen drängen«, sagte Sarah.

Ohne innezuhalten, beruhigte Cole sie, indem er sagte: »Mein letzter Stand ist der, dass es nur zwei andere Bewerber auf der Liste für diese Wohnung gibt. Einer ist ein Student, dessen Eltern jedoch hier in der Stadt wohnen. Aber ich nehme an, sie haben andere Pläne für sein Zimmer oder so etwas. Die andere ist eine Frau, die dem Verwalter beim Ausfüllen der Bewerbungsunterlagen verraten hat, dass sie einen sicheren Ort braucht, um ihren Liebhaber unterzubringen, damit ihr Ehemann nichts von ihnen erfährt.«

»Im Ernst?«

»Ja.«

»Du schwörst also, dass es kein misshandeltes Mädchen oder einen Mann gibt, die hier wohnen müssen, um in Sicherheit zu sein?«

Bei diesem Satz blieb er stehen und schlang seine Arme um sie. Sarah genoss, wie gut es sich anfühlte, von ihm gehalten zu werden. Sie lehnte ihre Wange an seine Schulter und hielt sich einfach an ihm fest, genau wie er es mit ihr tat.

»Sarah ... du bist das misshandelte Mädchen, das hier leben muss, um in Sicherheit zu sein«, sagte er nur.

Sie wollte ihm widersprechen. Sie wurde nicht misshandelt ... nicht wirklich. Aber sie hielt den Mund. Sie konnte nicht leugnen, dass sie sich hier hundertmal sicherer fühlen würde als in dem großen, alten Haus, in dem sie aufgewachsen war. Sie liebte Mike und Jackson, aber Cole hatte recht. Sie trug die Erinnerungen an die beiden in ihrem Herzen. Sie brauchte das Haus nicht, um sich daran zu erinnern, wie sehr sie sie liebte und wie sehr sie sie geliebt hatten.

»Jetzt komm«, drängte er sie und zog sie weg, »ich muss dir etwas zu essen machen.«

Lächelnd ließ Sarah sich von ihm aus der Wohnung und in den Flur hinausführen. Sie beobachtete, wie er die Tür sorgfältig schloss und sich vergewisserte, dass sie verriegelt war, bevor er seine Hand an ihr Kreuz legte und sie zu den Aufzügen führte.

Ihr Leben veränderte sich schneller, als sie es sich jemals hätte vorstellen können. Aber sie konnte nicht sagen, dass sie darüber unglücklich war.

KAPITEL NEUN

Es stellte sich heraus, dass Cole und Sarah sich an diesem Abend nicht küssen würden. Oder am nächsten. Und auch nicht an dem danach. Er hatte einen Anruf von einem seiner Angestellten erhalten, dass es im Fitnessstudio eine Schlägerei zwischen zwei Kunden gegeben hatte. Daraufhin hatte er mit der Polizei sprechen müssen.

Sarah war nach Hause gefahren und hatte Cole bei ihrer Ankunft eine SMS geschickt. Mit ihrem Dienstplan und seinem war es ihnen in der darauffolgenden Woche nicht gelungen, sich zu treffen. Aber sie telefonierten und schrieben sich weiter.

Obwohl sie weder ihre dritte offizielle Verabredung gehabt noch sich geküsst hatten, hatte sich Sarah in ihrem ganzen Leben noch nie jemandem näher gefühlt. Sie telefonierten, wann immer es möglich war, und er war stets für sie da, um sie zu unterstützen, wenn sie Bedenken darüber hatte, das Haus zu verkaufen.

Die Maklerin war der Meinung, dass das Haus sich schnell verkaufen ließe und sie einen beträchtlichen Gewinn dabei erzielen würde. Aber obwohl Sarah sich darauf freute, nach Castle Rock umzuziehen und näher bei der Arbeit und bei Cole zu sein, war es immer noch eine schwierige Entscheidung, mit der sie oft haderte.

Sie war an diesem Abend nach der Arbeit unruhig gewesen und hatte beschlossen, sich damit zu beschäftigen, den Rest von Jacksons Arbeitszimmer einzupacken. Sie musste den verbliebenen Schnickschnack und die persönlichen Gegenstände wegräumen, damit das Haus vorzeigbar war und Fotos gemacht werden konnten.

Erst als sie ihre Aufgabe bereits halb bewältigt hatte, fiel ihr auf, dass sie mehrere Bücher nicht finden konnte, die ihr Vater gern gelesen hatte. Zu diesem Zeitpunkt war sie frustriert, erschöpft und vermisste Jackson und Mike ungemein. Sie fühlte sich niedergeschlagen und verspürte den großen Drang, ihren ganzen Umzugsplan einfach zu verwerfen.

Ohne auf die Zeit zu achten, griff sie nach dem Telefon und rief Cole an.

»Was ist los?«

»Ich schaffe es nicht. Ich kann nicht umziehen!«

Er musste den Anflug von Panik in ihrer Stimme gehört haben, denn er milderte seinen Tonfall sofort. »Atme tief durch, Engel. Gut so. Jetzt sag mir, was los ist.«

»Ich kann ein paar der Bücher nicht finden, die Jackson so gern gelesen hat. Ich muss sie weggegeben haben, als ich das Arbeitszimmer ursprünglich durchgegangen bin und eine ganze Ladung zur Wohlfahrt gebracht habe. Was ist, wenn ich sonst noch etwas Wichtiges weggegeben habe?«

»Wie lange packst du heute Abend schon?«

»Seit ich nach Hause gekommen bin.«

»Sarah, es ist halb eins. Du packst schon seit mindestens fünf Stunden.«

»Heilige Scheiße ... ich hatte keine Ahnung. Oh! Cole, das tut mir so leid. Ich wollte dich nicht aufwecken.«

»Darüber brauchst du dir niemals Sorgen zu machen«, sagte er bestimmt. »Wenn du mit mir reden willst, rufst du mich an. Egal wie spät es ist oder was ich deiner Meinung nach gerade mache. Ich werde es immer vorziehen, mit dir zu sprechen, anstatt zu schlafen oder zu arbeiten oder irgendetwas anderes zu tun. Hast du das verstanden?«

»Warum bist du so gut zu mir?«, murmelte sie. »Ich bin völlig durcheinander. Ich bin erwachsen und es ist Jahre her, seit Jackson und Mike getötet wurden. Warum quält mich der Gedanke ans Verkaufen so sehr?«

»Das ist völlig normal«, sagte Cole. »Du stehst vor einer riesigen Veränderung und bis jetzt musstest du dich noch nie damit auseinandersetzen, das einzige Zuhause zu verlieren, das du je gekannt hast. Sei nicht so streng mit dir.«

»Du hast recht.«

»Ich weiß.«

Sarah lachte leise. »Mir missfällt der Gedanke, dass ich seine Lieblingsbücher weggegeben habe«, sagte sie traurig.

»Sag mir, welche es waren, und ich werde sie ersetzen. Wir können sie gemeinsam lesen und darüber diskutieren.«

»Cole ... das ist ... Ich glaube, das ist das Netteste, was jemals jemand für mich tun wollte.«

»Ich sage dir immer wieder, dass ich nicht der Nette in unserer Beziehung bin«, stichelte er.

»Papperlapapp.«

»Engelchen, es ist spät. Du musst in weniger als vier Stunden aufstehen. Geh ins Bett. Die Kartons werden später immer noch da sein. Wie wäre es, wenn ich zu dir komme und dir helfe? Du musst noch einen Tag arbeiten und hast dann ein paar Tage frei, nicht wahr?«

»Ja.«

»Also gut. Ich werde übermorgen vorbeikommen und wir können den Tag zusammen verbringen. Ich helfe dir, noch ein paar Sachen zu packen, und wir bringen sie gemeinsam zur Wohlfahrt. Dann fahren wir nach Castle Rock und du kannst das Formular für die Hintergrundprüfung für die Wohnung ausfüllen. Du kannst erst einziehen, wenn das erledigt ist. Außerdem liegt Logan mir in den Ohren, dass du zu Ace Security kommen sollst, damit sie mit dir besprechen können, was sie über Owen herausgefunden haben. Dann können wir vielleicht *endlich* unsere dritte Verabredung haben, auf die ich mich mehr freue, als du es je erahnen könntest.«

Er hatte eine Menge gesagt, aber Sarah konnte nur daran denken, den Tag mit Cole zu verbringen. Sie wollte vielleicht, hoffentlich, *endlich* sehen, ob die Realität an ihre Fantasien herankam, wenn es dazu kam, ihn zu küssen.

Sie schob den Stapel Bücher, auf den sie gestarrt hatte, zur Seite. Dann stand sie auf und zuckte zusammen, weil ihr Rücken so schmerzte. Sie hatte viel länger gepackt, als ihr bewusst gewesen war.

»In Ordnung.«

»In Ordnung? Das ist alles?«

»Ich bin mir nicht sicher, ob du schon bereit für das bist, was ich wirklich denke«, platzte sie heraus.

»Versuche es mal«, drängte Cole.

Wäre sie nicht so müde gewesen, hätte Sarah es wahrscheinlich abgelehnt und einfach gute Nacht gesagt. Aber sie war erschöpft. Und besorgt. Und so traurig, nachdem sie die Sachen ihres Vaters durchgesehen hatte. Also sagte sie genau das, was sie dachte.

»Ich mache mir Sorgen, weil ich schon seit einer Woche nichts mehr von Owen gehört habe und nicht weiß, was er vorhat. Ich bin gestresst wegen des Hausverkaufs und all der Dinge, die ich tun muss, um das Haus dafür vorzubereiten. Ich freue mich auf die neue Wohnung, aber ich werde das

Gefühl nicht los, dass ich sie jemand anderem wegnehme, der sie vielleicht mehr braucht als ich.

Und zu guter Letzt vermisse ich dich. Ich weiß, dass wir jeden Tag telefoniert und Nachrichten geschrieben haben, seitdem wir uns letzte Woche gesehen haben. Aber es ist nicht dasselbe. Es klingt verrückt, weil wir uns noch gar nicht so lange kennen, aber du bist der erste Mensch, an den ich denke, wenn ich aufwache, und der letzte, bevor ich abends einschlafe. Es frustriert mich, dass unsere Zeitpläne nicht zusammenpassen, und ich bin nervös, dass du dich entscheiden könntest, dass eine Beziehung mit mir zu anstrengend ist. Mit meinem seltsamen Dienstplan, der Tatsache, dass ich nicht in der gleichen Stadt lebe wie du, und dieser seltsamen Owen-Sache bin ich nicht gerade das beste Freundinnenmaterial.«

Als sie fertig war, keuchte Sarah fast. Sie wollte am liebsten sofort alles zurücknehmen, was sie soeben gesagt hatte, aber es war zu spät.

»Wenn es nicht Viertel vor eins in der Nacht wäre und du nicht in dreieinhalb Stunden aufstehen müsstest, wäre ich jetzt sofort auf dem Weg zu dir«, sagte Cole in einem tiefen Ton. »Sarah, ich stehe zu einhundert Prozent zu dieser Beziehung. Ja, sie läuft vielleicht nicht typisch ab, aber wenn wir so empfinden, ohne dass wir uns oft sehen, wie wird es dann wohl erst sein, *wenn* wir uns sehen können? Du faszinierst mich. Ich liebe deine Loyalität zu deinem Job. Und die Tatsache, dass du das einzige Zuhause, das du je gekannt hast, nur ungern aufgibst, ist in meinen Augen nichts Negatives. Aber ich möchte dir auch helfen, ein *neues* Zuhause zu erschaffen. Ein Zuhause, in dem wir neue Erinnerungen kreieren können. Ich werde alles in meiner Macht Stehende tun, um dafür zu sorgen, dass Jackson und Mike niemals vergessen werden.

Owen wird es irgendwann kapieren und dich in Ruhe lassen, selbst wenn wir Ace Security brauchen, um ihm klarzumachen, dass seine Verliebtheit in dich zwecklos ist. Und außerdem übersiehst du die Tatsache, dass ich auch nicht gerade ein Traumfreund bin. Manche Leute verurteilen mich wegen meiner Tätowierungen, aber das ist mir scheißegal. Ich bin zu schroff und manchmal geradewegs unhöflich. Ich arbeite zu viel und hart und mein bester Freund ist eine Frau.

Aber du und ich ergeben zusammen einfach Sinn. Du bist das Licht und ich bin die Dunkelheit. Du bist das Gute in der Welt und ich bewege mich stets auf dem schmalen Grat, ein ständiges Arschloch zu sein. Wir gleichen uns gegenseitig aus. Ich kann es kaum erwarten zu sehen, wohin unsere Beziehung führt ... und du solltest wissen, Engel, ich hoffe, dass sie für immer hält.«

Bei diesem Satz atmete Sarah zischend ein.

Cole hatte sie offensichtlich gehört, denn er fuhr fort: »Ja. Das sollte dir zeigen, dass ich genauso investiert bin wie du. Nur noch ein Tag und dann werden wir etwas mehr Zeit miteinander verbringen können.«

»Ich kann es kaum erwarten.«

»Ich auch nicht. Jetzt geh nach oben und schlafe ein wenig, Engel. Sonst wirst du dich morgen nicht auf den Beinen halten können.«

»Und was ist mit dir? Du wirst meinetwegen jetzt auch müde sein.«

»Ja, aber ich brauche ja nur aufzutauchen und die Tür zum Fitnessstudio aufzuschließen. Ich muss zu niemandem freundlich sein. Die anderen erwarten fast, mich griesgrämig und mürrisch zu erleben.«

Sarah kicherte.

»Gott, wie ich dieses Geräusch liebe. Sarah?«

»Ja?«

»Ich vermisse dich auch. Wir sehen uns bald. Gute Nacht.«

»Gute Nacht, Cole.«

Sie legte auf, schloss die Augen und drückte ihr Handy einen Moment lang an ihre Brust.

Cole sah ganz und gar nicht wie der Mann aus, den sie sich für eine Beziehung vorgestellt hatte. Aber es war tatsächlich so, dass das überhaupt keine Rolle spielte. Er mochte sich selbst nicht für einen guten Mann halten, aber er war einer der besten Männer, denen sie seit sehr langer Zeit begegnet war.

Zufrieden seufzend zwang sie sich auf die Beine und die Treppe hinauf ins Bad, bevor sie ins Bett stieg. Sie hatte erwartet, sie würde noch stundenlang wach liegen und über Cole und ihr Gespräch nachdenken. Aber in dem Moment, in dem ihr Kopf das Kissen berührte, war sie auch schon eingeschlafen.

Zwei Tage später bog Cole um halb acht Uhr morgens in Sarahs Einfahrt ein. Es war zu früh, um unangemeldet aufzutauchen, aber er war nicht bereit gewesen, noch länger zu warten, um sie wiederzusehen.

Er war froh zu sehen, dass ihr Wagen nicht in der Einfahrt stand und sie in der Garage parken konnte. Er joggte zu ihrer Haustür hinüber und war begierig darauf, sie endlich persönlich zu sehen. Da er wusste, dass er sie wahrscheinlich zu Tode erschrecken würde, wenn er anklopfte, zog Cole sein Handy heraus und schickte ihr eine kurze SMS.

Cole: Guten Morgen! Bist du wach?

Sarah: Gerade so.

Cole: Gut. Komm und mach die Tür für mich auf.

Nachdem er auf »Senden« gedrückt hatte, klingelte er an der Haustür.

Es dauerte ein paar Minuten, bis er sie auf der anderen Seite der Tür hören konnte. Aber als sie ihm öffnete, raubte es ihm den Atem.

Cole starrte sie einen langen Moment sprachlos an. Ihr Haar war völlig zerzaust, als wäre sie buchstäblich gerade aus dem Bett gestiegen. Und sich vorzustellen, wie sie aus ihrem Bett kletterte, ließ ihn sofort daran denken, mit ihr *in* diesem Bett zu liegen. Sie hatte sich einen dünnen Bademantel angezogen und ihre Beine waren nackt. Beim Anblick ihrer rosa lackierten Zehennägel krampfte sich sein Magen zusammen. Es wirkte intim und die Farbe war perfekt für sie.

Als er sie anstarrte, griff sie in die Seiten ihres Bademantels und zog sie über ihrer Brust zusammen. Sie schaute ihm besorgt in die Augen. »Ist alles in Ordnung?«, fragte sie.

Sogar ihre Stimme machte ihn an. Sie war heiser und kratzig.

Ohne nachzudenken, machte Cole einen Schritt nach vorn. Sie trat zur Seite, um ihn ins Haus zu lassen. Gedankenabwesend schloss er die Tür und verriegelte sie, ohne seinen Blick von ihr abzuwenden.

»Cole?«

Er gab ihr keine Chance, noch irgendetwas anderes zu sagen. Er hob eine Hand zu ihrem Nacken, um sie stillzuhalten, und schlang die andere um ihre Taille. Er spreizte seine Hand auf ihrem Kreuz und zog sie an seinen Körper. Ihre Hände landeten auf seiner Brust und sie starrte ihn mit riesigen Augen an.

Cole senkte den Kopf und spürte Genugtuung, als sie

ihre Augen sofort schloss und ihr Kinn anhob, um ihm auf halbem Weg entgegenzukommen.

In der Sekunde, in der sich ihre Lippen berührten, wusste Cole, dass es nie wieder eine andere Frau in seinem Leben geben würde, die ihm so viel bedeutete wie Sarah.

Es fühlte sich an, als würde Elektrizität von ihren Lippen direkt in sein Herz schießen. Vielleicht stöhnte er sogar ein wenig, aber er zog sich nicht zurück. Er wollte mehr. Brauchte mehr.

Er spürte, wie sie ihre Finger an seine Brust krallte, und sein Schwanz wurde hart. Ohne sich darum zu kümmern, dass sie seine Erregung an ihrem Bauch spüren würde, zog er sie noch fester an sich. Sie stellte sich auf die Zehenspitzen, um ihm näher zu kommen.

Ihre Lippen öffneten sich sofort, aber so begierig er vor einer Sekunde auch gewesen war, sie zu schmecken, wollte er sich jetzt Zeit lassen. Sie necken. Er wollte, dass sie die gleiche Sehnsucht nach ihm spürte wie er nach ihr. Er leckte über ihre Unterlippe und genoss das Wimmern, das ihrer Kehle entsprang. Dann knabberte er sanft, um die Vorfreude in die Länge zu ziehen.

Als sie es erwiderte und sanft in *seine* Unterlippe biss, verlor Cole die Beherrschung.

Er drängte sie nach hinten, bis sie sich beide an der Wand im Flur abstützen konnten. Dann zog er leicht an ihrem Haar und zwang ihren Kopf ein wenig weiter zurück, bevor er sie völlig verschlang.

Seine Zunge glitt in ihren Mund, als würde er ihn besitzen. Als würde er *sie* besitzen. Aber anstatt seinen Übergriff passiv entgegenzunehmen, stürzte Sarah sich in ihren Kuss. Ihre Zungen tanzten, die Zähne stießen aneinander und er spürte, wie sie die Hände nach unten wandern und unter sein Hemd gleiten ließ. Das Gefühl ihrer kalten

Finger auf seinem glühenden Fleisch machte ihn nur noch härter.

Cole neigte den Kopf, um besseren Zugang zu ihrem Mund zu bekommen, und verlor sich in ihrem Kuss. Es war genau so, wie er es sich vorgestellt hatte, und noch mehr. So viel mehr. Sarah wich nicht zurück. Sie war nicht schüchtern, wenn es ums Küssen ging, und die Leidenschaft, die sie irgendwie versteckt gehalten hatte, drängte sich mit einer Heftigkeit in den Vordergrund, die ihn überraschte und entzückte.

Da er wusste, dass er nur noch Sekunden davon entfernt war, ihr den Bademantel vom Körper zu reißen und sie auf den kalten Fliesenboden unter ihren Füßen zu legen, zwang Cole sich, den Kuss zu unterbrechen. Er starrte auf sie herab und spürte, wie sein Schwanz zuckte, als sie sich über die Lippen leckte. Ihre Augen waren noch immer geschlossen und sie seufzte zufrieden.

Er konnte den Blick nicht von ihren nun rosigen Lippen, der Röte in ihren Wangen und den vor Lust geweiteten Pupillen abwenden, als sie die Augen öffnete.

»Guten Morgen«, sagte er leise.

»Hallo«, sagte sie.

»Ich bin früh aufgewacht und habe sofort daran gedacht, dich zu sehen.«

»Das freut mich.«

»Ich hatte unsere dritte Verabredung für heute geplant«, erklärte er verlegen. »Und dann diesen Kuss, von dem ich wochenlang geträumt habe. Aber als ich dich sah ... konnte ich einfach nicht mehr warten.«

»Es fühlt sich richtig an, meine persönlichen Regeln für dich zu brechen«, sagte sie zu ihm.

»Ach ja?«, fragte er mit einem Lächeln.

»Ja. Weil ich das Gefühl habe, dass wir sowieso alle

meine Regeln gebrochen haben ... dann können wir genauso gut aufs Ganze gehen.«

Weil er nicht anders konnte, beugte Cole sich hinunter und küsste sie erneut. Dieses Mal war es ein kurzes und inniges Treffen ihrer Lippen anstelle des intensiven, fast verzweifelten Kusses von zuvor. Als er sich von ihr löste, schloss er die Augen und genoss den Moment einfach eine Sekunde lang.

Cole war kein Idiot. Er wusste, was er war und was er nicht war. Er war ein guter Freund und ein kompetenter Geschäftsmann. Er durchschaute Lügen aus einem Kilometer Entfernung. Aber er hatte sich nie für einen guten Partner für eine Frau gehalten. Mit Sarah hingegen verflüchtigten sich diese Zweifel in seinem Kopf. Er wusste, dass er mit ihr an seiner Seite ein besserer Mann sein würde. Ein besserer Freund. Die Art von Mann, auf die sich eine Frau verlassen konnte, egal, was sie brauchte. Er würde für sie da sein.

Für Sarah.

»Cole?«, fragte sie sanft.

Er spürte, wie sie mit den Fingern über seine Brust strich, und atmete tief ein. Sie waren immer noch von der Hüfte bis zum Bauch miteinander verbunden und er wusste, dass sie seine Erektion spüren musste. Aber sie flippte nicht aus. Zog sich nicht zurück. Sie gab ihm den Raum, den er brauchte, um seine Gedanken zu ordnen.

Er öffnete die Augen und platzte heraus: »Ich werde dich nicht enttäuschen.«

Sarah sah ihn stirnrunzelnd an. »Was?«

Es gab so viele Dinge, die er sagen wollte. Er wollte sie anflehen, ihn nicht aufzugeben. Dass er wahrscheinlich etwas vermasseln würde, es jedoch nie mit Absicht tun würde. Dass er alles dafür geben würde, um dafür zu sorgen, dass sie stets in Sicherheit, glücklich und gesund war. Dass er kein Idiot war und sie nicht verlassen würde, wenn sie krank oder verletzt wäre. Dass er sie nicht betrügen würde, niemals.

Aber die Worte blieben ihm im Hals stecken. Jetzt war er an der Reihe, in Panik zu verfallen. Er hatte das Gefühl, als stünde so viel auf dem Spiel, und er wollte nichts tun, was sie erschrecken oder zum Zweifeln bringen könnte.

»Ich ... ich bin zu unverblümt.« Die Worte sprudelten nur so aus ihm heraus. Einmal angefangen, konnte er nicht mehr aufhören. »Ich habe noch nie in meinem Leben einem Obdachlosen Geld gegeben. Ich lebe in einer Wohnung, weil ich keine Lust habe, irgendwelche Gartenarbeiten zu machen. Ich kenne die Namen meiner Nachbarn nicht, weil ich nie versucht habe, sie kennenzulernen. Als einmal ein paar Pfadfinder an meine Tür klopften, tat ich so, als wäre ich nicht zu Hause, damit ich ihnen kein Popcorn abkaufen musste. Und ich habe Francesca nur deshalb eine kostenlose Mitgliedschaft fürs Fitnessstudio geschenkt, damit ich immer umsonst bei ihr essen kann. Ich bin egoistisch und ein Arschloch.«

Cole war übel. Er wollte nicht, dass Sarah irgendetwas von dieser Scheiße wusste, aber er wollte ebenso wenig, dass sie später herausfand, wie beschissen er war, und ihn dann verließ. »Ich gebe wahrscheinlich zu selten Trinkgeld und fahre immer zu schnell. Ich neige dazu, das Schlimmste in den Menschen zu sehen, besonders nach allem, was mit Felicity passiert ist. Die meisten Kinder machen mir Angst und ich schäme mich für die Anzahl der Abende, an denen ich Eis zum Abendessen gegessen habe.«

Er öffnete den Mund, um fortzufahren, aber Sarah legte ihren Finger auf seine Lippen und brachte ihn zum Schweigen.

»Du wirst mich nicht davon überzeugen, dass du kein guter Mensch bist, Cole. Du kannst also genauso gut aufhören.«

Er murmelte etwas unter ihrer Hand und sie lächelte, bevor sie sie wegzog. »Was?«

»Ich will mich nur nicht in dich verlieben und dann stellst du fest, dass du den Kürzeren gezogen hast, und verlässt mich für jemand Besseren. Für jemand Netteren.«

Cole hielt nach seinem Geständnis den Atem an. Er hatte sich Sarah völlig geöffnet und hoffte inständig, dass sie ihn nicht zerstören würde.

Und das war genau das Thema ... normalerweise war es ihm scheißegal, was die Leute über ihn dachten. Es scherte ihn nicht, ob sie ihn für zu tätowiert, zu gemein oder zu was auch immer hielten. Aber Sarahs Meinung hatte die Macht, ihn zu brechen.

»Ich klaue immer diese kleinen Shampoo- und Spülung-Fläschchen aus Hotels«, antwortete sie. »Einmal bin ich in der ersten Klasse geflogen und habe den kleinen Salzstreuer, der auf meinem Tablett gebracht wurde, in meine Tasche gesteckt. An einem Tag habe ich auf dem Weg zur Arbeit ein Eichhörnchen überfahren und nicht angehalten. Ich habe völlig vergessen, dass eine meiner Kolleginnen in den Ruhestand ging, und hatte kein Geschenk für sie. Also habe ich so getan, als würde es mir mitten in meiner Schicht ganz schlecht gehen, damit ich früher nach Hause fahren konnte und nicht zu ihrer Party gehen musste. Bei der Arbeit gibt es viele Dinge, die die Leute für eklig halten, die ich aber mache, ohne mit der Wimper zu zucken. Aber wenn ein Patient mich bittet, ihm die Zehennägel zu schneiden, muss ich immer eine meiner Kolleginnen anflehen, das für mich zu übernehmen, weil ich mich sonst übergeben würde.«

Cole sah Sarah blinzelnd an. Sie lächelte zu ihm auf, während sie all die ihrer Meinung nach schlechten Dinge auflistete, die sie getan hatte.

»Wir sind nicht perfekt, Cole. Ich erwarte nicht, dass du ein Bilderbuchfreund bist. Ich mag dich so, wie du bist. Ein bisschen rau und ungehobelt. Ich fühle mich bei dir sicher. Als müsste ich niemals fürchten, dass jemand meinen Hang zur Nettigkeit ausnutzt, wenn du über mich wachst. Ich will, dass du einfach nur du selbst bist. Ich werde Fehler machen, genau wie du.«

»Meine Fehler werden schlimmer sein, als die Ruhestandsfeier von jemandem zu vergessen«, sagte er trocken.

»Solange du mich nicht schlägst, mir keine Schimpfnamen gibst, mich nicht in einen Schrank sperrst und mich nicht betrügst ... werde ich dir verzeihen.«

»Verdammt. Ich habe dich nicht verdient.«

»Das ist ja die Sache. Ich glaube, wir verdienen uns gegenseitig.«

Cole zog sie in die Arme und kniff die Augen zu. Er vergrub sein Gesicht in ihrem Haar und schwor: »Ich werde niemals die Hand gegen dich erheben. Ich werde dich nie mit etwas anderem als *Engel* und anderen liebevollen Namen anreden. Ich werde dich niemals in einen Schrank sperren, es sei denn, ich ziehe dich auf einer überfüllten Party in einen hinein, um dich zu vernaschen.« Er zog sich zurück und starrte ihr tief in die Augen. »Und ich werde dich *niemals* betrügen.«

»Okay.«

Und das war es.

Cole war sich nicht sicher, was er erwartet hatte. Dass sie ihm zustimmte, dass er ein schlechter Mensch war, und ihn aus dem Haus warf? Dass sie entsetzt über die Dinge wäre, die er ihr erzählte? Aber er hätte es besser wissen müssen.

So war Sarah nicht. Sie sah in jedem das Gute – so war sie einfach gestrickt. Es war etwas, das ihn zu Tode erschreckte. Aber von nun an würde sie *ihn* haben. Er würde immer dafür sorgen, dass niemand sie verarschen würde.

Er hatte das Gefühl, dass ihre Väter dieselbe Güte in ihr gesehen hatten, als sie noch ein Kind war. Und dass sie alles in ihrer Macht Stehende getan hatten, um dies zu bewahren, sie jedoch gleichzeitig vor der Scheiße beschützten, die das Leben zu bieten hatte.

»Habe ich dich geweckt?«, fragte er und versuchte, ihr sehr emotionales Gespräch hinter sich zu lassen.

Sie schüttelte den Kopf. »Ich war schon wach. Ich war nur faul und lag noch im Bett und habe versucht, die Energie aufzubringen, mich zu bewegen.«

»Warum gehst du nicht hoch, duschst dich und ziehst dich an? Ich mache uns etwas zu essen und dann können wir das Arbeitszimmer in Angriff nehmen und was du sonst noch packen und sortieren willst.«

Sarah starrte ihn einen Moment lang an, bevor sie nickte. »In Ordnung. Und falls ich später vergessen sollte, mich zu bedanken ... danke, dass du heute hier bist, um mir zu helfen.«

Cole wusste genau, dass sie auf gar keinen Fall vergessen würde, sich später bei ihm zu bedanken, aber er ließ es ihr durchgehen. »Nichts zu danken, Engel. Und wenn du dort oben in der Dusche Hilfe brauchst, ruf mich einfach.«

Sie errötete, rollte jedoch mit den Augen.

Es gefiel ihm, wie er sie necken konnte. Er hatte sich noch nie so wohl in der Nähe einer Frau gefühlt. Cole beugte sich hinunter und küsste sie auf die Stirn, bevor er einen Schritt zurücktrat. Sofort vermisste er das Gefühl von ihr in seinen Armen, aber er wusste, dass sie nicht den ganzen Tag wie aneinander geklebt dort herumstehen konnten. Er musste ihr helfen, ihre Sachen zu packen und zu entscheiden, was gespendet werden konnte und was sie behalten wollte. Nicht vieles von ihren Dingen würde in die neue Wohnung passen, aber der Rest konnte eingelagert werden, bis sie bereit war, in eine größere Wohnung zu ziehen.

Natürlich ging ihm der Gedanke nicht aus dem Kopf, dass sie in *seine* Wohnung einziehen könnte, wenn sie bereit dazu war. Oder dass sie gemeinsam in eine größere Wohnung in ihrem Wohngebäude ziehen könnten, sobald eine frei wurde.

Es war noch zu früh, um überhaupt an ein Zusammenleben zu denken, aber er konnte den Gedanken einfach nicht abschütteln. Wie gern wäre er jeden Tag mit ihr in seinen Armen aufgewacht.

Sie lächelte ihn an und strich sich eine Haarsträhne hinter das Ohr. Dann drehte sie sich um und ging ohne ein weiteres Wort die Treppe hinauf. Cole stand einfach nur dort und starrte auf ihren Hintern und ihre Beine, bis er sie nicht mehr sehen konnte. Dann schüttelte er sich und ging in die Küche, um nachzusehen, was er zum Frühstück zubereiten konnte.

Er wusste tief in seiner Seele, dass er in dieser Beziehung das bessere Los gezogen hatte. Aber er hatte ihr die Chance gegeben, sich zurückziehen. Und sie hatte sie nicht ergriffen.

Sarah Butler gehörte ihm. Und zwar endgültig.

KAPITEL ZEHN

Sarah spielte nervös mit den Fingern, als sie am selben Tisch bei Ace Security saß, an dem sie bereits ein paar Wochen zuvor Platz genommen hatte. Der Vormittag war gut verlaufen, obwohl sie ihr ganzes Leben zusammenpacken musste, um sich auf etwas Neues und Beängstigendes einzulassen. Cole hatte dafür gesorgt, dass sie nicht zu emotional wurde, und hatte den Prozess sogar unterhaltsam gemacht. Sie konnte ihm all die lustigen Geschichten über Mike und Jackson erzählen, an die sie sich erinnern konnte, und es war erlösend gewesen.

Der Besuch im Apartmentgebäude, um den Papierkram für die Hintergrundprüfung zu unterschreiben, war schnell und reibungslos abgelaufen und der Verwalter war sehr nett gewesen. Er hatte sie auch wissen lassen, dass in nicht allzu ferner Zukunft eine Vierzimmerwohnung frei werden würde. Die Familie, die derzeit darin wohnte, wollte nach Tennessee umziehen. Sie hatte ihm versprochen, darüber nachzudenken, aber später hatte Cole sie ermutigt, die Wohnung zu nehmen, sobald sie verfügbar wäre.

Vier Zimmer schienen zu viel zu sein und eine höhere

monatliche Miete war abschreckend, nachdem sie so lange keine hatte zahlen müssen. Aber etwas in Coles Blick hatte sie dazu gebracht, die Idee nicht vollständig abzulehnen.

Und selbst jetzt, Stunden später, konnte Sarah schwören, dass sie noch immer seine Lippen auf ihren spüren konnte. Als er sie an diesem Morgen überrascht und geküsst hatte, hatte sich das so richtig angefühlt. Alles in ihr hatte gekribbelt und sie hatte sich in seinen Armen gefühlt, als wäre sie nach Hause gekommen. Also kam sie nicht umhin, darüber nachzudenken, die größere Wohnung mit Cole zu teilen. Was verrückt war. Nach so kurzer Zeit zusammenzuziehen schien wahnsinnig zu sein. Aber sie konnte den Gedanken nicht abschütteln. Dies war jedoch eine Unterhaltung, die sie zu einem späteren Zeitpunkt führen würden.

Im Moment war sie verdammt nervös zu hören, was Logan und sein Team über Owen herausgefunden hatten.

»Wie geht es Ihnen heute, Sarah?«, fragte Logan.

»Es geht mir gut. Ich habe drei Tage frei, bevor ich wieder arbeiten muss, und Cole hat mir geholfen, ein paar Dinge in meinem Haus zu sortieren, sodass ich es bald auf den Markt bringen kann. Es ist ein guter Zeitpunkt, denn sobald die Hintergrundprüfung für die neue Wohnung hier in der Stadt durch ist, kann ich einziehen.« Sie stöhnte innerlich. Sie hatte nicht vorgehabt, so viel zu reden, aber Logan hatte etwas an sich, das sie wirklich nervös machte.

Er grinste, als könnte er ihre Gedanken lesen. »Das sind alles gute Nachrichten.«

Sie nickte. »Ja. Und ich hoffe, dass alles, was Sie mir zu sagen haben, das Sahnehäubchen auf meinem Eisbecher guter Nachrichten sein wird, den ich heute genieße.« Sie wollte die Worte bereits in der Sekunde zurücknehmen, in der sie sie ausgesprochen hatte. Kein Wunder, dass immer alle dachten, sie wäre so verdammt nett. Andauernd sagte sie so dummes Zeug.

Der Art nach zu urteilen, wie das Lächeln von Logans Gesicht verschwand, wusste sie sofort, dass die Dinge nicht so laufen würden, wie sie es gehofft hatte.

»Leider konnten wir nicht so viel herausfinden, wie wir es gern hätten«, sagte Logan und sah Blake an.

»Stimmt. Also, Alexis war in der Lage, Kopien seiner Beurteilungen von den Schnellrestaurants zu bekommen, in denen er gearbeitet hat. Sie sagen im Grunde genommen gar nichts aus. Er war als Mitarbeiter okay, aber nicht großartig. Er war nicht super zuverlässig und hat wegen seiner Mutter oft bei der Arbeit gefehlt. Ein Manager schrieb, dass er oft zu spät kam, weil er nicht selbst Auto fährt.«

»Wenn er nicht fährt, wie kann er dann seine beschissenen Geschenke bei ihr zu Hause deponieren?«, fragte Cole.

Blake zuckte mit den Schultern. »Alexis hat die Unterlagen der Zulassungsstelle geprüft und festgestellt, dass er keinen Führerschein hat. Aber das heißt ja nicht, dass er nicht fährt, besonders jetzt, da seine Mutter verstorben ist.«

»Können wir keinen Aufruf schalten, nach seinem Wagen Ausschau zu halten, und die Polizei dazu bringen, ihn wegen Fahrens ohne Führerschein zu schnappen?«, fragte Cole.

»So einfach ist das nicht«, sagte Logan. »Es muss einen Grund für eine Fahndung geben. Und keinen Führerschein zu haben reicht nicht aus. Du wärst schockiert über die Anzahl der Menschen, die mit einem entzogenen oder gesperrten Führerschein herumfahren. Oder sogar völlig ohne Führerschein.«

»Scheiße«, murmelte Cole. »Was noch?«

»In Ordnung, er war also nicht der beste Mitarbeiter,

aber auch nicht der schlechteste. Er wurde von keinem seiner Jobs gefeuert, sondern hat immer selbst gekündigt.« Blake schaute Sarah an. »Haben Sie die Kameras an Ihrem Haus installiert, wie wir es letztes Mal vorgeschlagen haben?«

Sie biss sich auf die Lippe und schüttelte den Kopf. »Nein. Da ich umziehe, dachte ich, es wäre Zeitverschwendung.«

Logan seufzte und Ryder presste die Lippen zusammen, als wäre er enttäuscht.

»Ich dachte, du hättest sie bestellt«, sagte Cole leise.

»Das wollte ich auch, aber zwischen der Arbeit und dem Packen habe ich es immer wieder vergessen. Ich weiß, das ist eine beschissene Ausrede. Ich hätte es tun sollen, okay? Ich gebe es zu. Es tut mir so leid.« Sie hatte das Gefühl, als hätte sie alle enttäuscht, und fühlte sich gleichzeitig unglaublich dumm. Sie war diejenige, die um ihre Hilfe gebeten hatte. Sie war diejenige, die sich nicht sicher fühlte. Und doch saß sie hier und benahm sich wie eine dieser hirnverbrannten Frauen aus einem Horrorfilm, die sich hinter einem Schuppen mit Äxten und Messern versteckten.

»Das ist schon in Ordnung«, sagte Logan zu ihr. »Was geschehen ist, ist geschehen. Wann können Sie in die Wohnung einziehen?«

Cole antwortete, bevor sie es konnte. »Nächste Woche, sobald der Verwalter die Hintergrundprüfung beendet hat.«

»Ich werde dafür sorgen, dass das beschleunigt wird«, sagte Ryder.

Logan nickte.

Blake fuhr fort: »Alexis hat Aubreys Sterbeurkunde ausfindig gemacht und der Gerichtsmediziner hat Organversagen als endgültige Todesursache angegeben. Leukämie wurde jedoch als mitwirkender Faktor aufgeführt.«

Sarah nickte. Das hatte sie gewusst. Die ältere Frau war in keiner guten Verfassung gewesen, während sie im Krankenhaus war. Es war nur eine Frage der Zeit gewesen, bis sie verstarb.

»Seit ihrem Tod wurde die Hypothek nicht mehr bezahlt«, sagte Nathan und schaltete sich in das Gespräch ein. »Ich bin neulich nachmittags mit Joel in die Nachbarschaft gefahren. Er musste mindestens ein Dutzend dieser blöden Gutschein-Heftchen für eine Schulspendenaktion verkaufen und ich dachte mir, diese Nachbarschaft wäre so gut wie jede andere, um sie abzuklappern.«

»Und eine gute Gelegenheit, euch das Haus dabei näher anzusehen«, sagte Blake.

»Aber war es nicht gefährlich für Joel, in Owens Nähe zu kommen?«, fragte Sarah und kaute auf ihrer Lippe.

»Erstens hat Owen keine Ahnung, wer ich oder Joel sind«, sagte Nathan. »Er hätte keinen Grund, irgendetwas zu vermuten. Zweitens würde ich *niemals* etwas tun, was den Jungen in Gefahr bringen könnte. Ich habe ihm alles darüber erzählt, warum ich dort hinfahren wollte, und er war wahnsinnig aufgeregt, bei einer ›Operation‹ dabei zu sein, wie er es nannte. Und drittens ist das alles egal, weil niemand zu Hause war, als wir geklopft haben.«

»Was habt ihr entdeckt?«, fragte Ryder. »Ich nehme an, dass ihr euch das Haus näher angesehen habt.«

»Natürlich haben wir das. Es sah so aus, als wäre der Rasen schon seit Monaten nicht mehr gemäht worden. Die Vorhänge am Fenster an der Vorderseite des Hauses waren zugezogen, aber wir sind zur Rückseite gegangen, um an der Hintertür zu klopfen. Durch ein großes Fenster auf der hinteren Veranda konnten wir direkt ins Haus hineinschauen. Es war ein einziges Chaos. Schmutziges Geschirr mit angetrockneten Essensresten stapelte sich in der Spüle. Überall lag Müll herum. Ich weiß nicht, ob Owen dort gelebt hat oder nicht, aber es war ein Schweinestall.«

Sarah konnte den Anflug von Mitleid nicht verhindern, der sie überkam.

»Was hast du gerade gedacht?«, fragte Cole neben ihr. Er wusste immer ganz genau, was sie fühlte.

»Es ist nur so, dass ... Owen war so besorgt um seine Mutter. Und als ich dieses kurze Gespräch mit ihr führte, als Owen nicht im Zimmer war, war sie genauso besorgt um ihn. Sie sagte etwas darüber, dass sie sich immer um ihn gekümmert habe und dass sie nicht wüsste, was er tun wird, wenn sie weg ist.«

Die Männer nickten alle, als ergäbe das unordentliche Haus völligen Sinn. Aber Owen war ein Erwachsener. Es gab keinen Grund, warum er das Haus nicht aufräumen konnte. Doch andererseits hatte er auch die Hypothek nicht bezahlt, seit seine Mutter verstorben war.

Nichts davon ergab einen Sinn und Dinge, die keinen Sinn ergaben, machten sie sehr nervös.

»Was uns zu dem wichtigsten Punkt bringt, den Alexis bei ihren Nachforschungen herausgefunden hat«, sagte Blake. »Die Behindertenzahlung, die Owen jeden Monat erhält, ist darauf begründet, dass er eine geistige Behinderung hat.«

Die Worte ließen Sarah überrascht blinzeln. Sie schüttelte den Kopf. »Nein, das kann nicht sein. Als wir zusammen zu Mittag gegessen haben, war er völlig normal.«

»Es gelingt Menschen wie Owen, die einen niedrigen Intelligenzquotienten haben, oft, ihre Behinderung zu verstecken. Sie scheinen genauso wie alle anderen zu sein, aber sie denken letztendlich nicht so wie alle anderen.«

»Wie hoch ist sein Intelligenzquotient?«, fragte Ryder.

»Das haben wir in den Unterlagen nicht gefunden«, sagte Blake zu der Gruppe. »Aber ich habe etwas recherchiert. In den Vereinigten Staaten allein gibt es zwischen sechs und sieben Millionen Menschen, die in irgendeiner Form geistig behindert sind. Die meisten Menschen haben einen Intelligenzquotienten zwischen achtzig und einhundertzwanzig, wobei einhundert der Durchschnitt ist. Ein Wert von neunundsechzig oder weniger ist das, was eine Person haben muss, um als zurückgeblieben eingestuft zu werden – oder als geistig behindert, was der politisch korrekte Begriff ist. Um das in Perspektive zu setzen, ein Wert zwischen sechzig und siebzig ist das schulische Äquivalent zu einem Drittklässler.

Aber hier ist die Sache: Menschen, die geistig behindert sind, können in grundlegenden Fähigkeiten eingeschränkt sein, die notwendig sind, um den Alltag zu bewältigen. Dinge wie Selbstpflege und soziale Fähigkeiten unter anderem. Manchmal sind sie nicht in der Lage, Anweisungen zu befolgen oder sich in sozialen Situationen angemessen zu verhalten.«

»Also ... als Owen mit dem Rücken zur Aufzugtür stand, lag es vielleicht daran, dass er die ungeschriebenen Regeln in einem Aufzug oder die des persönlichen Raumes von Menschen einfach nicht verstanden oder gekannt hat«, sagte Sarah.

Blake nickte. »Genau.«

»Und die Geschenke, die er hinterlässt, sind nicht wirklich gefährlich. Er weiß nur einfach nicht, dass er mir mit dem, was er tut, Angst macht.«

»Vielleicht, vielleicht auch nicht«, sagte Blake und schüttelte den Kopf. »Sie haben recht. Er versteht vielleicht nicht ganz, wie Sie über seine Geschenke denken, aber das heißt nicht, dass er nicht gefährlich ist.«

Sarah erschauderte und selbst Coles Hand auf ihrem Bein half nicht, um sich besser zu fühlen.

»Es gibt zahlreiche dokumentierte Fälle von Männern mit niedrigem Intelligenzquotienten, die abscheuliche Verbrechen begangen haben. Billy Wayne White wurde für schuldig befunden, einen fünfundsechzigjährigen Möbelhändler ohne Provokation erschossen zu haben, nur weil er Geld wollte. Ebenfalls in den siebziger Jahren vergewaltigte und tötete Johnny Paul Penry eine Frau, der er ein paar Wochen vor der Tat ein Haushaltsgerät geliefert hatte.«

»Warum haben Mörder immer drei Namen?«, flüsterte Sarah zu niemand Bestimmtem.

»Die meisten Menschen haben drei Namen«, sagte Ryder mit einem Lächeln. »Es ist nur so, dass die Medien gern alle drei benutzen, wenn sie über schreckliche Verbrechen berichten.«

»Ich will nur darauf hinaus, dass diese beiden Typen ebenfalls einen niedrigen Intelligenzquotienten hatten. Nur weil jemand die geistigen Fähigkeiten eines Kindes hat, heißt das nicht, dass er nicht gefährlich ist«, sagte Blake. »Und ich habe gelesen, dass viele Menschen, die geistig behindert sind, trotzdem genau wissen, dass sie die am wenigsten intelligente Person ihrer Gruppe sind ... was auch immer diese Gruppe ist. Also tun sie ihr Bestes, um es zu verbergen. Sie können ihren täglichen Aktivitäten nachgehen und andere denken vielleicht, dass sie ein wenig seltsam sind, aber sie verstehen das Ausmaß ihrer Behinderung nicht.«

»Wow, Sie haben das wirklich gut recherchiert«, sagte Sarah leise.

Blake beugte sich vor. Mit seinen braunen Augen starrte

er sie mit solch durchdringender Intensität an, dass Sarah den Blick nicht von ihm abwenden konnte. »Cole heißt vielleicht nicht Anderson, aber er ist genauso mein Bruder wie die anderen drei Männer an diesem Tisch. Und Sie sind ihm wichtig – also sind Sie uns auch wichtig. Wir haben alle gelernt, niemals diejenigen zu unterschätzen, die unseren Frauen Schaden zufügen wollen. Also ja, Sarah, ich habe es genau recherchiert.«

Sie war sprachlos. Ein Kloß steckte in ihrem Hals und sie musste mehrfach schlucken, um nicht in Tränen auszubrechen. Sie hatte sich fast ihr ganzes Leben lang allein gefühlt. Ja, Mike und Jackson hatten sie adoptiert und ihr zum ersten Mal das Gefühl gegeben, Teil einer Familie zu sein. Aber ein Pflegekind zu sein bedeutete normalerweise, sich stets ein wenig wie ein Außenseiter zu fühlen.

Cole schlang seine Hand um ihren Hinterkopf und zog sie zu sich heran. Er küsste ihre Schläfe und behielt seine Lippen einen langen Augenblick dort.

»Also ...«, sagte Logan und brach das emotionsgeladene Schweigen. »Wir wissen, dass Owen geistig behindert und in Sarah verknallt ist. Seine Mutter ist verstorben und war vermutlich seine Hauptbezugsperson. Wir wissen nicht, wie hoch sein Intelligenzquotient ist oder ob er eine tatsächliche Gefahr für Sarah darstellt oder nicht. Und – ganz wichtig – wir haben keine Ahnung, wo er sich aufhält. Lebt er im Haus oder befindet er sich irgendwo anders? Ryder, hat dein Freund Rex irgendetwas über andere mögliche Familienmitglieder von Owen und Aubrey herausfinden können?«

»Nein. Nichts. Es gab kein Testament«, sagte Ryder. »Was bedeutet, dass alles automatisch an ihren nächsten lebenden Verwandten ging, und das ist Owen selbst. Und das macht Sinn, wenn man alles bedenkt, was wir jetzt wissen. Aber er hat noch keinen Anwalt kontaktiert, um den Ball ins Rollen zu bringen. Ihre Konten wurden bisher auch nicht angerührt. Es ist Geld da, um die Hypothek zu zahlen, aber ich vermute, dass Owen einfach nicht die geistigen Fähigkeiten hat, um zu wissen, wie man das macht.«

Wieder herrschte langes Schweigen am Tisch.

»Wo wohnt er denn dann?«, fragte Sarah. Der Mann tat ihr tatsächlich leid. »Es muss sehr beängstigend für ihn gewesen sein, als seine Mutter verstorben ist. Vor allem, wenn er die geistigen Fähigkeiten eines Drittklässlers hat.«

»Ja, es ist auf jeden Fall eine heikle Situation«, sagte Nathan. »Wir müssen ihn finden. Das ist das Allerwichtigste. Sobald wir das getan haben, können wir dafür sorgen, dass er begutachtet wird und die Hilfe bekommt, die er braucht.«

Sarah schaute zu Cole hinüber. Er war die meiste Zeit des Gesprächs still gewesen, aber sie konnte sehen, dass er nicht glücklich war. Sein Kiefer zuckte, als würde er die Zähne zusammenbeißen, und er hatte die Stirn tief gerunzelt.

»Cole? Was ist los?«

»Ich mache mir nur Sorgen, dass das Wissen um seine geistige Behinderung uns alle unvorsichtig werden lässt. Die Tatsache, dass er unauffindbar ist, ist nicht gut. Besonders nicht, wenn er nicht wie ein Erwachsener denken kann. Worauf will er hinaus? Will er ihr einfach nur für den Rest seines Lebens Geschenke schicken? Das kaufe ich ihm einfach nicht ab.«

»Es ist möglich, dass *er* nicht weiß, worauf er hinauswill«, sagte Nathan. »Es hat Zeiten gegeben, in denen Joel versucht hat, seine Schwester oder mich zu manipulieren. Er konnte es jedoch nicht durchziehen, weil er nicht an die Konsequenzen seines Handelns gedacht hat.«

»Deshalb fühle ich mich auch nicht besser«, murmelte Cole.

»In Ordnung«, sagte Logan entschlossen. »Der Plan ist, dass Sarah die restlichen Sachen in ihrem Haus einpackt. Dass die Dinge eingelagert werden, die sie behalten möchte, und dass sie das Haus so herrichtet, dass es sich zügig verkaufen lässt. Sie wird in die Wohnung hier in Castle Rock ziehen, damit sie in Sicherheit ist. Und wir werden weiterhin alles tun, um Owen zu finden. Wir werden die Polizei erneut mit unseren Erkenntnissen kontaktieren und …«

»Aber werden Sie keine Schwierigkeiten bekommen?«, unterbrach Sarah ihn.

»Schwierigkeiten?«, fragte Logan und runzelte die Stirn.

»Ja. Ich meine, Sie durften sich doch wahrscheinlich nicht in die Akten hacken und all diese Dinge über seine Behinderung herausfinden. Wenn Sie das vor der Polizei zugeben, könnten Sie in Schwierigkeiten geraten.«

Alle fünf Männer grinsten.

Sarah schaute verwirrt von einem zum anderen. »Was?«

»Du hast recht, sie ist nett«, sagte Ryder grinsend zu Cole.

»Ich weiß«, erwiderte Cole.

»Im Ernst, ich habe nicht unrecht«, beharrte Sarah.

»Ich weiß Ihre Besorgnis sehr zu schätzen, aber wir haben ein paar Freunde bei der Polizei. Die werden nicht fragen, woher wir wissen, was wir wissen. Sie haben über die Jahre gelernt, das nicht zu tun«, erklärte Logan ihr.

»Oh.«

»Darf ich fortfahren?«, fragte er lächelnd.

»Ja, Entschuldigung.«

»Wie dem auch sei, wir werden uns mit der Polizei und vielleicht sogar mit einem Vertreter der staatlichen Organisation für geistige Gesundheit zusammensetzen. Es klingt danach, als würde Owen wahrscheinlich davon profitieren, in einer Wohngruppe zu leben, die darauf spezialisiert ist, Menschen wie ihm zu helfen, sich im Leben zurechtzufinden.«

Sarah gefiel, wie das klang. Der letzte Ort, an dem geistig behinderte Menschen sein sollten, war ein Gefängnis. Sie konnten nichts dafür, dass sie so geboren wurden, wie sie waren.

Plötzlich erschien ihr alles an Aubreys Krebserkrankung noch trauriger. Als sie starb, musste sie gewusst haben, dass Owen auf sich allein gestellt sein würde. Sarah ärgerte sich darüber, dass die Frau nicht mehr getan hatte, um sicherzustellen, dass für ihren Sohn gesorgt werden würde, bevor sich ihre Gesundheit so verschlechtert hatte.

»Sarah, tun Sie weiter, was Sie bereits tun. Seien Sie vorsichtig, schreiben Sie Cole Nachrichten, wenn Sie das Haus verlassen und wenn Sie nach Hause kommen. Parken Sie so nahe wie möglich am Eingang des Krankenhauses. Wenn Sie noch mehr Geschenke erhalten, machen Sie Fotos und lassen Sie es uns und Cole so schnell wie möglich wissen. Es ist nur eine Frage der Zeit, bis wir Owen finden werden. Wir müssen nur etwas umdenken. Wie ein Kind denken. Wenn er Angst hat oder hungrig ist, wo würde er dann hingehen? Sobald wir das herausgefunden haben, können wir ihm die Hilfe verschaffen, die er braucht.«

»Vielen Dank«, sagte Sarah. Das Treffen heute hatte viel dazu beigetragen, ihre Ängste zu mildern. Es gefiel ihr zwar nicht, dass Owen nicht auffindbar war, aber zu wissen, dass er wahrscheinlich kein Serienmörder war, der ihr auflauern würde, um sie in die Finger zu kriegen und sie zu seiner eigenen kleinen Sexsklavin zu machen, beruhigte sie ein wenig.

»Nur weil er eine verminderte geistige Leistungsfähigkeit hat, ist er nicht ungefährlich«, erinnerte Blake sie, als könnte er ihre Gedanken lesen. »Es gibt mehrere Männer wie Owen, die im ganzen Land in Todeszellen sitzen, weil sie abscheuliche Morde begangen haben.«

»Ach du liebe Güte. Vielen Dank für diese Vorstellung«, murmelte Sarah.

»Wir tun, was wir können, um Sie zu schützen. Aber Sie müssen auch weiterhin Ihren eigenen Teil dazu beitragen«, sagte Logan. »Sie haben sich überhaupt erst an uns gewandt, weil Sie unruhig waren und Angst hatten. Seitdem hat sich nichts verändert. Verstehen Sie das? Nur weil wir ein wenig mehr über Owen wissen, heißt das nicht, dass die Gründe für Ihre Beunruhigung verschwunden sind.«

Sarah nickte. Das verstand sie. Wirklich. Aber ein Teil von ihr war trotzdem ein wenig erleichtert, weil sie wusste, dass Owen nicht wie ein normaler Erwachsener dachte.

»Ich werde auf sie aufpassen«, sagte Cole.

Die anderen Männer nickten alle.

Sie hätte sich über diese Anmaßung ärgern sollen. Aber das konnte sie nicht. Wenn Cole auf sie aufpasste, bedeutete das, dass er in der Nähe sein würde. Und dieser Gedanke gefiel ihr.

»Wir lassen es euch beide wissen, wenn wir weitere sachdienliche Informationen finden oder seinen Aufenthaltsort ausfindig machen«, sagte Logan, als er aufstand.

»Danke«, sagte Sarah.

»Felicity hat etwas von einem baldigen Mädchenabend erwähnt«, sagte Ryder zu den anderen, schaute dabei jedoch Sarah an.

Sie runzelte die Stirn. Warum starrte er sie so an?

»Sie haben gesagt, dass Sie die nächsten drei Tage freihaben. Schließt das den heutigen Tag mit ein oder erst ab morgen?«, fragte Ryder.

»... einschließlich heute«, entgegnete sie.

Ryder sah Cole an und Sarah folgte seinem Blick gerade noch rechtzeitig, um zu sehen, dass Cole den Kopf schüttelte. Als sie wieder zu Ryder schaute, grinste der. »Heute Abend ist also raus. Wie wäre es mit morgen?«

Sarah starrte ihn einfach nur an.

»Sarah? Haben Sie morgen Abend schon was vor?«

»Ich?«, fragte sie verwirrt.

Ryder und die anderen lachten leise. »Ja, Sie. Wollen Sie einen Frauenabend mit Grace, Alexis, Bailey und Felicity verbringen?«

Sie konnte Ryder nur weiter stirnrunzelnd ansehen.

»Ja, das möchte sie«, sagte Cole zu seinem Freund. »Sie wird bei mir sein, also schick mir einfach die Details und ich sorge dafür, dass sie da ist.«

»Cool. Wir treffen uns alle bei Logan, weil er auf die Babys aufpassen muss, und warten dort, bis sie fertig sind. Wenn sie genug haben, fahren wir rüber und holen sie ab.«

»Klingt gut.«

Sarah drehte den Kopf wie bei einem Tennisspiel zwischen den Männern hin und her.

Cole schlang seinen Arm um ihre Taille und führte sie zur Tür. »Bis morgen!«, rief er.

Sie stolperte ein wenig, als sie sich umdrehte und den anderen Männern zuwinkte. Cole grinste, wurde jedoch nicht langsamer. Erst als sie draußen standen und auf seinen Wagen zusteuerten, fand sie ihre Stimme wieder. »Was war das gerade?«, fragte sie.

»Ryder hat dich eingeladen, morgen Abend mit den anderen Frauen abzuhängen. Sie versuchen, sich mindestens einmal im Monat zu treffen, aber meistens ist es öfter.

Normalerweise gehen sie in die Kneipe dort drüben«, er zeigte auf die andere Straßenseite zur Rock 'n' Roll Bar, »aber weil Grace immer noch nervös wird, wenn sie ihre Kinder zu lange aus den Augen lässt, Bailey schwanger ist, Alexis nichts verträgt und Felicity sich stets nach ihrem Mann sehnt, wenn sie betrunken ist, dauern die Treffen meistens nur bis etwa zehn Uhr abends.«

Sarah blieb mitten auf dem Bürgersteig stehen und Cole war gezwungen, ebenfalls anzuhalten. »Und sie wollen, dass *ich* dabei bin?«

Coles Gesicht wurde weicher. »Ja, Engel.«

»Warum?«

»Darum. Sie mögen dich. Du bist jetzt eine von ihnen.«

»Wie kommen sie denn darauf?«

Cole musterte sie und holte tief Luft. »Ich will dir keine Angst machen, aber ich sage es jetzt einfach mal ganz offen. Du bist mit mir zusammen, Sarah. Wir gehen miteinander aus. Ich spreche bei der Arbeit über fast nichts anderes als über dich – und Felicity ist sich sehr bewusst, dass ich nie über Frauen spreche, mit denen ich ausgehe. Und es ist ewig her, dass ich überhaupt mit irgendwem ausgegangen bin. Sie ist eine meiner besten Freundinnen und sie möchte dich kennenlernen. Und da sie Grace' beste Freundin ist, möchte sie dich ebenfalls kennenlernen. Und da Alexis und Bailey ihre Schwägerinnen sind – nun, nicht offiziell, aber sie könnten es genauso gut sein –, wollen sie dich auch besser kennenlernen. Als Felicity gehört hat, dass du heute in der Stadt bist und die nächsten paar Tage frei hast *und* dass ich außerdem einen Weg finden wollte, dich in diesen drei Tagen so lange wie möglich hier bei mir zu behalten, hat sie die anderen angerufen und einen Mädchenabend organisiert.«

»Oh.«

Cole lächelte. »Ist das alles, was du dazu sagen wirst?«

»Ich denke schon, ja.«

»Also gut. Wie wäre es, wenn wir uns etwas zu essen besorgen?«

Sarah nickte und dachte immer noch an das, was Cole gerade gesagt hatte. Sie hatte nie Freundinnen gehabt. Sie wusste nicht wirklich, wie sie mit anderen Frauen umgehen sollte. An der Mittelschule und Highschool hatten die anderen immer gedacht, sie wäre zu sehr Musterkind, um Zeit mit ihr zu verbringen. Also lernte sie fleißig, machte ihre Väter stolz und bekam immer nur Einsen. Als sie ihre Ausbildung zur Pflegeassistentin machte, war sie zu sehr mit der Arbeit und dem Lernen beschäftigt, als dass sie sich Gedanken über das Ausgehen und Abhängen mit Gleichaltrigen gemacht hätte. Sie hatte ihren Job bekommen ... und dann wurden ihre Väter getötet und sie hatte seitdem nur noch versucht, ihren Kopf emotional über Wasser zu halten.

Cole hielt die Tür fest, bis sie auf der Beifahrerseite seines Wagens Platz genommen hatte. Dann ging er zur Fahrerseite herum. Sobald er im Wagen saß, erinnerte sie sich an etwas anderes, das er zu Ryder gesagt hatte.

»Also ... ich werde bei dir sein?«

Cole wandte sich ihr hoffnungsvoll zu. »Ich möchte, dass du heute Abend bei mir übernachtest.« Er sprach schneller, als würde sie eher zustimmen, wenn er die Worte schnell herausbrachte. »Ich habe ein Gästezimmer, will mir also nichts anmaßen. Ich möchte nur so viel Zeit wie möglich mit dir zusammen verbringen, dich besser kennenlernen und dafür sorgen, dass du in Sicherheit bist. Bis Owen gefunden ist, fühle ich mich unbehaglich dabei, wenn du alleine herumtollst. Und das, obwohl du erwachsen und schon seit Jahren auf dich allein gestellt bist. Und obwohl ich dir Selbstverteidigungsunterricht gebe. Aber du hast gesagt, Owen wiegt mindestens fünfzig Kilo mehr als du. Er könnte dich also leicht überrumpeln und überwältigen. Ich versuche, kein kontrollierender Freund zu sein, aber ich kann nicht anders. So bin ich nun mal. Ich mache mir um jeden Sorgen. Frage einmal Felicity. Ich war die größte Nervensäge, als ihr Stalker hinter ihr her war.«

Als er innehielt, um Luft zu holen, legte Sarah ihre Hand auf seinen Oberschenkel, um ihn zum Schweigen zu bringen. Sie hatte ihn noch nie so nervös gesehen. Es war verdammt niedlich – und sie verliebte sich dafür sogar noch mehr in ihn. »Ich bleibe bei dir«, sagte sie sanft, »unter einer Bedingung.«

»Alles, was du willst«, sagte Cole und seufzte mit halb geschlossenen Augen erleichtert auf.

»Ich weiß nicht, was ich morgen Abend anziehen soll. Kannst du mir helfen und vielleicht mit mir einkaufen gehen? Ich habe keine Sachen dabei und die meisten meiner Klamotten, abgesehen von meinen Schwesternkitteln und Jeans, sind bereits in Kartons in meinem Haus gepackt.«

Cole streckte den Arm aus, schlang die Hand um ihren Nacken und zog sie über die Mittelkonsole zu sich hinüber. »Es gibt niemanden auf der Welt, der mich dazu bringen könnte, einen Fuß in ein Kaufhaus zu setzen ... außer dir. Ja, ich gehe mit dir einkaufen, Engel. Ich gehe mit dir überall hin, wohin auch immer du willst.«

Ihre Gesichter waren sich nahe und Sarah konnte den Blick nicht von Coles Lippen abwenden. »Danke«, flüsterte sie.

»Wir können deine Sachen waschen, bevor wir ins Bett gehen. Ich weiß, es ist nicht ideal, zwei Tage hintereinander das Gleiche zu tragen, aber ich glaube, es ist immer noch besser, als wenn du meine Sachen anziehst. Obwohl ich nichts dagegen hätte, dir eins meiner T-Shirts zu leihen, das du im Bett tragen kannst.«

Die Vorstellung, eines seiner riesigen T-Shirts zu tragen und sonst nichts, ließ Sarah unruhig auf ihrem Platz hin und her rutschen.

»Ich hätte daran denken sollen, dich zu bitten, eine Tasche zu packen. Aber ich wollte nicht, dass du Nein sagst«, gab Cole zu. »Das tut mir leid. Ich weiß, dass Mädchen gern ihre eigenen Sachen bei sich haben.«

»Solange du eine unbenutzte Zahnbürste für mich findest und Shampoo hast, ist alles gut«, sagte sie zu ihm.

»Habe ich.«

»In Ordnung.«

Cole schloss kurz die Augen, bevor er ihr wieder tief in ihre schaute. »Ich werde dich nicht enttäuschen«, schwor er.

Sarah nickte. Sie wusste nicht, ob er über heute Abend, morgen oder einen unbekannten Zeitpunkt in der Zukunft sprach. Aber das war auch egal. Sie glaubte ihm.

Dann neigte er den Kopf und sie trafen sich auf halbem Weg. Sie hatte ihn bisher nur einmal geküsst und als ihre Lippen auf seine trafen, fühlte es sich so an, als wären sie die einzigen beiden Menschen auf der Welt. Der Kuss war kurz, aber leidenschaftlich, und als er sich schließlich zurückzog, atmeten sie beide schwer. Cole drückte zärtlich ihren Nacken und ließ sie dann zögerlich los.

»Eigentlich wollte ich ein nettes Restaurant finden, um dich auszuführen. Aber ich glaube, ich nehme dich lieber mit nach Hause. Zu *mir* nach Hause.«

»Wirst du mir etwas zu essen machen?«

»Ja.«

»Dann bring mich nach Hause, Cole.«

Sie verstand das zufriedene Lächeln, das sich auf seinem Gesicht ausbreitete. Innerlich fühlte sie sich ganz genauso.

Sie begann zu glauben, dass jeder Ort, an dem Cole sich aufhielt, für sie ein Zuhause sein würde. Es war ein beängstigender Gedanke, da ihre Beziehung noch jung war, aber sie vertraute ihm völlig. Sie wusste, dass auch ihre Väter ihm vertraut hätten, wären sie noch am Leben gewesen.

Nachdem er vom Parkplatz gefahren war, griff er nach ihrer Hand. Er verschränkte seine Finger in ihren und so blieben sie für den Rest der Fahrt.

KAPITEL ELF

Es war zehn Uhr abends und bereits dunkel draußen. Cole saß mit Sarah in seinen Armen auf der Couch und sie unterhielten sich einfach. Sie hatten den ganzen Abend verbracht, ohne fernzusehen, und stattdessen die Zeit genutzt, um sich besser kennenzulernen. Genau wie er es sich gewünscht hatte. Wie sich herausstellte, wussten sie bereits eine ganze Menge übereinander. Ihre regelmäßigen Telefonate und Nachrichten hatten eine hervorragende Grundlage geschaffen.

Aber je länger Cole dort saß und Sarah so weich und geschmeidig in seinen Armen hielt, desto schwieriger war es, ihre Wirkung auf ihn zu verbergen. Und er wollte wirklich nicht, dass sie sich unwohl fühlte. Sie hatte eingewilligt, die Nacht bei ihm zu verbringen, und das war großartig.

Er wollte jedoch nicht riskieren, dass seine steinharte Erektion sie versehentlich berührte. Also bewegte er sich leicht zur Seite.

»Es tut mir leid, zerquetsche ich dich?«, fragte Sarah.

Cole lachte leise. »Als ob. Nein, alles gut.«

Sie sah ihn an und sagte: »Für unsere dritte Verabredung war der heutige Abend ziemlich fantastisch.«

Er konnte ihre Stimmung nicht deuten. »Ich habe dich gewarnt, dass ich nicht der beste Koch bin. Hauptgerichte sind schwer, aber ich kann ein richtig gutes Steak grillen und Frühstück ist meine Spezialität.«

Sie grinste und ihre Augenlider senkten sich. Cole bemerkte zum ersten Mal, wie lang ihre Wimpern waren. Er stand eigentlich eher auf Brüste und Hintern, aber als er dort mit seinem Gesicht nur wenige Zentimeter von ihrem entfernt saß, beschloss er, dass er ein Idiot war, weil er noch nie bemerkt hatte, wie schön die Wimpern einer Frau waren.

Als sie erneut zu ihm aufblickte, überrumpelte ihn die Lust, die er in ihrem Blick schwimmen sah.

Und dann bewegte sie sich so plötzlich, dass er ihre Handlungen nicht vorhersehen konnte.

Sie spreizte die Beine über seinem Schoß und rutschte vor. Sie drückte ihre Muschi gegen seinen Schwanz, als wäre das völlig alltäglich. Schockiert konnte Cole sie nur anstarren und beten, dass sie keine Angst bekam, wenn sie spürte, wie erregt er war.

Stattdessen presste sie sich einen Moment lang an ihn und schlang schließlich ihre Arme um seinen Hals.

»Die Sache ist die«, begann sie, »Jackson hat mit mir über Sex gesprochen, als ich zwölf war. Er hat mir erzählt, dass Männer Schweine sind und mich ausnutzen würden, wenn ich sie ließe. Später an diesem Abend kam Mike in mein Zimmer und führte ein ganz *anderes* Sexgespräch mit mir. Er sagte zu mir, ich solle jeden Jungen, der mir gefiel, warten lassen. Er meinte, wenn der Junge gut sei und mich um meinetwillen wollte, würde er warten.«

Cole wagte kaum zu atmen. Sarah über Sex sprechen zu hören war heißer, als er es sich je erträumt hätte.

»Es stellte sich heraus, dass sie beide recht hatten. Natürlich hatte Jackson nur versucht, mich dazu zu bringen, Jungs nicht zu mögen, da ich sein kleines Mädchen war. Und Mike war immer der Romantischere der beiden. Und es gab auch Jungs, die meine Nettigkeit ausgenutzt haben. Ich hatte vergessen, was meine Väter mir eingebläut hatten. Also führte ich irgendwann die Regel ein, erst nach der dritten Verabredung zu küssen. Ich dachte, wenn mich jemand *wirklich* mag, würde er warten, bis ich bereit bin. Und wenn ich eine solche Regel aufstellte, würde das die Spreu vom Weizen trennen.«

Cole zuckte zusammen. *Scheiße.* Er hatte es nicht abwarten können. Er hatte sich wie ein notgeiler Teenager auf sie gestürzt, als er sie an diesem Morgen gesehen hatte. Er ließ seine Hände auf die Sofakissen sinken, weil er Angst hatte, sie zu berühren, falls sie sauer auf ihn war.

Sie beugte sich vor und Cole hielt das Stöhnen zurück, das ihm zu entweichen drohte, als ihre Brüste seine Oberkörper berührten. Sie waren beide vollständig bekleidet, aber das hielt seine Fantasie nicht davon ab, mit ihm durchzugehen. Er stellte sich vor, wie ihre Brustwarzen sich anfühlen würden, wenn sie über seine Brust streiften. Es würde kitzeln und die prallen Rundungen würden sich sowohl weich als auch hart anfühlen, wenn sie sich gegen ihn lehnte.

»Wenn ich dir sagen würde, dass die Dinge zu schnell gehen und ich es langsamer angehen möchte, was würdest du dann tun?«, fragte sie.

Cole sah ihr in die Augen und weigerte sich, auch nur daran zu denken, dass er die Hitze zwischen ihren Beinen auf seinem Schwanz spüren konnte. Dass er sie genau so ficken wollte ... mit ihr auf seinem Schoß, nackt, mit wippenden Brüsten, während sie ihn ritt. »Ich würde warten, bis du bereit bist.«

»Selbst wenn es Monate dauern würde?«, drängte sie weiter.

»Du bist das Warten wert«, würgte er hervor.

»Zum Glück für dich will ich nicht warten«, sagte sie ruhig.

Cole klappte der Mund auf, es kam jedoch kein Ton heraus.

Sarah lehnte sich zurück und griff nach dem Saum ihres Oberteils. Bevor er wusste, was sie vorhatte, hatte sie es bereits hoch und über ihren Kopf ausgezogen.

Ohne nachzudenken, bewegte er seine Hände von den Couchkissen, die er verzweifelt umklammert hatte, und packte erneut ihre Hüfte. Seine Finger gruben sich in ihr Fleisch, als sie sich noch fester auf seinen Schwanz drückte und sich sogar ein wenig an ihm rieb.

»Du bist ein guter Mann, Cole«, sagte sie leise. »Ich habe noch nie so für jemanden empfunden. Und ich habe keinen Zweifel daran, dass du sofort aufhören würdest, wenn wir kurz davor stünden, Sex zu haben, und ich dir sagen würde, dass ich meine Meinung geändert habe. Ich habe die Regel mit den drei Verabredungen aufgestellt, weil es noch nie einen Mann gab, nach dem ich mich länger gesehnt hätte. Aber ich glaube, dass ich bei dir vom ersten Moment an wusste, dass es anders wäre.«

»Ich war ein Arschloch«, krächzte Cole.

»Du warst beschäftigt und gestresst«, widersprach sie ihm. »Und du bist mir nachgelaufen. Hast dir die Zeit genommen, mich zu beruhigen. Dich zu entschuldigen. Du hast ja keine Ahnung, wie selten das ist. Ich will dich. Hätten wir heute Morgen nicht so viele Dinge zu erledigen gehabt, hätte ich mich dir direkt in meinem Flur hingegeben.«

Cole leckte sich die Lippen und ließ den Blick zu ihrer Brust sinken. *Oh Gott.* Ihre Brüste steckten in einem schlichten Baumwoll-BH, aber er hatte noch nie etwas Heißeres gesehen. Sie war nicht spindeldürr; ihr Bauch hatte eine Wölbung und ihre Brüste waren definitiv üppig – und er sah nur Perfektion. Cole war den ganzen Tag von steinharten, muskulösen Körpern umgeben. Aber Sarahs schlug sie alle, und das mit links.

Er sehnte sich danach, die Körbchen ihres BHs hinunterzuziehen und sich an ihren üppigen Brüsten zu ergötzen. Aber er musste sichergehen. Sie musste sich sicher sein.

»Wenn wir das machen«, warnte er und wusste, dass seine Stimme zu heiser und ein wenig rau klang, aber es war ihm egal, »dann gehörst du mir. Gib dich mir nicht hin, wenn du dir nicht sicher bist. Es würde mich umbringen.«

Und das war die Wahrheit. Er sagte es nicht zu ihr, weil er ein besitzergreifender Typ war – okay, er war einer, aber das war nicht der Grund. Er warnte sie deshalb, weil es ihn buchstäblich umbringen würde, wenn er sie erst bekäme und dann zusehen müsste, wie sie ihn verließ.

Er wusste bis tief ins Mark seiner Knochen, dass sie die Richtige für ihn war. Sein Gegenstück. Die andere Hälfte seiner Seele. Was auch immer die Dichter als wahre Liebe bezeichnen wollten. Das war es. Und wenn sie sich ihm hingeben und ihn danach verlassen würde, würde ihn das zerstören.

»Ich bin mir sicher«, sagte sie leise.

Cole wusste, dass er sie noch einmal fragen sollte. Dass er ihr klarmachen sollte, worauf genau sie sich einließ. Dass sie nicht nur Sex haben würden. Dass sie sich an ihn binden würde. Dass sie zustimmte, sich von ihm beschützen zu lassen. Für sie zu sorgen. Er würde sich für sie einsetzen und *mit* ihr für Dinge kämpfen, an die sie glaubte. Er würde das Arschloch für sie sein, wenn es nötig war, damit sie immer die nette Seele sein konnte, zu der sie geboren wurde.

Aber wie sie dort auf seinem Schwanz saß und sich an ihn drückte, mit ihrer üppigen Oberweite an seiner Brust, hatte er nicht die Willenskraft dazu. »Meine«, knurrte er.

Anstatt zu widersprechen, lächelte Sarah. »Meiner«, wiederholte sie.

Und Cole bewegte sich.

Er schob eine Hand in ihre Jeans, um ihren Hintern zu packen, so gut er konnte. Die andere schob er an ihrem Rücken hinauf und zog sie an sich.

Er fiel über sie her wie ein ausgehungerter Schakal, der schon seit Wochen keine Mahlzeit mehr bekommen hatte. Ihre Zähne stießen aneinander, als sie sich gegenseitig verschlangen. Cole spürte, wie sein Schwanz sogar noch härter wurde, als Sarah die Hüfte bewegte, als wollte sie ihn unbedingt in sich spüren. Er konnte sich ein Lächeln nicht verkneifen. Sein Engel war völlige Güte und Licht, aber er wusste, dass sie im Bett eine Wildkatze sein würde ... fordernd und darauf bestehend zu bekommen, was sie haben wollte.

Er riss seinen Mund von ihrem los und sie stöhnte. Aber als er sie nach hinten drängte und den Kopf herabsenkte, fügte sie sich sofort. Sie warf den Kopf zurück und krümmte sich, um ihm Zugang zu verschaffen. Cole behielt seine Hand auf ihrem Hintern und drückte sie weiter an seinen Schritt, während er mit der anderen Hand das Körbchen ihres BHs hinunterzog und ihre verführerische, rosige Brustwarze freilegte. Er schnappte sie sich und saugte daran. Fest.

Sie stieß eine Kombination aus einem Schrei und einem Stöhnen aus, aber Cole hörte nicht auf. Er saugte auch nicht weniger intensiv. Wenn er sie in diesem Moment hätte verschlingen können, hätte er es getan. Er war völlig außer Kontrolle und hätte selbst dann nicht aufhören können, wenn sein Leben davon abhinge.

Während Sarah sich in seinem Griff rekelte, saugte, biss und leckte er abwechselnd über ihre Brustwarzen. Beide BH-Körbchen waren jetzt hinuntergezogen und drückten ihre Brüste fast obszön nach oben. Sie krallte ihre Hände in sein Haar, zog ihn näher an sich und verlangte nach mehr.

Cole war noch nie so hart gewesen. Und auch nicht so kurz vorm Höhepunkt, ohne überhaupt Sex gehabt zu haben. Er wusste, er würde in seiner Hose kommen, bevor er ihre überhaupt geöffnet hätte, wenn er die Situation nicht in den Griff bekam.

Er atmete tief durch und ignorierte die Art, wie Sarah an seinen Haaren zerrte, um ihn dazu zu bringen, weiter an ihr zu saugen. Cole hielt sie leicht von sich weg.

Er konnte nicht anders, als den Anblick auf seinem Schoß zu bewundern. Ihre Brust war vor Verlangen gerötet und ihre Brustwarzen waren vom Kratzen seines Bartes und seinen Zähnen rosig rot. Sie atmete in schnellen und harten Zügen und ihre Hüfte bewegte sich ungeduldig auf seinem Schwanz. Sie war so verdammt schön. Und ganz die Seine.

»Verdammt, du bist hinreißend«, sagte er voller Bewunderung.

Ihre Wangen wurden rot und sie biss sich auf die Lippe. »Ich liebe deine Tätowierungen«, antwortete sie. »Ich glaube, das habe ich dir noch gar nicht gesagt.«

Cole lachte leise. Ihm gefiel die Tatsache, dass er sie verunsichern konnte. »Und du hast noch nicht einmal alle gesehen«, zog er sie auf. Ja, sie hatte seine Brust gesehen, als er in der ersten Woche ihren Rasen gemäht hatte. Aber sie wusste nicht, was sich hinter seinem Reißverschluss verbarg.

Als er Anfang zwanzig war, hatte er sich eines Abends betrunken und dachte, es wäre saukomisch, sich einen Kompass direkt über seinen Schwanz tätowieren zu lassen. Da er wusste, welch kolossaler Fehler das war, versuchte er, es zu korrigieren, indem er sich geometrische Muster rund um das verdammte Ding stechen ließ. Er fand das Endergebnis ziemlich cool, aber die Möglichkeit bestand, dass Sarah es blöd finden würde.

Sie senkte die Hände sofort zum Saum seines Oberteils.

Grinsend half Cole ihr, ihm das T-Shirt über den Kopf auszuziehen. Und weil er wusste, dass er nur noch Sekunden davon entfernt war, ihnen beiden die Hose zu öffnen und sich so tief wie möglich in ihr zu vergraben, stand er auf.

Sarah stieß einen süßen kleinen Schrei aus, hakte dann jedoch sofort ihre Knöchel hinter seinem Hintern zusammen und schlang ihre Arme um seine Schultern. Bei jedem Schritt, den er in Richtung Schlafzimmer ging, rieb ihre Muschi über seinen Schwanz. Es war die beste Art von Schmerz.

Er ging direkt zu seinem ungemachten Bett und beugte sich vor, um sie auf die Matratze fallen zu lassen. Als sie in die Mitte rutschte, folgte er ihr, weil er den Kontakt zu ihrem Körper nicht eine einzige Sekunde lang verlieren wollte. Als hätten sie ein Gehirn anstatt zwei, ließ sie ihre Finger im selben Moment zum Knopf seiner Jeans wandern, als er nach ihrem griff.

Er stand auf, um sich der Jeans zu entledigen, wobei die Trennung von ihr fast körperlich schmerzhaft war. Er beobachtete, wie sie ihre Jeans und ihr Höschen über die Hüfte hinunterzog, bis sie sie geistesabwesend zur Seite schieben konnte.

Cole holte tief Luft, um den Moment zu genießen. Er starrte auf die Frau hinunter, die er liebte und nun zum ersten Mal nackt sah.

Ja, er liebte sie. Mit jeder Faser seines Seins.

Er würde töten, um sie zu beschützen, wenn das nötig wäre. Sie würde die am meisten verwöhnte Frau in der Geschichte der Welt sein, denn sie musste nur um etwas bitten und es würde ihr gehören.

Ihre Oberschenkel waren blass und voll. Die Hüfte breit. Ihre Brüste perfekt proportioniert für ihren Körperbau und die Brustwarzen immer noch hart. Sie streckten sich ihm entgegen.

»So verdammt wunderschön«, sagte er, bevor er sein Knie zurück auf die Matratze senkte und zu ihr kroch.

***

Sarah konnte nicht glauben, dass sie so unverschämt gewesen war. Aber sie wusste, dass Cole nur Sekunden davon entfernt gewesen war, ein Gentleman zu sein und sie auf der Couch schlafen zu lassen, während er in sein eigenes Zimmer ging. Sie wollte aber nicht, dass er ohne sie ins Bett ging. Also hatte sie das Einzige getan, was ihr in diesem Moment eingefallen war: Sie hatte sich auf ihn gesetzt.

Aber in der Sekunde, in der sie auf seinem Schoß gelandet war, hatte ihr Gehirn einen Kurzschluss gehabt. Sein Schwanz fühlte sich riesig an und sie konnte nicht anders, als sich an ihm zu reiben. Eins führte zum anderen ... und nun waren sie hier.

In seinem Bett.

Nackt.

Und sie hatte sich noch nie in ihrem Leben etwas sehnlicher gewünscht.

Cole war groß. Überall. Aber die Art und Weise, wie er sich nun über sie beugte, gab ihr das Gefühl, beschützt und umsorgt zu werden. Sie hatte gespürt, wie groß und hart er gewesen war, als sie auf seinem Schoß gesessen hatte. Seine Oberschenkel waren wie Stein, aber es war sein Schwanz, der sie im Moment am meisten interessierte.

Als er sich das T-Shirt ausgezogen hatte, hatte sie bereits gewusst, dass seine Tätowierungen sich von den Armen über die Brust bis zum Bauch hinunter erstreckten. Aber in der Sekunde, in der er seine Jeans auszog, konnte sie den Blick nicht von seinem Schwanz abwenden.

Vage nahm sie wahr, dass er auch dort tätowiert war, aber sie wandte den Blick nicht lange genug von seinem Schwanz ab, um die Tätowierung näher zu inspizieren.

Sein Schwanz war dick. Viel dicker als die, die sie in der Vergangenheit in sich aufgenommen hatte. Sie spürte, wie ihre Muschi bei seinem Anblick feucht wurde, als würde ihr Körper sich auf ihn vorbereiten. Sie erinnerte sich an die Art und Weise, wie er auf ihre Brüste losgegangen war. Als könnte er keine Sekunde mehr warten, um seine Lippen darauf zu drücken. Und die Art, wie er ihren Hintern gepackt hatte. Und wie er die Kontrolle über ihren Kuss übernommen und ihren Kopf genau dorthin gelenkt hatte, wo er ihn haben wollte.

Alles an Cole machte sie an – und sie wollte ihn in sich spüren. Jetzt.

Sie öffnete die Beine und er nutzte es sofort aus, indem er sich zwischen ihre Schenkel kniete und sie noch weiter auseinanderdrückte. Sie hätte nervös sein sollen. Es war schon sehr lange her, dass jemand anderes als ihre Ärztin sie dort unten gesehen hatte. Aber der ehrfürchtige Blick auf Coles Gesicht gab ihr ein sexy Gefühl.

Lusttröpfchen sickerten aus seinem Schwanz. Sie landeten auf ihrem Oberschenkel, so heiß, dass es sie fast zu versengen schien.

»Cole«, stöhnte sie. Sie strich mit den Händen an seinen Armen auf und ab und bewunderte die Art und Weise, wie seine Tätowierungen sich bewegten, wenn er die Muskeln anspannte.

Er beugte sich über sie und sie spürte, wie sein Schwanz eine Sekunde lang ihre Schamlippen berührte, bevor er weiterrutschte und ihn heiß und schwer an ihren Bauch drückte. Sie atmete heftig und spürte, wie er sich mit jedem ihrer Atemzüge auf ihr bewegte.

»Nimmst du die Pille?«, fragte er heiser an ihrem Ohr.

Blinzelnd schaute sie zu ihm auf und Sarah wurde bewusst, dass sie kein einziges Mal über Verhütung nachgedacht hatte. Oder daran, sich gegen irgendeine Art von sexuell übertragbarer Krankheit zu schützen. Aber fast im gleichen Augenblick, in dem ihr der Gedanke an Schutz in den Sinn kam, verwarf sie ihn wieder. Sie befand sich nun in Coles Welt und wusste, ohne darüber nachdenken zu müssen, dass er niemals etwas tun würde, das sie in Gefahr bringen könnte.

»Nein.«

Er nickte, als hätte er diese Antwort erwartet. »Zu wissen, dass ich dich in diesem Moment schwängern könnte, macht mich verdammt noch mal an«, sagte er mit der gleichen tiefen, heiseren Stimme. »Aber ich muss zuerst dafür sorgen, dass du in Sicherheit bist.«

»In Sicherheit?«

»Vor diesem Arschloch, das glaubt, in dich verliebt zu sein«, stellte er klar.

Bei dem spürbaren Beschützerinstinkt, den er ausstrahlte, schmolz Sarah förmlich dahin. Sie nickte.

»Ich werde in der Zwischenzeit Kondome benutzen, denn du solltest dir wirklich keine Sorgen um ein Kind machen müssen, das in deinem Bauch heranwächst, wenn wir noch nicht einmal wissen, wo er sich befindet und was er vorhat. Aber sei vorgewarnt, Engel, sobald Owen ein für alle Mal von der Bildfläche verschwunden ist, will ich dich Haut an Haut spüren. So oft du mich lässt. Wenn wir morgens aufwachen, unter der Dusche, am Tisch nach dem Frühstück, in der Mittagspause und auf jeden Fall abends, bevor wir schlafen gehen.« Dann schlich sich eine kurze Unsicherheit in seinen Blick. »Bist du damit einverstanden?«

»Ja.« Sie konnte buchstäblich nichts anderes sagen. Der Gedanke, ohne Kondom mit ihm zu schlafen und wie er sie mit seinem Sperma füllte, war eher sexy als abschreckend. Wie sie ihm gesagt hatte, nahm sie im Moment nicht die Pille, aber sie könnte leicht damit anfangen.

Obwohl ... sobald sie anfing, darüber nachzudenken, ein Kind mit Cole zu bekommen, ging es ihr nicht mehr aus dem Kopf. Sie hatte das Gefühl, dass er nicht ausrasten würde, sollte sie schwanger werden.

Ohne ein weiteres Wort beugte Cole sich vor und öffnete eine Schublade neben dem Bett. Er schmierte bei der Bewegung Lusttröpfchen von seinem Schwanz über ihren gesamten Bauch. Sarah strich mit einer Hand an seinem Oberkörper hinunter und schlang sie um seine Erektion, als er nach der ungeöffneten Packung Kondome griff. Zischend atmete er aus und setzte sich auf seine Knie.

Sarah konnte die Aufmerksamkeit nicht von ihm abwenden. Er war so schön. Hart und weich zugleich. Sein Schwanz pulsierte, als Blut in seine Erektion gepumpt wurde. Während sie ihn streichelte, wurde er direkt vor ihren Augen sogar noch härter.

Sanft schob Cole ihre Hand aus dem Weg und sie sah zu, wie er das Kondom über seinen Schwanz abrollte. Als er fertig war, rutschte er nach unten und ließ sich auf die Ellbogen sinken.

Sarah runzelte die Stirn, denn sie hatte gedacht, sie würde Cole nun endlich in sich spüren. Sie warf den Kopf zurück, als er erneut ihre Brüste liebkoste. Es fühlte sich gut an, aber sie wollte mehr. »Cole«, protestierte sie.

Er hob den Kopf. »Ja, Engel?«

»Fick mich«, flehte sie.

Er verzog die Lippen zu einem Grinsen. »Das werde ich. Aber zuerst will ich dich schmecken.«

»Oh Gott, ja ... bitte.«

Mit einem sexy Lächeln rutschte er weiter an ihrem Körper hinunter und fing an, mit der gleichen Begeisterung und Intensität, mit der er ihre Brustwarzen verwöhnt hatte, an ihrer Muschi zu lecken und zu saugen.

Sarah stöhnte und griff mit den Händen sofort nach seinem Kopf. Sie hielt ihn abwechselnd fest und versuchte, ihn näher an sich zu ziehen. Cole fand ihre Klitoris und knabberte daran. Er ging auf sie los, als wäre er ein hungernder Mann. Sie hätte nicht gedacht, dass jemand so enthusiastisch sein konnte, eine Frau zu lecken. Sie hatte sich bereits gefragt, ob Cole die Art von Mann war, die das für sie tun würde. Ob er es genießen würde. Und ihr wurde ganz schwindelig, als ihr bewusst wurde, dass die Antwort in beiden Fällen *ja* lautete.

Sie schaute hinunter und sah, dass sein Blick nach oben gerichtet war. Er beobachtete ihr Gesicht, während er sie mit der Zunge verwöhnte. Ihre Säfte klebten in seinem Bart und als sie ihm in die Augen starrte, bedeckte er ihre

Klitoris mit den Lippen, schloss die Augen, als wäre er in Ekstase, und verschlang sie regelrecht. Innerhalb von Sekunden war Sarah kurz vorm Orgasmus. Sie hätte ihn nicht aufhalten können, selbst wenn sie es versucht hätte.

»Oh verdammt, Cole!«, rief sie, kurz bevor er sie um den Verstand brachte. Er verlängerte ihren Höhepunkt, indem er zwei Finger in ihre enge Muschi drückte und sie an einer Stelle streichelte, von der sie zwar gehört, die sie jedoch noch nie gespürt hatte.

Sie schrie jetzt ernsthaft, stieß ihre Hüfte nach oben, sodass er fast abgerutscht wäre, und zitterte heftig, als sie ihren ersten G-Punkt-Orgasmus erlebte.

Cole stemmte sich auf seine Knie und drückte ihre Schenkel nach außen, während sie noch immer keuchte und zitterte. Er sah ihr in die Augen, leckte sich über die Lippen, als würde er ihren Geschmack auf sich genießen, und fing dann an, langsam in ihren immer noch zuckenden Körper einzudringen.

»Verflucht, Engel. Du bist unglaublich«, hauchte er.

Sie wollte ihm widersprechen. Wollte ihm sagen, dass er derjenige war, der unglaublich war, aber sie konnte nicht sprechen. Sie konnte nur fühlen und sich an Cole festhalten, damit sie nicht in tausend Stücke zerfiel.

Er war groß. Er dehnte Muskeln, die noch nie etwas auch nur annähernd so Großes beherbergt hatten. Aber anstatt einfach in sie zu stoßen, ließ er sich Zeit.

Er drückte sich ein paar Zentimeter hinein, hielt still und zog sich dann wieder zurück. Dann tat er es erneut und drang einen Zentimeter tiefer ein, bevor er seinen Schwanz erneut herauszog.

Noch bevor er ganz in ihr war, bettelte Sarah: »Bitte, Cole. Ich brauche dich. Bis zum Anschlag. Ich will mehr!«

»Ganz ruhig, mein Engel. Ich will dir nicht wehtun«,

murmelte er. »Du bist so eng. Gott, du fühlst dich unglaublich an.«

An der Seite seines Halses pulsierte vor Anstrengung eine Ader und sein Bizeps fühlte sich unter ihren Händen wie ein Felsen an. Er litt. Für sie.

Als er das nächste Mal langsam in sie eindrang, stemmte Sarah die Füße auf die Matratze und stieß die Hüfte so weit nach oben, wie sie nur konnte.

Sie keuchten beide, als er vollständig in sie drang. Sie konnte seine Hoden an ihrem Hintern spüren und sein Schambein rieb über ihre Klitoris, so tief steckte er in ihrem Körper.

Stöhnend griff Cole nach unten, packte ihren Hintern und drückte sie noch fester an sich.

»Du. Gehörst. Mir«, stieß er heraus und starrte ihr in die weit aufgerissenen Augen.

Sie konnte nur nicken. Der kurze Schmerz ihrer unüberlegten Aktion wich ihrem Verlangen.

»Ich meine es ernst, Sarah. Diese Muschi gehört mir. Diese Titten gehören mir. Jeder Orgasmus, jedes Stöhnen, jeder Seufzer. Sie gehören alle *mir*. Ich habe versucht, dich zu warnen. Ich wollte, dass du weißt, worauf du dich einlässt, aber jetzt ist es zu spät.«

Seine Worte waren übertrieben besitzergreifend. Verrückt sogar. Aber es war Sarah egal. Sie waren wie Balsam für ihre Seele. Sie hatte noch nie zu jemandem gehört.

»Wenn ich dir gehöre, dann gehörst du auch mir«, sagte sie heftig. Sie schlang ihre Beine um ihn und verschränkte ihre Knöchel an seinem Hintern. »Niemand bekommt deinen Schwanz außer mir.«

»Ich gehöre dir«, sagte er schroff, als er langsam begann, in sie hineinzustoßen und wieder herauszugleiten.

Sarah ließ ihre Beine zur Seite sinken, wölbte den Rücken und stöhnte. Er fühlte sich so gut an. So groß. Sein Schwanz ließ Nervenenden in ihr erwachen und tanzen, von denen sie nicht einmal wusste, dass sie sie überhaupt hatte. Sie war so feucht von ihrem Orgasmus, den er ihr zuvor beschert hatte, dass die Geräusche, die sein Schwanz machte, als er sich in ihrem Körper bewegte, fast peinlich waren.

Aber sie vergaß dies schon bald, als er seine Stöße beschleunigte.

»Ist das okay?«, keuchte er.

»Oh ja«, versicherte sie ihm. »Härter.«

»Ich werde dir nicht wehtun.« Es schien fast so, als würde er mehr mit sich selbst sprechen, als sie zu beruhigen.

Er fühlte sich fantastisch in ihr an. Aber es war nicht genug. Sie wäre nie die Art von Frau, die durch bloßen Geschlechtsverkehr befriedigt werden konnte. Sie brauchte mehr. Nicht sicher, ob sie ihm das sagen, es ihm zeigen oder dieses Mal einfach darüber hinwegsehen sollte, bemerkte sie nicht, dass Cole sie gemustert hatte, während sie in Gedanken versunken war.

»Was brauchst du?«, fragte er.

»Was?«, fragte sie atemlos.

»Was brauchst du, um noch mal zu kommen?«, präzisierte er.

Sie kam sich schüchtern vor, wollte jedoch unbedingt dafür sorgen, dass ihr Sexleben so fantastisch war, wie es nur sein konnte. Also platzte sie damit heraus: »Meine Klitoris. Ich brauche direkte Stimulation.«

Cole zögerte nicht. Er sagte ihr nicht, dass sie tun sollte, was sie tun musste. Er verlagerte einfach sein Gewicht und griff mit einer Hand hinunter, um ihre Klitoris zu reiben, während er sie weiter fickte. »So?«

Sarah verdrehte regelrecht die Augen. Sein Daumen, der ihre Klitoris im selben Rhythmus bearbeitete, in dem er in sie eindrang, fühlte sich himmlisch an.

»Jaaaa«, zischte sie.

Sie erhaschte sein Lächeln, bevor er ernsthaft mit dem Liebesspiel begann. Er bewegte seine Hüfte stetig vor und zurück, als wäre er eine Art Maschine. Gleichzeitig variierte er den Druck und die Geschwindigkeit seines Daumens auf ihrer Klitoris. Die Kombination machte sie ganz verrückt. Innerhalb einer Minute krümmte sie sich unter ihm. Sie entzog sich der Intensität seiner Berührung und streckte sich ihm dann wieder entgegen, weil sie mehr wollte. Es war völlig verwirrend und sie hatte so etwas noch nie in ihrem Leben gespürt.

»Komm auf meinem Schwanz, Engel«, sagte er, als sie sich dem Höhepunkt näherte. Ihre Schenkel zitterten, ihr Hintern zog sich zusammen und sie spürte, wie ihr Orgasmus sie regelrecht überrollte. In der Sekunde, in der sie über den Abgrund stürzte, schrie sie in Ekstase auf. Sie spürte, wie Cole ihre Hüfte packte – und wenn sie gedacht hatte, er würde sie bereits ficken, lag sie falsch.

Jetzt fickte er sie.

Er bewegte seinen Schwanz durch ihre krampfenden inneren Muskeln und zog ihren Höhepunkt in die Länge. Er stieß immer wieder heftig zu und sein Becken schlug bei jeder Bewegung gegen ihres. Er grunzte und sie konnte sehen, wie ihm der Schweiß an den Schläfen hinunterlief.

Er war wunderschön.

Sie war sich nicht sicher, ob sie in ihrem ganzen Leben jemals etwas so Hinreißendes gesehen hatte.

Und dann kam er.

Und *das* – ja, das war das Schönste, was sie je gesehen hatte.

Er verkrampfte den Kiefer, hatte die Augen geschlossen und sein Atem stockte, als er den Kopf zurückwarf. Er stieß seinen Schwanz noch einmal so tief in sie hinein, wie er nur konnte, und explodierte dann.

Sie spürte tatsächlich, wie sein Schwanz in ihr zuckte, als das Sperma aus seiner Eichel schoss und offenbar das Kondom füllte. Es dauerte mehrere Sekunden, aber schließlich stieß er den Atem aus, den er angehalten hatte. Jeder Muskel in seinem Körper erschlaffte, als wäre er ein Luftballon, der plötzlich geplatzt war.

Ohne ein Wort fiel er auf die Ellbogen und über sie und achtete darauf, sie nicht zu zerquetschen. Er vergrub sein Gesicht in ihrem Haar auf seinem Kissen. Sie blieben ein paar Minuten lang so liegen und atmeten beide schwer, als sie sich davon erholten, völlig um den Verstand gebracht worden zu sein.

Sarah hatte keine Ahnung, ob der Sex mit Cole jedes Mal so sein würde; irgendwie hoffte sie, dass es nicht so wäre. Es war intensiv und fast beängstigend gewesen ... aber so unglaublich gut.

Sie spürte, wie er langsam weicher wurde, und als sein Schwanz schließlich aus ihrem Körper rutschte, seufzten sie beide enttäuscht. Dann tat Cole etwas Überraschendes. Er rutschte nach unten, bis sein Kopf auf gleicher Höhe mit ihrer Brust war und drückte seine Wange an ihre Brüste. Mit der Hand griff er nach oben und legte sie um ihren Hals. In keiner Weise bedrohlich, sondern einfach nur da. Das Gewicht beruhigte sie.

Als er durch die Nase ausatmete, spürte sie den Hauch an ihrer Brustwarze, die sich davon aufstellte. Aber er bewegte sich nicht.

»Hast du es ernst gemeint?«, fragte er nach einer Weile. Sarah hatte ihn noch nie so unsicher erlebt.

Aber sie brauchte nicht zu fragen, was er meinte. Sie gehörte ihm, genauso wie sie inständig hoffte, dass er auch ihr gehörte. »Ich habe es ernst gemeint«, versicherte sie ihm.

Cole nickte. »Du wirst es nicht bereuen, das schwöre ich.«

»Das weiß ich. Aber du könntest es.« Sie musste es sagen. Sie war nicht gerade die beste Wahl. Sie war zu nett, eine Art Einzelgängerin, hatte keine Familie, die erwähnenswert wäre. Aber er schüttelte sofort den Kopf.

»Niemals«, versprach er.

Und so schliefen sie ein. Cole hielt sie fest und benutzte ihre Brust als Kopfkissen. Die Bettwäsche würde am Morgen vollkommen durcheinander sein, aber das war Sarah egal. Nichts konnte ihre Seifenblase des Glücks zum Platzen bringen. Gar nichts.

KAPITEL ZWÖLF

Sarahs »Seifenblase des Glücks« hielt bis etwa neunzehn Uhr am nächsten Abend an.

Der Tag war unglaublich gewesen. Cole hatte sie geweckt und war mit ihr unter die Dusche gestiegen. Dort hatten sie sich geliebt und es war genauso intensiv und aufregend gewesen wie in der Nacht zuvor.

Dann hatten sie gefrühstückt und waren ins Einkaufszentrum gefahren, um etwas zum Anziehen für sie zu finden. Da keiner von ihnen daran gedacht hatte, ihre Klamotten in die Waschmaschine zu stecken, hatte sie keine Unterwäsche unter ihrer Jeans getragen, dafür aber eines seiner T-Shirts, das sie sich an der Hüfte zusammengebunden hatte. Sarah hatte das Gefühl, als wüsste jeder, der sie sah, ganz genau, was sie in der Nacht zuvor – und an diesem Morgen – getrieben hatten. Aber überraschenderweise war ihr das egal.

Cole hatte sie überredet, sich für ihren Mädchenabend ein kleines Schwarzes zu kaufen, und sie hatte außerdem ein paar niedliche Oberteile im Angebot gefunden, die sie auch erstehen wollte. Allerdings hatte sie nicht damit gerechnet, dass Cole sich weigern würde, sie ihre Sachen selbst bezahlen zu lassen. Sie hatte ihm widersprochen, aber er hatte sie nur mit diesem bestimmten Blick angestarrt, von dem sie langsam lernte, dass er nicht nachgeben würde. Er sagte nur: »Du hast zugestimmt.«

Also gab sie nach und ließ ihn die Klamotten kaufen. Sie schwor sich gedanklich jedoch, in Zukunft nur dann Kleidungsstücke einkaufen zu gehen, wenn er nicht dabei war. Dann waren sie zurück in seine Wohnung gefahren und eins führte zum anderen ... sie hatte festgestellt, dass sie sich auch verspielt und ohne die Intensität der vergangenen Nacht lieben konnten und dass es genauso befriedigend war.

Aber jetzt war Cole vor der Rock 'n' Roll Kneipe vorgefahren, in der sie sich mit den anderen Frauen zu ihrem Frauenabend treffen sollte – und sie war nervös.

»Hör auf, dir Sorgen zu machen«, sagte Cole und schob ihr eine verirrte Haarsträhne hinters Ohr.

»Ich kann nicht anders. Was ist, wenn sie mich nicht mögen? Was, wenn sie mich für seltsam halten? Wenn sie mich nicht gutheißen, dann wird das die Dinge zwischen dir und deinen Freunden unangenehm machen. Ich will nicht ...«

»Entspann dich«, befahl Cole. »Sie werden dich lieben. Zum Teufel, sie lieben dich jetzt schon. Trink etwas. Lass dich gehen. Sei einfach du selbst. Es wird schon gut gehen.«

Sarah holte tief Luft. Cole hatte recht. Sie hatte Felicity bereits kennengelernt und die hatte sie mit nichts als Freundlichkeit behandelt.

Cole beugte sich vor und Sarah spürte, wie sein Atem sie in der Nähe ihres Ohrs kitzelte, bevor er flüsterte: »Ich kann es kaum erwarten, dir aus diesem Kleid zu helfen. Vielleicht werde ich dich sogar nehmen, während du es noch trägst. Dich vornüberbeugen.«

Sie erschauderte.

»Denkst du, das würde dir gefallen?«, fragte Cole.

Sarah drehte den Kopf, um ihm in die Augen zu sehen. »Ich glaube, mir würde alles gefallen, was du mit mir machst.«

Er leckte sich die Lippen und sie war erfreut zu sehen, wie seine Pupillen sich bei ihren Worten weiteten. Das gab ihr den Mut fortzufahren: »Wenn du die nüchterne Sarah magst, warte mal ab, bis du die beschwipste, Nimmt-sich-was-sie-will-Sarah kennenlernst.«

»Verdammt«, murmelte Cole.

Sarah kicherte, küsste ihn schnell und heftig auf die Lippen und öffnete dann ihre Tür. »Ich schreibe dir später, wenn wir fertig sind.«

Sie sah, wie er sich den Ständer in der Hose zurechtrückte, und nickte. »Wir werden alle bei Logan sein, also können wir innerhalb weniger Minuten herkommen, wenn ihr so weit seid.«

Sarah nickte und wollte gerade die Tür schließen.

»Sarah?«

Sie hielt inne und lehnte sich zu ihm hinunter. »Ja?«

»Sie werden dich lieben, weil du rücksichtsvoll und freundlich bist und sie dich auf gar keinen Fall nicht lieben könnten.«

»Danke«, flüsterte sie.

»Und jetzt geh, bevor ich dich wieder in diesen Wagen zerre, dich in meine Wohnung bringe und mich an dir vergehe.«

»Sir, ja, Sir«, murmelte sie, schlug die Wagentür zu und winkte, bevor sie tief durchatmete und auf die Tür der Kneipe zuging.

Eine Stunde und vier alkoholische Getränke später hatte Sarah die beste Zeit ihres Lebens.

Sie war definitiv beschwipst, fast sogar betrunken, aber sie konnte sich nicht erinnern, wann sie jemals mehr Spaß gehabt hatte.

Grace war, wie für sie typisch, ein wenig still, aber die anderen machten ihre Zurückhaltung wett. Bailey trank wegen ihrer Schwangerschaft nicht, aber das machte nichts – sie brauchte keinen Alkohol, um genauso lustig zu sein wie die anderen.

»Da saß ich also und versuchte, Sachen über die Bande herauszukriegen, und musste immer wieder Tequila mit ihnen trinken«, sagte Alexis und fuchtelte mit den Händen herum, während sie ihre Geschichte erzählte. »Das war so eklig. Und dann hat dieser Damien seine Hand unter den Rock der Kellnerin geschoben, direkt am Tisch!«

Alle stöhnten angewidert auf.

»Nicht wahr? Ich meine, ich werde genauso gern gefingert wie jedes andere Mädchen, aber sicher nicht von *ihm* und nicht mitten in einer belebten Kneipe!«

Alle brüllten vor Lachen über Alexis' unangebrachte Bemerkung.

Felicity stützte ihr Kinn auf ihrer Hand ab und starrte sie an. »Also Sarah ... erzähl uns alles über dich.«

»Über mich? Da gibt es nichts zu erzählen«, sagte Sarah.

»Blödsinn«, rief Bailey. »An einem Tag ist Cole Single und frei wie ein Vogel und am nächsten hört man nur noch: ›Ich bin beschäftigt. Ich muss nach Hause fahren und meinen Arsch auf die Couch schwingen, um mit Sarah zu sprechen.‹«

Sarah schlug sich die Hand auf den Mund und kicherte.

»Stimmt doch«, stimmte Felicity zu. »Da fahre ich nach Chicago, um das Grab meiner Mutter zu besuchen, und als ich zurückkomme, lässt mein arbeitssüchtiger Partner unsere Angestellten tatsächlich einmal *ihre* Arbeit machen, damit er nicht rund um die Uhr da sein muss. Was ist zwischen euch passiert?«

»Er war ein Arsch, als wir uns kennengelernt haben«, gab Sarah zu.

Alle vier Frauen lehnten sich vor und waren begierig auf die Details über ihren Freund.

»Er wusste nicht, dass ich ihn hören konnte, und war ganz schön gemein. Aber er hat sich entschuldigt. Und ich schätze, wir sind uns nähergekommen.« Sarah wusste, dass ihre Erklärung schwach war, aber sie war sich nicht sicher, wie sie ihre Beziehung zu Cole erklären sollte. Und die Tatsache, dass alles so schnell gegangen war.

»Sie hat einen Stalker«, platzte Alexis heraus.

»Ernsthaft?«, fragte Grace.

»Ja«, antwortete Alexis, bevor Sarah es tun konnte. »Er hinterlässt ihr gruselige Geschenke und Liebesbriefe. Aber er ist nicht so wie Donovan«, sagte sie zu Bailey. »Er hat die geistigen Fähigkeiten eines Zehnjährigen.«

Die anderen waren entsprechend geschockt und Sarah schlürfte einfach weiter an ihrem neuesten Cocktail, während Alexis die Frauen über ihre Situation informierte.

»Und was tust du dagegen?«, fragte Felicity.

Sarah zuckte mit den Schultern. »Ich verkaufe mein Haus, miete eine Wohnung hier in der Stadt, die rund um die Uhr überwacht wird, schlafe bei Cole und die Jungs von Ace Security haben versprochen, sie würden tun, was sie können, um sich für mich darum zu kümmern.«

Auf ihre Aussage hin folgte Schweigen.

»Das ist alles?«, fragte Felicity nach einem Moment.

Sarah starrte sie verwirrt an. »Ähm ... ja. Sollte ich noch irgendetwas anderes tun?«

»Wie wäre es mit einer Pistole? Und einem Messer? Und du musst dir einen Plan ausdenken für den Fall, dass der Typ dich erwischt.«

»Cole hat mir Selbstverteidigung beigebracht«, sagte Sarah leise.

»Hör mal, ich will dir wirklich keine Angst machen, aber das ist vielleicht nicht genug. Glaub mir, ich weiß das«, sagte Felicity. Ihre Worte klangen aufgrund der Menge an Alkohol, die sie getrunken hatte, etwas gelallt.

»Leese«, warnte Grace.

»Was? Nein!«, rief Felicity. »Ich mag sie. Sie ist nett. *Nett!* Du hast doch vorhin auch gesehen, wie sie an die Bar ging, um Getränke zu holen. Diese Schlampe hat sie weggedrängt und dem Barkeeper ihre Titten gezeigt, und Sarah wurde nicht einmal sauer. Sie hat einfach gewartet, bis sie dran war. Wer wartet an einer *Bar*, bis er dran ist? Keiner! So ist das. Du streckst dem Barkeeper deine Kohle entgegen, damit er dich bedient. Und als diese andere Tussi sie von oben herab angesehen hat, hat sie auch nichts gesagt. Kein einziges Wort! Ich will wirklich nicht, dass ein verrückter Kerl, der denkt, dass er in sie verliebt ist, sie in die Finger kriegt. Sie muss sich bewaffnen! Sie muss bereit sein, ihm den Arsch aufzureißen, wenn es sein muss.«

Sarah legte eine Hand auf Felicitys tätowierten Arm, um zu versuchen, sie zu beruhigen. »Felicity, es ist in Ordnung.«

»Das ist es nicht«, beharrte die andere Frau. »Es ist verdammt beängstigend und ich will nicht, dass du das durchmachen musst. Als Joseph mich erwischt hat, war ich nicht so vorbereitet, wie ich es hätte sein sollen. Er hätte mir in den Kopf schießen können! Und wenn sein noch verrückterer Vater nicht aufgetaucht wäre, wäre ich tot gewesen. Und es ging nicht nur um mich. Er hatte Nate entführt!«

»Leese!«, sagte Grace jetzt eindringlicher, aber Felicity ignorierte sie. Sie drehte sich um und packte Sarahs Arm. Ihre Fingernägel gruben sich in ihre Haut. »Meinetwegen hätte er fast das Leben meiner besten Freundin zerstört, indem er ihr das Baby wegnahm. Was, wenn dieser Owen versucht, über Cole an dich heranzukommen? Oder unser Fitnessstudio niederbrennt? Oder versucht, wieder eins der Babys zu entführen? Du musst bereit sein. Du musst einen Plan haben!«

Sarah war sich nicht sicher, ob Felicity absichtlich versuchte, ein Miststück zu sein – bis sie die Tränen in ihren Augen sah. Diese knallharte Frau war extrem besorgt darüber, was Owen Sarah und vielleicht sogar anderen antun könnte.

Sarah geriet in Panik. Felicity hatte recht. Sie würde es nicht verkraften, wenn Owen ihretwegen jemand anderem etwas antat. »Oh mein Gott«, flüsterte sie und wandte sich an Grace. »Ich will nicht, dass deine Babys entführt werden.« Dann sah sie Alexis an. »Und du wurdest schon einmal fast lebendig begraben, das darf nicht noch einmal passieren.« Sie starrte zu Bailey hinüber. »Und du und Joel ... ihr wärt fast eines Erstickungstodes gestorben ...« Sie winkte bei dem grausigen Gedanken mit der Hand ab. »Und du«, sie stupste Felicitys Schulter an, »ich will wirklich nicht, dass dir jemand in den Kopf schießt!«

»Beruhigt euch alle einfach mal«, forderte Bailey, die Einzige, die noch nüchtern war. »Niemand wird entführt, begraben, erstickt oder erschossen.«

»Das kannst du nicht wissen«, sagte Sarah mit hoher, gestresster Stimme. »Heute sind es nette Geschenke und Liebesbriefe. Morgen könnte Owen mich und alle meine

Freundinnen hassen. Und ihr seid meine Freundinnen. Ich *hatte* noch nie Freundinnen! Ich will euch nicht verlieren!«

»Du wirst uns nicht verlieren«, sagte Bailey, bevor Alexis von ihrem Stuhl aufstand und zu der Stelle hinüberkam, an der Sarah am Stehtisch auf einem Barhocker saß. Sie schlang ihren Arm um sie und lehnte sich schwerfällig an ihre Seite.

»Du bist eine von uns«, sagte Alexis ernst, auch wenn ihre Worte undeutlich klangen. »Grace hatte immer nur Felicity als Freundin, weil ihre schrecklichen Eltern so schlimm waren. Ich war zu reich, um Freunde zu haben. Bailey war die Freundin eines ehemaligen Bandenchefs und alle hatten Angst vor ihr. Und Felicity hat sich nicht erlaubt, andere Freunde als Grace und Cole zu haben, weil sie solche Angst vor ihrem Stalker hatte. Wir sind so etwas wie Antifreunde-Freundinnen. Und da du mit Cole zusammen bist und er Felicitys bester Freund ist und sie *Grace'* beste Freundin ist und Grace meine Schwägerin ist und Bailey mit dem Bruder meines Mannes in einer registrierten Beziehung lebt ... bist du jetzt auch eine von uns!«

Sarah konnte Alexis' betrunkener Argumentation nicht einmal folgen, aber das war egal. Es zählte nur, dass sie in den inneren Kreis dieser unglaublichen Gruppe von Frauen eingeladen wurde. »Ich nehme an«, platzte sie heraus.

Alle jubelten, außer Bailey. Die rollte mit den Augen, lächelte aber und hielt ihr Wasserglas hoch, als Alexis einen Toast aussprach.

»Auf Sarah! Die Nette!«

»Auf Sarah!«, riefen alle.

Sarah stiegen Tränen in die Augen.

»Nicht weinen«, befahl Grace und zeigte mit dem Finger auf Sarah. »Wenn du weinst, muss ich auch weinen. Und wenn ich weine, wird Logan sich Sorgen machen und mich in meinem nuttigen, neuen kleinen Schwarzen nicht vernaschen.«

Felicity lachte. »Als ob!«, rief sie, nachdem sie sich offensichtlich wieder unter Kontrolle hatte. »Es gibt überhaupt keine Chance, dass er dich nicht gleich bespringt, wenn du durch die Tür kommst.«

»Unsere Jungs lieben unsere kleinen Schwarzen«, fügte Alexis hinzu.

»Und wenn wir beschwipst sind«, sagte Grace.

»Beschwipst?«, murmelte Bailey. »Du meinst wohl besoffen.«

»Sei kein Spielverderber«, sagte Alexis, als sie um den Tisch herum zu ihrem Stuhl zurückstolperte und sich darauf hievte. »Nur weil du einen Braten in der Röhre hast und nicht mit uns trinken kannst, heißt das nicht, dass du uns in die Parade fahren musst.«

Bailey lachte und strich mit der Hand über ihren immer noch fast flachen Bauch. »Ich bin überhaupt kein Spielverderber. Ich genieße das sogar richtig.«

Sarah legte ihre Hand über Baileys und fragte besorgt: »Wirst du trotzdem noch vernascht, wenn du nach Hause kommst, obwohl du nicht betrunken bist?«

Einen Moment lang herrschte Stille – bevor alle vier Frauen in Gelächter ausbrachen.

Sarah blinzelte. »Was ist denn so lustig?«, fragte sie, als sich alle ein wenig beruhigt hatten.

»Du«, sagte Grace.

»Warum?«

»Sagen wir einfach, die Anderson-Brüder sind ... *enthusiastisch*, wenn es um ihre Frauen und darum geht, sie ins Bett zu kriegen«, sagte Bailey mit einem kleinen Lächeln.

»Wenn sie es ins Bett schaffen«, fügte Felicity hinzu.

»Oder überhaupt ins Haus«, sagte Grace.

Sarah schaute von einer Frau zur anderen und sah, dass sie alle grinsten.

»Aber ihr seid doch alle schon eine Weile verheiratet«, sagte Sarah, deren Gehirn nun ganz offiziell schummrig war.

»Und?«, fragte Alexis.

»Ich dachte nur ... ähm ... dass ... ihr wisst schon.« Sie hatte früher an diesem Abend den Eindruck bekommen, dass die anderen Frauen ihre Mädchenabende genossen, weil ihre Männer gern Sex mit ihnen hatten, wenn sie betrunken waren. Sie hatten sich kurz darüber unterhalten, wie sehr sich alle Männer darauf freuten, wenn sie ange-rufen wurden, weil das bedeutete, dass sie ihre Frauen »benutzen« konnten. Und irgendwie hatte sich das nach weiteren alkoholischen Getränken in ihrem Gehirn so verdreht, als hätten sie nur dann Sex, wenn sie betrunken waren.

»Fickt Cole dich nur, wenn du betrunken bist?«, fragte Alexis.

»Ähm, nein«, sagte Sarah.

»Heilige Scheiße, habt ihr es etwa noch nicht gemacht?«, fragte Felicity und ihre Augenbrauen schossen in die Höhe.

»Nein! Doch. Das haben wir. Gestern Abend. Und heute Morgen ...« Sie zögerte und fügte dann hinzu: »Und heute Nachmittag.«

Alle johlten, als wäre sie die lustigste Stand-up-Komike-rin, die sie je in ihrem Leben gesehen hatten. »Ach haltet doch die Klappe«, sagte sie mit gerunzelter Stirn.

Bailey hatte Mitleid mit Sarah und erklärte: »Mädchen, Cole ist vielleicht kein Anderson, aber er ist aus dem glei-chen Holz geschnitzt. Wenn unsere Männer einmal etwas gefunden haben, das ihnen gefällt, sind sie hundertpro-zentig dabei. Angefangen bei ihrem Pflichtgefühl ihrem Job gegenüber bis hin dazu, dass sie uns schwängern wollen«, sie rieb sich wieder den Bauch, »oder ihre Frau befriedigen. Uns gefällt es einfach nur, uns hübsch zu machen und für ein paar Drinks auszugehen, weil es Spaß macht. Und die Vorfreude darauf, zu wissen, wie geil wir werden, heizt die Jungs nur noch mehr an. Das wirst du schon sehen, wenn Cole kommt, um dich abzuholen.«

»Ich nehme nicht die Pille«, platzte Sarah heraus.

»Aber hallooo«, sagte Alexis und schüttelte den Kopf. »Dagegen solltest du besser etwas tun, wenn du keine Kinder willst.«

»Ich will Kinder«, sagte Sarah. Sie trank noch einen kleinen Schluck ihres fruchtigen Cocktails. Ihr gefiel es, Freundinnen zu haben. Es war schön, über Sex und andere mädchenhafte Dinge reden zu können. »Ich will auf jeden Fall Kinder haben«, sagte sie mit Nachdruck.

»Aber?«, drängte Alexis.

»Nichts *aber*. Ich will welche. Sechs oder noch mehr. Ein ganzes Haus voll. Aber ich möchte ein paar davon adoptieren. Ältere Kinder, die das Gefühl haben, dass niemand sie haben will. Wie ich«, sagte Sarah.

»Wenn du die Pille nicht nimmst, wirst du sie eher früher als später bekommen«, warnte Alexis.

Sarah lächelte verträumt. »Ich weiß. Cole hat angedeutet, dass er welche will. Er hat gesagt, die Vorstellung, mich zu schwängern, würde ihn anmachen. Er sagte außerdem, dass er keine Kondome mehr benutzen will, sobald Owen geschnappt wurde ... und er hat mir nicht gesagt, dass ich verhüten soll oder so, also ... habe ich einfach angenommen, dass das vielleicht bedeutet, dass er sofort welche haben will. Ich glaube, mir wird der Prozess gefallen, sie zu zeugen.«

»Cole ist mein bester Freund und ich will nur das Beste

für ihn«, kommentierte Felicity. »Aber die Dinge zwischen euch haben sich ziemlich schnell entwickelt.«

»Ich weiß, dass alles sehr schnell geht, aber ehrlich gesagt schien es zwischen uns einfach von Anfang an zu passen ... nun, nachdem er sich dafür entschuldigt hatte, dass er so unhöflich zu mir gewesen war, bevor er mich überhaupt getroffen hatte. Aber ich kann mit ihm über alles reden. Er ist der erste Mensch, an den ich denke, wenn ich morgens aufwache, und der letzte, bevor ich schlafen gehe.«

»Aber ... Kinder?«, drängte Felicity.

Sarah zuckte mit den Schultern. »Meine erste richtige Erinnerung ist, dass ich auf einer Schaukel saß und einem Mann und einer Frau dabei zusah, wie sie mit ihrem Kind in einem Sandkasten spielten. Ich erinnere mich daran, dass ich dachte, wie seltsam es war, dass Erwachsene mit einem Kind spielten. Ich verstand damals nicht, dass es ihre Mutter und ihr Vater waren.«

»Wie alt warst du?«, fragte Felicity.

»Vielleicht vier oder fünf. Der Punkt ist, dass ich nie einen wirklich guten Draht zu anderen Menschen gefunden habe. Vielleicht liegt das daran, dass ich niemanden hatte, zudem ich eine Verbindung aufbauen konnte, als ich noch klein war. Ich habe meine Väter gemocht und irgendwann liebte ich sie auch. Aber mit Cole ... mit ihm habe ich mich sofort verbunden gefühlt. Ich weiß, dass ich nicht jedes Pflegekind dort draußen retten kann, aber vielleicht kann ich einigen von ihnen helfen, früher als ich zu lernen, wie man Freundschaften schließt und eine Bindung zu anderen aufbaut. Und ich kann mir keinen besseren Vater als Cole vorstellen.«

Es herrschte einen Moment lang Stille, nachdem sie zu Ende gesprochen hatte. Sarah fügte unbeholfen hinzu: »Das ... und ich bin mir ziemlich sicher, dass ich Cole liebe.«

»Du liebst ihn?«, fragte Alexis sanft.

»Ja. Ich weiß, dass es verrückt ist. Ich kenne ihn noch gar nicht so lange. Aber er sieht mich an, als wäre ich die schönste Frau auf der Welt. Obwohl wir alle wissen, dass das nicht stimmt. Er hört mir zu, wenn ich spreche, und wenn er mich in den Arm nimmt, fühle ich mich, als könne mir nichts und niemand je etwas anhaben.«

Felicity legte ihre Hand auf Sarahs Arm. »Er liebt dich auch«, sagte sie unverblümt.

Sarah blinzelte.

»Das tut er wirklich«, beharrte sie. »Ich habe in den letzten Wochen nur Zeug über dich gehört. Wie mutig du bist. Wie klug. Wie großartig du in deinem Job bist. Er kann nicht aufhören, über dich zu reden, an dich zu denken oder sich um dich zu sorgen.«

Alexis lehnte sich über den Tisch und griff nach Sarahs Hand. »Als ich im Kofferraum dieses Wagens lag und wer weiß wohin gebracht wurde, ging mir eine Sache ständig durch den Kopf.«

»Was?«, fragte Sarah.

»Dass Blake mich finden würde. Irgendwie. Auf jeden Fall. Er würde mich finden. Ich glaube, wenn man tief in der Seele davon überzeugt ist, dass der Mann Himmel und Hölle in Bewegung setzen wird, um einen zu beschützen, dann weiß man, dass er der Mann ist, den zu lieben man vorbestimmt ist.«

»Cole hat versprochen, dass er niemals aufhören würde, nach mir zu suchen, sollte Owen mich in die Finger kriegen. Bis ich wieder zu Hause bin«, sagte Sarah.

»Und du glaubst ihm?«, fragte Alexis und starrte Sarah fest in die Augen.

»Ja«, antwortete sie.

»Nein«, sagte Alexis und schüttelte den Kopf. »Glaubst.

Du. Ihm? Wenn du am Boden wärst, erstochen oder vergewaltigt oder wenn dich jemand Schaufel um Schaufel begraben würde ...«

»Alexis!« Grace unterbrach sie. »Das ist ekelhaft!«

Alexis winkte die Worte ihrer Freundin ab und starrte Sarah weiterhin mit einer Intensität an, die sie als beängstigend empfunden hätte, wenn Sarah nicht schon betrunken gewesen wäre. »Ganz egal, was mit dir passiert oder wie lange es dauert, glaubst du, dass er niemals aufhören würde, nach dir zu suchen? Glaubst du, dass er dich immer noch lieben würde, egal was passiert? Wenn du am ganzen Körper Narben hättest oder geschändet worden wärst?«

Sarah antwortete nicht sofort. Sie dachte an den Ausdruck auf Coles Gesicht, als er sie gefragt hatte, ob sie sich sicher sei, bevor er sie mit in sein Schlafzimmer genommen hatte. Sie erinnerte sich an die Eindringlichkeit seines Tonfalls, als er »Meine« gesagt hatte, bevor er mit ihr schlief.

Dann leckte sie sich über die Lippen und nickte. »Ja.«

Alexis lächelte und lehnte sich zurück. Sie griff nach ihrem Glas und trank einen großen Schluck. »Gut.«

Sarah war froh, als der Fokus des Gesprächs sich von ihr und ihrer Beziehung zu Cole auf Grace und die Zwillinge verlagerte. Nate und Ace wuchsen offensichtlich wie Unkraut und stellten jetzt, da sie zu laufen begonnen hatten, andauernd irgendwas an.

Der Alkohol hatte sie entspannt, genau wie das Gefühl, endlich in eine Gruppe von Frauen aufgenommen zu werden, die sie wirklich um ihrer selbst willen zu mögen schienen. Nicht weil sie eine gute Pflegeassistentin war oder weil sie ihr etwas verkaufen wollten oder nur deshalb, weil sie mit Cole zusammen war.

Eine Stunde später legte Felicity ihr Handy mit einem lauten Geräusch auf den Tisch und grinste die Gruppe an.

»Warum grinst du so?«, fragte Grace ihre Freundin.

»Ich hoffe, ihr hattet alle genug«, sagte Felicity.

»Warum?«, fragte Bailey.

»Weil ich wetten könnte, dass die Jungs in etwa siebeneinhalb Minuten hier auftauchen werden, um uns abzuholen.«

Überrascht blinzelte Sarah auf die Zahlen ihrer Armbanduhr. »So spät ist es doch noch gar nicht.«

»Ich glaube, ich habe genug getrunken, und so sehr ich euch Mädels auch liebe, brauche ich jetzt etwas Zeit allein mit meinem Mann«, sagte Felicity.

»Was hast du getan?«, fragte Alexis.

»Ich habe Ryder eine SMS geschrieben und ihm gesagt, dass hier alle über Babys reden. Und dass es vielleicht an der Zeit ist, dass wir selbst aufhören, nur darüber zu sprechen, und anfangen, welche zu machen«, erklärte Felicity.

»Das hast du nicht!«, rief Grace.

»Super!«, sagte Alexis.

»Wurde auch Zeit«, sagte Bailey grinsend.

»Und da er mit allen anderen Jungs bei Logan ist, hat er ihnen bestimmt davon erzählt. Und ich schätze, wenn Cole hört, dass wir alle darüber reden, uns schwängern zu lassen, wird er mit den anderen in etwa«, sie schaute auf die nicht vorhandene Uhr an ihrem Handgelenk, »sieben Minuten hier sein.«

»Oh Gott. Ich muss los!«, rief Sarah plötzlich in Panik und mit weit aufgerissenen Augen. »Cole wird mich für *wahnsinnig* halten, weil ich so früh in unserer Beziehung schon Kinder haben will!«

Sie sprang von ihrem Barhocker und stolperte, wobei sie

fast gefallen wäre. Aber Bailey streckte die Hand aus und packte ihren Arm, bevor sie flüchten konnte.

»Hör auf, Panik zu schieben«, befahl sie.

Sarah schüttelte den Kopf. »Das kann ich nicht!«

Im nächsten Moment war sie auch schon von Grace, Alexis, Bailey und Felicity umzingelt.

»Du warst doch diejenige, die gesagt hat, dass er die Babys zuerst erwähnt hat«, erinnerte Felicity sie. »Und ich kenne meinen Freund. Das wird ihn nicht aus der Fassung bringen.«

»Wird es doch«, rief Sarah.

»Er wird durch diese Tür stürmen, bereit, dich hier und jetzt zu schwängern«, sagte Felicity voller Zuversicht. »Glaub mir.«

Sarah schluckte schwer.

»Ich wette mit dir«, sagte Felicity. »Um alles, was du willst. Aber du solltest besser nichts einsetzen, was du nicht zu verlieren bereit bist.«

»Er wird wütend sein, Felicity«, wandte Sarah ein.

»Wird er nicht. Wenn ich recht habe, musst du dich mit mir tätowieren lassen. Du kannst dir aussuchen, was du haben willst, aber du musst es durchziehen.«

»Und wenn er sich aufregt und ausflippt, weil wir über Babys gesprochen haben?«, fragte Sarah.

»Dann kümmere ich mich um alles, was mit deinem Umzug in deine neue Wohnung zu tun hat. Ich packe alles ein, was du bislang noch nicht gepackt hast. Ich organisiere einen Lkw, der alles hierher nach Castle Rock bringt, besorge den Lagerraum für alles, was nicht in die Wohnung passt, und dann packe ich den ganzen Kram für dich aus.«

Sarah dachte zwei Sekunden lang darüber nach. »Abgemacht.« Sie freute sich überhaupt nicht auf ihren Umzug. Morgen Nachmittag musste sie mit den Sachen auf dem

Dachboden anfangen. Sie hatte keine Ahnung, was sich dort oben alles befand, und sie hatte das Gefühl, dass sie besonders deprimiert sein würde, wenn sie Cole ein für alle Mal verloren hatte, weil sie vor ihren neuen Freundinnen eine zu große Klappe gehabt hatte.

»Fang schon mal an, darüber nachzudenken, was du dir tätowieren lassen willst«, sagte Felicity mit einem Grinsen.

Sarah öffnete gerade den Mund, um zu erwidern, dass *Felicity* lieber anfangen sollte, sich zu überlegen, wo sie einen Haufen Kartons herbekam ... als es am Eingang der Kneipe einen Tumult gab.

Die Frauen um sie herum drehten sich um und standen immer noch an beiden Seiten neben Sarah.

Sarah hörte Felicity gerade noch kichern und ein leises »Hab ich dir doch gesagt«, bevor sie sich ebenfalls umdrehte – und Cole direkt vor ihr stand.

Seine Augen funkelten und sie hatte ihn noch nie so ... aufgewühlt gesehen.

»Cole? Geht es dir gut?«

Anstatt zu antworten, fragte er: »Hast du bei dem Gespräch mitgemischt?«

»Ähm ... bei dem über Babys?«

»Ja, Sarah. Bei dem Gespräch über Babys.«

Sie konnte ihn nicht lesen und sagte zaghaft: »Ja?«

»Du willst Kinder mit mir haben?«, fragte er als Nächstes.

»Ich liebe dich, also ja.«

Sie hätte sich sofort in den Hintern treten können, weil sie diese Tatsache herausposaunt hatte. Verdammter Alkohol.

Ohne ein weiteres Wort trat er einen Schritt auf Sarah zu, beugte sich leicht vor und warf sie über seine Schulter.

Sie kreischte und klammerte sich an die Seite seines T-Shirts. »Cole!«, protestierte sie.

Er reagierte nicht, drehte sich lediglich um und ging auf den Ausgang der Kneipe zu.

»Wir sehen uns dann später«, rief Blake.

»Fahr vorsichtig«, sagte Nathan.

»Tu nichts, was ich nicht auch tun würde«, fügte Ryder hinzu. Logan war nicht da, aber Sarah erinnerte sich, dass Grace gesagt hatte, Ryder würde sie nach Hause bringen, da ihr Mann die Babys nicht allein lassen konnte, um sie abzuholen.

»Cole! Lass mich runter«, sagte Sarah zu ihm und stützte sich ab, so gut es ging, indem sie ihre Hände flach auf seinen Rücken drückte und sich nach oben krümmte. Sie hatte keine Angst hinunterzufallen – der Griff um ihre Oberschenkel war fest … und es war Cole. Er würde sie nicht fallen lassen. Niemals.

Er marschierte aus der Kneipe in Richtung seines Sportwagens. Die Welt drehte sich, also entspannte Sarah sich einfach und ließ sich von Cole dorthin bringen, wo sie sowieso hinwollte. Er setzte sie auf den Beifahrersitz, immer noch, ohne ein Wort zu sagen, und bevor sie blinzeln konnte, bog er vom Parkplatz.

»Cole?«, fragte sie, aber er hielt eine Hand hoch, um sie zum Schweigen zu bringen.

Sarah wartete darauf, dass er etwas sagen würde, aber er tat es nicht. Er legte seine Hand lediglich zurück aufs Lenkrad und starrte weiter geradeaus. Sie hatte ehrlich gesagt keine Ahnung, ob er sauer auf sie war oder verärgert, oder eine von hundert anderen Emotionen empfand. Sie konnte den Muskel an seinem Kiefer zucken sehen und er umklammerte das Lenkrad so fest, dass seine Knöchel weiß wurden.

Trotz allem, was sie mit Felicity gewettet hatte, hatte sie gehofft, dass Cole begeistert davon sein würde, dass sie Kinder mit ihm haben wollte. Und anfangs hatte sie auch noch gedacht, dass er das war. Diese ganze »sie wie einen Wikinger, der eine jungfräuliche Braut entführt, über seine Schulter zu werfen«-Sache war irgendwie heiß. Aber jetzt, wo er nicht mit ihr sprach und so aussah, als würde er gleich den Verstand verlieren, konnte sie sich nicht mehr sicher sein.

Von dem Alkohol in ihrem Körper war sie etwas emotional, fast weinerlich, und sie konnte nicht mehr klar denken. Sarah biss sich auf die Lippe und schwieg. Sie konnte den Blick jedoch nicht von Cole abwenden. Wenn dies das letzte Mal sein sollte, dass sie ihn nach Herzenslust anstarren konnte, würde sie keine Sekunde davon aufgeben.

Er bog auf den Parkplatz seines Wohngebäudes und stellte den Wagen ruckartig in die Parkposition. Dann drehte er sich zu ihr um und sagte: »Beweg. Dich. Nicht.«

Also saß Sarah stocksteif da, als er um die Vorderseite seines Wagens zu ihrer Seite herumging. Er öffnete die Tür und zog an ihr. Dieses Mal warf er sie nicht über seine Schulter, sondern trug sie in den Armen wie ein Ehemann, der seine Braut über die Schwelle ihres neuen Hauses trug. Sarah schmiegte sich an ihn und genoss, wie er sich anfühlte und roch. Sie legte ihren Kopf an seine Schulter und schloss die Augen, während die Welt sich drehte.

Sie öffnete sie auch nicht, als er sie vor seiner Tür auf den Boden stellte. Sie schlang ihre Arme um seine Brust und spürte, wie er hinter ihr die Tür aufschloss. Er schob sie hinein und ließ dann, nachdem er die Tür geschlossen hatte, seinen Schlüssel einfach fallen.

Das Geräusch, das er machte, als er auf dem Boden landete, überraschte sie. Sarah riss die Augen weit auf. Sie warf den Kopf zurück und starrte ängstlich zu Cole auf, als sie sich fragte, was er wohl sagen würde.

Cole griff mit den Händen nach ihren Schultern und führte sie langsam rückwärts. Sarah wandte den Blick nicht von seinem ab und vertraute darauf, dass er sie nicht stolpern lassen würde.

»Wie betrunken bist du?«, fragte er.

Sarah neigte den Kopf und hob eine Hand. Sie zeigte ihm eine ein paar Zentimeter breite Lücke zwischen Daumen und Zeigefinger.

»Wie viel hast du getrunken?«

»Vier Cocktails. Warte ... vielleicht fünf. Ich weiß es nicht mehr.«

»Scheiße. Ich bin ein Arschloch ... aber das hier passiert.«

»Was?«, fragte Sarah.

Cole hielt inne und drehte sie so, dass sie dem Wohnzimmer zugewandt war. Er legte eine Hand auf ihren Rücken und drückte sie vor, bis sie über die Rückenlehne des Sofas gebeugt war. Mit den Händen griff er nach ihrem Kleid und zog es ruckartig über ihre Hüfte hoch.

Sarah drehte den Kopf und starrte ihn an. Cole starrte auf ihren Hintern. Sein Blick war so intensiv und heiß, dass sie spürte, wie ihr Körper sofort feucht wurde. »Cole ...«

»Ich habe dich gestern Abend gewarnt. Wenn du dich mir hingibst, dann war es das. Es gibt kein Zurück mehr.«

Sarah nickte, wurde jedoch von seinen Händen abgelenkt, die er zum Knopf und dem Reißverschluss an seiner Jeans wandern ließ.

»Ich habe nicht gelogen. Du gehörst mir, Engel. Ich weiß, dass du betrunken bist, aber die Vorstellung, dass du mich ein Baby in deinen Bauch pflanzen lässt, ist einfach zu viel. Und dann musstest du auch noch gestehen, dass du mich liebst … Vielleicht hätte ich widerstehen können, wenn du das nicht gesagt hättest.« Sein Schwanz entsprang aus seiner Hose, sah wild und hart wie Stahl aus. Er wippte vor ihm wie eine Fahne im Wind.

Er drückte eine Hand auf ihren Rücken und schob die andere zwischen ihre Beine. Er zog den Saum ihres Höschens zur Seite und grinste. »Nass«, murmelte er vor sich hin, bevor er einen Finger tief in ihren Körper stieß.

Sarah stöhnte auf und ließ den Kopf sinken.

»Mach dich bereit, Engel. Das hier wird hart und schnell werden.« Es war die einzige Warnung, die sie bekam, bevor Cole sich bewegte und sie hochhob, sodass ihre Füße nicht länger den Boden berührten. Sie streckte die Hände zur Seite und hielt sich an der Rückenlehne der Couch fest, während sie gleichzeitig spürte, wie er in sie eindrang.

Er stieß mit einem harten Stoß kräftig in sie hinein und sie stöhnten beide bei dem Gefühl. Der Gummizug ihres Höschens war unangenehm, als er sich in ihren Schritt grub, aber sie beschwerte sich nicht. Sie konnte sich nicht beschweren.

Cole fickte sie. Hart. Und sie liebte es.

»Ja … Cole!«

»Ich liebe dich, Sarah. So verdammt sehr«, grunzte er. Die Worte sickerten in ihre Seele und rieselten wie Feenstaub auf sie herab.

Sie konnte sich nicht bewegen. Sie konnte nur dort liegen und nehmen, was Cole ihr gab. Aber es war unglaublich herrlich. Als er seine Hand um ihren Bauch herumführte und mit den Fingern begann, ihre Klitoris zu reiben, während er weiter kräftig in sie stieß, wurde sie ganz wild. Sie krümmte sich auf der Rückenlehne der Couch und bettelte ihn an, sie noch härter zu ficken. Ihre Füße schlang sie, so gut sie es in ihrer Position konnte, um seine Waden.

Innerhalb von Sekunden war sie kurz davor zu kommen.

Sie sprachen beide nicht, aber in dem Moment, in dem sie zu zucken begann, grub er sich tief in sie ein und stöhnte, als er mit ihr den Höhepunkt erreichte.

Es hätten Stunden oder Sekunden sein können, aber schließlich kam sie von ihrem Hochgefühl, das seine Hände und sein Körper ihr beschert hatten, herunter.

Der Raum drehte sich sowohl vom Alkohol als auch von seinem Liebesspiel.

Cole sagte kein Wort und entzog sich ihr. Er drehte Sarah sofort um und hob sie hoch. Er trug immer noch seine Hose und sein halbharter Schwanz hing vorne heraus, als er sie in sein Zimmer trug. Er zog ihr das kleine Schwarze, die Schuhe, den BH und das Höschen aus. Dann entkleidete er sich selbst.

Sarah war bereits unter die Bettdecke gerutscht und er gesellte sich einen Moment später zu ihr. Er positionierte sie über sich, griff noch einmal nach seinem Schwanz und ließ sie, diesmal sanft, nach unten sinken, um erneut in ihren Körper zu dringen.

Zufrieden seufzend sackte Sarah auf ihm zusammen und blieb schlaff auf ihm liegen.

»Ich bin zu müde, um mich zu bewegen«, klagte sie.

»Schon okay. Schlaf einfach.«

»Aber du ... du steckst in mir drin.«

»Stimmt.«

»Wirst du nicht ... ist das normal?«, fragte sie.

»Ich habe das Gefühl, dass das meine neue Normalität ist«, sagte Cole mit einem kleinen Lachen. »Ich habe in deiner Nähe sowieso immer einen halben Ständer und es gibt keinen Ort, an dem mein Schwanz lieber sein möchte als in dir drin, wo es nass und warm ist.«

Plötzlich wurde ihr das feuchte Gefühl zwischen ihren Beinen vollends bewusst. Sarah riss den Kopf nach oben. »Du hast kein Kondom benutzt«, sagte sie zu Cole.

»Nein.« Er klang weder gestresst noch besorgt.

»Ich könnte schwanger werden«, informierte sie ihn.

»Ja.«

Zu müde und beschwipst, um sich jetzt darüber Gedanken zu machen, legte Sarah den Kopf wieder ab.

Cole küsste ihr die Schläfe. »Schlaf, Engel.«

»Mmm.« Es war das Letzte, woran sie sich erinnerte.

Cole hielt Sarah fest, während sie auf ihm schlief. Sein Schwanz war immer noch nicht schlaff geworden und er genoss das Gefühl, in ihrem Körper zu sein. Diesbezüglich hatte er nicht gelogen. Er hätte sie noch stundenlang lieben können, aber sie war betrunken. Und müde. Wahrscheinlich hätte er sie auch nicht über der Couchlehne ficken sollen, aber er konnte sich einfach nicht zurückhalten.

Sie liebte ihn.

Sie wollte Babys mit ihm.

Also hatte er sein Bestes getan, um ihr zu geben, was sie wollte. Was er wollte.

Er wollte sie mit seinem Kind schwanger sehen.

Er wollte sie so sehr an sich binden, dass sie ihn niemals verlassen würde.

Wenn sie adoptieren wollte, war das für ihn in Ordnung. Aber zuerst würden sie einen kleinen Jungen oder ein kleines Mädchen mit ihren Augen und ihrem Kinn bekommen.

Der Drang, sie erneut mit seinem Samen zu füllen, war überwältigend. Aber er würde sie niemals nehmen, wenn sie bewusstlos war oder schlief. Sein Schwanz würde einfach warten müssen, bis sie wieder aufwachte.

Ein Gefühl der Rechtmäßigkeit überkam ihn.

Das Beste, was ihm je passiert war, kuschelte sich in seine Arme, als wollte sie nie wieder gehen. Und das war für ihn völlig in Ordnung.

Im Laufe der Nacht schmiedete Cole Pläne. Pläne, dass Sarah seinen Bruder kennenlernen sollte. Und seine Eltern. Sie würden sie alle lieben. Sie mussten jetzt reisen, bevor sie zu schwanger dafür war.

Und Cole hatte keinen Zweifel daran, dass er sie bereits hatte schwängern können, wenn man die Menge an Testosteron bedachte, die durch seine Adern strömte.

Lächelnd griff er nach ihrem Hintern und zog sie noch enger an sich. Sarah rekelte sich im Schlaf und schmiegte sich fester an ihn. Das Leben war gut.

Nein, es war verdammt großartig.

KAPITEL DREIZEHN

Als Sarah am nächsten Morgen aufwachte, brauchte sie einen Moment, um sich daran zu erinnern, wo sie war, warum ihr Kopf so schmerzte und was mit Cole passiert war. Sie öffnete ein Auge und erkannte, dass sie allein in seinem Bett lag. Sie hätte sich vielleicht darüber geärgert, dass er sie allein gelassen hatte, wenn sie nicht ein bis zwei Minuten gebraucht hätte, um ihr Gleichgewicht wiederzufinden.

Sie erinnerte sich an alles, was in der Nacht zuvor passiert war. Was sie den Mädchen erzählt hatte und wie sie zugegeben hatte, dass es ihr nichts ausmachen würde, sollte sie sofort schwanger werden. Cole war nicht böse gewesen, dass sie Kinder wollte. Tatsächlich hatte es ihn sogar so erregt, dass er sie sofort gefickt hatte, als sie in seine Wohnung kamen.

Und nicht nur das ... Sarah bewegte ihre Beine und spürte die Feuchtigkeit dazwischen.

Er hatte es ohne Kondom getan.

Der Gedanke, dass sie bereits schwanger sein könnte,

sollte sie eigentlich in Panik versetzen. Besonders in Anbetracht der Tatsache, dass das Problem mit Owen immer noch nicht gelöst war. Aber stattdessen fühlte es sich ... richtig an.

Sarah schloss die Augen und streckte sich. Ihren ganzen Körper. Mit den Armen über ihrem Kopf und gekrümmtem Rücken. Lächelnd öffnete sie die Augen ...

Und erstarrte.

Cole stand in der Tür, starrte sie an und lächelte zurück. Er trug kein Hemd und nur eine Jogginghose, die so aussah, als würde sie kaum an seiner Hüfte halten. Die V-förmigen Muskeln und sein Waschbrettbauch waren so ausgeprägt wie immer. Es war kein Wunder, dass er sie letzte Nacht so leicht hatte herumtragen können. Er war so verdammt muskulös, dass es fast schon komisch war.

»Hi«, sagte sie schüchtern.

»Hi«, erwiderte er. »Wie fühlst du dich?«

Sie zuckte mit den Schultern und zerrte die Bettdecke hoch, um dafür zu sorgen, dass sie zugedeckt war. »Es geht mir gut. Mein Kopf tut ein bisschen weh, aber es ist nicht zu schlimm.«

»Erinnerst du dich an letzte Nacht?«

Sie zog es in Erwägung zu lügen, nickte dann aber doch.

Cole stieß sich vom Türpfosten ab und kam auf sie zu. Er setzte sich auf die Bettkante und strich ihr eine Haarsträhne hinters Ohr.

Sarah hatte das Gefühl, dass ihr Haar wahrscheinlich in alle Richtungen abstand. Sie wurde unruhig, als er nichts sagte und sie nur mit einem nicht lesbaren Gesichtsausdruck anstarrte.

»Ich muss mir eine Tätowierung stechen lassen«, platzte sie heraus.

Er runzelte die Stirn. »Was?«

»Ich habe eine Wette mit Felicity verloren.«

»Was für eine Wette?«

»Nachdem sie diese SMS geschickt hatte, geriet ich in Panik und dachte, sie hätte alles ruiniert, was wir gerade zwischen uns aufbauen. Sie war der Meinung, dass du jede Sekunde auftauchen würdest, und ich habe ihr nicht geglaubt. Und sie hat gesagt, wenn du dich nicht aufregst und wegen der Sache mit den Babys ausflippst, muss ich mir eine Tätowierung mit ihr stechen lassen.«

»Und wenn ich mich aufgeregt hätte?«, fragte Cole mit einem Lächeln.

»Dann hätte sie alle meine Sachen packen, sie für mich transportieren und in meiner neuen Wohnung alles auspacken müssen.«

Sein Lächeln wurde noch breiter. »Sie ist hinterhältig, diese Felicity. Diese Wette war eine Mogelpackung, weil sie mich zu gut kennt. Ich habe den Umzug bereits geplant, und sie wusste es.«

»Hast du das? Sie wusste es?«

»Ja. Ich habe für deinen nächsten freien Tag ein lokales Umzugsunternehmen beauftragt, alles einzupacken, was du bis dahin nicht selbst schaffst, und alles hierher zu transportieren.«

»Und wann wolltest du mir das sagen?«, fragte Sarah und rutschte nach oben, um sich mit dem Rücken an das Kopfteil des Bettes zu lehnen.

Cole zuckte zusammen. »Heute?«

Sie kicherte. »Noch mal Glück gehabt.«

»Und du solltest außerdem wissen, dass ich dich sofort hier bei mir einziehen lassen würde, aber ich möchte, dass du wirklich in Sicherheit bist. Und das andere Gebäude hat bessere Sicherheitsvorkehrungen. Du wirst mich also oft in deiner neuen Wohnung sehen, Engel. Und sobald dort eine größere Wohnung frei wird, werde ich tun, was ich kann, um sie für uns zu sichern. Besonders jetzt.«

»Jetzt?«

Er beugte sich vor und berührte praktisch ihre Nase mit seiner. »Ich habe dich letzte Nacht ohne Kondom geliebt.«

Sarah schluckte schwer und nickte.

»Und ich will es heute Morgen noch einmal machen. Und bevor du später nach Hause fährst ... wenn du nicht schon schwanger bist, ist es nur eine Frage der Zeit. Denn jetzt, wo ich dich ohne Kondom geliebt und mit meinem Samen gefüllt habe, will ich es wieder tun. Und dann noch einmal. Und immer wieder. Ich bin bereits süchtig nach deiner Muschi und du willst Kinder. Wir müssen endlich anfangen, damit wir nicht sechzig sind, wenn wir unser letztes Kind bekommen.«

Sarahs Herz schlug unglaublich heftig in ihrer Brust. Bei der Geschwindigkeit, mit der Cole vorwärtsdrängte, wurde ihr ganz schwindelig. Aber sie konnte nicht leugnen, dass sie das alles mit ihm wollte. Er würde ein fantastischer Vater sein. Er wäre streng, aber fair. Beschützend, aber nicht erdrückend.

Das war Wahnsinn, oder nicht?

»In Ordnung«, flüsterte sie.

»Bist du wirklich damit einverstanden oder sagst du das nur, weil du Angst hast?«, fragte er scharfsinnig.

»Ein wenig von beidem? Ich liebe dich, Cole, aber ich denke trotzdem irgendwie, dass das alles viel zu schnell geht.«

Bei ihrer Äußerung schloss er kurz die Augen, nickte dann aber. »Und genau deshalb nimmst du diese Wohnung.

Damit du sicher sein kannst, dass die Sache zwischen uns funktioniert.«

Sarah runzelte die Stirn. »Aber du hast doch gerade gesagt, dass du versuchst, mich zu schwängern.«

Cole lächelte verlegen. »Das tue ich auch. *Ich* habe keinen Zweifel daran, dass es zwischen uns funktionieren wird, Sarah. Ich gebe dir nur ein wenig Freiraum, damit du zu demselben Schluss kommen kannst.«

»Oh.«

Er beugte sich vor und küsste ihre Stirn. »Jetzt steh auf. Geh duschen. Und dann komm raus in die Küche. Ich habe uns Frühstück gemacht.«

Sarah war überrascht. Gerade hatte er noch gesagt, dass er noch einmal mit ihr schlafen wollte ... und jetzt befahl er ihr zu duschen. Dieser Mann war verwirrend.

Als könnte er ihre Gedanken lesen, sagte Cole: »Dusche, ein paar Tabletten gegen deine Kopfschmerzen, etwas zu essen für Energie und dann werde ich dich noch einmal lecken. Dann will ich dir dabei zusehen, wie du meinen Schwanz reitest, bis ich wieder in deine heiße kleine Muschi spritze.«

Ihr Magen krampfte sich bei dem Gedanken zusammen.

Er lächelte. »Ja, Engel. Es wird wunderbar zwischen uns laufen.« Cole beugte sich vor und lehnte seine Stirn an ihre. »Ich liebe dich, Engel. Mehr als ich in meinem ganzen Leben je zuvor irgendjemanden oder irgendetwas geliebt habe. Du gehörst mir, so wie ich dir gehöre. Ich werde dich und unsere Kinder beschützen, für euch sorgen und euch bis ans Ende meiner Tage lieben.«

Sarah lächelte. »Vergiss nur nicht, wessen Idee es war«, sagte sie zu ihm.

Er lachte und stand auf. An der Tür drehte er sich um

und sagte: »Ich kann es kaum erwarten zu sehen, was du dir tätowieren lässt ... aber tust du mir einen Gefallen?«

»Was?«, fragte sie, als er den Satz nicht beendete.

»Lass es dir irgendwo stechen, wo ich es nur sehen kann, wenn du nackt bist. Der Gedanke an Tätowierungen auf deiner Haut macht mich so an, dass ich Angst habe, ich würde dich jedes Mal bespringen, wenn ich sie sehe ... ganz egal, wo wir sind oder mit wem.«

Sarah lachte, als er den Raum verließ. Sie würde sich etwas Unglaubliches einfallen lassen müssen. Etwas, das Cole jedes Mal den Atem rauben würde, wenn er es sah. Hoffentlich würde Felicity ihr etwas Zeit zum Nachdenken geben, bevor sie sie ins Tattoo-Studio schleppte.

»Möchtest du, dass ich mit dir reinkomme?«, fragte Cole, als sie neben seinem Wagen standen. Er war ihr den ganzen Weg bis nach Parker gefolgt. Sarah hatte versucht, es ihm auszureden, aber er hatte darauf bestanden.

Sie hatte ihren Wagen in die Garage gestellt und nun verabschiedeten sie sich.

Es war ein fantastischer Tag gewesen. Einer, von dem Sarah sich wünschte, dass er niemals enden würde. Aber sie musste morgen wieder arbeiten und Cole hatte selbst noch einiges für das Fitnessstudio zu tun. Sie musste außerdem noch weiter packen, bevor ihre Schichten wieder anfingen. Vor allem wenn Cole die Umzugsfirma kommen lassen wollte, um ihre Sachen zu transportieren. Sie musste alles organisieren. Entscheiden, was sie einlagern wollte und worauf sie in den nächsten Monaten nicht verzichten konnte.

Aber es fühlte sich trotzdem komisch an, ihn gehen zu

lassen. Sie hatten die letzten beiden Tage zusammen verbracht, und wenn sie ehrlich zu sich war, wollte sie sich nicht von ihm trennen. Sie war sehr anhänglich, und das war sonst so gar nicht ihre Art. Fast hatte sie das Gefühl, als wäre sie wieder sechs Jahre alt und wollte nicht, dass Mike oder Jackson sie aus den Augen ließen. Nur für den Fall, dass jemand vom Staat kam, um sie wieder mitzunehmen.

Sie erkannte etwas Gutes, wenn es ihr passierte, und Cole war mehr als nur gut für sie. Sie lachten zusammen und der Sex war fantastisch, aber darüber hinaus fühlte sie sich wohl in seiner Nähe. Sie hatte nicht das Gefühl, ihn unterhalten zu müssen, und war genauso zufrieden damit, in einem Raum zu sitzen und nicht zu reden, wie ein ausführliches Gespräch über das Gesundheitswesen der Vereinigten Staaten zu führen.

»Ob ich es will? Ja. Aber wir haben beide viel zu tun«, sagte sie mit einem Lächeln.

Cole lächelte nicht. Er starrte sie mit einem Blick an, der so glühend heiß war, dass Sarah das Gefühl hatte, sie würde auf der Stelle verbrennen, wenn er nicht wegschauen würde. »Komm her«, sagte er und griff nach ihr.

Sarah lehnte sich bereitwillig an ihn und war nicht überrascht, als sich eine Gänsehaut auf ihren Armen bildete, als seine Lippen die ihren trafen. Der Kuss war irgendwie bittersüß, denn sie wusste, dass es mindestens drei Tage wären, bevor sie sich wiedersehen würden. Sie hatte drei Tage mit Zwölfstundenschichten. Also würde sie sich abrackern, dann jeden Abend nach Hause kommen und einfach nur ins Bett fallen.

Aber am Ende dieser drei Tage würde sie Cole wiedersehen, in ihre neue Wohnung ziehen und ihr neues Leben beginnen.

Cole behielt seine Hand an ihrem Nacken, als er sich

von ihr löste. Mit dem Daumen streichelte er hin und her, und das allein reichte aus, um ihre Brustwarzen hart werden zu lassen.

»Schau mich nicht so an«, ermahnte Cole sie.

»Wie denn?«, fragte Sarah.

»Als wäre ich ein Eis, an dem du lecken willst«, sagte er sofort.

Sarah kicherte. »Wenn ich es mir recht überlege, bin ich eigentlich nie dazu gekommen zu ... lecken«, sagte sie neckisch.

Cole stöhnte. »Verdammt, Engel, jetzt werde ich an nichts anderes mehr denken können als an dich auf deinen Knien mit diesen köstlichen Lippen um meinen Schwanz.«

Sie drückte sich an ihn. »Vielen Dank«, platzte sie heraus.

Cole runzelte die Stirn. »Wofür?«

»Dafür, dass du so unglaublich bist. Ich weiß, ich bin nicht gerade der Fang des Jahrhunderts. Ich habe einiges an Ballast und die Sache mit Owen ist immer noch unsicher. Ich wohne zu weit weg und mir wurde schon öfter gesagt, dass ich nicht so ein Schwächling sein soll, wenn Leute unhöflich zu mir sind. Ich will nur ...«

»Hör auf«, befahl Cole.

Sarah presste die Lippen zusammen.

»Scheiß auf die Leute, die dir das gesagt haben. Du bist ein erfrischender Wirbelwind. Wenn es mehr Leute wie dich gäbe und nicht so viele wie mich, wäre die Welt ein besserer Ort. Ändere dich niemals. Sei, wer du bist, und scheiß auf das, was alle anderen denken. Ich habe den Gesichtsausdruck dieser Frau gesehen, als du ihr angeboten hast, die Lebensmittel in ihren Einkaufswagen zu laden, während ihr Baby wie am Spieß schrie. In Bezug auf mich war sie sich nicht so sicher, aber nach einem Blick auf dein freundliches und einladendes Lächeln war die Erleichterung in ihrem Gesicht sofort zu sehen. Und als ich heute kurz ins Fitnessstudio musste, hast du dich nicht beschwert. Und ich schwöre, ich dachte, diese Frau würde dir einen Antrag machen.«

Sarah errötete. »Sie hat geweint, Cole. Hätte ich sie ignorieren sollen?«

»Nein. Verdammt, nein. Aber das hat alle anderen nicht davon abgehalten, sie zu ignorieren. Du bist sofort zu ihr hingegangen und hast gefragt, was los ist und ob du helfen kannst.«

»Es ist nicht cool, dass diese Mädchen sich über sie lustig gemacht haben.«

»Das ist es nicht. Und sie sind im Rock Hard Fitnessstudio auch nie wieder willkommen. In meinem Fitnessstudio wird niemand wegen seines Körpers verspottet. Es ist mir egal, ob jemand vierhundert Kilo wiegt oder vierzig. Ich will damit sagen, dass ich sie wahrscheinlich nicht einmal bemerkt hätte, wenn du nicht da gewesen wärst. Also bitte verändere dich nie. Ich brauche dich in meinem Leben. Ich brauche dich, um mich zu entschleunigen und um mir die Schönheit in der Welt aufzuzeigen. Ich habe immer nur nach dem Schlechten gesucht. Nur in deiner Nähe zu sein lässt mich die Welt jetzt schon mit anderen Augen sehen.

Und wegen des anderen Zeugs, das du gerade erwähnt hast? Jeder hat Ballast, Engel, und ich liebe dich trotzdem. In weniger als einer Woche wirst du nicht mehr so weit weg wohnen. Tatsächlich wirst du dich nur umzudrehen brauchen und ich werde direkt neben dir sein. Und wir werden diese Situation mit Owen klären. Es hört sich so an, als müsste er in einer Art Wohngruppe untergebracht werden, wo er beaufsichtigt werden kann. Und wenn das der Fall ist, wird Ace Security dafür sorgen, dass er die Hilfe bekommt, die er braucht. In Ordnung?«

»In Ordnung«, stimmte Sarah zu. Was sollte sie auch sonst sagen? Cole ließ es so klingen, als würde alles ohne Probleme ablaufen. Sie wollte es hoffen.

»In Ordnung«, wiederholte auch Cole. Dann küsste er sie erneut, ein kurzer heftiger Kuss, der kaum befriedigend war, aber wahrscheinlich die sichere Option, wenn man bedachte, dass sie die Finger nicht voneinander lassen konnten.

»Ruf mich morgen früh an oder schreibe mir eine Nachricht, wenn du ins Krankenhaus fährst«, sagte er zu ihr.

»Es wird aber früh sein«, warnte sie ihn.

»Ich werde wach sein. Und selbst wenn ich es nicht wäre, wäre von dir zu hören die beste Art, in den Tag zu starten.«

Sarah leckte sich die Lippen und Cole stöhnte. Er drückte ihren Nacken leicht und wich dann zurück. »Na los. Bevor ich deinen süßen Hintern ins Haus schleppe und mich an dir vergehe.«

Sie hatte das Gefühl, dass er nicht scherzte. Sarah hätte nichts dagegen gehabt, aber sie wusste, dass er arbeiten musste. Sie schaute ihm weiter in die Augen, nickte und bewegte sich rückwärts zur Garage – als sie hineingefahren war, hatte sie keine Geschenke von Owen auf der Treppe gefunden, Gott sei Dank. Sie schloss das Garagentor ab und drehte sich um, um Cole zu winken.

Er grinste sie an, hob zum Abschied einen Finger vom Lenkrad und fuhr rückwärts aus der Einfahrt. Sie schaute ihm nach, bis sie seinen Wagen nicht mehr sehen konnte. Dann betrat sie schließlich ihr Haus.

Es kam ihr außerordentlich groß und leer vor. Sie wusste, dass es daran lag, dass sie gerade die unglaublichsten paar Tage mit Cole verbracht hatte. Er war legendär und schaffte es, alle Einsamkeit in ihr zu vertreiben. Zum ersten Mal wurde Sarah bewusst, dass sich das Haus, in dem sie aufgewachsen war und in dem sie von ihren Vätern gelernt hatte, was wahre Liebe ist, nicht mehr wie ein Zuhause anfühlte. Einfach deshalb, weil Cole nicht mit ihr dort war.

»Es ist Zeit«, flüsterte sie, als sie sich umsah. Im Wohnzimmer und in der Küche stapelten sich ungeordnete Kartons. Die Maklerin würde eine Firma anrufen, die das Haus professionell einrichten sollte, sobald alles herausgeräumt worden war. Es kostete etwas mehr, aber das war es wert, sodass sie sich nur einmal um den Umzug kümmern musste. Sie konnte jetzt alle ihre Sachen packen und es hinter sich bringen.

Da sie wusste, dass sie eine Menge Arbeit vor sich hatte, besonders wenn sie auch die Kartons auf dem Dachboden in Angriff nehmen wollte, atmete Sarah tief durch. Sie schob ihr Handy in die Gesäßtasche und machte sich auf den Weg in ihr Schlafzimmer. Sie war dort fast fertig und musste dann nur noch ein paar Dinge im großen Schlafzimmer sortieren, bevor sie sehen würde, wie viel Mist sich auf dem Dachboden befand. Sie hatte sich überlegt, dass sie dort oben wahrscheinlich alle Kartons öffnen würde, um schnell zu prüfen, was sich darin befand. Dann würde sie wahrscheinlich das meiste des Inhalts spenden. Wenn sie das Zeug seit Jahren nicht mehr benutzt hatte, gab es keinen Grund, daran festzuhalten.

Mit einem guten Gefühl für die bevorstehende Aufgabe und aufgeregt darüber, dass sie mit jedem Karton, den sie packte und sortierte, ihrem Umzug nach Castle Rock und dem Beginn ihres neuen Lebens mit Cole ein Stück näher kam, musste Sarah jedoch auch daran denken, dass sie an Stellen wund war, die ihr noch nie wehgetan hatten.

Cole war ein leidenschaftlicher Liebhaber. Er hatte Dinge mit ihr gemacht, die sie noch nie erlebt hatte. Und er hatte auch nicht gescherzt, als er sagte, er sei süchtig nach ihr. Bei jeder sich bietenden Gelegenheit drang er in sie ein. Manchmal fickte er sie hart, manchmal langsam, aber er sorgte jedes Mal dafür, dass sie zum Orgasmus kam, bevor er sich bei seinem eigenen Höhepunkt so tief wie möglich in ihr vergrub. Sarah stand in der Tür zu ihrem Zimmer und legte eine Hand auf ihren Bauch. Sie könnte in dieser Sekunde bereits schwanger sein. Es würde sie nicht überraschen. Sie hatte keinen Zweifel daran, dass Coles kleine Schwimmer unglaublich potent waren.

Sie schloss die Augen und lächelte. Vielleicht würden die Dinge zwischen ihnen nicht von Dauer sein. Vielleicht würde Cole sich irgendwann entscheiden, dass sie doch nicht die Frau war, die er wollte. Aber für diesen Moment, heute, gehörte sie ihm und er gehörte ihr. Sie beschloss, sich an einem anderen Tag Gedanken über die Zukunft zu machen. Dann ließ sie die Hand sinken, öffnete die Augen und ging zum nächsten halb leeren Karton. Je schneller sie alles einpacken würde, desto eher konnte sie ihr neues Leben mit Cole beginnen.

Es war später, als sie gehofft hatte, bis Sarah bereit war, sich dem Chaos auf dem Dachboden zu stellen. Sie hatte sich in Mikes und Jacksons Schlafzimmer ablenken lassen. Sie hatte dort Papiere gefunden, die sie vorher noch nie gesehen hatte. Sie waren in einem Schuhkarton versteckt gewesen, der hoch oben auf einem Regal im Kleiderschrank gelegen hatte. Da Mike von Schuhen besessen gewesen war und scheinbar eine Million Paare gehabt hatte, hatte sie einfach gedacht, dass sich in diesem Karton ein weiteres Paar befinden würde. Aber in dem Augenblick, in dem sie den Karton aus dem Regal gezogen hatte, wusste sie, dass er keine Schuhe enthielt.

Am Ende hatte sie auf dem Fußboden im begehbaren Kleiderschrank des Schlafzimmers gesessen, geweint und versucht, durch ihre Tränen hindurch zu lesen. In der Schachtel waren Erinnerungsstücke, die ihre Väter von ihr aufbewahrt hatten. Der Brief, in dem stand, dass sie als Pflegeeltern zugelassen worden waren. Die ersten Vatertagskarten, die sie ihnen geschenkt hatte. Ihre Zeugnisse aus der Grundschule. Sogar das Schreiben von der Schule, als sie wegen einer Rauferei mit einem anderen Mädchen nachsitzen musste.

Sarah erinnerte sich deutlich an diesen Tag. Die verwöhnte, kleine Göre hatte sich über sie lustig gemacht, weil sie zwei Väter statt einer Mutter hatte. Sie hatte wissen wollen, ob sie eine Lesbe werden würde, weil ihre Väter schwul waren. Sarah hatte sie geschlagen. Sie hatte ihre Hand zu einer Faust geballt und ihr auf den Mund geschlagen. Sie war damals zehn gewesen. Es hatte wehgetan und sie hatte einen Entschuldigungsbrief an das kleine Mädchen schreiben müssen, was nicht fair war, denn schließlich war sie nicht diejenige gewesen, die im Unrecht war. Aber ihre Väter hatten sich mit ihr zusammengesetzt und ihr erklärt, dass es immer Menschen geben würde, die gemein und innerlich hässlich waren, und dass es schwieriger war, darüberzustehen und der bessere Mensch zu sein.

Es war das erste und letzte Mal gewesen, dass sie jemanden geschlagen hatte.

In der Schachtel befanden sich auch Fotos. Von ihr, als sie noch klein war. Von ihr und Mike, von ihr und Jackson.

Aber das Kostbarste, was sie gefunden hatte, war ein Brief gewesen, den ihre Väter an den Mann geschrieben hatten, den sie irgendwann einmal heiraten würde.

Soweit sie es sagen konnte, hatten sie ihn irgendwann während ihrer Highschool-Zeit geschrieben und wahrscheinlich geplant, ihn bei ihrer Hochzeit vorzulesen.

An den Mann, der unsere Sarah heiraten will,

du bist nicht gut genug für unsere Tochter.

Aber andererseits ist das niemand.

Aus irgendeinem Grund liebt sie dich jedoch und du liebst sie ebenfalls.

Sarah war schon immer etwas Besonderes. Sie sieht in jedem Menschen das Beste und niemals das Schlechte. Es ist sowohl ihre beste Eigenschaft als auch die beängstigendste.

Als ihre Väter haben wir versucht, sie stets zu ermutigen, Liebe in der Welt zu verbreiten anstatt Hass. Es gibt schon zu viel Hass. Wir haben unser ganzes Leben damit verbracht.

Beschütze sie vor diesem Hass. Sei ihr Schutzschild, so wie wir es stets für sie sein wollten.

Im Gegenzug wirst du nie eine so reine und bedingungslose Liebe erfahren wie die von Sarah.

Wir wünschen euch ein langes und glückliches gemeinsames Leben ... aber wenn du ihr auch nur ein Haar krümmst, sie mit unbedachten Worten oder Taten zum Weinen bringst oder ihr in irgendeiner Weise das Gefühl gibst, nicht gut genug für dich zu sein, wird es keinen Ort auf der Welt geben, an dem du dich vor uns verstecken kannst.

Sei gut zu unserem kleinen Mädchen.

Liebe sie.

Beschütze sie.
Schenke ihr eigene Babys.
Lasse ihr Licht hell erstrahlen.
Sie ist ein getarnter Engel und wir sind gesegnet, sie unsere Tochter zu nennen.
Genau wie du gesegnet bist, sie als deine Frau zu haben.
Mike und Jackson Butler

Sie hatte mehrere Minuten lang geweint. Ihre Väter hätten Cole geliebt. Mike wäre begeistert gewesen, weil er sie so beschützte, und Jackson hätte wahrscheinlich nur zustimmend genickt.

Aber der letzte Teil des Briefes wühlte sie wirklich auf.

Ein getarnter Engel … und Cole nannte sie seinen Engel.

Schenke ihr Babys … und Cole tat bereits jetzt sein Bestes, um genau das zu tun.

Sie hob den Kopf, um nach oben zu schauen, und flüsterte: »Danke.«

Dann faltete sie den Brief, legte ihn ehrfürchtig zurück zu den anderen Erinnerungsstücken in den Schuhkarton und schloss den Deckel. Dies war eines ihrer wertvollsten Besitztümer und sie hoffte inständig, dass sie irgendwann die Gelegenheit bekommen würde, Mikes und Jacksons Brief Cole zu zeigen. Es war noch zu früh in ihrer Beziehung, aber wenn alles so lief, wie sie hoffte, würde sie ihm den Brief am Abend vor ihrer Hochzeit vorlesen.

Ja, sie wollte Cole heiraten. Sie wollte Sarah Butler-Johnson werden. Sie hoffte, er hätte kein Problem damit, wenn sie einen Doppelnamen führte. Sie wollte die Männer ehren, die sie aufgenommen, geliebt und ihr ein Zuhause und eine Familie gegeben hatten.

Ihre Gedanken drehten sich um den Brief, um Cole, um

Babys und darum, wie viel Zeug sich auf dem Dachboden befinden würde, als sie die Hand ausstreckte und nach der Schnur griff, mit der die Stufen aus der Decke gezogen wurden.

Sie war erst ein paarmal auf dem Dachboden gewesen, weil sie es nicht mochte, wie heiß und eng es sich dort oben anfühlte. Sie zog die Leiter hinunter und begann hinaufzuklettern. Es war wackelig und definitiv nicht sicher, aber Sarah versicherte sich selbst, dass sie nie wieder auf den Dachboden gehen müsste, wenn es einmal erledigt war.

Sie dachte gerade daran, dass Cole sie auf gar keinen Fall auf eine solche Leiter klettern lassen würde, wenn er in der Nähe wäre – schon gar nicht, wenn sie schwanger war –, als ihr Kopf die Oberkante der Leiter erreichte und sie zum ersten Mal auf den Dachboden schauen konnte.

Als ganz plötzlich das Gesicht eines Mannes vor ihr auftauchte, stieß Sarah einen Schrei aus und trat instinktiv einen Schritt zurück.

Da sie auf einer Leiter stand, landete ihr Fuß natürlich im Leeren. Sie fuchtelte mit den Armen herum und ein weiterer Schrei entwich ihrer Kehle, als sie stürzte.

Alles geschah blitzschnell. Sarah konnte sich nicht stoppen. Sie erlag der Schwerkraft, bis ihr Fuß sich in einer Sprosse der Leiter verfing, was ihren Fall abbremste, ihren Knöchel dabei jedoch schmerzhaft verdrehte.

Sie landete hart auf ihrem Hintern, bevor ihr Kopf mit einem schaurigen Knall auf dem Hartholzboden aufschlug.

Während sie benommen und mit extremen Schmerzen dort lag, beobachtete sie, wie Owen Montrone die Leiter hinunterkletterte, die auf ihren Dachboden führte. Er sah besorgt aus, aber auch aufgeregt.

Und das machte ihr am meisten Angst.

Dunkelheit breitete sich langsam über ihren Augen aus

und Sarah wusste, dass sie ohnmächtig werden würde. Kurz bevor es schwarz wurde, lehnte Owen sich über sie auf dem Boden und streichelte ihre Brust, wie ein Kind einen Hund streicheln würde.

»Alles in Ordnung. Owen wird sich um dich kümmern und du wirst dich um ihn kümmern.«

Der große Mann, der sich über sie beugte, war das Letzte, was Sarah sah, bevor sie das Bewusstsein verlor.

KAPITEL VIERZEHN

Cole war besorgt.

Es war zehn Uhr morgens und er hatte immer noch nichts von Sarah gehört.

Sie hatten vereinbart, dass sie sich bei ihm melden würde, bevor sie zur Arbeit ging, aber sie hatte ihm nicht geschrieben.

Er wusste, dass es nicht daran liegen konnte, dass sie wegen irgendetwas wütend auf ihn war, denn sie hatten sich in gutem Einvernehmen getrennt. Die Tage, die sie zusammen verbracht hatten, waren einfach perfekt gewesen. Außerdem war sie nicht die Art von Frau, die ihn einfach so hängen lassen würde. Wenn sie sagte, dass sie anrufen oder schreiben würde, dann würde sie das auch tun. Es lag nicht in ihrem Naturell, ihn zu ignorieren.

Er hatte bereits im Krankenhaus angerufen, aber die Person, mit der er schließlich verbunden wurde, durfte weder Informationen über Patienten noch über Mitarbeiter herausgeben.

Cole hatte es satt, herumzusitzen und auf ihre Antwort

zu warten. Etwas stimmte nicht. Wirklich nicht. Er wusste es tief in seinem Herzen.

Sarah steckte in Schwierigkeiten und sie brauchte ihn.

Er erinnerte sich an das Versprechen, das er ihr gegeben hatte. Dass er niemals aufhören würde, nach ihr zu suchen, falls etwas passieren würde und sie verschwinden sollte. Ihm wurde mulmig zumute. Als er ihr das Versprechen gegeben hatte, hatte er nicht gedacht, dass sie jemals in eine solche Situation geraten würden.

Aber jetzt war genau das passiert.

Er wusste es. Konnte es spüren.

Es spielte keine Rolle, dass die Polizisten ihm sagten, Sarah wäre erwachsen und dürfte gehen, wohin auch immer sie wollte, ohne ihm Bescheid zu geben.

Sie steckte in Schwierigkeiten – und er würde nicht aufhören, nach ihr zu suchen, bis er sie gefunden hatte.

Felicity war noch nicht zur Arbeit erschienen – sie war während der letzten Tage eingesprungen, in denen er Zeit mit Sarah verbracht hatte. Er wusste auch, dass Logan und Blake heute Vormittag in Colorado Springs sein würden, um einen älteren Mann vor seiner gierigen Tochter zu beschützen, die ihn vor Gericht bringen wollte, um zu beweisen, dass er inkompetent war und sich nicht selbst versorgen konnte.

Aber Nathan und Ryder sollten ungefähr jetzt im Büro ankommen. Er wusste dies, weil Felicity ihm am Abend zuvor ihren Zeitplan mitgeteilt hatte. Und wenn Felicity im Fitnessstudio eintraf, würde Ryder im Büro von Ace Security erscheinen.

Er ging, ohne der studentischen Aushilfe an der Rezeption Bescheid zu sagen. Es war ihm egal, ob er eine Besprechung verpasste oder irgendeinen Kurs unterrichten sollte. Sarah war wichtiger.

Er stürmte ins Büro von Ace Security, als wären die Höllenhunde hinter ihm her. Nathan und Ryder saßen in dem großen offenen Bereich hinter der Rezeption. Cole platzte mit dem einzigen Gedanken heraus, den er in den letzten Stunden hatte denken können.

»Sarah ist verschwunden – und dieses Arschloch Owen hat sie entführt.«

Drei Stunden später ging Cole auf und ab, während die Anderson-Brüder das taten, worin sie am besten waren – zu versuchen herauszufinden, was zum Teufel vor sich ging. Ryder hatte einen seiner Freunde von den Mountain Mercenaries angerufen, der im Gerichtsgebäude für Logan und Blake einsprang, damit sie zurück nach Castle Rock fahren konnten, um Sarah zu suchen. Cole war in seinem ganzen Leben noch nie so dankbar für seine Freunde gewesen. Sie hatten ihn weder abgewiesen noch ihm gesagt, er wäre paranoid. Sie hatten sofort gehandelt und getan, was sie konnten, um herauszufinden, was mit Sarah geschehen war.

»Ihr Wagen ist weder im Krankenhaus noch bei ihr zu Hause«, sagte Ryder. »Die Polizeibeamten aus Parker sind bei ihr vorbeigefahren, um ihr Wohlergehen zu prüfen. Niemand hat aufgemacht und sie konnten ihren Wagen auch nicht in der Garage sehen. Es gab keine Anzeichen für einen Einbruch und das Haus war fest verschlossen. Sie haben durch die Fenster geschaut, es gab jedoch kein Anzeichen von ihr.«

»Sie ist heute Morgen nicht zur Arbeit gegangen«, murmelte Nathan.

»Ich habe mit ihrem Chef gesprochen und sie hat sich

weder krank gemeldet noch eine E-Mail geschickt, dass sie heute nicht kommen kann«, fügte Logan hinzu.

Je mehr sie redeten, desto schneller ging Cole auf und ab.

»Wir müssen zu ihrem Haus fahren und sehen, was wir dort finden können«, sagte Blake ungeduldig. »Es ist wahrscheinlich, dass, was auch immer passiert ist, dort passiert ist.«

»Warum?«, fragte Nathan. »Vielleicht wurde sie auf ihrem Weg ins Krankenhaus überfallen. Es sind über dreißig Kilometer von ihrem Haus nach Castle Rock. Irgendetwas könnte zwischen dort und hier passiert sein.«

Blake schüttelte den Kopf. »Nein. Cole hat gesagt, dass sie ihm immer eine SMS geschickt hat, bevor sie das Haus verließ, und dann noch eine, wenn sie im Krankenhaus ankam. Wenn ihr auf dem Weg zur Arbeit etwas passiert wäre, hätte er trotzdem die erste SMS bekommen.«

»Sie könnte es vergessen haben«, sagte Logan.

»Sie würde es nicht vergessen«, entgegnete Ryder bestimmt. »Sie weiß es besser. Sie war schließlich diejenige, die mit diesem Fall zu *uns* gekommen ist. Sie fühlte sich wegen Owen unwohl, auch wenn sie nicht genau wusste warum. Und selbst als die Polizei nicht geglaubt hat, dass es eine Bedrohung gab, hat sie es trotzdem gespürt. Und nachdem sie die letzten zwei Tage mit Cole verbracht hat, glaube ich ehrlich gesagt nicht, dass sie einfach ›vergessen‹ könnte, ihm eine SMS zu schreiben, bevor sie heute Morgen zur Arbeit fuhr.«

Cole war der gleichen Meinung. Aber er hielt den Mund und ließ seine Freunde die Sache ausdiskutieren.

»Gut. Ich stimme dir zu. Cole, wann hast du sie gestern abgesetzt?«, fragte Logan.

»So gegen drei, würde ich sagen«, antwortete Cole.

»Irgendwann zwischen, sagen wir, halb vier gestern Nachmittag und halb sechs heute Morgen ist also irgendetwas passiert«, schlussfolgerte der älteste Anderson-Bruder.

Er sprach nichts aus, was Cole nicht bereits gedacht hatte, aber wenn er es so auf den Punkt brachte, wollte Cole sich am liebsten übergeben.

Vierzehn Stunden. Sie könnte bereits vierzehn Stunden verschwunden sein, bevor er überhaupt erst gemerkt hatte, dass etwas nicht stimmte. Und jetzt waren es schon fast vierundzwanzig Stunden. Man konnte nicht sagen, was Owen mit ihr vorhatte. Geistig behindert oder nicht, der Mann dachte, er wäre in Sarah verliebt und könnte jetzt alles mit ihr machen.

Ja, er war kurz davor zu kotzen.

Cole stürmte zum Badezimmer, lehnte sich über den Mülleimer und würgte. Er hatte an diesem Morgen noch nichts gegessen, weil er sich zu sehr darum gesorgt hatte, dass er nichts von Sarah gehört hatte.

Er spürte eine Hand auf seinem Rücken und als er den Kopf drehte, sah er Felicity dort stehen. Sie hatte gehört, was los war, als sie ins Fitnessstudio kam, und war sofort ins Büro von Ace Security geeilt. Sie hatte nicht viel gesagt und tat ihr Bestes, um sich um die Telefone zu kümmern, während der Rest der Gruppe überlegte, was ihre nächsten Schritte sein sollten.

»Das hier ist die Herrentoilette«, sagte er, ohne sich wirklich bewusst zu sein, was er da sagte. »Soweit ich weiß, hast du nicht die richtige Ausstattung, um hier drin zu sein.«

»Halt die Klappe«, sagte seine beste Freundin zu ihm. »Sie werden sie finden.«

Er nickte und ging zum Waschbecken, um sich kaltes Wasser ins Gesicht zu spritzen.

»Das werden sie«, beharrte sie.

Cole stützte seine Hände auf die Seiten des Waschbeckens und starrte sich im Spiegel an. Sein ganzes Leben lang hatten ihm die Leute immer gesagt, wie gut er aussah. Frauen steckten ihm immer wieder Telefonnummern zu und die Frau, die die meisten seiner Tätowierungen gestochen hatte, hatte sogar deutlich gemacht, dass sie wirklich gern mit ihm ins Hinterzimmer gehen und ihm dort einen blasen würde. Er hatte sich den Arsch abgearbeitet, um seinen Körper gesund und fit zu halten. Mehr als einmal war er angesprochen worden, ob er nicht ein professioneller Bodybuilder werden wollte.

Sein ganzes Leben lang hatten die Menschen nur seine äußere Erscheinung gesehen, wenn sie ihn anschauten.

Aber nicht Sarah.

Bereits als sich ihre Blicke zum ersten Mal trafen, hatte er gewusst, dass sie mehr als nur sein Aussehen wahrnahm. Es war, als hätte sie direkt in seine Seele gesehen. Und sie liebte ihn. *Ihn.*

Er wollte verdammt sein, wenn er auch nur noch eine Minute hier herumstehen und darüber spekulieren würde, was mit ihr passiert war. Er musste nach Parker fahren und sich davon überzeugen, dass sie nicht verletzt auf dem Boden lag. Unfähig, aufzustehen oder ein Telefon zu erreichen. Wenn sie nicht in ihrem Haus war, musste er herausfinden, wo zum Teufel sie sein könnte und was Owen mit ihr angestellt hatte. Er musste sie nach Hause holen.

Dann kam ihm ein weiterer Gedanke. Einer, von dem ihm das Blut in den Adern gefror.

Sie könnte bereits mit seinem Kind schwanger sein.

Tatsächlich war es sogar sehr gut möglich, dass sie sein Kind bereits in sich trug. Großer Gott, er hatte in den letzten

Tagen sein Bestes gegeben, um sie zu schwängern. Und sie hatte gesagt, es wäre auch die richtige Zeit im Monat dafür.

Zugegeben, wenn sie *tatsächlich* schwanger war, war das Baby im Moment nicht größer als ein Sandkorn, aber trotzdem.

Niemand tat seiner Frau weh.

Niemand tat seinem Kind weh.

Niemand.

Ohne ein weiteres Wort an Felicity zu richten, drehte er sich um, stürmte aus der Herrentoilette und direkt auf die Tür von Ace Security zu.

»Wo willst du hin?«, rief Blake ihm nach.

Ryder machte sich nicht die Mühe, irgendetwas zu fragen. Er stand einfach auf und folgte Cole.

»Nach Parker«, sagte Cole, ohne stehen zu bleiben. »Sarah steckt in Schwierigkeiten und ich habe ihr versprochen, dass ich sie finden werde, wenn etwas passiert. Und das kann ich nicht tun, wenn ich hier herumstehe.«

»Wir werden sie finden«, sagte Blake.

»Fahrt los«, sagte Logan und nickte. »Du und Ryder prüft ihr Haus und lasst uns wissen, was ihr dort findet. Wir werden die Polizei von Castle Rock kontaktieren und eine Fahndung nach ihrem Wagen einleiten.«

»Sie wurde noch nicht einmal als vermisst gemeldet«, wandte Nathan ein.

Logan drehte sich mit hartem Blick zu seinem Bruder um. »Sie werden uns das *nicht* verweigern. Wir machen keine Witze. Zu viele von unseren Lieben wurden in der Vergangenheit entführt und ich werde auf gar keinen Fall zulassen, dass sie nicht handeln. Sarah ist eine von uns und sie braucht unsere Hilfe.«

Nathan nickte sofort.

»Fahrt los«, wiederholte Logan.

Er brauchte es Cole nicht zweimal zu sagen. Innerhalb von Sekunden verließ er das Büro. Ryder war ihm dicht auf den Fersen.

»Ich fahre«, sagte der andere Mann kurz und knapp.

Cole widersprach nicht. Er wusste, dass er sich wahrscheinlich im Moment nicht hinter das Steuer eines Wagens setzen sollte. Er würde zu schnell fahren und zu rücksichtslos. Sarah wäre nicht geholfen, wenn er auf dem Weg zu ihr in einen Unfall verwickelt wurde.

Cole betete normalerweise nicht, aber als Ryder in Richtung Parker raste, flehte er doch, dass sie Sarah lebend in ihrem Haus finden würden. Wenn sie verletzt war, gut, dann würden sie sich darum kümmern. Aber wenn sie nicht da wäre ... er war sich nicht sicher, was er dann tun würde.

Sarah stöhnte und hob eine Hand an ihren Kopf. Er schmerzte. Sehr. Aber als sie versuchte, sich umzudrehen, wurde sie von dem Schmerz, der durch ihren Knöchel schoss, fast erneut ohnmächtig. Sie konnte sich beim besten Willen nicht erinnern, was zum Teufel passiert war und warum es sich so anfühlte, als würden Messer in ihr Bein stechen.

»Ruh dich aus«, sagte eine tiefe Männerstimme. »Ich werde dich wieder gesund machen.«

Sarah riss die Augen auf – und starrte entsetzt in Owens Gesicht. Er stand über ihr, lächelte und streckte ihr einen Plastikbecher entgegen. »Hier. Trink.«

Mit langsamen Bewegungen und im Versuch herauszufinden, was zum Teufel vor sich ging, zwang Sarah sich in eine sitzende Position. Ihr war schwindelig und ihr Knöchel pulsierte. Sie streckte die Hand aus und griff nach dem

Becher, den Owen ihr anbot. Sie erkannte, dass er etwas enthielt, das wie Orangensaft aussah und roch.

»Wenn ich krank bin, macht O-Saft alles besser«, sagte er stolz.

Sarah wollte ihm ins Gesicht treten und aus dem Zimmer stürmen, um Hilfe zu holen, aber Cole hatte ihr bei einem der vielen Gespräche, die sie geführt hatten, eingebläut, in jeder gefährlichen Situation ihren Kopf zu benutzen. Er hatte ihr nicht sagen können, wie sie sich in jeder Situation verhalten und was sie tun sollte, denn es war natürlich immer anders. Manche Frauen waren in der Lage, bis aufs Blut zu kämpfen und ihre Entführer dazu zu bringen, aufzugeben und abzuhauen. Aber in anderen Situationen würde einer Frau sofort die Kehle aufgeschlitzt werden, wenn sie kämpfte.

Im Umgang mit einem Entführer war es wichtig, die Situation einzuschätzen und alles zu tun, was nötig war, um ihn oder sie ruhig zu halten. Und dann, wenn sich die Gelegenheit bot, könnte sie fliehen.

Als Sarah sich im Raum umschaute, erkannte sie nicht, wo sie sich befanden. Es sah wie ein großer Raum aus mit einer Küche an einem Ende und zwei Einzelbetten am anderen. Hinter der Couch befand sich ein Holztisch mit zwei Stühlen, aber sie konnte nirgendwo einen Fernseher entdecken. Sie saß auf der Couch, die genau in der Mitte des Raumes stand. Eine alte Couch. Die Kissen neben ihr hatten Löcher, als hätten sich dort einst Nagetiere eingenistet.

Der Gedanke ließ sie erschaudern, aber sie drängte ihn zurück. Sich mit ein paar Mäusen herumzuschlagen war keine große Sache, besonders nicht, wenn der Mann, der über ihr stand, die größere Bedrohung war.

Aber Owen sah in diesem Moment nicht wie eine große Bedrohung aus. Er lächelte immer noch auf sie herab, als würde sie einen Freudentanz aufführen, um ihn zu unterhalten oder so etwas.

»Mach schon. Trink«, befahl er.

Sarah hatte keine Ahnung, ob der Saft Drogen enthielt oder nicht, aber sie war durstig. Sie wusste auch nicht, wie lange sie bewusstlos gewesen war. Zaghaft trank sie einen Schluck und freute sich, als es nicht komisch schmeckte. »Danke«, sagte sie leise.

Wenn es überhaupt möglich war, wurde Owens Lächeln sogar noch breiter. Er nickte mehrmals und wiederholte: »O-Saft macht immer alles besser.«

Sarah war sich dessen nicht so sicher. Sie spähte auf ihren Knöchel hinunter und zuckte zusammen. Er war auf das Doppelte der normalen Größe angeschwollen. Sie trug keine Schuhe und wusste, dass sie auf gar keinen Fall darauf laufen konnte. Sie hatte das Gefühl, dass sie ihn gebrochen hatte, was schlimm wäre. Sehr schlimm.

Tränen drohten ihr in die Augen zu steigen. Wenn sie laufen könnte, hätte sie einfach nett zu Owen sein können, bis er unvorsichtig wurde, sodass sie fliehen konnte. Aber das war offensichtlich ausgeschlossen. Selbst als sie ihren Fuß nur einen Zentimeter bewegte, wollte sie am liebsten vor Schmerz aufschreien.

»Wo sind wir?«, fragte sie, bevor sie einen weiteren Schluck Orangensaft trank.

»In meinem Haus«, sagte Owen stolz.

»Und wo ist das?« Sie brauchte Informationen. Wenn sie an ein Telefon käme, vielleicht wenn Owen eingeschlafen war, könnte sie dem Notruf sagen, wo sie zu finden war.

»In den Bergen.«

Oh scheiße. Castle Rock war von Bergen umgeben. Sie konnte nicht sagen, wo sie sich befanden.

»Wo in den Bergen? Sind wir in der Nähe von Denver?«

Owen schüttelte den Kopf. »Wir sind nirgendwo in der Nähe. Das hier war früher das Haus meiner Oma. Dann gehörte es meiner Mama. Jetzt ist es meins. Mama hat mir beigebracht, wie man hierher findet. Wir können für immer und ewig hier leben. Ich kann mich um dich kümmern und du kannst dich um mich kümmern.«

Sarahs Kopf dröhnte weiter und ihr war übel. Sie schaute zum Fenster hinüber und sah nichts als Bäume. »Owen, du musst mich zurückbringen.«

Er runzelte die Stirn und schüttelte den Kopf.

»Doch, das musst du. Mein Knöchel ist wirklich schlimm verletzt. Ich brauche einen Arzt.«

»Nein!«, schrie er und erschreckte Sarah zu Tode. »Ich habe Mama zum Arzt gebracht und sie ist *gestorben*! Kein Arzt!«

»Es ist okay, Owen«, sagte Sarah, so ruhig sie konnte. »Ich habe nicht das, was deine Mama hatte. Ich werde nicht sterben.«

»Nein! Nein, nein, nein, nein, nein!«, wiederholte er und zog sich an den Haaren, während er vor der Couch, auf der sie saß, auf und ab ging.

Sarah hatte noch nie einen erwachsenen Mann gesehen, der einen derartigen Anfall hatte.

»Kein Arzt! Nicht weggehen! Wir werden für immer hier leben. Ich liebe dich und du liebst mich. Wir sind verheiratet, wie Mama es war. Sie hat gesagt, du würdest dich um mich kümmern. Du wirst nicht gehen. *Niemals*. Du wirst für mich kochen und putzen. Ich werde dir helfen. Wir werden Spiele spielen und glücklich bis ans Ende unserer Tage leben, genau wie in den Büchern.« Owens Stimme war immer lauter geworden, bis er praktisch brüllte.

Tränen stiegen in Sarahs Augen auf, aber sie nickte

sofort und stimmte zu. »In Ordnung, Owen. Kein Arzt. Beruhige dich.«

»Sag mir nicht, ich soll mich beruhigen!«, schrie er. Dann beugte er sich vor und zeigte mit einem Finger auf ihr Gesicht. »Du wirst nicht gehen. Ich habe dir Geschenke gebracht. Wir lieben einander. Ich habe dich beobachtet. Du bist nett und ruhig. Das gefällt mir. Wir hätten zusammen in deinem Haus wohnen können, aber dann hast du angefangen zu packen. Du wolltest mich verlassen. Aber ich lasse dich nicht.«

»Du hast mich beobachtet?«, fragte Sarah mit zitternder Stimme.

»Von oben in deinem Haus.«

Plötzlich ergab alles einen Sinn. »Du hast auf meinem Dachboden gewohnt?«, flüsterte sie entsetzt.

Owen lächelte und richtete sich auf. Er nickte. »Ja. Ich war ganz still. So wie Mama es mir beigebracht hat. Du hast Essen für mich gekauft und hattest auch Jungenkleidung. Ich bin runtergekommen, wenn du das Haus verlassen hast. Ich habe Kleidung und Sachen mitgebracht. Für dich auch.« Er eilte hinüber zu einer Ecke des Zimmers, wo ein paar Kartons übereinandergestapelt waren.

Sarah erkannte sie als die aus ihrem eigenen Haus. Er zog ein paar von Mikes und Jacksons Kleidungsstücken heraus, von denen Owen offensichtlich dachte, sie hätte sie nur für ihn gekauft. Dann packte er eine Art hässliches Mu'umu'u aus, das mit grellen Blumen bedruckt war.

»Du trägst Mamas Kleid!«, sagte er fröhlich.

»Oh Gott«, keuchte Sarah unter angehaltenem Atem.

»Und Lebensmittel!« Owen eilte in die Küche hinüber und öffnete einen Schrank, der mit Konserven gefüllt war. »Ich bin auf dem Weg hierher einkaufen gegangen und habe auch Essen aus deinem Haus für uns mitgebracht. Es wird ewig reichen!«

Sarah kam ein Gedanke. »Was passiert, wenn wir nichts mehr haben?«, fragte sie. »Dann muss ich uns mehr besorgen.« Wenn sie ihn dazu bringen könnte, mit ihr in ein Geschäft zu gehen, könnte sie einen Angestellten darauf aufmerksam machen, dass sie entführt worden war.

Owen schüttelte den Kopf. »Du machst eine Liste. Ich werde gehen. Ich bin ein guter Helfer.«

Mit zerschlagener Hoffnung starrte Sarah Owen an, als er zurück zur Couch kam. Er setzte sich neben sie auf das Kissen und sie atmete scharf ein, als seine Bewegung ihren Knöchel erschütterte und der Schmerz durch ihr Bein schoss.

Er tätschelte ihre Brust, während er sprach. Nicht auf sexuelle Weise, sondern auf eine kindliche Art, von der Sarah wusste, dass sie sie beruhigen sollte. Er war jedoch in Wirklichkeit verdammt beängstigend.

»Ich und du. Wir sind jetzt verheiratet. Bis dass der Tod uns scheidet.«

Und mit dieser nicht gerade beruhigenden Aussage stand Owen auf und setzte sich auf den Fußboden vor der Couch. Er zog eine Spielzeugeisenbahn zu sich und begann, damit zu spielen. Gelegentlich murmelte er dabei etwas vor sich hin.

Die Tränen liefen unbemerkt über Sarahs Wangen. Sie beugte sich vor, stellte den halb leeren Saftbecher auf den Boden und senkte sich vorsichtig herab, bis sie wieder waagerecht lag. Ihr Kopf dröhnte und der Schmerz in ihrem Knöchel war fast unerträglich.

Sie schloss die Augen und betete, dass Cole meinte, was er gesagt hatte. Dass er niemals aufhören würde, nach ihr zu suchen. Denn sie hatte das Gefühl, dass sie sehr lange hier sein würde, wenn er sie nicht fand.

Cole stand mitten in Sarahs Wohnzimmer und drehte sich im Kreis. Er versuchte, irgendeine Art von Hinweis darauf zu finden, wohin sie verschwunden war. Überall standen Kartons herum, weil sie mitten beim Packen gewesen war. Es war also unmöglich zu sagen, ob irgendetwas verändert wurde oder ob sie alles so hinterlassen hatte, wie es jetzt aussah. Die Schränke in der Küche standen offen und verschiedene Gegenstände lagen verstreut auf dem Küchentresen und Fußboden herum.

Ryder und er hatten das Haus bereits durchsucht und Sarah nicht gefunden. Das war sowohl gut als auch schlecht. Gut, weil es bedeutete, dass sie nicht verängstigt und verletzt hier lag und darauf hoffte, dass jemand sie finden würde. Schlecht, weil sie absolut keine Ahnung hatten, wo sie sich befand.

»Ich kann ihre Handtasche nicht finden«, sagte Ryder, als er ins Wohnzimmer kam.

Cole nickte. »Ihr Wagen ist weg, das macht also Sinn.«

»Aber ich habe das hier gefunden«, sagte Ryder und hielt Sarahs Handy hoch. »Ich habe Alexis bereits angerufen und ihr gesagt, dass sie sich nicht die Mühe machen soll, es zu verfolgen.«

Cole starrte auf Sarahs Telefon und seine Hoffnung sank. Er hatte gebetet, dass sie es bei sich hätte und auf diese Weise geortet werden könnte. Er griff danach und drückte auf die »Home«-Taste. Als er sie dafür gescholten hatte, dass sie keine Sperre benutzte, hatte sie nur gelacht und gesagt, sie hätte nichts zu verbergen und würde nichts

Illegales tun. Es wäre also egal, ob jemand es benutzen könnte oder nicht.

Er drückte auf das Symbol für die Kurznachrichten und schluckte schwer. Er konnte alle SMS sehen, die er ihr geschickt hatte, als er versuchte, sie zu erreichen. Alle unbeantwortet.

Er prüfte ihre E-Mails. Die meisten waren Spam. Es gab jedoch auch eine von ihm und eine von einer der Krankenschwestern, mit denen sie zusammenarbeitete, die sich nach ihr erkundigen wollte. Verzweifelt schüttelte er den Kopf. Wenn sie nur die Kameras für die Veranda gekauft hätte, hätten sie das Video herunterladen und sehen können, wer sie mitgenommen hatte und in welche Richtung sie gefahren waren. Aber das hatte sie nicht. Sie hatten darüber gesprochen und entschieden, dass es sich nicht mehr lohnte, da sie es sowieso bereits so lange hinauszögert hatte und sie in ein paar Tagen in die Einzimmerwohnung einziehen würde.

Dumm. So verdammt dumm von ihm.

Seufzend steckte Cole das Handy in seine Tasche. Er würde es an die Polizei übergeben und sehen, ob sie etwas darauf finden konnten. Aber er hatte das Gefühl, dass es zu keinem Ergebnis führen würde.

Cole sah Ryder an und fragte: »Wo ist sie?«

Der andere Mann kam auf ihn zu und legte Cole die Hand auf die Schulter. »Gib nicht auf«, befahl er. »Ich habe selbst auch schon in deiner Lage gesteckt und es ist scheiße, aber du darfst nicht daran zweifeln, dass wir sie finden werden.«

»Du weißt genauso gut wie ich, dass die Überlebensquote für Leute, die nicht innerhalb der ersten achtundvierzig Stunden gefunden werden, nicht gut ist«, sagte Cole zu seinem Freund.

Ryder packte seine Schulter so fest, dass es schmerzte. »Ich gebe einen Scheißdreck darauf, was die Statistik sagt. Hier geht es um *Sarah*. Sie ist zäh. Du hast ihr alles beigebracht, was sie in einer solchen Situation wissen muss. Außerdem wissen wir beide, dass dies kein normaler Fall ist.«

Cole kämpfte gegen die Übelkeit an, die sein ständiger Begleiter war, seit er an diesem Morgen nichts mehr von Sarah gehört hatte. »Was meinst du damit?«

»Owen Montrone ist nicht wie die Drecksäcke, mit denen wir sonst zu tun haben.«

Ja, Owen hatte vielleicht nicht die geistigen Fähigkeiten eines Erwachsenen, aber das bedeutete nicht, dass er Sarah nicht verletzen konnte. Es gab viele Fälle, in denen Männer und Frauen mit niedrigem Intelligenzquotienten ihre Mitmenschen verletzt hatten. Er nickte seinem Freund trotzdem zu.

Er war sich sicher, dass er nicht besonders überzeugt aussah, aber Ryder sprach ihn nicht darauf an.

»Komm schon. Wir müssen uns noch einmal kurz umsehen, aber fass bloß nichts an, wenn es sich vermeiden lässt. Das Haus könnte ein Tatort sein. Ich habe Logan gebeten, die Polizei von Parker zu rufen, also weiß ich nicht, wie viel Zeit wir haben, bis sie hier eintrifft.«

Es war gut, dass die Polizei kam, aber es machte die Sache auch realer. Sarah war weg. Verschwunden. Puff ... in Luft aufgelöst.

Cole biss die Zähne zusammen und atmete tief durch die Nase ein. Er würde Sarah nicht helfen können, wenn er durchdrehte. Er musste sich zusammenreißen und sehen, ob er irgendwelche Hinweise finden konnte, die darauf hindeuteten, wohin dieses Arschloch sie gebracht haben könnte.

Es dauerte nicht lange, bis er und Ryder den ersten Hinweis fanden.

Der Fleck auf dem Hartholzboden war klein. Winzig. Ryder wäre fast darauf getreten, wenn Cole ihn nicht angeschrien hätte, er solle stehen bleiben.

Blut.

Man konnte nicht erkennen, wessen Blut es war, aber Cole wusste tief in seinem Herzen, dass es von Sarah stammte.

Es befand sich im Flur im Obergeschoss. Es gab nur die eine Stelle, aber sie war ausreichend. Cole schaute sich um und versuchte herauszufinden warum. Warum hier? Was hatte sie mitten im Flur gemacht? Wenn sie Owen gesehen hätte, warum war sie dann nicht weggelaufen?

Dann fiel ihm etwas anderes ins Auge und er erinnerte sich daran, was sie am Abend zuvor vorgehabt hatte.

Cole zeigte nach oben und sagte: »Ryder, der Dachboden. Die Treppe ist direkt über uns. Sarah hat es vor sich hergeschoben, die Kartons dort oben durchzugehen. Aber sie hat mir gesagt, dass sie das gestern Abend in Angriff nehmen wollte.«

Grimmig nickte Ryder und griff nach der Schnur, die von der Luke in der Decke herabhing. Darin befand sich eine zusammengeklappte hölzerne Leiter und die beiden Männer zogen sie hinunter. Ryder streckte den Arm aus, als Cole die Leiter hinaufklettern wollte.

»Lass mich.«

Cole zögerte. Er wollte protestieren. Er wollte seinem Freund sagen, dass seine Frau dort oben sein könnte. Dass Sarah ihn brauchte. Aber er verstand, warum der andere Mann zuerst nach oben klettern wollte.

Er wollte ihn beschützen, falls Sarahs lebloser Körper auf dem Dachboden versteckt worden war.

Er verstand es, aber es gefiel ihm nicht.

Ryder kletterte langsam die wackelige Leiter hinauf. Er streckte den Kopf durch die Öffnung auf den Dachboden – und fluchte nach ein paar Sekunden leise und ausgiebig.

»Was?«, fragte Cole eindringlich. »Ist sie dort oben? Muss ich den Notarzt rufen?«

Ryder schaute zu Cole hinunter und schüttelte den Kopf. »Gib mir eine Minute. Aber was auch immer du tust, komm nicht hier hoch, verstanden? Das ist wichtig, Cole.«

»Wenn Sarah da oben ist, komme ich rauf«, knurrte Cole.

»Ich glaube nicht, dass sie hier ist. Aber wenn ich sie finde, rufe ich, in Ordnung?«

»Was ist los?«, fragte Cole.

»Gib mir eine Minute«, wiederholte Ryder und sah Cole in die Augen.

Zögernd nickte er. »Gut.«

Ryder antwortete nicht, sondern kletterte hoch. Cole verlor ihn aus dem Blick, als er den Dachboden betrat. Mit nach hinten geneigtem Kopf starrte Cole auf die Öffnung, durch die sein Freund gerade nach oben geklettert war.

Wie versprochen war Ryder innerhalb einer Minute zurück. Langsam begann er, die Leiter wieder hinunterzuklettern.

»Was? Was ist dort oben?«, fragte Cole ungeduldig.

»Kartons. Jede Menge«, sagte Ryder zu ihm.

»Und?«

»Das wird dir nicht gefallen«, warnte Ryder.

»Mir gefällt jetzt schon ganz und gar nichts! Sarah ist verschwunden«, zischte Cole. »Wir wissen beide, dass dieser Wichser sie mitgenommen hat. Was auch immer dort oben ist, kann nicht schlimmer sein, als nicht zu wissen, wo sich Sarah befindet, ob sie verletzt ist oder Angst hat, und was er mit ihr macht. Was auch immer dort oben ist, kann nicht schlimmer sein als das, was in meinem Kopf sowieso schon vorgeht. Spuck es verdammt noch mal einfach aus!«

Ryder sah Cole eine Sekunde lang fest in die Augen, bevor er sagte: »Es gibt Anzeichen dafür, dass jemand auf dem Dachboden gelebt hat.«

Cole blinzelte. »Was?«

»Wenn ich raten müsste, würde ich sagen, dass wir Owen Montrone deshalb nicht finden konnten, weil er die letzten paar Wochen auf dem Dachboden deiner Freundin gelebt hat.«

Cole hatte sich geirrt. Es war schlimmer als alles, was er sich in seinem Kopf ausgemalt hatte. Viel schlimmer.

Sarah schlief im Laufe des Tages immer wieder ein. Sie wachte auf und sah, dass Owen neben ihr saß und sie mit großen, ängstlichen Augen beobachtete. Er brachte ihr noch mehr Orangensaft, tätschelte ihr den Arm oder das Bein und sagte, dass er auf sie aufpassen würde ... was nicht gerade beruhigend war.

Als die Nacht hereinbrach, wurde Sarah klar, dass der Ort, an dem sie sich befanden, nicht leicht zu finden sein würde. Irgendwie hatte Owen es selbst mit seinem niedrigen Intelligenzquotienten geschafft, sie irgendwo ins Nirgendwo zu bringen. Irgendwohin, wo Cole und seine Freunde sie nicht sofort finden konnten.

Jedes Mal wenn sie aufwachte, hoffte sie, Cole zu sehen, der sie in seinen Armen hielt und ihr sagte, dass alles gut werden würde. Aber das war nicht der Fall. Sie war immer noch hier.

Sie atmete tief durch und wusste, dass sie sich überlegen

musste, was zu tun war. Cole suchte nach ihr, daran hatte sie keinen Zweifel. Sie wollte gar nicht daran denken, wie wütend und verängstigt er wahrscheinlich war. Sie musste sich darauf konzentrieren, sich selbst zu retten. Am liebsten wollte sie sich auf der Couch zusammenkauern, aber das würde sie weder zu Cole zurückbringen noch würde es ihre Probleme auf magische Weise lösen.

Im Moment war ihr Knöchel ihr größtes Problem. Es war schlimm. Sehr schlimm. Sie war weder Ärztin noch Krankenschwester, aber sie hatte genügend Knochenbrüche gesehen, um zu wissen, was sie tun musste. Es wäre scheiße, daran gab es keinen Zweifel. Aber sie konnte ihren Fuß nicht wirklich spüren und wusste, dass sie ihren Fuß ... oder vielleicht sogar ihr Bein ... komplett verlieren könnte, wenn sie nicht wenigstens versuchte, die Knochen wieder an die richtige Stelle zu rücken. Wenn der Blutfluss abgeschnürt oder eingeengt wurde, steckte sie in riesigen Schwierigkeiten.

»Owen?«, fragte sie.

Er werkelte in der Küche herum. Sarahs Magen knurrte, aber sie wusste, dass sie sich wahrscheinlich übergeben würde, während sie ihren Knöchel korrigierte, wenn sie jetzt etwas aß.

»Ja?«, fragte Owen und sprang regelrecht an ihre Seite.

»Gibt es hier irgendwo Schmerzmittel?«

Er runzelte die Stirn, als würde er sie nicht verstehen.

»Hat deine Mutter irgendwelche Tabletten genommen? Hast du sie hier?«

Er lächelte. »Oh! Ja, warte kurz.« Er ging in das Badezimmer, das sich neben dem Hauptraum befand, und tauchte in Sekundenschnelle wieder auf. Er hielt einen Stoffbeutel in der Hand und streckte ihn ihr entgegen.

Sarah nickte und löste die Schnur, um ihn zu öffnen. Sie

wühlte durch den Beutel und fand eine wahre Schatz-
kammer an Betäubungsmitteln darin. Aubrey hatte gegen
Ende ihres Lebens offensichtlich starke Schmerzen gehabt
und es gab mehr als genügend Schmerzmittel darin, aus
denen Sarah wählen konnte.

Sie hasste die Notwendigkeit, sie zu nehmen, weil sie
wusste, dass dies ihren mentalen Zustand beeinträchtigen
würde. Aber sie wusste auch, dass sie sonst nicht in der Lage
wäre, das zu tun, was getan werden musste. Sie drückte eine
Oxycodon-Tablette aus der Verpackung in ihre Handfläche.

Sie schaute zu Owen auf und fragte: »Kann ich noch
etwas Orangensaft haben?«

»O-Saft! Ja!«, sagte der große Mann aufgeregt. »Der heilt
alles, was dich plagt!«

Sarah hätte fast gelächelt, als er zurück in die Küche
eilte, um ihren Plastikbecher zu füllen. Seine Mutter hatte
ihm das offensichtlich immer wieder gesagt, denn es war
klar, dass Owen es wirklich glaubte. Nach wenigen Augenblicken kam er zurück und Sarah schluckte die Tablette,
ohne zu zögern.

»Soll Owen noch etwas helfen?«, fragte er.

»Nein, im Moment nicht.«

»Gut.« Dann drehte er sich um und ging zum Tisch
hinüber, wo er ein Puzzle ausgebreitet hatte. Er beugte sich
erneut darüber.

Sarah legte den Kopf zurück auf die Armlehne der
Couch und versuchte, nicht zu weinen. Sie hatte Todesangst. Bis jetzt hatte Owen ihr gegenüber nichts Gewalttä-
tiges getan. Ja, er hatte sie quasi aus ihrem Haus entführt,
aber er hatte ihr nicht wehgetan. Nein, das hatte sie selbst
geschafft, als sie von der Leiter gestürzt war. Sie hatte sich
den Kopf so sehr angeschlagen, dass er sogar geblutet hatte,
und sie glaubte, eine leichte Gehirnerschütterung zu haben.

Aber in Anbetracht all der Dinge, die in diesem Moment nicht stimmten, machte sie sich darum die geringsten Sorgen.

Sarah kam sich dumm vor, weil sie das Ausmaß von Owens Behinderung nicht erkannt hatte, während sie seine Mutter im Krankenhaus versorgte.

Sie hatte sich immer damit gerühmt, so nett zu sein. Dass sie in der Lage war, zu wissen, was Menschen brauchten, noch bevor sie es brauchten. Aber bei den Montrones hatte sie völlig danebengelegen. Sie hatte gedacht, Aubrey wäre nur eine normale Mutter, als sie ihr sagte, dass ihr Sohn etwas Besonderes sei. Sie hatte zustimmend genickt, als sie davon gesprochen hatte, dass er einen verantwortungsbewussten und freigiebigen Menschen brauchte, der sich um ihn kümmern konnte, wenn sie nicht mehr da war. Sarah hatte nicht andeuten wollen, dass sie dieser Mensch sein würde, aber vielleicht hatte Aubrey es so aufgefasst? Sie fragte sich, ob sie Owen erzählt hatte, dass Sarah sich nach ihrem Tod um ihn kümmern würde. Ob sie ihm diesen Gedanken überhaupt erst in den Kopf gesetzt hatte.

Als sie das Gefühl bekam zu schweben, wurde Sarah bewusst, dass das starke Schmerzmittel wirkte. Das Gefühl war schön. Zum ersten Mal, seit sie in der Hütte aufgewacht war, hatte sie keine Schmerzen. Nun ... zumindest nicht so schlimm wie zuvor.

Aber sie durfte nicht einschlafen, bevor sie nicht getan hatte, was getan werden musste.

Sie setzte sich auf, ignorierte, dass der Raum sich dabei drehte, und starrte auf ihren Fuß. Sie beugte sich vor und drückte vorsichtig auf die Beule, die sie an der Seite ihres Knöchels sehen konnte ... und schrie fast vor Schmerz.

Verdammt.

Das war ein Knochen. Und er sollte nicht so herausra-gen. Das würde kein Spaß werden.

Sie schaute zu Owen hinüber und sah, dass er noch immer in sein Puzzle vertieft war. Es hieß jetzt oder nie.

Sie holte tief Luft, presste die Lippen zusammen und tat, was sie tun musste.

KAPITEL FÜNFZEHN

»Verdammt! Es sind schon drei Tage!« Cole schrie frustriert und wütend herum, während er sich mit einer Hand durch die Haare fuhr. »Wo ist sie?« Er stand gemeinsam mit Logan, Blake, Nathan und Ryder im Hinterzimmer von Ace Security. Sogar Grace, Alexis, Bailey und Felicity waren dort. Die Kinder, Nate und Ace, befanden sich in einem Laufstall an der Seite und plapperten fröhlich vor sich hin. Sie ignorierten die Spannung in der Luft.

»Wir kommen der Sache näher«, versicherte Logan ihm.

»Nicht nahe genug!«, brüllte Cole.

Felicity ging zu ihm hinüber und legte ihm eine Hand auf den Rücken.

Cole wusste, dass er sich beruhigen und vernünftiger sein sollte, aber er konnte es nicht. »Er hat sie schon seit drei Tagen«, sagte er zu Felicity und seine Stimme brach. »Sie muss Todesangst haben und sich fragen, warum ich sie noch nicht gerettet habe.«

»Alle tun, was sie können«, erwiderte seine beste Freundin.

»Was ist, wenn das nicht reicht?«, fragte Cole gequält.

»Was ist, wenn er sie tötet und sie stirbt und denkt, ich hätte sie nicht genug geliebt, um sie zu finden?«

»Sie weiß, dass du nach ihr suchst«, ermahnte Felicity ihn.

Cole drehte sich um und starrte seine Freundin an. »Wie? *Wie* soll sie das wissen? Wir sind heute auch nicht näher dran, sie zu finden, als wir es vor drei Tagen waren. Der Drecksack hat auf ihrem Dachboden gewohnt und wir hatten keine Ahnung! Wir wissen nicht, wie lange er dort oben war, und jetzt hat er sie entführt!«

Felicity griff nach oben und legte ihre Hände um Coles Gesicht. »Ich bin mir *sicher*, dass sie weiß, dass du alles in deiner Macht Stehende tust, um sie zu finden, weil ich an ihrer Stelle war. Als Joseph mich in der Gewalt hatte, wusste ich ohne Zweifel, dass Ryder alles in seiner Macht Stehende tut, um zu mir zu gelangen. Und du. Und Logan, Blake und Nathan. Sie *weiß* es, Cole, und du musst dich zusammenrei-ßen, damit du klar denken und sie finden kannst.«

Cole schloss die Augen und kniff sie noch fester zu, als er spürte, wie Felicity ihre Arme um ihn schlang. Dann spürte er, wie sich ein weiteres Paar Arme von hinten um ihn legte. Dann noch eins von links und schließlich eins von rechts. Er war von den Frauen seiner Freunde umgeben. Er wusste es zu schätzen, aber die einzigen weiblichen Arme, die er im Moment wirklich um sich haben wollte, waren die von Sarah.

Einen Moment später öffnete er die Augen und holte tief Luft. Die Frauen traten alle zurück. »Danke, Leute«, sagte er leise. »Es geht mir besser.«

»Sie ist klug. Sie wird ihn nicht verärgern«, sagte Grace leise.

»Sarah ist der netteste Mensch, den ich je getroffen habe«, warf Bailey ein. »Ich schwöre bei Gott, niemand kann ihr widerstehen. Sie wird alles tun, was nötig ist, um ihn ruhig zu halten.«

»Wenn sie die Gelegenheit bekommt, wird sie fliehen«, fügte Alexis hinzu. »Daran habe ich keinen Zweifel.«

Cole wusste, dass die Frauen nur versuchten, ihn zu beruhigen. Aber alles, was aus ihren Mündern kam, machte ihn nur noch ängstlicher, wenn er daran dachte, was Sarah vielleicht durchmachen musste.

»Bist du bereit, dir alles noch einmal anzusehen?«, fragte Felicity.

Cole konnte sich ein kleines, missgünstiges Lächeln nicht verkneifen. Natürlich war auf seine beste Freundin Verlass, ihm den Kopf aus der Rosette zu ziehen. »Ja«, sagte er zu ihr. »Von Anfang an. Wir übersehen etwas. Ich weiß es.«

Felicity nickte und griff nach seiner Hand. Sie zog ihn zurück zu dem Tisch, von dem er sich abgestoßen hatte, um seinen kleinen Anfall zu haben.

»Gib mir die Akte über Owen«, sagte Cole. »Der Mann hat die geistigen Fähigkeiten eines Zehnjährigen. Es sollte nicht so schwer sein, ihn zu finden.«

Die anderen Männer nickten und wandten sich wieder den Papieren oder ihren Computerbildschirmen zu. Sie übersahen etwas. Die Polizisten auch. Owen Montrone konnte sich nicht einfach in Luft auflösen. Er war irgendwo. Er hatte offensichtlich Sarahs Wagen genommen oder sie gezwungen, ihn irgendwo hinzufahren. Die Fahndung hatte keine Treffer ergeben, also mussten sie annehmen, dass der Wagen entweder versteckt oder irgendwie zerstört worden war. Owen mochte geistig betrachtet nur zehn Jahre alt sein, aber er war auch der gewiefteste Mensch überhaupt oder der mit dem meisten Glück.

Bei keinem dieser beiden Gedanken fühlte Cole sich besser.

———

Drei Tage. Drei Tage waren vergangen und Sarah war immer noch mit Owen in dieser Hütte. Der Tag, nachdem sie ihren Knöchel gerichtet hatte, war die Hölle gewesen. Jedes Mal wenn sie aufwachte, hatte sie noch eine Schmerztablette geschluckt und war wieder eingeschlafen.

Heute war es besser. Nicht gut, aber besser. Sie hatte nicht viel gegessen oder getrunken, aber heute Morgen wusste sie, dass sie alles tun musste, um gesund zu werden. Was bedeutete, dass sie anfangen musste, zu essen und zu trinken, um wieder zu Kräften zu kommen. Sie wollte wirklich nicht noch in einem Jahr mit Owen in dieser Hütte leben. Und wenn sie ihren Arsch nicht hochbekam und nicht anfing, sich zu bemühen, stärker zu werden, würde genau das vielleicht passieren.

Sie wusste, die Tatsache, dass Cole und die Jungs von Ace Security sie noch nicht gefunden hatten, war kein gutes Zeichen. Nachdem sie drei Tage mit Owen verbracht hatte, wusste sie auch, dass er ganz sicher geistige Mängel hatte, aber er war gerissen. Sie hatte nie viel mit Kindern zu tun gehabt, hatte aber diesen einen Jungen damals im Krankenhaus kennengelernt. Er war hinterhältig gewesen und hatte alles getan, um die Menschen um ihn herum zu manipulieren. Er konnte auf Kommando weinen und Wutanfälle bekommen, wenn es ihm in den Kram passte. Sie hatte schnell gelernt, dass er, obwohl er jung war, genau wusste, wie er die Dinge bekam, die er haben wollte.

Das Gleiche war offensichtlich mit Owen der Fall. Er hatte sich auf sie fixiert und seine Spuren irgendwie so gut verwischt, dass es schwierig war, ihn zu finden. Aber Cole würde nicht aufgeben, das wusste Sarah ganz genau. Er würde nicht aufhören zu suchen, bis er sie gefunden hatte.

Sie legte eine Hand auf ihren Bauch. Sie wusste nicht, ob sie schon schwanger war, aber sie wollte ihr Kind wirklich nicht in dieser Hütte mitten im Nirgendwo bekommen, wo nur Owen und sein übereifriger Wunsch zu helfen ihre Gesellschaft wären.

Obwohl sie wusste, dass manche Frauen jahrelang in Gefangenschaft lebten. Man musste sich nur einmal Amanda Berry und die anderen Mädchen aus Cleveland anschauen, die mehr als ein Jahrzehnt lang entführt und missbraucht worden waren. Und Morgan Byrd. Sie war entführt und ein Jahr lang in der Dominikanischen Republik versteckt worden.

Aber Ryders Freunde aus Colorado Springs hatten sie gefunden und sie hatte alles überlebt, was ihr angetan worden war – also konnte Sarah das auch.

Sie hatte bereits festgestellt, dass ihre Angst vor Owen nicht mehr so groß war wie vor der Entführung. Zwischen ihren Nickerchen hatte sie ihn ein wenig besser kennengelernt. Sie würde nicht sagen, dass sie ihm vertraute, aber er hatte ihr auch nicht wehgetan. Und jedes Mal, wenn sie aufgewacht war, hatte er sich Sorgen um sie gemacht und wollte wissen, wie er helfen konnte.

Er beschäftigte sich viel mit dem Spielzeug, das überall in der Hütte verstreut war. Es sah aus, als wäre ein Spielzeugladen in der Mitte des Wohnzimmers explodiert. Überall lagen Legosteine herum zusammen mit Bilderbüchern, einer Eisenbahn, Puzzleteilen und in der Ecke des Zimmers stand sogar ein riesiges, handgefertigtes Puppenhaus. Es sah dem ähnlich, das Owen ihr geschickt hatte. Aber es war offensichtlich nicht dasselbe.

Er hatte ihr auch noch mehr Geschenke gemacht.

Die meisten Sachen waren Dinge, die sie aus ihrem eigenen Haus wiedererkannte. Er hatte den Dachboden offensichtlich immer dann verlassen, um Dinge zu stehlen, wenn sie nicht zu Hause gewesen war. Er hatte ihr Plüschtiere geschenkt, die sie aus ihrer Kindheit wiedererkannte, und sogar ein paar Bücher, die er ihr stolz entgegenstreckte.

Bücher, die ihr Vater gelesen hatte. Genau die Bücher von Jackson, von denen sie gedacht hatte, sie hätte sie weggegeben.

Sie war froh zu wissen, dass sie sie nicht versehentlich entsorgt hatte, aber sie war gleichzeitig entsetzt, dass Owen ihr Haus durchwühlt und sich offenbar genommen hatte, was er wollte.

Aber anstatt ihn anzuschreien, weil er sicher sowieso nicht verstehen würde, warum sie so aufgebracht war, hatte sie die Geschenke einfach entgegengenommen und sich bedankt.

»Was willst du heute machen?«, fragte Owen übereifrig, als er sah, dass sie wach war.

»Was möchtest *du* denn machen?«, fragte Sarah und versuchte zu ignorieren, wie sehr ihr Knöchel pochte. Nachdem sie den Knochen gerichtet hatte – zumindest hoffte sie, dass sie ihn wieder in die richtige Position geschoben hatte –, hatte sie ihn mit Stücken einer dünnen Decke, die sie zerrissen hatte, bandagiert. Es war notdürftig und sie wusste, dass es wahrscheinlich niemals richtig heilen würde, wenn sie nicht bald in ein Krankenhaus kam. Aber es war das Beste, was sie unter diesen Umständen tun konnte.

Owens Augen leuchteten auf. Jedes Mal wenn sie aufgewacht war, hatte er sie das Gleiche gefragt. Und sie hatte ihn stets abblitzen lassen, eine weitere Schmerztablette genommen und war wieder eingeschlafen. Es war an der Zeit, alles zu tun, um Owen ein für alle Mal auf ihre Seite zu ziehen. Außerdem war ihr langweilig. Obwohl sie viel geschlafen hatte, gab es in dieser Hütte absolut nichts zu tun. Es gab keinen Fernseher und ein Radio hatte sie auch nicht gesehen.

»Quartett!«, rief Owen und war offensichtlich begeistert, dass sie mit ihm spielen wollte.

»In Ordnung. Aber mein Knöchel ist immer noch verletzt, also müssen wir hier auf der Couch spielen«, erklärte Sarah ihm.

»Juhu!«, sagte Owen und begann sofort, das Zimmer für ihr Spiel vorzubereiten.

Zuvor hatte er ihr ein Sandwich mit Erdnussbutter und Marmelade zum Frühstück gebracht. Es schmeckte tatsächlich gut, was ein wenig überraschend war, denn es war schon viele Jahre her, dass sie dieses Kindergericht zum letzten Mal gegessen hatte. Sie hatte nicht erwartet, es zu genießen. Als Sarah einen Blick auf die Küche warf, erkannte sie, dass auch dort Chaos herrschte. Owen war offensichtlich in der Lage, einfachste Mahlzeiten zuzubereiten, aber er machte sich nicht die Mühe, hinterher aufzuräumen. Später würde sie sehen, ob sie ihn überreden konnte, sowohl den Wohnbereich als auch die Küche aufzuräumen. Sie wollte wirklich nicht, dass noch mehr Nagetiere und andere Viecher in die Hütte einzogen.

»Nach unserem Spiel muss die Küche aufgeräumt werden«, sagte sie bestimmt, um es auszutesten.

Owen schmollte, nickte aber.

»Und deine Spielsachen liegen überall herum. Man könnte leicht darüber stolpern und fallen.«

Er riss die Augen weit auf. »Es tut weh, wenn ich falle und mir die Knie aufschlage.«

Sarah nickte und ihre Hoffnung stieg. Ihr war aufgefallen, dass dieser Mann-Junge fast alles tat, was sie ihm sagte. Er war ins Bett gegangen, als sie es ihm befohlen hatte. Er brachte ihr, was sie wollte, und als sie zuvor auf die Toilette musste, hatte er sie getragen und dann allein gelassen, als sie es verlangte. Danach trug er sie zurück zur Couch.

Wenn sie lange genug dortbleiben musste, bis ihr Knöchel geheilt war, konnte sie ihn vielleicht irgendwann überreden, mit ihr in die Stadt zu fahren ... es musste doch irgendetwas in der Nähe geben. Er hatte gesagt, dass er einkaufen gegangen war. Wenn sie ihn dazu bringen könnte, sie mitzunehmen, könnte sie jemanden finden, der ihr half, oder vielleicht würde jemand sie erkennen. Sie war davon überzeugt, dass Cole und Ace Security dafür gesorgt hatten, dass ihr Foto überall in den Nachrichten gezeigt wurde.

Wenn sie es nur aus dieser Hütte schaffte, könnte sie gerettet werden. Sie wusste es.

Cole starrte auf die Papiere, die auf dem Tisch verstreut lagen. Er hatte sie so oft angesehen, dass er bereits zu schielen begann, und er war Sarah auf seiner Suche immer noch nicht näher als vor fünf Tagen.

Fünf Tage. *Gott*. Er war sich so sicher gewesen, dass sie innerhalb von ein paar Stunden herausfinden würden, wo Owen Sarah hingebracht hatte. Er war sich so sicher gewesen, dass Owen sich mit seinem niedrigen Intelligenzquotienten niemals lange verstecken könnte. Aber sie hatten sich geirrt.

Cole hatte nicht mehr als eine Stunde hier und da geschlafen. Wie sollte er auch, wenn er keine Ahnung hatte, ob Sarah schlief?

Er hatte nichts anderes gegessen als das, was Felicity und die anderen ihm aufgezwungen hatten. Wie sollte er auch, wenn er keine Ahnung hatte, ob Sarah zu essen bekam?

Er hatte nicht geduscht und es war ihm egal, ob er stank. Wie sollte er diesen Luxus genießen, wenn er keine Ahnung hatte, unter welchen Bedingungen Sarah lebte?

Der einzige Grund, warum das Fitnessstudio noch lief, war Felicity. Sie hatte ohne Aufforderung alle Pflichten übernommen.

Aber auch das war Cole egal. Es war ihm egal, ob er jeden Cent seiner Ersparnisse verlor; er wollte nur Sarah zurück, sicher und gesund in seinen Armen.

Sogar die Polizei gab die Hoffnung auf. Er hatte es an der Stimme des Detektives erkannt, als er das letzte Mal zu ihnen ins Büro gekommen war, um mit allen zu sprechen. Die Polizei hielt Sarah wahrscheinlich längst für tot. In den meisten Fällen töteten Entführer ihre Opfer fast immer nach ein paar Tagen der Gefangenschaft. Aber Cole hatte das Gefühl, dass dies bei Sarah nicht der Fall sein würde. Er spürte es im Mark seiner Knochen.

Er wusste, dass er ohne die Unterstützung der Anderson-Brüder schon längst durchgedreht wäre. Logan und die anderen waren unermüdlich auf der Suche nach Owen. Ryder hatte sogar seinen mysteriösen Ex-Kontaktmann in Colorado Springs um Hilfe gebeten.

Aber sie hatten noch nicht einmal ein Haar des Mannes gefunden ... und auch nicht von Sarah.

Sie hatten sich jedes Geschenk angesehen, das der Mann für sie hinterlassen hatte. Dank ihrer Fotos und Notizen hatten sie eine ausführliche Liste. Vom Kochbuch, dem Schmuck, über die Kleidung bis hin zu den Briefen, die er ihr geschrieben hatte ... nichts war ihnen aufgefallen.

Und jede Spur, der sie gefolgt waren, war eine Sackgasse gewesen. Sie hatten haufenweise Unterlagen in Aubrey Montrones Haus gefunden und sie alle zumindest einmal durchgeblättert, aber es war unmöglich gewesen, jedes einzelne Wort zu lesen. Die Frau war eine Sammlerin gewesen und die eine Nadel im Heuhaufen zu finden, die zu dem Ort führte, an dem Owen sich versteckt hielt, erwies sich als schlichtweg unmöglich.

Nathan saß an seinem Schreibtisch und starrte auf seinen Computerbildschirm, während er die Suche fortsetzte. Logan telefonierte mit einem Reporter und Blake organisierte einen Suchtrupp, der sich weiter in der Nachbarschaft umsehen sollte, in der sich Sarahs Haus befand.

Die Frauen waren bei Grace zu Hause. Sarahs Entführung hatte Grace an ihre eigenen Albträume von der Entführung ihres Sohnes erinnert und deshalb wollte sie sich nicht von ihren Kindern trennen. Cole konnte es ihr nicht verübeln. Also hatten die Frauen angefangen, ihre Tage in Grace' Haus zu verbringen. Sie leisteten ihr Gesellschaft und taten, was sie konnten, um von dort aus bei der Suche zu helfen. Sie hatten ein paar Kartons aus dem Montrone-Haus mitgenommen und durchsuchten sie viel gründlicher, als es ihren Männern zeitlich möglich war.

Ryder saß Cole gegenüber am Tisch und starrte auf Papiere, die sie schon hundertmal durchgesehen hatten.

Cole starrte wie blind auf das Chaos vor sich. Er fühlte sich beschissen, aber nichts schien eine Rolle zu spielen, solange Sarah vermisst wurde. Er hatte es ihr versprochen. Hatte gesagt, dass er sie finden würde, sollte sie jemals verschwinden. Und hier saß er nun auf seinem Hintern, während sie verschleppt worden war und möglicherweise durch die Hölle ging.

Mit einem Seufzen griff er blindlings nach dem nächstgelegenen Blatt Papier und zwang sich, sich zu konzentrieren. Die Antwort war hier ... irgendwo. Er musste nur wach genug sein, um sie zu finden.

Cole war kein Ermittler. Er war nur ein Typ, der gern trainierte und irgendwie genügend Glück gehabt hatte, seinen Lebensunterhalt damit verdienen zu können. Aber er hatte eine Menge gelernt, während er die Andersons beobachtet und ihnen Aufmerksamkeit geschenkt hatte. Sie sahen sich Dinge an, über die er nie nachgedacht hätte. Sie hatten ihn gelehrt, alles zu hinterfragen.

Nicht nur das, sie hatten auch eine lange Diskussion über Owens geistigen Zustand geführt. Er war im Grunde ein Kind. Und Kinder dachten anders als Erwachsene. Wenn Cole Sarah finden wollte, musste er wie Owen denken. Was extrem schwierig war, denn wenn er sich das Arschloch auf einem Foto ansah, das sie aus dem Haus der Montrones mitgenommen hatten, fiel es ihm schwer, sich daran zu erinnern, dass er geistig behindert war. Seine große Statur und der ungepflegte Bart ließen ihn wie einen Mann mittleren Alters erscheinen, der jeden verletzen konnte und würde, der sich zwischen ihn und das, was er haben wollte, stellte.

Und der Mann wollte Sarah. Zu welchem Zweck, das wusste Cole nicht.

Aber er konnte sie nicht haben. Sarah gehörte ihm. Von den Haarspitzen bis hinunter zu ihren hübschen kleinen Zehen gehörte sie *ihm*.

Cole las die Worte auf dem Stück Papier, das er in der Hand hielt. Es war die Liste der Dinge, die Sarah von Owen erhalten hatte. Geistig verglich er die Liste mit den Bildern, die sie an Ace Security geschickt hatte.

Kochbuch. Abgehakt.

Notizzettel. Abgehakt.

Mantel. Abgehakt.

Erdnussbutter. Abgehakt.

Brief. Abgehakt.

Schmuck. Abgehakt.

Blumen, Süßigkeiten, Lego Set ... abgehakt, abgehakt und abgehakt.

Die Liste ging immer weiter. Einige der Gegenstände waren skurril, wie die Bettpfanne mit der Dose Hühnersuppe darin. Aber andere schienen einfach nur Geschenke zu sein, die ein Junge einem Mädchen machen würde, so wie die getrockneten Wildblumen und der Tannenzapfen, von dem er gesagt hatte, dass er ihn gefunden und hübsch gefunden hatte, weshalb er ihn Sarah schenken wollte.

Cole wollte den Zettel gerade zur Seite legen und sich auf etwas anderes konzentrieren, als ihm ein Geschenk auf der Liste ins Auge fiel.

Das Puppenhaus.

Er runzelte die Stirn und starrte auf das Wort. Er konnte sich nicht erinnern, schon einmal von diesem Geschenk gelesen zu haben. Hatten sie ein Bild von dem Puppenhaus? Er glaubte es nicht, denn dann hätte wahrscheinlich schon jemand etwas darüber gesagt.

Er wühlte durch die Papiere und versuchte, den Ordner zu finden, in dem sich die Bilder aller Geschenke befanden, die sie erhalten hatte.

»Was ist los?«, fragte Ryder und beobachtete, wie er die Unterlagen auf dem Tisch durchwühlte.

»Wo ist der Ordner mit den Bildern von allem, was er ihr geschickt hat?«, fragte Cole.

Ryder half ihm einen Moment lang beim Suchen und zog den Ordner unter einem Stapel anderer Papiere hervor. »Hier.«

Cole griff danach und blätterte schnell durch den Inhalt.

Dann fing er noch einmal von vorne an, dieses Mal langsamer. Dann blätterte er ihn ein drittes Mal durch und glich den Inhalt mit der Liste der Geschenke ab. Er hakte jedes einzelne ab, während er die Bilder mit der Liste in seiner Hand verglich.

Als er fertig war, war das Einzige, wovon sie kein Bild hatten, das Puppenhaus.

»Wo ist das Puppenhaus?«, fragte Cole Ryder.

»Welches Puppenhaus?«

Er zeigte auf die Liste. »Genau hier. Sie hat geschrieben, dass sie ein Puppenhaus erhalten hat. Wo ist es?«

Ryder setzte sich auf. »Keine Ahnung.«

»Sie hat kein Foto davon gemacht?«, fragte Cole.

»Das weiß ich nicht. Ich kann mich nicht erinnern, eins gesehen zu haben. Wenn sie eins gemacht hat, wurde es vielleicht gelöscht.«

»Sie muss irgendetwas mit dem Puppenhaus gemacht haben«, sagte Cole und spürte zum ersten Mal seit Tagen, wie Adrenalin durch seinen Körper schoss. »Es ist nicht bei ihr zu Hause oder oben auf dem Dachboden. Wir hätten es gefunden.«

»Mach dir keine zu großen Hoffnungen«, sagte Ryder, aber Cole wusste genau, dass auch er froh war, etwas Neues gefunden zu haben, was sie sich genauer ansehen konnten.

Ein Puppenhaus war normalerweise nichts, was ein Junge einem Mädchen schenken würde ... es sei denn, es hatte irgendeine Bedeutung für ihn. Sie hatten die Bedeutung der meisten anderen Geschenke bereits enträtselt. Abgesehen von ein paar Dingen, die als süße Geste ausgewählt worden zu sein schienen, wie die Blumen und der Schmuck, hatten alle anderen Geschenke eine Sache gemeinsam – sie konnten alle in irgendeiner Weise von Sarah verwendet werden, um sich um Owen zu kümmern.

Die Erdnussbutter war vielleicht etwas, das er gern aß.

Das Kochbuch, damit sie für ihn kochen konnte.

Der Mantel, damit sie warm blieb.

Die Bettpfanne war offensichtlich, ebenso wie die Hühnersuppe.

Aber was hatte ein Puppenhaus mit alledem zu tun?

Es sei denn ...

Konnte es *wirklich* so offensichtlich sein? Hatten sie tatsächlich die eine Sache übersehen, die praktisch von Anfang an nach der Lösung geschrien hatte?

Dann fiel ihm etwas anderes ein. »Ryder«, sagte Cole, »da war doch irgendwo auf den Kontoauszügen eine Steuerzahlung, oder?«

»Ja, ich glaube schon. Warum?«

»War die für das Haus in Castle Rock?«

Ryder nickte.

»Sind wir uns dessen sicher?«, fragte Cole. »Weil ich gedacht habe ... was wäre, wenn Aubrey ein zweites Haus gehabt hätte? Ich meine, wenn Owen Sarah Geschenke gemacht hat, deren tiefere Bedeutung war, ihr Dinge zu geben, die ihr helfen würden, sich um ihn zu kümmern, wäre ein Haus da nicht ein großer Teil davon? Ein *Puppenhaus*? Selbst wenn Aubrey ein zweites Haus abbezahlt hätte, hätte sie dafür Steuern gezahlt. Was wäre, wenn Owen Sarah dorthin gebracht hat? Es gibt Hunderte von kleinen Hütten oben in den Bergen westlich von hier. Es wäre ein toller Ort, um sich zu verstecken.«

»Scheiße. Du hast recht. Und das Puppenhaus muss *irgendetwas* zu bedeuten haben. Ich werde mir die Steuerunterlagen noch einmal ansehen und nachschauen, ob wir mehr Informationen über das Grundstück bekommen können, für das sie bezahlt wurden. Du kannst das Puppenhaus ausfindig machen und sehen, ob wir irgendetwas darüber herausfinden können.«

Cole nickte. Er fühlte sich zwar immer noch nicht großartig bezüglich ihrer Suche nach Sarah, aber zumindest ein wenig hoffnungsvoller, jetzt, da sie eine neue Spur hatten, der sie folgen konnten.

»Halte durch, mein Schatz. Ich komme«, sagte er leise, als er sich an die Arbeit machte, um herauszufinden, was Sarah mit dem Puppenhaus getan hatte, das Owen ihr geschenkt hatte.

Als die Sonne am siebenten Tag ihrer Gefangenschaft aufging, nahm Sarah sich einen Moment Zeit, um zu beten, dass heute der Tag wäre, an dem Cole sie finden würde.

Überraschenderweise war das Leben in der Hütte mit Owen gar nicht *so* schlecht gewesen. Abgesehen von der Tatsache, dass sie wegen ihres Knöchels nicht laufen konnte, und natürlich der Langeweile war Owen extrem aufmerksam gewesen. Er tat alles, was sie von ihm verlangte, ohne sich zu beschweren, einschließlich des Abwaschens des Geschirrs, das er in den ersten Tagen, nachdem er sie hierhergebracht hatte, schmutzig liegen gelassen hatte. Er hatte sie ins Badezimmer und wieder zurück getragen und sie dort drin allein gelassen, um ihr Ding zu machen. Sie war nicht in der Lage gewesen, in der Küche zu stehen, um Mahlzeiten für sie zu kochen, aber er hatte sein Bestes getan, ihren Anweisungen genau zu folgen. Owen war so stolz gewesen, als es ihm gelungen war, ein einfaches Abendessen bestehend aus Makkaroni und Käse zuzubereiten.

Sie hatten Kartenspiele gespielt, Quartett war sein Lieblingsspiel, und eine Menge Brettspiele. Sie hatte ihm sogar geholfen, ein Puzzle zusammenzusetzen, mit dem er sich schwergetan hatte.

Sarah hatte nur ein einziges Mal gesehen, wie Owen sein fröhliches Gemüt verlor. Das geschah, als sie ihn fragte, ob er sie in die Stadt fahren würde. Er hatte die Stirn gerunzelt und heftig den Kopf geschüttelt.

»Nein! Jemand wird dich sehen und mitnehmen!«

Sarah hatte sofort das Thema gewechselt, aber ihr war das Herz schwer geworden. Owen wusste genauso gut wie sie, dass er sie nur »behalten« konnte, wenn sie sein Geheimnis blieb.

Es sah also so aus, als säße sie fest, es sei denn, sie könnte aus der Hütte und in den Wald hinauskriechen, und das für wer weiß wie viele Kilometer.

»Guten Morgen!«, sagte Owen fröhlich, als er sich im Bett neben ihr aufsetzte. Die Einzelbetten waren eine Erleichterung gewesen; zu wissen, dass er nicht erwartete, mit ihr oder neben ihr zu schlafen, war eine Sorge weniger. Die Matratze war nicht sehr bequem, aber nachdem er ihr ein Kissen von der Couch geholt und ihr geholfen hatte, ihren Knöchel abzustützen, war es besser gewesen als das Sofa.

»Morgen«, sagte Sarah. Sie vermisste Cole mehr, als sie mit Worten ausdrücken konnte, und begann zu glauben, dass es viel länger dauern würde, als sie zunächst erwartet hatte, bis er sie finden würde. Aber sie würde nicht aufgeben.

»Quartett spielen?«, fragte Owen.

Sarah seufzte. Sie hatte dieses Kartenspiel so satt, aber es war viel besser als *Risiko*, weil es zumindest ein Ende hatte. Sie hatte den Fehler gemacht, am Vortag zuzustimmen, *Risiko* mit ihm zu spielen. Und fünf Stunden später hatte sie gedacht, sie müsste vor Frustration schreien, weil es immer noch nicht vorbei gewesen war.

Jemand hatte die Hütte mit Dutzenden von Kinderspielen bestückt. Es gab einen ganzen Schrank voll *Tabu!*, *Leiterspiel*, *Pictionary*, *Mäusefalle*, *Cluedo Junior*, *Hilfe Hai!*, *Äpfel zu Äpfeln*, *Schiffe versenken*, *Mensch ärgere Dich nicht*, *mein Kirschbaum* und *Quartett*. Sie hatte sie alle mit Owen gespielt und bevorzugte Quartett. Es war einfach und leicht und sie musste nicht allzu sehr nachdenken. Außerdem war der Mann-Junge ein schlechter Verlierer und es war einfacher zu schummeln, um ihn bei Quartett gewinnen zu lassen, als bei einigen der anderen Spiele.

»Sicher. Wir können Quartett spielen«, sagte sie müde.

»Juhu!«, sagte Owen und klatschte fröhlich in die Hände. »Aber zuerst muss Owen sich um Sarah kümmern.«

Sarah nickte und wappnete sich für seine Berührung. Er mochte sich wie ein Kind benehmen, aber sie hatte trotzdem jedes Mal Angst, er würde sie fallen lassen, wenn er sie hochhob. Oder vielleicht beschließen, dass er sie so berühren wollte, wie ein Erwachsener eine Frau berührte. Außerdem war ihr Knöchel immer noch extrem schmerzhaft. Sie hatte aufgehört, die starken Schmerztabletten zu schlucken, weil sie Angst hatte, davon abhängig zu werden. Sie war stattdessen auf einfaches Paracetamol umgestiegen. Es war zwar nicht so effektiv, machte den Schmerz jedoch erträglicher.

Als Owen sie im Badezimmer allein ließ, damit sie pinkeln und sich mit einem Waschlappen waschen konnte, starrte sie in den Spiegel. Ihr Haar war völlig zerzaust; sie hatte es seit ihrer Ankunft hier nicht gewaschen. Das riesige Mu'umu'u, das sie trug, versteckte ihren Körper, aber sie wusste, dass sie abgenommen hatte. Der Stress dieser Situation forderte seinen Tribut.

Insgesamt betrachtet wusste Sarah jedoch, dass sie Glück hatte. Owen hatte ihr bisher nicht wehgetan. Tatsächlich war er sogar irgendwie süß, wenn man vergaß, dass er sie gegen ihren Willen in der Hütte festhielt. Er hatte ihr von seiner Mutter erzählt und davon, wie sehr er sie vermisste. Er erzählte von seinem Leben mit ihr und Sarah verstand, wie viel Aubrey für ihr einziges Kind getan hatte. Sie hatte ihn offensichtlich geliebt und wahrscheinlich riesige Angst um ihn gehabt, als sie erfahren hatte, dass sie sterben würde. Das entschuldigte jedoch nicht, dass sie ihren Sohn in dem Glauben gelassen hatte, er könnte jemanden in den Wald schleppen und glücklich bis ans Ende seiner Tage leben. Nachdem sie nun Zeit mit Owen verbracht hatte, verstand Sarah es zumindest.

Aber sie vermisste ihr Leben.

Sie vermisste ihre neuen Freundinnen.

Vermisste Cole.

Gott, sie vermisste Cole.

Zum ersten Mal hatte sie echtes Mitgefühl für Owen. Für das, was er empfinden musste, weil er seine Mutter vermisste. Natürlich war Cole nicht tot und Owen hielt sie von ihm fern.

Sie hasste das Gefühl, zwischen Mitleid mit Owen und der Angst, Cole nie wiederzusehen, hin- und herzuschwanken. Sie holte tief Luft, legte eine Hand auf ihren Bauch und schloss die Augen. »Bitte finde mich bald, Cole«, flüsterte sie. »Ich bin bereit, nach Hause zu kommen.«

»Vielen Dank«, sagte Logan ins Telefon und nickte den anderen zu. »Ich würde mich freuen, wenn Sie mir ein Bild davon schicken könnten. Ja ... ich werde warten ... Ich weiß das wirklich sehr zu schätzen ... Kann ich Sie zurückrufen, sollte ich noch Fragen haben? Großartig. Vielen Dank ... Ich hoffe auch, dass wir sie bald finden. Auf Wiederhören.«

Er legte den Hörer auf und sagte: »Die Dame im Krankenhaus hat das Puppenhaus gefunden. Sarah hat es der Kinderstation gespendet. Seitdem steht es dort in einem der Spielzimmer.«

»Schickt sie ein Foto davon?«, fragte Blake.

»Ja.«

Cole ging nervös auf und ab. Er versuchte, so gut er konnte, sich keine zu großen Hoffnungen zu machen, aber alles andere war eine Sackgasse gewesen. Ryder untersuchte immer noch die Steuerzahlungen auf Aubreys Konten, aber ansonsten waren sie ratlos. Sie suchten bereits seit einer Woche und hatten nichts gefunden. Sie waren schon ein paarmal kurz davor gewesen und hatten geglaubt, auf der richtigen Spur zu sein. Aber dann war jede Spur im Sande verlaufen oder die Polizei hatte nachgehakt und nichts gefunden. Zu diesem Zeitpunkt war Cole bereit, auf eigene Faust zu ermitteln.

Er war bereit, von Tür zu Tür zu gehen, in die Berge zu fahren und zu tun, was immer nötig war, um seine Sarah zu finden.

Er hatte sie doch nicht gerade erst gefunden, nur um sie jetzt wieder zu verlieren. Sie hatten noch so viele gemeinsame Jahre vor sich, auf die sie sich freuen konnten. Er wollte mit ihr alt werden und zusehen, wie sich ihre Kinder, Enkel und Urenkel an den Feiertagen um sie scharten. Er wollte das Chaos und das Lächeln auf Sarahs Gesicht sehen, wenn sie die Herrlichkeit ihrer Familie genoss.

»Das Bild ist da«, sagte Logan, als sein Telefon mit einer eingehenden E-Mail piepte. »Ich leite es an alle weiter. Moment.«

Cole starrte ungeduldig auf sein Handy, als er darauf wartete, dass die E-Mail einging. Er klickte sofort darauf, als sie ankam, und lud das Bild herunter.

Auf den ersten Blick war das Puppenhaus nichts Besonderes. Eine zweistöckige Hütte mit einem Haufen Holzmöbel darin und zwei kleinen Puppen, dazu noch ein paar größere Barbie-Puppen. Er nahm an, dass die Barbies Ergänzungen von dem Kind waren, das zuletzt damit gespielt hatte.

»Das sieht wie ein normales Puppenhaus aus«, bemerkte Nathan.

Cole ignorierte die Enttäuschung, die er im Tonfall seines Freundes hörte, und vergrößerte das Bild.

Alles in diesem Puppenhaus sah handgefertigt aus, wovon sich Coles Nackenhaare aufstellten.

Offensichtlich fiel es den anderen ebenfalls auf.

»Das ist nicht irgendein Puppenhaus aus einem Billigladen«, sagte Logan.

»Nein. Das ist verdammt noch mal handgemacht«, stimmte auch Ryder zu.

»Ich vergrößere das Bild jetzt«, sagte Nathan.

»Ich fahre zum Krankenhaus, um mir das Ding aus der Nähe anzusehen. Ich werde noch mehr Fotos schicken und wenn ich eine Signatur oder ein Kennzeichen von demjenigen finde, der es angefertigt hat, schicke ich euch das auch«, sagte Blake und war bereits aufgestanden.

»Wenn wir herausfinden können, wer das gebaut hat, können wir hoffentlich auch mehr Informationen darüber bekommen, wer es gekauft hat«, sagte Logan. Die Aufregung war in seiner Stimme deutlich zu hören.

»Und oftmals haben Kunsthandwerker eine Inspiration für ihre Kreationen«, fügte Ryder hinzu. »Vielleicht ist es ein Modell einer echten Hütte oder eines echten Hauses.«

»Wenn wir eine Signatur finden, kann ich den Namen im Internet suchen«, sagte Nathan.

Bei jedem Wort, das über die Lippen seiner Freunde kam, nahm Coles Hoffnung zu. Sie waren während der letzten sieben Tage mit so vielen Sackgassen und so vielen schlechten Nachrichten konfrontiert worden, dass selbst diese Kleinigkeit nun bedeutsam schien.

»Ich werde Alexis auf dem Weg ins Krankenhaus anrufen«, sagte Blake. »Ich werde ihr und den anderen Frauen sagen, sie sollen nach einem Hinweis auf Holzarbeiter oder handgefertigte Produkte Ausschau halten. Es gibt einen ganzen Karton mit irgendwelchen Quittungen. Vielleicht haben wir ja Glück.«

Sie würden Glück haben. Cole war sich sicher.

Das war es. Das war die Sache, die sie die ganze Zeit übersehen hatten. Er hatte keine Ahnung, woher er das wusste, er wusste es einfach.

Er fuhr sich mit der Hand durch das zerzauste Haar und konnte sich die Aufregung nicht verkneifen. Es war eine lange Woche gewesen. Sieben Tage, die sich wie sieben Jahre anfühlten. Aber schon bald würde er seine Sarah wieder in den Armen halten und der Mistkerl, der sie entführt hatte, würde dafür bezahlen.

»Ich rufe den Kriminalbeamten an«, sagte Logan und stieß sich mit dem Telefon am Ohr vom Tisch ab.

Cole wusste, dass sie die Polizei zu ihrer eigenen Sicherheit über alles, was sie taten, auf dem Laufenden halten mussten. Sie wollten wirklich nicht, dass einer von ihnen wegen Behinderung angeklagt werden konnte, und sie konnten nicht losziehen und auf irgendwelche Fährten hin handeln, ohne die Polizei miteinzubeziehen. Aber Cole wollte es. Er wollte mit den Informationen, die Ace Security gefunden hatte, loslaufen und seine Sarah zurückholen. Er wollte keine weitere Sekunde warten. Aber sie mussten das Gesetz auf ihrer Seite haben.

Wenn Schüsse fielen und Owen ausgeschaltet werden würde, wollte keiner von ihnen wegen Mordes angeklagt werden. Und wenn Sarah ärztliche Hilfe brauchte, bräuchten sie einen Krankenwagen in Bereitschaft.

Aber das alles brauchte Zeit.

Und Cole wollte nicht, dass Sarah auch nur eine Sekunde länger als nötig der Gnade dieses Mannes ausgeliefert war.

»Wir werden sie zurückholen«, sagte Ryder leise neben Cole.

Er nickte.

Das würden sie. Auf jeden Fall.

Die Sonne ging am Ende des siebenten Tages in der Hütte unter.

Eine Woche.

Sie war bereits eine Woche hier. In vielerlei Hinsicht kam es ihr wie eine Ewigkeit vor und gleichzeitig erschien es ihr wie gestern, als sie Owen auf dem Dachboden gefunden hatte.

Sie dachte an Cole. An ihre Telefonate und Nachrichten. Daran, wie aufmerksam er im Bett war. Wie es sich anfühlte, wenn er sie in den Armen hielt.

Tränen stiegen ihr in die Augen, aber sie kämpfte dagegen an.

Sie würde nicht weinen. Cole war auf der Suche nach ihr und er würde sie finden. Daran durfte sie nicht zweifeln.

Gott sei Dank hatte sie beschlossen, ihm eine zweite Chance zu geben, nachdem er sie im Fitnessstudio abgewiesen hatte. Hätte sie das nicht getan … Sarah erschauderte.

Hätte sie es nicht getan, würde sie jetzt niemand vermissen. Ihre Kolleginnen hätten sich gefragt, was passiert war und warum sie nicht auftauchte. Aber die Polizei hätte wahrscheinlich einfach angenommen, dass sie eine erwachsene Frau war und gehen konnte, wohin auch immer und wann sie wollte. Zumindest für die ersten paar Tage. Danach hätten die Beamten wahrscheinlich angefangen zu ermitteln, aber wer wusste schon, ob sie in der Lage gewesen wären, die Verbindung zwischen Owen und dieser Hütte mitten im verdammten Nirgendwo herzustellen.

Es war Schicksal.

Cole gehörte zu ihr, genauso wie sie zu ihm gehörte. Er würde sie finden. Das musste er.

»Noch ein Spiel«, bettelte Owen.

Sarah wollte ihm sagen, dass es Schlafenszeit war. Wenn sie das täte, würde er zweifellos schmollen, aber er würde tun, was sie sagte. Er würde seinen einteiligen Schlafanzug mit Füßen anziehen – der an dem übergewichtigen vierundvierzigjährigen Mann extrem seltsam aussah –, sich die Zähne putzen und ins Bett klettern.

Aber es war noch früh und Sarah war noch nicht bereit, mit ihren Gedanken allein zu sein. Sie wusste, sie würde nur wach liegen und an ihrer Situation verzweifeln. Es war besser, wenn sie noch eine Partie verdammtes Quartett spielte, als in ihrem eigenen Elend zu ertrinken.

»Nur noch eins«, stimmte sie zu.

»Juhu!«, rief Owen und hüpfte am Ende ihres Bettes mit seinem Hintern auf und ab. Es ließ sie zusammenzucken, da die Vibration der Matratze ihren Knöchel zum Pochen brachte.

Er war wirklich kein schlechter Mensch. Er hatte sie

gegen ihren Willen mitgenommen, aber er hatte sie nicht geschlagen, nicht misshandelt und war sogar äußerst besorgt um sie gewesen. Im Allgemeinen war er ein fröhlicher Mensch, wenn auch manchmal übermäßig emotional.

Es war offensichtlich, dass er nicht verstand, dass seine Handlungen falsch gewesen waren. Er war glücklich darüber, zu wissen, dass er das getan hatte, was seine Mutter für ihn gewollt hätte. Er hatte Sarah »geheiratet« und sie würde sich für den Rest seiner Tage um ihn kümmern.

Sarah musste darauf hoffen, dass Aubrey nicht wirklich verstanden hatte, dass ihr Sohn ihren Vorschlag für bare Münze nehmen und Sarah tatsächlich entführen und in die Berge verschleppen würde.

Die Hütte war jetzt sauber. Sie hatte ein Spiel daraus gemacht, dass Owen alle seine Spielsachen einsammelte. Jedes Mal wenn er eine der großen Spielzeugkisten an einer der Wände gefüllt hatte, spielte sie eine Runde Quartett mit ihm. Wenn er den Boden fegte und die Arbeitsflächen in der Küche säuberte, sang sie ihm ein Lied vor. Und wenn er das Geschirr in der Spüle abwusch und wegräumte, las sie ihm ein Buch vor. Positive Verstärkung schien bei Owen am besten zu funktionieren und Sarah war inzwischen ziemlich gut darin geworden.

»Möchtest du einen Snack, bevor wir anfangen?«, fragte Owen. Die Hoffnung in seiner Stimme war deutlich zu hören.

Sarah konnte sich ein Kichern nicht verkneifen. Sie wusste, dass er nicht fragte, ob *sie* einen Snack wollte, sondern dass er fragte, weil *er* einen wollte.

»In Ordnung. Aber kein Popcorn. Du hast beim letzten Mal eine große Sauerei gemacht, als du versucht hast, das Popcorn auf dem Herd zu poppen. Ich denke, eine Dose Pfirsiche sollte dir reichen.« Es gab Momente, wie jetzt, in denen Sarah fast vergaß, dass Owen Mitte vierzig war. Jede Emotion war deutlich auf seinem Gesicht zu sehen und in seiner Stimme zu hören.

Owen schmollte, aber er nickte und stand von Sarahs Bett auf. Die Bewegung erschütterte ihren Knöchel erneut. Sie atmete tief ein und versuchte, durch den Schmerz hindurch zu atmen.

Es wurde nicht besser. Obwohl sie ihn geschient hatte, so gut sie konnte, pulsierte ihr Knöchel immer noch jede Minute des Tages vor Schmerzen. Wenn sich nicht bald jemand darum kümmerte, würde sie wahrscheinlich für immer verkrüppelt bleiben.

Sie schob den Gedanken beiseite. Eine Minute nach der anderen. Das war der einzige Weg, wie sie das hier durchstehen konnte. Sie durfte nicht daran denken, wie ihr Leben aussehen würde, wenn sie in einem Jahr immer noch hier wäre.

Sarah machte es sich bequem, indem sie die Kissen hinter ihrem Rücken stapelte, und versuchte, sich zu entspannen. Sie konnte erst in einer Stunde die nächste Schmerztablette nehmen. Sie hatte sie alle vier Stunden genommen, um den Schmerz unter Kontrolle zu halten.

Ein kratzendes Geräusch außerhalb des Fensters rechts von ihr ließ sie plötzlich erstarren.

Ihr Blick fiel sofort auf Owen, der im Küchenbereich der Hütte stand. Aber er hatte offensichtlich nichts gehört. Er summte vor sich hin, während er mit dem Dosenöffner und den Pfirsichen kämpfte.

Sie traute sich nicht, aus dem Fenster zu schauen, falls Owen sie sehen würde, aber Sarahs Herz überschlug sich.

Hatte Cole sie gefunden? War die Polizei gerade dabei, die Hütte zu umzingeln? Und wenn es so war ... was würde Owen tun, wenn er erkannte, dass das nette kleine Leben, das er sich für sie beide erträumt hatte, nun zu Ende sein würde?

Oder was, wenn es nur ein Tier war? Eine weitere Maus, die versuchte, einen Weg ins Warme zu finden?

Sarah hatte keine Ahnung, was das Geräusch verursacht hatte. Aber sie betete inständig, dass sie nach einer sehr langen Woche endlich gerettet werden würde.

KAPITEL SECHZEHN

Cole stand abseits hinter einem Baum und starrte auf die kleine Hütte im Wald. Es war inzwischen dunkel geworden und seit sie das Puppenhaus im Krankenhaus gefunden hatten, waren bereits vier Stunden vergangen.

Blake war zum Krankenhaus gefahren und hatte das Puppenhaus untersucht. Er hatte eine Signatur auf dem Boden gefunden. Nathan hatte den Künstler ausfindig gemacht und erfahren, dass er in einer kleinen Stadt in den Bergen westlich von Castle Rock lebte, die sich Twin Cedars nannte. Sie war inzwischen nur mehr ein Dorf. Es gab eine Tankstelle und einen kleinen Tante-Emma-Lebensmittelladen und das war es auch schon.

Ein Anruf bei dem Künstler bestätigte, dass er das Puppenhaus tatsächlich angefertigt hatte. Er hatte dieses spezielle Stück vor Jahren für Aubrey Montrone gebaut. Er konnte sich sogar genau daran erinnern, dass es nicht der Hütte entsprach, die sie besaß und von der sie sich immer gewünscht hatte, dass sie größer wäre. Als sie das Puppenhaus in Auftrag gab, schickte sie ihm ein Bild der Hütte und bat ihn, es als Inspiration zu nehmen. Aber er sollte es verschönern und größer machen, mit zwei Stockwerken statt einem. Der Künstler erzählte ihnen auch, dass er vor etwa zwanzig Jahren noch ein zweites Stück, ein kleineres Puppenhaus, für Aubrey angefertigt hatte.

Dann erzählte der Mann Nathan, dass er Aubreys Sohn vor etwa einer Woche im einzigen Dorfladen gesehen hatte.

Der Künstler war dort gewesen, um seinen Freund zu besuchen, dem das Geschäft gehörte, und er hatte Owen von dem Bild erkannt, das Aubrey ihm offenbar zugeschickt hatte, als sie das kleinere Puppenhaus bestellte. Owen hatte nicht viel gesagt und eine sehr seltsame Auswahl an Lebensmitteln gekauft. Hauptsächlich Konserven und Fertigprodukte. Nichts Frisches. Dinge, die sich lange halten würden.

Als Nathan fragte, ob der Mann den Wagen gesehen hatte, den Owen fuhr, hatte er es bestätigt. Er war in einen grauen Galant gestiegen.

Cole hatte eine Faust in die Luft gestoßen, als er dies hörte. Der Mann hatte sonst niemanden in dem Wagen gesehen, aber das musste nicht unbedingt etwas bedeuten. Owen konnte Sarah entweder schon irgendwo versteckt haben, oder sie hätte auf dem Rücksitz liegen können. Cole weigerte sich, die Möglichkeit auch nur in Betracht zu ziehen, dass sie zu diesem Zeitpunkt im Kofferraum gelegen hatte oder dass Owen sie bereits verletzt oder getötet haben könnte.

Alles begann, sich zusammenzufügen. Ryder tätigte ein paar Anrufe und hatte es innerhalb einer Stunde geschafft, eine Verbindung zwischen Aubrey und der kleinen Stadt herzustellen. Ihre Eltern, Owens Großeltern, hatten vor langer Zeit ein paar Jahre dort gelebt und waren nach Castle Rock zurückgezogen, als offensichtlich wurde, dass die Kleinstadt nicht florierte.

Aber sie hatten dort oben eine Hütte besessen. Eine, die Aubrey dann geerbt hatte.

Und Ryder hatte schließlich auch Beweise dafür gefunden, dass die Frau über die Jahre hinweg Steuern für das Haus und das Grundstück bezahlt hatte. Aufzeichnungen, die sie übersehen hatten, weil sie mit den Finanzdaten für ihr Haus in Castle Rock vermischt gewesen waren. Aus irgendeinem Grund war die Hütte weder in Aubreys Unterlagen noch in ihrem Testament aufgeführt worden, weshalb niemand von ihrer Existenz gewusst hatte.

Aber Owen wusste offensichtlich davon.

Twin Cedars lag etwa eine Autostunde von Castle Rock entfernt, aber die anderen Brüder und die beiden Polizisten, die sie überzeugen konnten, mit ihnen mitzukommen und sich die Hütte anzusehen, hatten die Strecke in fünfundvierzig Minuten zurückgelegt.

Den Pfad zu der kleinen Hütte zu finden war jedoch eine größere Herausforderung gewesen. Schließlich hatten sie den unbefestigten Schotterweg abseits der Hauptverkehrsstraße jedoch entdeckt. Sie parkten ihre Fahrzeuge weit genug von der Hütte entfernt, um niemanden im Inneren darauf aufmerksam zu machen, dass sie dort waren. Dann gingen sie den Rest des Weges zu Fuß.

Ryder und einer der Beamten begaben sich zur rechten Seite der Hütte, während Logan zur anderen Seite herumging, um dafür zu sorgen, dass Owen nicht versuchen würde, durch eines der Seitenfenster zu entkommen. Der andere Beamte ging schweigend zur Tür, stand einen langen Moment dort und lauschte.

Cole konnte nicht stillstehen. Er wollte in den Raum hineinplatzen und das Arschloch ausschalten, das ihm seine Frau weggenommen hatte.

»Ganz ruhig, Cole«, sagte Blake leise.

»Ich muss da rein«, zischte er zurück.

»Und das wirst du auch. Lass sie nur einfach ihre Arbeit machen.«

Aber das war ja die Sache. Niemand wusste, wie Owen bei einer Konfrontation reagieren würde. War er bewaffnet? Hatte er Sarah bereits verletzt oder getötet? Würde er sie als Geisel halten, wenn er herausfand, dass die Polizei da war? Die unbeantworteten Fragen machten Cole verrückt.

An der Seite der Hütte befand sich ein Fenster und Logan gab Blake und Nathan, die neben Cole standen, ein Handzeichen. Blake leitete das Handzeichen an Ryder und die Polizisten weiter.

»Was? Was bedeutet das?«, fragte Cole ungeduldig.

»Logan hat Sichtkontakt«, sagte Blake.

Das war es. Cole würde nicht tatenlos zusehen und sich hinter einem verdammten Baum verstecken. Er wusste nicht, was »Sichtkontakt« bedeutete. Bedeutete es, dass es Sarah gut ging oder dass sein Freund ihre Leiche gesehen hatte?

Ohne ein weiteres Wort schoss Cole nach vorn und stürmte auf die Vordertür der Hütte zu. Er hörte Blake hinter sich fluchen, aber er konnte nicht länger warten.

Er war keine zehn Meter entfernt, als der Beamte an der Vordertür seinen Fuß hob und sie auftrat. Er stürmte mit gehobener Waffe hinein. Ein Schrei zerriss die Luft und panisches Gebrüll folgte. Die laute Stimme des Beamten, der Befehle bellte, trug zu dem Chaos bei.

Cole zwang sich, schneller zu laufen, als er jemals in seinem Leben gelaufen war.

In einer Sekunde bereitete Sarah sich mental auf eine weitere Runde Quartett vor und in der nächsten war alles ein Chaos. Sie hätte sich am liebsten auf den Boden geworfen und unter das Bett gerollt, aber mit ihrem verletzten Knöchel konnte sie nichts anderes tun, als einfach nur dort zu sitzen und auf den Tumult zu starren.

Die Tür zur Hütte flog plötzlich auf und ein Polizist mit gehobener Waffe stürmte herein.

Owen bewegte sich schneller, als sie es ihm je zugetraut hätte, und stand, noch bevor sie blinzeln konnte, vor ihrem Bett. Er streckte seine Arme und Beine weit aus, als würde das den Polizisten davon abhalten, sie mitzunehmen.

»Nein!«, schrie Owen. »Gehen Sie weg!«

»Treten Sie von der Frau weg«, erwiderte der Polizist und richtete seine Waffe auf Owens Brust.

»Nein! Sie gehört mir! Ich habe sie gefunden, völlig rechtmäßig!« Es war offensichtlich, dass Owen gestresst war und in Panik verfiel.

Sarah beugte sich vor, um um ihn herum zu blicken – und keuchte, als sie sah, wie Cole durch die offene Tür in die Hütte stürmte. Ihm folgten Blake und der Rest der Anderson-Brüder. In der Hütte wurde es schnell eng, als sie sich mit ihren verärgerten und besorgten Rettern füllte.

»Nein! Nein, nein, nein!«, sagte Owen. Er ging ums Bett herum, packte Sarah beim Oberarm und zog sie an seine Seite.

Sarah schnappte vor Schmerz nach Luft und tat ihr Bestes, um ihr gutes Knie zu belasten und ihr Gewicht zu halten. Ihr gebrochener Knöchel wurde erschüttert und ihr wurde vor Schmerz leicht schwarz vor Augen. Sie zwang sich, bei Bewusstsein zu bleiben.

Die Polizeibeamten richteten ihre Waffen auf Owen und

die Anderson-Brüder verteilten sich in der Hütte, sodass Owen keine Möglichkeit zur Flucht blieb.

Sie atmete tief durch, hob ihre freie Hand und versuchte, die intensive, chaotische Situation zu entspannen.

»Beruhigt euch alle!«, schrie sie.

Offensichtlich überrascht starrte der Beamte, der die Befehle gebellt hatte, sie einfach nur an.

Weil sie wusste, dass sie sofort anfangen würde zu heulen, wenn sie Cole ansah, drehte Sarah sich um und schaute stattdessen zu Owen auf.

»Es ist an der Zeit für mich zu gehen«, sagte sie sanft.

»Nein! Wir bleiben hier!«, erwiderte Owen stur. »Wir werden hier leben und für immer füreinander sorgen.«

»Was passiert, wenn uns das Geld ausgeht?«, fragte Sarah. Sie war stolz darauf, dass ihre Stimme nur ein ganz klein wenig brach.

»Ich bekomme jeden Monat Geld. Es wird uns gut gehen«, sagte Owen. Er schaute nicht zu ihr hinunter, sondern starrte die Beamten stattdessen angriffslustig an.

Sie hatte ihn schon zuvor so handeln sehen, wenn er seinen Willen nicht bekam. Einmal hatte er zum tausendsten Mal Quartett spielen wollen und Sarah hatte ihn abgewiesen. Er hatte geschmollt, die Arme verschränkt und dreißig Minuten lang geschrien und geschimpft. Aber sie hatte ihn schließlich beruhigt und davon überzeugt, dass eine Runde Mensch ärgere Dich nicht genauso viel Spaß machen würde.

Sie musste jetzt nur genauso geduldig sein. Natürlich hatte Owen dieses Mal viel mehr zu verlieren und er wusste es.

»Owen, mein Knöchel tut wirklich weh«, sagte sie leise. »Er ist gebrochen und ich muss zu einem Arzt.«

»*Nein*. Kein Arzt!«, sagte Owen, aber sein Protest war nicht mehr ganz so stark wie zuvor.

»Ich weiß, dass du dich um mich kümmern willst, aber manche Dinge müssen von Experten untersucht werden.«

»Ich kümmere mich um dich«, jammerte Owen stur.

»Sarah ...«, begann Cole.

Aber sie schüttelte den Kopf und wandte den Blick nicht von Owen ab. Cole klang näher. So nahe, dass sie sich nichts sehnlicher wünschte, als ihn die Dinge übernehmen zu lassen. Owen zu überwältigen und ihn zu zwingen, sie gehen zu lassen. Aber wenn sie die Situation jetzt nicht in den Griff bekam, war nicht klar, was mit dem geistig behinderten Mann geschehen würde.

»Owen, sieh mich an«, befahl Sarah.

Er schüttelte den Kopf. »Sie werden dich mir wegnehmen, wenn ich das tue.«

Wahrscheinlich hatte er recht. Sarah drehte den Kopf und schaute die Polizisten an. »Bitte senken Sie Ihre Waffen. Owen wird mir nichts tun.«

»Ich bin mir nicht sicher ...«, begann der Mann, der in den Raum gestürmt war, aber Cole unterbrach ihn.

»Tun Sie, was sie sagt.«

Langsam senkten beide Polizisten ihre Pistolen. Sie steckten sie zwar nicht in ihre Holster, aber zumindest waren sie nicht mehr auf sie gerichtet.

»Siehst du? Sie werden uns nicht wehtun«, sagte Sarah zu Owen.

Er schlang seine Hand fester um ihren Arm. »Ich will nicht gehen«, jammerte er.

»Ich weiß. Aber manchmal passieren Dinge in unserem Leben, die wir nicht wollen.«

»So, wie als Mama starb?«, fragte Owen traurig.

»Genau. Ich hatte sehr viel Spaß hier mit dir in deiner

Hütte«, sagte Sarah zu ihm. Das war nicht *völlig* gelogen. Sie hatte zwar nicht hier sein wollen, aber insgesamt betrachtet hätten die Dinge viel schlimmer kommen können. »Aber ich muss zurück nach Hause gehen. Zur Arbeit. Ich muss den Mamas anderer Leute im Krankenhaus helfen. Weißt du noch, wie ich deiner Mutter geholfen habe? Andere Leute brauchen mich auch.«

Owens Blick huschte zu ihrem Gesicht und dann sofort wieder zu den Männern, die in der Hütte standen. Die Andersons hatten kein Wort gesagt, aber es war offensichtlich, dass sie bereit waren, sich bei der ersten Gelegenheit auf sie zu stürzen.

»Ich brauche dich.« Owen senkte die Stimme fast zu einem Flüstern. »Mama hat gesagt, dass ich nicht alleine leben kann. Dass ich jemanden brauche, der sich um mich kümmert, so wie ich mich um sie gekümmert habe. Ich möchte, dass *du* dich um mich kümmerst.«

So viel Angst ihr dieser Mann während der letzten Wochen auch gemacht hatte, hatte Sarah plötzlich riesiges Mitleid mit ihm. Er war nur ein kleiner Junge, der im Körper eines Mannes steckte. Er verstand nicht, wie die Welt funktionierte. Seine Mutter, die Person, die sich sein ganzes Leben lang um ihn gekümmert hatte, war gestorben. Er war verloren, verletzt und verängstigt.

Das bedeutete jedoch nicht, dass er nicht noch einmal eine Gefahr darstellen würde. Wenn er sich in eine andere verliebte, von der er dachte, dass sie sich um ihn kümmern könnte, könnte er möglicherweise denken, dass es in Ordnung wäre, sie auch zu entführen. Und das wäre furchtbar. Sie wünschte den Schreck, den sie durchlebt hatte, wirklich niemandem.

»Wie wäre es, wenn ich dir helfen würde, jemanden zu finden, der sich um dich kümmern kann?«, fragte Sarah.

»Ich wette, dass es dort draußen noch andere Männer und Frauen gibt, die genauso sind wie du und auch jemanden brauchen, der sich um sie kümmert. Ihr könntet alle zusammenwohnen und euch umeinander kümmern.«

Sie wusste, dass es dort draußen Wohngruppen für Menschen wie Owen gab. Sie und Cole hatten sogar einmal darüber gesprochen. Es gab Wohnbetreuer, die den Bewohnern ein halb selbstständiges Leben ermöglichten. Sie hatte keine Ahnung, wie viel sie kosteten oder wo es eine solche Gruppe gab, aber sie hatte keinen Zweifel daran, dass Cole und ihre Freunde von Ace Security helfen würden, einen Platz für Owen zu finden.

Sie würde ihn jedoch nicht dort hinbringen können, wenn er in den nächsten fünf Minuten etwas Dummes oder Verrücktes tat. Sie musste ihn überzeugen, sie gehen zu lassen. Damit er weder ihr noch sonst irgendjemandem etwas antat und ... dabei möglicherweise erschossen wurde. Ein Gefängnis wäre der letzte Ort, an dem Owen Montrone sein sollte. Er würde keinen einzigen Tag überstehen.

»Schau mich an, Owen. Bitte«, flehte sie.

Langsam schaute Owen zu ihr hinunter. Er hatte die Augen weit aufgerissen und sie konnte die Angst darin sehen. Sie hob ihre Hand ganz langsam, bis sie sie um seine Wange legen konnte. Sein Bart kratzte an ihrer Hand und sie war nicht gerade begeistert, ihn auf diese Weise zu berühren, aber die Pflegerin in ihr konnte ihm diese sanfte Geste nicht verwehren. »Wir hatten diese Woche viel Spaß, nicht wahr? Aber es ist Zeit zu gehen. Ich werde immer deine Freundin sein, aber ich kann mich nicht so um dich kümmern, wie deine Mama es getan hat. Aber ich kann dir helfen, jemanden zu finden, der das kann.«

»Versprochen?«, flüsterte er.

»Ich verspreche es.«

»Ich weiß genau den richtigen Ort«, sagte Logan leise.

Sowohl Sarah als auch Owen drehten den Kopf, um ihn anzusehen.

»Ich kenne die Frau, die ihn leitet. Sie ist fantastisch. Es gibt noch vier andere Bewohner, genau wie du, Owen, die jetzt bei ihr wohnen. Sie haben ihr eigenes Zimmer und sie gehen jeden Tag zur Arbeit. Und dann kommen sie nach Hause und sie macht ihnen ein großes Abendessen.«

»Ich habe gern gearbeitet«, sagte Owen sachlich. »Ich war gut darin. Ich habe den Boden gefegt und den Müll rausgebracht. Es gab viele Leute dort, mit denen man reden konnte.«

Logan nickte. »Ich wette, du könntest wieder so einen Job bekommen. Und dann könntest du nach Hause gehen und mit deinen neuen Freunden Karten spielen. Und die nette Dame, die in dem Haus wohnt, wird dir allerlei leckeres Essen kochen.«

»Wie Pizza?«, fragte Owen, der jetzt schon viel interessierter klang.

»Ganz genau«, stimmte Logan zu.

Owen wandte sich wieder an Sarah. »Aber wer wird sich um dich kümmern, wenn ich weg bin?«

Sarah öffnete den Mund, um ihm zu antworten, aber Cole kam ihr zuvor.

»Ich werde es tun.«

Owen schaute ihn an und kniff die Augen zusammen. »Ich habe dich gesehen.«

Cole nickte. »Das hast du. Ich liebe Sarah. Sie bedeutet mir die Welt ... und ich tue, was immer nötig ist, um für ihre Sicherheit zu sorgen.«

Sarah versuchte, nicht zusammenzuzucken. Sie wusste, dass Cole Owen drohte. Hoffentlich würde er die Worte nicht als das erkennen, was sie waren.

»Ich liebe sie auch.«

»Ich weiß, dass du das tust«, sagte Cole mit einer Stimme, die viel sanfter war, als sie es Cole zugetraut hätte. Schließlich sprach er mit dem Mann, der sie entführt hatte. »Aber sie wird ein Baby mit mir bekommen und ich muss sie in meiner Nähe behalten, um dafür zu sorgen, dass es ihr und dem Baby gut geht.«

Tränen stiegen Sarah in die Augen. Sie wussten beide nicht, ob sie schon schwanger war oder nicht, aber das war letztendlich auch egal. Sie wussten, dass Cole alles tun würde, was nötig war, um sie und ihr Kind zu beschützen.

»Ein Baby?«, fragte Owen.

Sarah nickte. Sie hatte Cole immer noch nicht angesehen, denn sie war nun mehr denn je davon überzeugt, dass sie die Fassung verlieren würde, wenn sie es tat. Sie sehnte sich mehr als alles andere nach seinen Armen und danach, von ihm zu hören, dass sie in Sicherheit war. Aber Owen hatte noch immer seine Hand auf ihrem Arm und sie wollte wirklich nicht, dass er verletzt wurde.

Owen grinste. »Ich mag Babys.« Dann verschwand das Lächeln von seinem Gesicht. »Ich habe Angst«, sagte er zu ihr.

»Ich weiß. Du brauchst aber keine Angst zu haben. Logan und die Polizisten werden auf dich aufpassen.«

Sein Blick wanderte zu den Karten hinunter, die jetzt auf dem Bett und dem Boden verstreut lagen. »Wir konnten gar nicht mehr Quartett spielen.«

»Wir spielen, wenn ich dich besuche.«

»Versprochen?«

»Ich verspreche es.« Sie gab diesem Mann-Jungen eine Menge Versprechen, aber nachdem sie eine Woche mit ihm verbracht hatte, verstand sie ihn wesentlich besser.

»In Ordnung«, sagte Owen. Und er ließ ihren Arm so plötzlich los, dass Sarah schwankte.

In der Sekunde, in der sie dachte, sie würde umfallen, spürte sie Coles Arm, der sich um ihre Taille schlang und sie zuverlässig und sicher auffing.

Logan und einer der Polizeibeamten waren auch sofort da. Der Polizist griff nach Owens Arm, so wie er sie festgehalten hatte, und Logan brachte seinen Körper zwischen ihn und Sarah.

Owen begegnete ihrem Blick. Er sah traurig und reuevoll aus. »Ich wusste nicht, dass du ein Baby in deinem Bauch hast, Sarah.«

»Ich weiß, dass du das nicht wusstest.«

»Und ich wollte dir nicht wehtun«, fügte er hinzu.

»Das weiß ich auch.«

»Ich kann es kaum erwarten, dein Baby zu sehen und Quartett zu spielen!« Und einfach so war er wieder der sorglose, kleine Junge.

»Ich auch nicht. Geh jetzt mit dem Polizisten und Logan mit, Owen. Sie bringen dich an einen Ort, an dem du so viel Quartett spielen kannst, wie du willst. Die Menschen dort werden sich um dich kümmern und du darfst dich um sie kümmern. In Ordnung?«

»In Ordnung. Tschüss!«

Sarah kam nicht dazu, sich zu verabschieden, bevor Cole sie in seine Arme zog. Sie vergrub ihr Gesicht in seiner Halsbeuge und hielt sich so fest an ihm, wie sie nur konnte.

»Sarah?«, fragte er mit gequälter Stimme.

»Es geht mir gut«, schaffte sie es zu antworten, bevor sie in Tränen ausbrach. Sie hatte seit fast einer Woche nicht mehr geweint, aber Cole zu sehen und in seinen Armen zu liegen, zerriss sie.

»Wird sie Anzeige erstatten?«

Sarah hörte die Frage des Beamten und schüttelte sofort den Kopf. Durch ihre Tränen hindurch antwortete sie: »Owen gehört nicht ins Gefängnis. Er versteht ehrlich nicht, dass seine Handlungen falsch waren.«

»Verdammt, ich liebe dich«, sagte Cole. Er versuchte nicht, sie davon zu überzeugen, ihre Meinung zu ändern. Er schrie sie nicht an und warf ihr nicht vor, wahnsinnig zu sein. Er hielt sie einfach nur fest. Sie hörte ihn sagen: »Gebt mir Bescheid, wenn sie weg sind.«

Einen Moment lang verstand sie die Worte nicht, bis ihr bewusst wurde, dass Cole mit den anderen sprach, die noch im Raum waren. Sie hob den Kopf auch nicht, als sie hörte, wie Blake mit seinem Handy Fotos schoss. Sie bewegte sich nicht, als sie Nathan fluchen hörte, der das Handtuch im Badezimmer gefunden hatte, mit dem sie das Blut von ihrer Kopfwunde gewischt hatte. Und sie weigerte sich auch dann, sich zu bewegen, als Ryder versuchte, mit ihr darüber zu sprechen, wie schwer ihr Knöchel verletzt war.

Sie konnte nichts anderes tun, als auf dem Bett zu sitzen und sich an Cole zu klammern. Sie war so verdammt glücklich, dass er da war und sie endlich gefunden hatte.

Cole versuchte, nicht zu sprechen. Er war offensichtlich genauso überwältigt von seinen Gefühlen wie sie selbst. Aber sie konnte ihre Nähe zu ihm nur etwa eine weitere Minute lang genießen, bevor Cole sich zurückzog. Er sah ihr in die Augen und sog ihren Anblick in sich auf, als sähe er sie zum ersten Mal. Und in gewisser Weise war es auch so. Sie hatten eine zweite Chance bekommen. Ihnen war beiden bewusst, wie viel Glück sie gehabt hatten.

»Geht es dir wirklich gut?«, flüsterte er.

Sarah nickte. Ihre Augen hörten nicht auf zu tränen, aber sie bemerkte es kaum. »Er hat mir nicht wehgetan. Kein einziges Mal. Ich bin auf den Dachboden geklettert und er hat mich erschreckt. Ich bin gestürzt. Habe mir den Fuß in einer der Leitersprossen eingeklemmt und den Kopf am Boden aufgeschlagen. Als ich aufgewacht bin, war ich schon hier. Ich wäre weggelaufen, aber mit meinem Knöchel konnte ich das nicht.«

Cole ließ den Blick auf ihren bandagieren Knöchel sinken und sah ihr dann erneut ins Gesicht. »Ich hatte solche Angst.«

Sie nickte und flüsterte: »Ich auch. Aber du hast versprochen, dass du nicht aufhören würdest, nach mir zu suchen. Also habe ich mich zusammengerissen und gewartet, dass du auftauchst.«

»Es tut mir leid, dass es so lange gedauert hat«, sagte er.

Sarah schenkte ihm ein schwaches Lächeln. »Ich liebe dich.«

Er legte eine Hand auf ihren Bauch. »Ich liebe dich auch, Engel.«

Sie bedeckte seine Hand mit ihrer und platzte heraus: »Ich will mich duschen.«

Er lächelte, sagte aber trocken: »Wir müssen uns zuerst um deinen Knöchel kümmern.«

»Der wird operiert werden müssen«, sagte sie zu ihm. »Was bedeutet, dass ich für eine Weile nicht nach Hause kommen kann.« Sarah war nicht dumm. Sie hatte genügend Knochenbrüche gesehen, um zu wissen, dass ihrer schlimm war. Es wäre ein Wunder, wenn sie nicht operiert werden musste.

»Sie sind weg«, informierte der verbleibende Polizeibeamte sie.

»Das wird wehtun«, warnte Cole.

»Ich weiß«, sagte Sarah. Sie wusste es wirklich. Jedes Mal wenn Owen sie ins Badezimmer getragen hatte, hatte es höllisch wehgetan. Aber sie hätte jede Art von Schmerz in

Kauf genommen, wenn es bedeutete, aus dieser Hütte herauszukommen und mit Cole nach Hause zu fahren. »Ich halte es aus.«

Cole küsste ihre Schläfe und das Gefühl seiner warmen Lippen auf ihrer Haut brachte alles in ihr zum Schmelzen. Ihn in ihrer Nähe zu haben war besser als tausend Schmerztabletten.

»Halte dich fest«, sagte er. Sarah biss die Zähne zusammen, als er aufstand.

Es tat weh. Aber sie hätte schwören können, dass der Schmerz erträglicher war als während der letzten Woche, nur weil sie in Coles Armen lag. Er trug sie aus der Hütte, die in den letzten sieben Tagen ihr Gefängnis gewesen war, und allein der Geruch der frischen Bergluft fühlte sich unglaublich an. Bis zu diesem Moment war ihr nicht bewusst gewesen, wie stickig es in der Hütte gewesen war.

Sie entspannte sich in Coles Armen und schloss die Augen, während er sie die unbefestigte Auffahrt hinunter zu der Stelle trug, von der sie annahm, dass dort der Wagen wartete, mit dem er gekommen war.

Stunden später saß Cole an Sarahs Krankenhausbett. Er war erschöpft, wollte ihr jedoch nicht von der Seite weichen. Sie hatte recht gehabt – sie musste operiert werden, um den gebrochenen Knochen in ihrem Knöchel zu richten. Glücklicherweise waren die Brüche ziemlich sauber und der Arzt war der Meinung, dass es höchstwahrscheinlich keine bleibenden Schäden geben würde.

Während sie operiert wurde, hatte Logan Blake angerufen, um ihm mitzuteilen, dass Owen bereits in einer Wohngruppe für geistig behinderte Erwachsene in Denver untergebracht worden war. Da Sarah keine Anzeige erstattete, konnte Owen sich hoffentlich zügig eingewöhnen und sein Leben dort leben.

Cole fand es zwar nicht fair, aber er verstand Sarahs Entscheidung. Er stimmte ihr sogar zu ... bis zu einem gewissen Punkt. Hätte er irgendjemand anderes als *seine* Frau entführt, hätte er nicht gezögert, die gleiche Entscheidung zu treffen. Aber er war hin- und hergerissen. Er konnte die Qualen der letzten Woche nicht vergessen. Nicht zu wissen, ob Sarah lebte oder tot war. Ob sie gefoltert oder vergewaltigt wurde. Die Tatsache, dass es ihr gut ging, tröstete ihn nicht darüber hinweg, dass sie überhaupt erst entführt worden war. Noch nicht. Vielleicht niemals.

Aber seine Frau war so, wie sie war, und er würde nichts an ihr ändern. Sie wäre nicht sein Engel, wenn sie nachtragend und rachsüchtig wäre.

Er bewegte sich, legte seine Hand auf ihren Bauch ... und lächelte.

Sarah war schwanger.

Er hatte dem Arzt gesagt, dass die Möglichkeit bestand, bevor sie operiert worden war. Nachdem der Mediziner gehört hatte, dass die Empfängnis weniger als zwei Wochen zurücklag, hatte der Arzt sie darauf aufmerksam gemacht, dass es wahrscheinlich noch zu früh wäre, um es mit Sicherheit sagen zu können. Aber als er bestätigt hatte, dass der Test positiv ausgefallen war, konnte Cole nicht aufhören zu strahlen.

In ein oder zwei Wochen würden sie den Test wiederholen, nur für den Fall, dass es ein falsches positives Ergebnis gewesen war. Aber Cole wusste, dass es stimmte. Sarah würde sein Baby bekommen. Sie würden eine Familie sein.

Er hatte einen Ring in der Tasche und würde Sarah so schnell wie möglich zu seiner Frau machen. Er musste seine

Eltern und seinen Bruder anrufen, um es ihnen zu erzählen, und außerdem hundert andere Details klären. Aber je eher er die Dinge offiziell machte, desto glücklicher würde er sein.

Cole hatte bereits mit Blake gesprochen, der sich darum kümmern wollte, Sarahs Sachen in Coles Wohnung bringen zu lassen. Sie würde jetzt auf gar keinen Fall in diese Einzimmerwohnung einziehen. Nein, sie würde an seiner Seite sein, sodass er sie und ihr Kind für den Rest ihres Lebens verwöhnen konnte.

Sarahs Augenlider flatterten auf und Cole wartete geduldig darauf, dass sie vollständig aufwachte und sich erinnerte, wo sie war. Die Art, wie sich ihr Körper versteifte, als hätte sie gedacht, sie wäre noch immer in dieser Hütte, missfiel ihm sehr. Aber er drückte ihre Hand und sie entspannte sich.

Sie drehte den Kopf und sah ihn an ihrer Seite sitzen. »Immer noch hier?«, fragte sie erschöpft.

»Wo sollte ich denn sonst sein?«, fragte er.

»Zu Hause? Im Bett? Wie ein normaler Mensch?«

»Ich gehe erst nach Hause, wenn du es tust. Ich werde dich nicht aus den Augen lassen.«

Sie rollte mit den Augen und Cole wusste, dass er noch nie etwas Schöneres gesehen hatte. Selbst nach einer Woche in Gefangenschaft, ohne Dusche und nach einer gerade überstandenen Operation war sie immer noch die bezauberndste Frau, die er je gesehen hatte.

Seine Hand lag auf ihrem Bauch. Sie hob ihre und legte sie darauf. »Warum bin ich nicht überrascht, dass du mich beim ersten Mal ohne Kondom sofort geschwängert hast?«, fragte sie. »Ich glaube, das wird meiner zukünftigen Figur gar nicht guttun.«

Cole grinste, hob ihre Hand zu seinem Mund und küsste ihren Handrücken.

»Du wirst wunderschön sein, wenn du schwanger bist. Und ich will dir so viele Babys schenken, wie du verkraften kannst. Und wenn sie zu viel werden, werde ich ein Kindermädchen einstellen.«

»Und wenn ich sage, ich will zwölf Kinder?«

»Dann stelle ich zwei Kindermädchen ein«, sagte Cole sofort. »Ich möchte, dass du die Familie bekommst, die dir in deiner eigenen Kindheit verwehrt geblieben ist. Ich will dich mit all der Liebe umgeben, die du verdienst. Du kannst Babys bekommen, bis der Arzt sagt, dass es nicht mehr sicher ist. Oder wann immer du denkst, dass du genug hast. Wir werden auch mit dem Programmleiter der Adoptionsbörse sprechen. Ich weiß, dass es ein paar tolle ältere Kinder gibt, die jemanden wie dich brauchen, der sie liebt. Menschen wie uns. Du wirst die beste Mutter sein, die ein Kind je haben kann, und ich kann es kaum erwarten, den Einfluss zu sehen, den du auf sie haben wirst.«

Sie hatte Tränen in den Augen. »Ich liebe dich«, flüsterte sie.

»Und ich liebe dich«, erwiderte er. Er beugte sich vor und küsste ihre Stirn. Dann drückte er ihr einen sanften Kuss auf die rissigen und trockenen Lippen. »Schlaf jetzt weiter«, befahl er.

Sie hielt seine Hand fester. »Bleibst du hier?«

Er lächelte. Er wusste, sie würde nicht wollen, dass er ging. Sie hätten einander fast verloren und wussten beide, wie knapp es gewesen war. Sarah wollte ihn genauso wenig aus den Augen lassen wie er sie. »Natürlich, Engel.«

Sie schloss die Augen und er dachte, dass sie schon schlief, bis sie murmelte: »Wünschst du dir einen Jungen oder ein Mädchen?«

Gott. Er konnte sich nicht entscheiden. Beides. Er wollte beides. Ein Mädchen mit Sarahs dichtem Haar und ihrem ausgeglichenen Gemüt und einen Jungen mit ihren Augen. »Es ist mir egal«, sagte er zu ihr.

»Junge«, sagte sie fest. »Wir brauchen zuerst einen Jungen, damit er sich um seine kleine Schwester kümmern kann.«

Cole nickte. Ja, damit könnte er leben.

Dreißig Minuten später steckte Felicity den Kopf durch die Tür von Sarahs Krankenzimmer. Sie hatte Sarah besuchen und ihr sagen wollen, wie sehr sie sich freute, dass es ihr gut ging.

Aber der Anblick ihres besten Freundes ließ sie innehalten. Cole schlief tief und fest. Eine Hand ruhte auf Sarahs Bauch und mit der anderen hatte er ihre Hand fest umklammert. Sein Kopf lag neben ihrer Hüfte auf der Matratze und obwohl sein Körper im Sessel verdreht war und es unbequem aussah, hätte sie im Traum nicht daran gedacht, ihn zu wecken.

Sie schlich sich aus dem Zimmer und schloss leise die Tür. Sarah zu besuchen konnte warten. Die Zufriedenheit auf Coles Gesicht war alles, was sie hatte sehen müssen, um genau zu wissen, dass es den beiden gut gehen würde. Sie hatte sich während der letzten Woche Sorgen um ihn gemacht, aber jetzt wusste sie ohne Zweifel, dass in seiner Welt alles in Ordnung war ... endlich.

EPILOG

Sarah lehnte sich an eine der Wände des großen Fitnessstudios und lächelte, während sie ihren Mann auf der anderen Seite des Raumes beobachtete. Er hatte ihr angeboten, ihr etwas zu trinken zu holen, war bei diesem Unterfangen jedoch wie erwartet von so ziemlich jedem aufgehalten worden. Nun wurde er von den Männern von Ace Security umringt, die alle mit ihm quatschen wollten.

Das Rock Hard Fitnessstudio veranstaltete einen weiteren seiner berühmten Schwarzlicht-Abende und es schien, als wäre die ganze Stadt gekommen.

Sarah stand mit Grace, Bailey, Alexis und Felicity zusammen und unterhielt sich mit den anderen Frauen. Die Männer hatten Ausweise geprüft und waren im Fitnessstudio herumgegangen, um dafür zu sorgen, dass alle sicher und zufrieden waren, und machten nun eine Pause.

»Wie geht es deinem Knöchel?«, fragte Felicity Sarah.

Sie streckte den Fuß aus und wackelte damit hin und her. »So gut wie neu. Joel nennt es mein bionisches Bein.«

Bailey lachte. »Ich schwöre, er und Nathan sind

besessen von diesem Science-Fiction-Scheiß. Es ist verrückt.«

»Sie haben nur ein paar Metallstifte benutzt, oder?«, fragte Grace.

Sarah nickte. »Ja, aber ich habe möglicherweise etwas übertrieben, als ich Joel davon erzählt habe.«

Alle lachten.

»Du siehst gut aus«, sagte Alexis zu ihr.

Sarah lächelte und legte eine Hand auf ihren Bauch. Ihre Rundung begann sich gerade erst zu zeigen und jeder Tag schien besser zu sein als der davor. »Danke. Ich fühle mich gut.«

»Nun, ich fühle mich beschissen«, beschwerte sich Bailey und legte ihre Hand auf ihren eigenen hervorstehenden Bauch. »Ich bin bereit für dieses Kind. Wenn ich nicht schon zum Ultraschall gegangen wäre und der Arzt mir nicht versprochen hätte, dass da wirklich nur ein Kind drin ist, würde ich schwören, dass es mindestens zwei sind.«

Sarah presste die Lippen zusammen und schaute zu Boden.

»Sarah?«, fragte Felicity. »Gibt es etwas, das du uns erzählen willst?«

Scheiße. Sie und Cole hatten beschlossen, es so lange wie möglich für sich zu behalten, aber sie war schon immer furchtbar darin gewesen, Geheimnisse zu bewahren.

Sie zuckte mit den Schultern und lächelte dann. »Wir bekommen Zwillinge.«

»Ohne Scheiß?«, fragte Bailey.

»Oh mein Gott, wirklich?«, hauchte Felicity.

»Das ist so cool!«, sagte Alexis und sprang vor Aufregung praktisch auf und ab.

»Ich bin so froh, dass ich nicht die Einzige bin«, sagte Grace mit einem kleinen Lächeln.

Alle umarmten Sarah und sie musste einfach lachen. Sie war so glücklich, dass es fast beängstigend war.

»Erzähle uns die Details«, drängte Felicity.

»Wir wollten eigentlich warten, um das Geschlecht herauszufinden, aber der Arzt war besorgt, weil mein Bauch größer als erwartet war. Also haben wir zugestimmt, ihn eine gründlichere Untersuchung machen zu lassen. Es stellte sich heraus, dass es einen Grund gab, warum der Bauch so wuchs – es stecken zwei Knirpse darin.«

»Heilige Scheiße. Ich wette, Cole ist fast durchgedreht«, sagte Felicity.

Sarah nickte. Das war er. Er war so aufgeregt gewesen, dass er sie direkt nach Hause gefahren hatte, um sich »mit seinen Babys vertraut zu machen«, wie er es ausdrückte. Sie hatte versucht, ihn daran zu erinnern, dass er sich schon seit Wochen mit ihnen »vertraut machte«, aber er hatte sie ignoriert.

Die Art, wie er sie geliebt hatte, war so zärtlich und sanft gewesen, dass Tränen über ihr Gesicht geströmt waren. Aber da es Cole war, wandelte sich das langsame Liebesspiel schnell zu etwas Wildem. Er hatte sie hart und schnell genommen und geschworen, sie für die nächsten zehn Jahre stets schwanger zu halten und mit seinen Babys zu füllen.

»Er hat total damit geprahlt, dass er das potenteste Sperma im Umkreis von drei Landkreisen hat«, gab Sarah mit einem Augenrollen zu.

Die anderen Frauen lachten alle.

»Das klingt nach ihm«, sagte Felicity kichernd. Dann biss sie sich auf die Lippe und sah Sarah mit einem seltsamen Ausdruck im Gesicht an. »Ich weiß, du und ich sind nicht offiziell verwandt – nicht so wie wir«, sie zeigte auf die anderen Frauen, »aber Cole fühlt sich wie ein Bruder für mich an, was dich zu meiner Schwägerin machen würde.

Und wenn du meine Schwägerin bist ... dann wären unsere Kinder Cousins.«

Es dauerte einen Augenblick, bis ihre Worte zu ihr durchsickerten, aber als sie es taten, lächelte Sarah breit. »Sagst du, was ich zu hören hoffe?«

Felicity nickte. »Es ist noch früh. Heute sind es erst acht Wochen, aber trotzdem ...«

Die Frauen kreischten und fielen sich erneut in die Arme.

Als alle damit fertig waren, Felicity zu gratulieren, hob Alexis abwehrend die Hände. »Schaut mich bloß nicht an. Blake und ich werden noch ein paar Jahre warten. Wir wollen die Tatsache genießen, dass wir beide noch eine Weile nur wir sind.«

»Ich hoffe, du nimmst eine gute Pille«, sagte Grace trocken, als sie sich den flachen Bauch tätschelte. »Denn so wie es scheint, sind diese Anderson-Männer alle sehr potent.«

»Du willst mich wohl verarschen!«, sagte Alexis in gespielter Empörung, als alle lachten und die Gratulationen von vorn begannen – dieses Mal für Grace.

Sarah stand mit den Frauen im Kreis, die ihre Freundinnen und gleichzeitig so etwas wie ihre Schwestern geworden waren, und konnte nicht anders, als sich daran zu erinnern, wie ihr Leben noch vor sechs Monaten ausgesehen hatte. Sie war einsam gewesen und hatte einfach nur den Alltag durchlebt. Jetzt war sie hier, verheiratet mit der Liebe ihres Lebens, schwanger mit Zwillingen und feierte den Beginn neuen Lebens mit ein paar der nettesten, aber auch zähesten Frauen, die sie je getroffen hatte.

Cole und sie hatten beschlossen, mit der Adoption von Kindern zu warten, bis sie die ersten beiden Babys bekommen hatte. Aber auch das stand definitiv für das nächste Jahr auf ihrer Agenda. Sie hatten sich bereits beworben und ihre Hintergrundprüfungen abgeschlossen, es ging also nur noch darum, das richtige Kind zu finden.

Ihr Haus hatte sich im Handumdrehen verkauft und Cole hatte darauf bestanden, dass der Erlös auf ein Konto in ihrem Namen allein eingezahlt wurde. Er hatte gesagt, er wollte nicht, dass sie sich jemals von jemandem abhängig fühlte, nicht einmal von ihrem Ehemann. Er wollte, dass sie die Freiheit hatte, die das Geld bedeutete. Die Unabhängigkeit, die Mike und Jackson für sie gewollt hätten.

Er hatte außerdem ihre Entscheidung, einen Doppelnamen als Ehenamen zu führen, vorbehaltlos unterstützt. Besonders nachdem er den wunderschönen Brief gelesen hatte, den ihre Väter für ihren zukünftigen Ehemann geschrieben hatten ... für Cole.

Sarah schaute zu ihrem Mann hinüber, der mit den Andersons auf der anderen Seite des Fitnessstudios stand. Er sah, wie sie ihn anschaute, und zog eine Augenbraue hoch, als wollte er sie fragen, ob es ihr gut ginge.

Sie nickte und warf ihm einen Kuss zu. Cole hob im Gegenzug sein Kinn.

Sarah drehte sich erneut zu ihren Freundinnen um. Sie war froh, dass sie mit ihnen hier war, zählte jedoch die Minuten, bis sie mit ihrem Mann nach Hause fahren konnte. Je weiter ihre Schwangerschaft voranschritt, desto heißblütiger wurde sie. Es war kein Wunder, dass Cole dafür sorgen wollte, dass sie stets schwanger blieb. Er profitierte ganz sicher von den Hormonen, die durch ihren Körper strömten.

Außerdem hatte sie heute Abend eine besondere Überraschung für ihn. Sie hatte sich endlich entschieden, welches Motiv sie sich tätowieren lassen wollte, nachdem sie die Wette mit Felicity vor all den Monaten verloren hatte.

Cole hatte ihr nicht erlaubt, sich tätowieren zu lassen, während sie schwanger war. Und Sarah wusste, dass ihr nur ein kleines Zeitfenster blieb, um sich das Muster auf den Körper stechen zu lassen, nachdem die Zwillinge geboren waren, bevor Cole sie wahrscheinlich erneut schwängern würde ... nicht dass sie sich beschweren wollte. Aber sie wollte das Bild mit ihm teilen. Er würde begeistert sein und sie konnte es kaum erwarten, seine Reaktion zu sehen.

***

»Wie ich sehe, haben unsere Frauen endlich die guten Nachrichten geteilt«, sagte Logan trocken zu seinen Brüdern und Cole.

Alle lachten. Logan, Blake, Nathan und Ryder hatten sich nie zuvor nähergestanden. Als die Drillinge in die Stadt zurückgekehrt waren und Ace Security gegründet hatten, waren sie im Grunde genommen Fremde gewesen. Aber wieder nahe beieinander zu wohnen, ganz zu schweigen von der Scheiße, die sie mit ihren Frauen durchgemacht hatten, hatte sie näher zusammengebracht. Und Ryder mit ins Boot zu holen hatte ihre Bindung nur noch gefestigt.

Cole wusste, dass Logan es seinen Brüdern bereits an dem Tag, nachdem Grace einen Schwangerschaftstest gemacht hatte, erzählt hatte. Und das obwohl sie ihn hatte schwören lassen, dass er es keiner Menschenseele verraten würde, bis mindestens acht Wochen um waren. Das Gleiche galt für Ryder. Er war so aufgeregt gewesen, die Nachricht mit ihnen zu teilen, dass er Felicity geschwängert hatte, dass auch er sein Versprechen auf Geheimhaltung nicht einge-halten hatte.

Demzufolge hatten sich die fünf Männer bereits gegenseitig gratuliert und sich darüber gefreut, dass ihre Kinder gemeinsam aufwachsen würden.

Cole hatte ihnen noch nicht erzählt, dass Sarah Zwillinge erwartete. Er war selbst noch zu überwältigt von der Nachricht. Er hatte keine Ahnung, womit er so viel Glück verdient hatte. Sarah war das Beste, was ihm je passiert war, und obwohl er sich über die Zwillinge freute, hatte er auch unglaubliche Angst. Er hatte Sarah vielleicht gesagt, dass er ihr so viele Kinder schenken würde, wie sie wollte, aber es war schon ein wenig Furcht einflößend, zwei auf einmal zu bekommen.

Er schwor sich, später ein langes Gespräch mit Logan über die Erziehung von Zwillingen zu führen, und schaute erneut zu der Gruppe von Frauen hinüber, die auf der anderen Seite des Fitnessstudios standen.

Er sah, dass Sarah ihn anschaute, und hob fragend eine Augenbraue. Als sie lächelte und ihm einen Kuss zuwarf, nickte Cole ihr im Gegenzug zu und wandte die Aufmerksamkeit wieder den Männern an seiner Seite zu.

»Hast du etwas über Owen gehört?«, fragte Blake.

Das Thema des Entführers seiner Frau war genug, um Coles Aufregung einen Dämpfer zu verpassen. »Ja, die Dame, die für die Wohngruppe zuständig ist, schickt mir jede Woche eine E-Mail mit Neuigkeiten. Anscheinend geht es ihm wirklich gut. Es gefällt ihm, ein paar Stunden am Tag in einem Schnellrestaurant in der Nähe des Hauses zu arbeiten, und er hat sich mit einem der anderen Bewohner angefreundet. Sie sagt, dass sie jeden Abend stundenlang Quartett spielen.«

Die anderen Männer grinsten alle, außer Logan. »Wie kommst du mit Sarahs Besuchen bei ihm zurecht?«

Cole seufzte. Sie hatten vor ein paar Monaten ihren

ersten und einzigen Streit gehabt, weil sie nach Owen sehen wollte. Er hatte nachgegeben, als ihm bewusst geworden war, dass sie es tun musste, um über ihre Tortur hinwegzukommen. Aber er ließ sie schwören, dass sie niemals ohne ihn ins Wohnheim gehen würde. Er hatte befürchtet, dass es schlimme Erinnerungen in ihr wachrufen würde, wenn sie Owen wiedersah, aber er schien sich geirrt zu haben. Ihn glücklich und wohlauf in der Wohngruppe zu sehen hatte die wenigen Albträume, die sie immer noch gehabt hatte, verschwinden lassen.

»Ich kann es nicht ausstehen«, gestand Cole Logan und den anderen. »Aber Sarah braucht es. Ich glaube, ein Teil von ihr fühlt sich schuldig, weil sie Angst vor ihm hatte, und ein anderer Teil hat das Gefühl, dass es ihre Pflicht als guter Mensch ist, nach ihm zu sehen.«

Ryder legte seine Hand mitfühlend auf Coles Schulter, sagte aber nichts.

»Ich denke, wenn etwas Zeit vergeht und sie mit ihrem Baby beschäftigt ist, werden die Besuche immer seltener werden«, versuchte Logan es.

»Das hoffe ich. Ich liebe Sarah genau so, wie sie ist, und ganz besonders, weil sie nicht ein Fünkchen Gemeinheit in sich trägt, aber sie in seiner Nähe zu sehen verpasst mir immer noch eine Gänsehaut.«

»Hast du es ihr gesagt?«, fragte Nathan.

Cole schüttelte den Kopf. »Nein. Das ist mein Problem, nicht ihres. Aber ... sie weiß es sowieso. Ich habe die letzten beiden Male nicht gut geschlafen, nachdem wir ihn besucht hatten.«

Er hatte wach gelegen und Sarah in seinen Armen gehalten. In Gedanken hatte er die traumatische Woche erneut durchlebt, in der er nicht gewusst hatte, wo sie war und ob sie überhaupt noch lebte. Er erinnerte sich daran, dass er sie aufgeweckt und hart genommen hatte, als seine Dämonen überhandgenommen hatten. Er hatte sich versichern müssen, dass sie bei ihm war. In Sicherheit und gesund.

»Ich hoffe, dass Owen sie irgendwann von selbst vergisst. Als wir das letzte Mal dort waren, hat es einen Moment gedauert, bis er sich daran erinnern konnte, wer sie war. Für mich war das eine Erleichterung.«

»Sprich mit ihr, Mann«, schlug Blake vor.

Cole schüttelte den Kopf. »Nein. Ich kann damit umgehen. Ich will, was Sarah will. Und wenn sie ihn besuchen muss, um das Versprechen zu halten, das sie ihm gegeben hat, dann werde ich dafür sorgen, dass das passiert.«

Die Männer schwiegen alle für einen Moment. Cole wusste, dass sie ihn verstanden. Er wusste genau, dass diese Männer jederzeit tun würden, was das Beste für ihre Frauen war. Ohne Fragen zu stellen. Ohne zu zögern. Man könnte sie als *unter dem Pantoffel* oder *besessen* bezeichnen ... es wäre ihnen egal. Sie liebten ihre Frauen zutiefst und nichts würde daran etwas ändern.

»Mal was anderes, wirst du ihr heute Abend deine neue Tätowierung zeigen?«, fragte Ryder.

Cole lächelte. »Ja. Ich hatte vor ein paar Tagen meine letzte Sitzung für ein paar Nachbesserungen.«

»Ich kann gar nicht glauben, dass es dir gelungen ist, es so lange vor ihr zu verbergen«, sagte Nathan mit einem Kopfschütteln.

Cole zuckte mit den Schultern. »Sie schläft leicht ein. Die Schwangerschaft macht sie ständig müde. Es war viel einfacher, als du vielleicht denkst. Und wenn wir Sex haben, lasse ich sie einfach auf mir reiten und dann auf mir einschlafen.« Er grinste. »Dann ziehe ich mir ein T-Shirt an, wenn sie schläft.«

Die anderen nickten nur und grinsten. Cole war nie der Typ Mann gewesen, der oft über seine sexuellen Heldentaten gesprochen hatte, aber er stand diesen Männern nahe und sie hatten in der Vergangenheit mehr als nur ein Gespräch über Sex geführt.

Ryder nickte mit dem Kinn in Richtung der Frauen. »Sieht so aus, als wäre ihr kleines Kaffeekränzchen vorbei. Treffen wir uns morgen früh zum Trainieren?«

Die fünf Männer hatten begonnen, sich ein paarmal pro Woche morgens zu treffen, um laufen zu gehen und danach im Fitnessstudio Gewichte zu heben, bevor sie in den Tag starteten.

»Ich bin dabei«, sagte Nathan.

»Ich auch«, fügte Blake hinzu.

»Dann sehen wir uns morgen«, stimmte auch Logan zu.

Die vier Andersons starrten Cole an.

Er warf einen Blick auf seine Frau, deren Körper von seinen Babys hübsch gerundet war, und dachte daran, wie scharf sie in letzter Zeit gewesen war. Das, kombiniert mit dem, was er ihr später zeigen wollte, entschied es für ihn. »Ich lasse es morgen ausfallen. Aber wir treffen uns dann später.«

Alle lachten und klopften ihm auf den Rücken und die Schultern.

»Viel Spaß«, sagte Logan zu ihm.

»Den werde ich haben«, entgegnete er und drehte sich um, um seiner Frau auf halbem Weg entgegenzukommen.

Sarah saß auf der Bettkante und starrte Cole nervös an. Er war auf dem Heimweg still gewesen, obwohl er sie aus dem Fitnessstudio gezerrt hatte, als könnte er es kaum erwarten, mit ihr ins Bett zu steigen. Seit sie wieder zu Hause waren, verhielt er sich jedoch sehr geheimnisvoll.

»Ich liebe dich.«

Sarah starrte ihn an. *Oh scheiße.* Das fing nicht sehr gut an. »Ich liebe dich auch«, erwiderte sie.

»Ich habe dir etwas verheimlicht.«

Sarah runzelte die Stirn. »Ach ja?«

»Ja. Ich meine, ich bin mir ziemlich sicher, dass es dir gefallen wird, aber ich wollte, dass es eine Überraschung ist.«

»Ich mag Überraschungen nicht«, antwortete Sarah und sagte ihm damit etwas, das er bereits wusste.

Cole zuckte zusammen. »Ich weiß. Deshalb bin ich wegen dieser auch ein wenig nervös.«

Als er sie das letzte Mal überrascht hatte, hatte er ihr einen Verlobungsring auf den Finger gesteckt, während sie im Krankenhaus noch geschlafen hatte. Sie war aufgewacht und hatte etwas seltsam Schweres an ihrer Hand gespürt, woraufhin Cole ihr mitgeteilt hatte, dass sie an diesem Nachmittag heiraten würden. Dass er arrangiert hatte, dass der Krankenhaus-Pastor in ihr Zimmer kam und sie traute. Sie war aufgeregt und überglücklich gewesen und hatte Ja gesagt. Obwohl sie keine Überraschungen mochte, war diese verdammt fantastisch gewesen.

Und während der letzten fünf Monate war er ganz brav gewesen, hatte sie nicht mit übertriebenen Geschenken überrumpelt und nichts getan wie zum Beispiel, auf ein Knie zu fallen – was er dann aber bei ihrer Hochzeitsfeier getan hatte, nachdem sie aus dem Krankenhaus entlassen worden war. Er hatte sie mit diesem albernen Lied »You've Lost That Lovin' Feelin'« überrascht, das durch den Film *Top Gun* berühmt geworden war. Es war nicht einmal annähernd ein Hochzeitslied, aber als alle vier Andersons mitgesungen hatten, hatte sie so heftig gelacht, dass ihr die Tränen in die Augen gestiegen waren. Es war ihr sogar egal gewesen, dass das Lied davon handelte, dass jemand sein Liebesgefühl verloren hatte – es war zum Schreien gewesen. Dieser Moment war eine ihrer schönsten Erinnerungen an ihre Hochzeitsfeier.

Danach hatte Cole nichts mehr vor ihr geheim gehalten, was auch nur im Entferntesten einer Überraschung ähnelte. Er hatte sogar dafür gesorgt, dass sie Bescheid wusste, bevor er mit dem Verwalter des sicheren Apartmentgebäudes gesprochen hatte, um ihn anzuflehen, ihnen eine Vierzimmerwohnung zu geben, die dort frei wurde.

Er hatte sie außerdem einem Freund vorgestellt, der Mitglied im Fitnessstudio war ... und zufällig auch Immobilienmakler. Sarah hatte zu Cole gesagt, dass sie noch nicht bereit war, wieder in einem Haus zu wohnen, und er hatte ihr zugestimmt. Aber er hatte die Tatsache nicht verheimlicht, dass er mit dem Makler sprach und sich online nach Häusern umsah.

Sarah war nicht dumm; sie wusste, dass sie irgendwann aus der Wohnung ausziehen und sich ein eigenes Haus kaufen mussten ... vor allem, weil die Zwillinge bald kamen, sie adoptieren wollten und wer wusste schon, wie viele Kinder dann noch folgen würden.

Er hatte sich doch aber sicher nicht dazu entschlossen, ein Haus zu kaufen und sie damit zu überraschen ... oder doch?

»Was hast du getan?«, fragte sie ängstlich.

Anstatt mit Worten zu antworten, drehte er ihr den Rücken zu und zog sich das T-Shirt aus.

In dem Augenblick, in dem sie realisierte, was sie dort sah, stockte ihr der Atem.

Sie hatte die Tätowierungen auf Coles Armen und Brust

immer bewundert. Sie hatte ihn sogar wegen des Kompasses über seinem Gehänge geneckt, während sie insgeheim dachte, dass der verdammt heiß war. Sie konnte sich ihn nicht anders vorstellen.

Sie hatte gewusst, dass Cole sich den Rücken tätowieren ließ – natürlich wusste sie es, denn es war riesig –, aber er wollte nicht, dass sie es sah, bevor es fertig war. Und er hatte ihr nicht gesagt, dass es in nächster Zeit fertig sein würde.

»Ich wollte dich überraschen. Ich hatte meine letzte Sitzung vor ein paar Tagen und habe es fertigstellen lassen. Ich finde es ziemlich toll, und du?«

Sarah missfiel die Verletzlichkeit, die sie in seinem Tonfall hörte, aber sie fand einfach nicht die Worte, um auszudrücken, was sie fühlte.

Nach seiner ersten Sitzung hatte sie einen Teil des Umrisses gesehen, aber auf seine Bitte hin hatte sie ihr Bestes getan, nicht hinzuschauen, selbst nachdem er mehrere weitere Sitzungen gehabt hatte. Aber jetzt, da es fertig war, war die Tätowierung ein absolutes Kunstwerk.

Und außerdem hatte Cole *sie* auf seinen Rücken malen lassen. Nicht ihr Abbild an sich, aber sie wusste sofort, dass es das war, was sie sah.

Ein Engel bedeckte seine Haut von Schulter zu Schulter. Das Haar hatte die gleiche Länge wie das von Sarah und die Flügel waren ausgestreckt. Die Federn sahen so unglaublich echt aus, dass Sarah die Hand danach ausstreckte und ihn berühren musste, um sich zu überzeugen, dass er sie nicht irgendwie auf die Haut geklebt bekommen hatte. Die Arme des Engels waren ausgestreckt und er trug ein wunderschönes, fließendes Gewand. Auf dem Kopf hatte er eine altmodische Schwesternhaube und vor ihm befand sich eine Fülle von Bildern: Hunde, Katzen, ein Obdachloser, der mit einer Decke zugedeckt auf dem Boden lag, eine Frau auf

Krücken, hinter deren Bein ein Kind hervorschaute, und ein Baby in einem Kinderbettchen.

Er hatte sogar das Logo der Adoptionsbörse eingefügt, der Agentur, von der sie vor so langer Zeit adoptiert worden war.

Über der Schulter des Engels befanden sich zwei Männer. Wange an Wange lächelten sie und hielten sich an den Händen ... sie sahen genauso aus wie ihre Väter.

Über der anderen Schulter des Engels befand sich ein weiterer Mann. Cole. Er sah genau wie er aus. Die Figur lächelte nicht; der Mann streckte den Arm aus, als würde er alles und jeden zurückhalten, der sich an ihm vorbeidrängen wollte, um zu dem Engel zu gelangen.

Es war kunstvoll und so unglaublich schön, dass Sarah nicht wusste, was sie sagen sollte.

Tränen stiegen ihr in die Augen – verdammte Hormone – und sie konnte sie nicht aufhalten, egal wie sehr sie es versuchte. Cole drehte sich um und schloss sie in die Arme. Sie wollte ihn am liebsten zurückstoßen, ihm sagen, dass sie noch nicht fertig war, seine Tätowierung zu studieren, aber in der Sekunde, in der er sie in seine starken Arme schloss, wusste sie, dass sie nirgendwo anders sein wollte als genau an diesem Ort.

»Es ist wunderschön«, schluchzte sie.

Er lachte leise. »Du weinst also, weil du es magst?«

Sarah schüttelte den Kopf. »Nein. Ich weine, weil ich es *liebe*. Es ist das Hinreißendste, was ich je gesehen habe, und ich glaube nicht, dass ich der Bedeutung, die dahintersteckt, jemals gerecht werden kann.«

»Das wirst du bereits«, sagte Cole leise. »Du bist für jeden, den du triffst, ein Engel. Ich habe gesehen, wie du Männer und Frauen umarmt hast, die aussahen, als hätten sie wochenlang nicht geduscht. Und du bist dabei nicht mal zusammengezuckt. Du kannst Babys dazu bringen, aufzuhören zu weinen, und Kinder kichern innerhalb von Minuten, nachdem sie dich kennengelernt haben. Du bist das Beste, was den Patienten, denen du zugeteilt wirst, passieren kann. Und sie alle wissen das ganz genau. Ich werde alles tun, um dich vor der Scheiße in dieser Welt zu beschützen. Ich halte dir den Rücken frei, damit du dein Ding machen kannst, Engel.«

Sie schaute auf und nahm sein Gesicht zwischen ihre Hände. Die Tränen liefen ihr weiter über die Wangen, aber sie konnte sie nicht aufhalten. »Ich werde dich nie verdienen«, sagte sie zu ihm.

»Falsch«, widersprach Cole. »Wir verdienen uns gegenseitig.«

»Verdammt richtig«, sagte sie mit einem kleinen Lächeln.

Cole küsste sie mehrere Minuten lang und zog sich dann schwer atmend zurück. Er streckte einen Arm aus und zeigte Sarah seinen Unterarm. Dort war ein kleines Herz eintätowiert, das sie zuvor nicht bemerkt hatte. Es war ein kleiner roter Fleck inmitten der schwarzen Tätowierungen, die seinen Körper bedeckten.

Sie schaute überrascht zu ihm auf. »Ist das auch neu?«

»Ja. Dieses Herz ist für dich ... weil dir meins gehört. Jedes Baby, das wir haben, wird zu diesem Herz hinzugefügt. Du und unsere zukünftigen Kinder, ihr seid mein Ein und Alles. Du bedeutest mir mehr als alles und jeder andere. Ich weiß, dass ich versprochen habe, dich in Krankheit und Gesundheit zu lieben, aber ich möchte sichergehen, dass du es wirklich verstehst. Der Gedanke, dich zu verlieren, ängstigt mich zu Tode. Ich werde nicht zulassen, dass du mich verlässt. Wenn du das tätest, würde ich verkümmern und sterben. Ich meine es ernst. Ich werde dich niemals als selbstverständlich ansehen und dir immer alles geben, was du brauchst oder willst.«

»Ich gehe nirgendwohin und alles, was ich brauche und will, bist du«, flüsterte sie.

»Und du hast mich.«

Sarah holte tief Luft. »Ich habe mich entschieden, was ich mir tätowieren lassen will. Sobald ich es darf, nachdem die Babys da sind.«

»Ach ja?«, fragte Cole und seine Nasenflügel bebten. Es gefiel ihr, dass es ihn erregte, an sie mit einer Tätowierung zu denken. Die waren früher so gar nicht ihr Ding gewesen ... bis sie Cole kennengelernt hatte. Jetzt konnte sie es kaum erwarten, sich eine stechen zu lassen. Besonders, nachdem sie seine Ehrerbietung an sie und ihre Liebe auf seinem Körper gesehen hatte.

Sie entzog sich seinen Armen, was gar nicht so einfach war, da er sie nur widerwillig losließ. Dann ging sie zur Kommode auf ihrer Seite des Bettes hinüber. Sie zog ein Blatt Papier heraus und war nun selbst nervös. Als sie gesehen hatte, was der Künstler gezeichnet hatte, war sie sofort begeistert gewesen. Aber nachdem sie nun Coles Tätowierung gesehen hatte, war sie sich nicht mehr so sicher.

»Zeig es mir, Engel«, drängte Cole.

Sarah kam zu ihm zurück und streckte ihm das Blatt Papier entgegen.

Er griff danach und faltete es auf, während sie sagte: »Ich hatte vor, es mir auf mein Schulterblatt stechen zu lassen. Es ist nicht so groß wieder deins, aber ich dachte mir, dass ich wahrscheinlich ein riesiges Weichei sein werde und es wehtun wird.«

Als er nichts sagte, fragte sie nervös: »Ist es zu groß? Ich kann auch etwas anderes machen lassen.«

Ohne ein Wort ließ Cole das Blatt fallen und zog sie mit einem Ruck an seinen Körper. Sarah stieß ein lautes *Uff* aus, als sie an seiner Brust landete. Noch bevor sie etwas sagen oder tun konnte, hatte er sie in seine Arme gehoben und senkte sie aufs Bett herab.

»Cole?«, fragte sie und stützte sich auf einem Ellbogen ab.

Er öffnete den Knopf seiner Jeans und grunzte: »Ausziehen. Sofort.«

Lächelnd spürte Sarah, wie ihre Brustwarzen hart wurden, und sie war sofort feucht zwischen den Beinen. Es gefiel ihr, wenn Cole zum Alphamann wurde. Sie ging auf die Knie und zog ihre Leggings und ihr Höschen über die Oberschenkel hinunter. Sie hatte ihr Oberteil hoch- und über den Kopf ausziehen können, aber es noch nicht geschafft, sich ihrer Leggings zu entledigen, als sie Coles Hände an ihrer Hüfte spürte. Er drehte sie, als würde sie gar nichts wiegen und wäre nicht im sechsten Monat mit Zwillingen schwanger.

Er drückte sie vor, bis sie auf Händen und Knien vor ihm positioniert war. Er schob seine Finger zwischen ihre Beine und verteilte ihre Nässe bis zu ihrer Klitoris. Er fing an, sie genauso schnell und fest zu streicheln, wie sie es mochte, und sie stöhnte sofort. »Cole ...«

»Brauche dich«, sagte er. Sarah fand es heiß, wenn er so erregt war, dass er nicht mehr in ganzen Sätzen sprechen konnte.

Sie nickte, senkte den Kopf und stemmte sich seinen Fingern entgegen, als er anfing, sie damit zu ficken. Aufgrund ihrer Leggings konnte sie die Beine nicht sehr weit spreizen. Sie wimmerte frustriert. Aber noch bevor sie ihn anflehen konnte, sie fertig auszuziehen, schob er bereits seinen Schwanz in sie hinein.

Dann fickte er sie, als wäre es das erste Mal ... oder das letzte. Sie war sich nicht sicher. Innerhalb von ein oder zwei Minuten wusste Sarah, dass sie zum Höhepunkt kommen würde. Ihre Schwangerschaft hatte sie extrem empfindlich gemacht und sie kam immer mindestens zweimal, wenn Cole und sie sich liebten.

»So ist es gut, Engel. Komm für mich.«

Sie spürte, wie sich ihre Muskeln um seinen Schwanz herum zusammenzogen, und stöhnte in Ekstase, als sie explodierte. Sarah fühlte, wie sich Coles Stöße beschleunigten, nachdem sie gekommen war, so wie er es immer tat. Er schlängelte eine Hand unter sie, um in ihre Brustwarze zu kneifen. Die andere schob er zwischen ihre Beine.

»Scheiße ... Cole ... verdammt!«

Sie war ohne Worte, als er sie zu einem weiteren Monsterorgasmus fickte. Noch während sie unter ihm zuckte und sich krümmte, spürte sie, wie er sie mit seinem Samen füllte.

Anstatt sich sofort auf die Seite fallen zu lassen und sie mit sich zu reißen, wie er es normalerweise tat, wenn er sie auf diese Weise nahm, streichelte Cole mit den Fingern über ihr Kreuz. Seine Berührung verursachte eine Gänsehaut auf ihrem ganzen Körper.

»Genau hier«, sagte er sanft. »Du solltest dir die Tätowierung genau hierhin stechen lassen.«

Lächelnd nickte Sarah.

»Ich will sie immer sehen, wenn ich dich auf diese Weise nehme. Und ich will wissen, dass sie unter meiner Hand ist, wenn ich neben dir gehe. Mir gefällt der Gedanke, dass du mich auf deine Haut tätowieren willst. Ich liebe dich, mein Engel. Du wirst niemals wissen, wie sehr.«

Und damit ließ er sich sanft zur Seite fallen, riss sie mit sich und blieb bis zum letztmöglichen Moment in ihr stecken. Da ihr Bauch so groß geworden war, war es schwieriger, in Verbindung zu bleiben, nachdem sie sich geliebt hatten. Aber er legte seine Hand sanft auf ihre Schamlippen und hielt sie fest. Sie wusste, dass er auch das Gefühl genoss, wie sein Samen aus ihr heraustropfte, aber sie sprach ihn nicht darauf an.

Als sie lächelte, konnte sie den Rand des Blatt Papiers mit dem Bild ihrer Tätowierung sehen, das auf dem Boden lag, wo Cole es fallen gelassen hatte. Sie brauchte die Zeichnung nicht zu sehen, um zu wissen, wie sie aussah. Sie hatte sie sich eingeprägt und dem Tätowierer genau beschrieben, was sie wollte.

Ein Mann hielt eine Frau an seiner Brust. Sein Gesicht war nicht ganz zu erkennen, weil er den Kopf gesenkt hatte. Und es war nicht wirklich eine Frau, sondern ein Engel. Die Arme des Mannes waren mit Tätowierungen bedeckt, die denen von Cole sehr ähnlich waren. Der Engel hatte Haare wie sie und seine Augen waren geschlossen. Er schmiegte sich an die Brust des Mannes und das Wort »Zuhause« war in Form eines Herzens mehrfach über und um das Paar herum geschrieben.

»Du bist mein Zuhause«, sagte Sarah leise zu Cole. »Wo immer du bist, will ich auch sein.«

»Ich liebe dich.«

»Und ich liebe dich.«

Wie erwartet streichelte er mit der freien Hand über ihren Bauch und sie griff danach. Sie verschränkte ihre Finger mit seinen und lächelte, als sie Cole eine Minute später schnarchen hörte. Ihre Leggings hingen immer noch um ihre Oberschenkel herum und Coles andere Hand bedeckte noch immer ihren Intimbereich. Sie lag in einem nassen Fleck und ihr BH grub sich in ihre Rippen, aber Sarah hatte sich noch nie so wohlgefühlt.

Sie hatte keine Ahnung, was das Leben für sie und Cole bereithielt. Sie würden sich bestimmt irgendwann streiten und sie würde wahrscheinlich weinen, wenn die Dinge zu verrückt wurden. Aber sie wusste ohne Zweifel, dass Cole, egal was passierte, stets an ihrer Seite wäre. Er war ihr Ein und Alles und sie wusste, dass er das Gleiche für sie empfand.

Das Leben war seltsam. In einer Sekunde konnte man Todesangst haben und sich sicher sein, dass nichts jemals funktionieren würde. Und in der nächsten war man plötzlich glücklicher, als man es sich je hätte vorstellen können. Sarah konnte es kaum erwarten, jede Sekunde der Achterbahnfahrt dieses Lebens mit Cole an ihrer Seite zu genießen.

Seufzend schloss sie die Augen und erlaubte sich, mit der Gewissheit einzuschlafen, dass Cole da sein würde, wenn sie wieder aufwachte. Er würde sie beschützen, sie ermutigen und, was am wichtigsten war, er würde sie lieben.

Ich hoffe, Ihnen hat die Ace Security Reihe gefallen. Sie können nun mit »*Die Befreiung von Allye*«, dem ersten Buch der Mountain Mercenaries, fortfahren.

BÜCHER VON SUSAN STOKER

Ace Security Reihe:
Anspruch auf Grace
Anspruch auf Alexis
Anspruch auf Bailey
Anspruch auf Felicity
Anspruch auf Sarah

Mountain Mercenaries:
Die Befreiung von Allye
Die Befreiung von Chloe
Die Befreiung von Morgan
Die Befreiung von Harlow
Die Befreiung von Everly
Die Befreiung von Zara
Die Befreiung von Raven

Die Delta Force Heroes:
Die Rettung von Rayne
Die Rettung von Emily
Die Rettung von Harley

Die Hochzeit von Emily
Die Rettung von Kassie
Die Rettung von Bryn
Die Rettung von Casey
Die Rettung von Wendy
Die Rettung von Sadie
Die Rettung von Mary
Die Rettung von Macie
Die Rettung von Annie (Feb 2022)

SEALs of Protection:

Schutz für Caroline
Schutz für Alabama
Schutz für Fiona
Die Hochzeit von Caroline
Schutz für Summer
Schutz für Cheyenne
Schutz für Jessyka
Schutz für Julie
Schutz für Melody
Schutz für die Zukunft
Schutz für Kiera
Schutz für Alabamas Kinder
Schutz für Dakota

Die SEALs von Hawaii:

Die Suche nach Elodie (April 2021)
Die Suche nach Lexie
Die Suche nach Kenna
Die Suche nach Monica
Die Suche nach Carly
Die Suche nach Ashlyn
Die Suche nach Jodelle

Hier ist außerdem eine Liste mit Susans englischen Büchern:

Ace Security Series

Claiming Grace
Claiming Alexis
Claiming Bailey
Claiming Felicity
Claiming Sarah

Mountain Mercenaries Series

Defending Allye
Defending Chloe
Defending Morgan
Defending Harlow
Defending Everly
Defending Zara
Defending Raven

Delta Force Heroes Series

Rescuing Rayne
Rescuing Aimee (novella)
Rescuing Emily
Rescuing Harley
Marrying Emily (novella)
Rescuing Kassie
Rescuing Bryn
Rescuing Casey
Rescuing Sadie (novella)
Rescuing Wendy
Rescuing Mary
Rescuing Macie (novella)
Rescuing Annie (Feb 2022)

Delta Team Two Series

Shielding Gillian
Shielding Kinley
Shielding Aspen
Shielding Jayme (novella)
Shielding Riley
Shielding Devyn (May 2021)
Shielding Ember (Sep 2021)
Shielding Sierra (Jan 2022)

SEAL of Protection Series

Protecting Caroline
Protecting Alabama
Protecting Fiona
Marrying Caroline (novella)
Protecting Summer
Protecting Cheyenne
Protecting Jessyka
Protecting Julie (novella)
Protecting Melody
Protecting the Future
Protecting Kiera (novella)
Protecting Alabama's Kids (novella)
Protecting Dakota

SEAL of Protection: Legacy Series

Securing Caite
Securing Brenae (novella)
Securing Sidney
Securing Piper
Securing Zoey
Securing Avery
Securing Kalee

Securing Jane (Feb 2021)

SEAL Team Hawaii Series
Finding Elodie (Apr 2021)
Finding Lexie (Aug 2021)
Finding Kenna (Oct 2021)
Finding Monica (TBA)
Finding Carly (TBA)
Finding Ashlyn (TBA)
Finding Jodelle (TBA)

Badge of Honor: Texas Heroes Series
Justice for Mackenzie
Justice for Mickie
Justice for Corrie
Justice for Laine (novella)
Shelter for Elizabeth
Justice for Boone
Shelter for Adeline
Shelter for Sophie
Justice for Erin
Justice for Milena
Shelter for Blythe
Justice for Hope
Shelter for Quinn
Shelter for Koren
Shelter for Penelope

Silverstone Series
Trusting Skylar
Trusting Taylor (Mar 2021)
Trusting Molly (July 2021)
Trusting Cassidy (Dec 2021)

Susan Stoker ist die New York Times, USA Today und Wall Street Journal Bestsellerautorin der Buchreihen »Badge of Honor: Texas Heroes«, »SEAL of Protection«, »Die Delta Force Heroes« und einigen mehr. Stoker ist mit einem pensionierten Unteroffizier der US-Armee verheiratet und hat in ihrem Leben schon überall in den Vereinigten Staaten gelebt – von Missouri über Kalifornien bis hin zu Colorado. Zurzeit nennt sie die Region unter dem großen Himmel von Tennessee ihr Zuhause. Sie glaubt ganz und gar an Happy Ends und hat großen Spaß daran, Geschichten zu schreiben, in denen Romantik zu Liebe wird.

Besuchen Sie Susan im Netz!
www.stokeraces.com
facebook.com/authorsusanstoker
twitter.com/Susan_Stoker
bookbub.com/authors/susan-stoker

instagram.com/authorsusanstoker
Email: Susan@StokerAces.com

www.ingramcontent.com/pod-product-compliance
Lightning Source LLC
Chambersburg PA
CBHW060225100726

47907CB00003B/514